# L'ÉNIGMATIQUE MADAME DIXON

Alexandra Andrews

# L'ÉNIGMATIQUE MADAME DIXON

Traduit de l'anglais (États-Unis)
par Isabelle Maillet

LES ESCALES

Titre original : *Who is Maud Dixon?*


Édition française publiée par :

92, avenue de France
75013 Paris – France
Courriel : contact@lesescales.fr

ISBN : 978-2-36569-561-9
Dépôt légal : octobre 2021
Imprimé en France

Couverture : Hokus Pokus créations
Mise en pages : Nord Compo

Pour Chris

Nous avions nourri notre cœur de fantasmes,
De tels mets l'ont rendu impitoyable.

W. B. Yeats,
*The Stare's Nest by My Window*

# Prologue

## Semat, Maroc

— Madame Weel-cock ?

Au prix d'un gros effort, elle souleva sa paupière gauche, et une chaude lumière jaune inonda sa rétine. Son champ de vision était barré par une silhouette floue. Elle referma son œil.

— Madame Weel-cock ?

Un bip strident se faisait entendre quelque part. Cette fois, elle se força à ouvrir les deux yeux. Elle était allongée sur un lit inconfortable, bordé par des rideaux crasseux.

— Madame Weel-cock ?

Elle tourna la tête avec difficulté. Un homme vêtu de ce qui ressemblait à un uniforme militaire était assis sur une chaise installée à son chevet. Penché en avant, il l'observait attentivement. Les rondeurs de son visage évoquaient celles d'un poupon en plastique. Il ne souriait pas.

— Madame Weel-cock, dit-il pour la quatrième fois.

— Helen ? demanda-t-elle d'une voix faible.

— Helen, oui.

Il hocha la tête.

— Savez-vous où vous êtes ? questionna-t-il en anglais.

Elle regarda autour d'elle.

— À l'hôpital ?

— C'est ça. Vous avez eu une soirée agitée.

— Pardon ?

— Très agitée, même.

Elle laissa échapper un petit rire involontaire. Son interlocuteur fronça les sourcils, visiblement agacé. Au même instant, le rideau sur sa gauche coulissa, et tous deux tournèrent la tête. Une femme en blouse blanche, coiffée d'un voile également blanc, s'avança vers eux. Une infirmière ? Elle s'inclina vers le lit, le visage éclairé par un sourire chaleureux, et prononça quelques mots dans une langue étrangère en lissant la mince couverture.

Puis elle pivota vers l'homme et s'adressa à lui d'un ton plus cassant. Il se leva, avant d'écarter les mains en un geste d'apaisement. Après avoir esquissé un sourire froid, il tira le rideau de l'autre côté et disparut.

La jeune femme dans le lit voulut interpeller l'infirmière, mais elle aussi s'en allait.

— Attendez..., appela-t-elle d'une voix éraillée.

En vain. L'infirmière ne l'entendit pas ou choisit de l'ignorer.

Elle resta seule.

Son regard se fixa sur le plafond, lequel était constellé de taches d'humidité brunâtres. Elle tenta de se redresser en position assise, pour s'apercevoir que ses mouvements étaient entravés par un plâtre à son poignet gauche. C'est à ce moment-là seulement qu'elle prit conscience de la douleur. Tout son corps l'élançait.

Elle reporta son attention sur la chaise que l'homme avait occupée. Il l'avait appelée « Mme Weel-cock ». L'information semblait importante, pourtant elle ne parvenait pas à lui donner un sens. Elle referma les yeux.

Quelques instants – ou peut-être des heures – plus tard, le rideau se rouvrit. L'infirmière s'approcha, accompagnée par un homme différent.

— Bonjour, madame Wilcox, dit-il. Je suis heureux de voir que vous êtes réveillée.

Il parlait mieux anglais que le précédent visiteur, en détachant soigneusement chaque syllabe.

— Je suis le docteur Tazi. J'étais de garde quand vous êtes arrivée hier soir avec deux côtes cassées, le poignet fracturé et des hématomes sur le visage et le torse. On m'a dit que vous aviez eu un accident de voiture. C'est le genre de blessures typiquement causées par les airbags. Vous avez de la chance que ce ne soit pas plus grave.

Comme si elle n'attendait qu'un signal, l'infirmière présenta à la patiente un gobelet d'eau et un comprimé blanc aussi gros qu'une molaire.

— C'est de l'hydrocodone, un antidouleur, expliqua le médecin. Je repasserai cet après-midi évaluer votre état, mais à mon avis, vous devriez pouvoir sortir demain. Jusque-là, tâchez de vous reposer, madame Wilcox.

Il s'éloigna, entraînant dans son sillage l'infirmière vêtue de blanc.

« Mme Wilcox. » La jeune femme articula le nom en silence. Helen.

Puis la lumière reflua et le sommeil l'emporta.

# Première partie

# 1

Les deux jeunes femmes gravirent l'escalier étroit vers la salle d'où s'échappaient des rires et de la musique. Florence Darrow, devant, laissa courir sa main le long du mur peint en rouge sang.

— Ça me paraît un peu tordu d'organiser des cocktails littéraires ici, dit-elle.

Toutes deux étaient assistantes éditoriales chez Forrester Books. Ce soir-là, c'était le pot de Noël, qui rassemblait chaque année le personnel de la maison d'édition au premier étage d'un bar sombre appelé The Library, décoré sur le thème du kitsch littéraire.

— C'est comme si l'ONU tenait un sommet dans un parc d'attractions style Epcot, ajouta-t-elle.

— Tout à fait d'accord, approuva Lucy Gund d'une petite voix.

Sa robe, qui était remontée sur ses collants durant l'ascension, plissait autour de ses cuisses.

Parvenues en haut des marches, elles s'arrêtèrent pour contempler l'assistance. Si la fête n'avait débuté qu'une demi-heure plus tôt, elle atteignait déjà un niveau sonore impressionnant, qui planait au-dessus de la foule telle une chape de brume. Près d'une centaine de personnes – dont quelques-unes seulement travaillaient avec les deux amies – se pressaient dans la salle, rassemblées en groupes serrés. Florence n'avait pas voulu arriver trop en avance, mais elle regretta d'avoir ainsi laissé passer l'occasion d'accaparer un petit coin. Elles balayèrent la salle du regard, cherchant des visages familiers et accessibles. Elles n'en repérèrent aucun.

— On commence par boire un verre ? proposa Florence.

Lucy hocha la tête.

Elles avaient fait leurs débuts chez Forrester en même temps, près de deux ans auparavant, et Lucy avait immédiatement accordé à Florence sa loyauté inconditionnelle.

En théorie, c'était bien le genre d'amie que Florence avait espéré se faire à New York. Lucy avait grandi à Amherst, où ses deux parents enseignaient dans le département d'anglais de l'université. Son père avait même rédigé une biographie de Nathaniel Hawthorne devenue une référence. Florence, qui avait passé son premier Thanksgiving avec eux après s'être établie en ville, avait été enchantée d'apprendre que leur vieille maison remplie de livres se situait dans la même rue que celle où avait vécu Emily Dickinson ; elle y voyait une sorte d'atmosphère intellectuelle idyllique qu'elle aurait aimé connaître dans sa jeunesse. C'était tout ce que l'appartement exigu de sa mère à Port Orange, en Floride, n'était pas.

En pratique, cependant, Lucy manquait de cette assurance sophistiquée que Florence supposait être l'héritage naturel d'une telle enfance. Elle souffrait au contraire d'une timidité maladive, au point que Florence en venait parfois à soupçonner sa mère de lui avoir conseillé de se trouver une amie à New York le plus vite possible pour remédier au problème. Elle-même avait été la première personne que Lucy avait rencontrée chez Forrester.

Ni l'une ni l'autre n'avait jamais été vraiment incluse dans la sphère sociale plus large de l'entreprise, avant tout parce que Lucy n'avait jamais essayé et que Florence n'y était pas parvenue. Comme cette dernière avait également coupé les ponts avec ses anciennes connaissances en Floride – elle voyait son passé comme un membre gangreneux qu'il fallait amputer pour sauver le reste –, Lucy était, de fait, sa seule amie.

Elles se frayèrent un passage parmi les groupes, longèrent une grande table sur laquelle étaient disposés des fromages et des grappes de raisin, puis se dirigèrent vers l'imposant bar en acajou au fond de la salle. À leur approche, un serveur souriant, en gilet de satin noir, fixa son regard sur un point juste au-dessus de leurs têtes ; de toute évidence, elles n'étaient pas dignes de son attention pleine et entière. Si Lucy avait l'habitude d'être ignorée – et, à vrai dire, semblait même préférer qu'on ne la remarque pas –, Florence avait eu jusque-là suffisamment de succès auprès de la gent masculine pour se sentir dépitée quand ses charmes restaient sans effet.

Elle n'était pas laide, mais la première chose qu'on remarquait toujours chez elle, c'était sa pâleur. On aurait pu croire qu'elle avait grandi dans un bunker plutôt qu'au soleil de Floride – preuve, s'il en était besoin, qu'elle était née au mauvais endroit, se disait-elle souvent. Sa peau claire rougissait pour un rien, sans qu'on puisse attribuer clairement sa réaction à la timidité ou à l'excitation, laissant supposer que son créateur avait eu toutes les peines du monde à choisir entre la pureté et la perversion. Si certains hommes trouvaient cette caractéristique charmante, la plupart étaient rebutés. Elle avait aussi des yeux brun foncé presque noirs et des boucles blond cendré qui auréolaient sa tête comme les serpents de la Gorgone. En dépit des centaines de dollars que sa mère avait dépensés en divers gels, sprays et autres crèmes coiffantes au fil des ans, Florence n'avait jamais réussi à les discipliner.

— Qu'est-ce que je vous sers, mesdemoiselles ? demanda le serveur d'un ton bien rodé.

La lumière jouait sur la pointe de ses cheveux hérissés. Florence imagina les faire crisser sous ses doigts comme des touffes d'herbe raidies par le givre.

Lucy indiqua d'un geste l'affiche pour le cocktail du jour.

— Je vais essayer le spécial Classification décimale façon Dewar's[1], déclara-t-elle.

Florence commanda un verre de vin rouge.

— J'ai du cabernet ou du pinot, précisa le serveur.

— Peu importe, répondit-elle d'un ton qu'elle espérait léger.

De toute façon, elle n'y connaissait rien en vins.

Elles burent toutes les deux une gorgée de leur boisson, puis se mirent en quête d'un groupe aux frontières franchissables. Avisant d'autres assistants massés près du buffet, elles s'en rapprochèrent. Une éditrice junior nommée Amanda Lincoln débattait de façon théâtrale avec un homme d'une vingtaine d'années, dégingandé, en costume de velours côtelé brun.

— C'est juste impossible, espèce d'affreux misogyne, disait-elle.

Gretchen, une assistante enjouée dont le bureau faisait face à celui de Florence, se tourna vers les deux nouvelles venues pour expliquer :

— Fritz prétend savoir de source sûre que Maud Dixon est un homme.

— Non..., chuchota Lucy en portant une main à sa bouche.

Maud Dixon était le pseudonyme d'une écrivaine qui avait publié un premier roman intitulé *Mississippi Foxtrot* ayant connu un succès spectaculaire deux ans plus tôt. Il racontait l'histoire de deux adolescentes, Maud et Ruby, qui cherchaient désespérément à fuir leur petite ville natale de Collyer Springs, dans le Mississippi. Mais tout jouait contre elles : leur âge, leur sexe, leur pauvreté, la froide

1. Jeu de mots sur la classification décimale de Dewey, un système qui permet aux bibliothèques de classer leurs ouvrages par sujet, et le Dewar's, qui est un whiskey (NdT).

indifférence de leurs familles respectives... Leur parcours prenait un tournant décisif quand Maud tuait un entrepreneur de passage qui se rendait à Memphis pour du travail. Il avait fait l'erreur de lorgner sur Ruby, seize ans, et de ne pas détourner les yeux.

Ce meurtre libérait enfin les deux filles de l'emprise de leur ville natale. L'une finissait en prison, l'autre décrochait une bourse pour aller étudier à Ole Miss, l'université du Mississippi.

Les critiques avaient salué la prose laconique, dépourvue de sentimentalisme, et l'originalité du point de vue, ce qui avait attiré l'attention du milieu littéraire, mais le livre n'avait vraiment décollé qu'au moment où une célèbre actrice de Hollywood l'avait choisi pour son club de lecture. Par l'effet d'une mystérieuse prescience ou par un simple coup de chance, le roman était sorti en plein mouvement #MeToo et avait parfaitement capté le courant d'indignation vertueuse qui traversait la société. Quoi qu'il se soit passé la nuit où Maud Dixon avait poignardé Frank Dillard – personnage aussi menaçant que libidineux – derrière la Driftwood Tavern, on ne pouvait pas vraiment lui en tenir rigueur.

Le livre s'était vendu à plus de trois millions d'exemplaires rien qu'aux États-Unis, et avait inspiré une minisérie en cours de tournage. Étrangement, son autrice, Maud Dixon, était une énigme. Elle ne donnait pas d'interviews, n'avait pas entamé de tournée promotionnelle et ne faisait aucune publicité. Il n'y avait même pas de remerciements à la fin de son roman.

Sa maison d'édition – un des concurrents de Forrester – admettait que « Maud Dixon » était un pseudonyme et que l'autrice préférait rester anonyme. Comme de bien entendu, la situation avait donné lieu à moult spéculations sur sa véritable identité. « Qui est Maud Dixon ? » était la question posée par quantité d'articles de magazines, forums sur Internet et déjeuners littéraires en ville.

Les deux Maud Dixon connues en Amérique avaient été localisées et écartées de la liste des candidates possibles. La première, pensionnaire d'une maison de retraite à Chicago, ne se rappelait même pas le prénom de ses enfants. La seconde était une hygiéniste dentaire qui avait grandi dans une ville de la classe moyenne à Long Island et, aux dires de tous, n'avait jamais eu ni talent ni goût pour l'écriture.

De nombreuses personnes supposaient que le récit était autobiographique parce que l'autrice et la narratrice portaient le même prénom. Quelques enquêteurs en herbe avaient identifié des crimes qui présentaient des similitudes avec celui du livre, sans toutefois lui correspondre tout à fait. De plus, le Mississippi effaçait les casiers judiciaires des délinquants juvéniles quand ceux-ci atteignaient l'âge de vingt ans. Sans compter que la ville de Collyer Springs n'existait pas. Les investigations étaient par conséquent dans l'impasse.

En général, Florence avait tendance à mépriser les livres qui devaient leur succès aux machinations de l'intrigue ; le meurtre, à ses yeux, était une monnaie dépréciée. Pourtant, lorsqu'elle avait lu *Mississippi Foxtrot,* elle avait reçu un choc : le meurtre n'avait rien d'un stratagème technique visant à faire monter les enchères, c'était la *raison d'être*[2] de l'ouvrage. Le lecteur partageait le sentiment d'urgence de l'auteur, éprouvait l'impérieuse nécessité d'agir qui habitait l'assassin et même la satisfaction qui était la sienne au moment où la lame s'enfonçait dans la chair.

Florence pouvait réciter le passage de mémoire :

Le couteau tranchant entra facilement, se glissant tel un intrus dans les replis chauds, féminins, des entrailles de Frank. Elle le

2. En français dans le texte (NdT).

retira, puis frappa de nouveau. Cette fois, la lame heurta une côte et trembla violemment. Sa main lâcha le manche et gifla la chair tendre et pâle. Il avait le ventre couvert de sang à présent, et ses poils noirs, rêches, étaient aplatis comme le duvet d'un nouveau-né.

Cette voix-là ne ressemblait à rien de ce que Florence avait lu jusque-là : rude, sauvage, presque violente. Au fond, elle se fichait pas mal que Maud Dixon soit un homme ou une femme. Elle savait juste que, tout comme elle, c'était un outsider.

— Pourquoi tu t'énerves comme ça ? demanda Fritz à Amanda. Je ne dis pas que les femmes sont incapables d'écrire, bon sang ! Je dis seulement que cet *auteur-là* n'en est pas une.

Amanda se pinça l'arête du nez, avant de prendre une profonde inspiration.

— Pourquoi je m'énerve ? Parce que cet *auteur-là*, justement, a été élu romancier de l'année et qu'il a fait partie des nommés pour le National Book Award. Mais, bien sûr, ça ne peut être un livre « important » que s'il a été écrit par un homme. S'il est signé par une femme, c'est forcément une bluette pour clubs de lecture. Bonté divine, Fritz, non seulement il vous faut toutes les parts de ce putain de gâteau, mais en plus vous réclamez les miettes !

— En fait, intervint Florence, si on veut être précis, c'est James Patterson qui a été élu romancier de l'année, et *Mississippi Foxtrot* roman de l'année.

D'un même mouvement, tous les membres du groupe se tournèrent vers elle.

— Enfin, je crois, ajouta-t-elle.

De fait, elle en était sûre, et elle s'en voulut d'avoir essayé de nuancer sa remarque.

— Ah oui ? fit Amanda. Eh bien, merci Florence, tu viens juste de leur donner encore une miette.

— On n'est pas là pour compter les points, Amanda, reprit Fritz. Il se trouve que mon contact – qui est une femme, d'ailleurs – travaille chez Frost/Bollen et m'a juré que Maud Dixon était un homme. Ça pourrait être une femme, bien sûr, mais en l'occurrence ce n'est pas le cas.

Il haussa les épaules comme pour s'excuser. Frost/Bollen était l'agence littéraire qui représentait Maud Dixon.

— Alors qui est-ce ? répliqua Amanda. Comment il s'appelle ?

Cette fois, Fritz fut pris de court.

— Je ne sais pas, avoua-t-il. Elle a juste entendu quelqu'un faire référence à Maud Dixon en disant « il ».

— N'importe quoi, décréta Amanda en balayant d'un geste la remarque. Un homme ne peut pas être l'auteur de ce livre, point final. Il n'en existe pas un seul au monde qui soit capable de rendre un personnage de femme aussi convaincant. Même s'il est persuadé du contraire.

Comme pour se punir de sa timidité initiale, Florence suggéra :

— Henry James ? E. M. Forster ? William Thackeray ?

Elle s'était toujours sentie des affinités particulières avec Becky Sharp[3].

Amanda pivota vers elle.

— Sérieux, Florence ? Tu crois que *Mississippi Foxtrot* aurait pu être écrit par un homme ?

Florence haussa les épaules.

— Peut-être. Je ne vois pas ce que ça change.

Amanda leva les yeux vers le plafond, puis répéta d'un ton incrédule :

— Elle ne voit pas ce que ça change…

Reportant son attention sur Florence, elle demanda :

— Tu écris, toi ?

3. Rebecca Sharp, dite Becky, est l'antihéroïne de *La Foire aux vanités* (1847-1848), roman satirique de William Makepeace Thackeray (NdE).

— Non, répondit posément l'intéressée.

En vérité, c'était son plus grand rêve. Comme eux, sans doute. Ils devaient tous avoir un roman inachevé qui traînait au fond d'un tiroir. Mais, tant qu'il n'en est pas sorti, justement, on ne peut pas se targuer d'être un « écrivain ».

— Alors, tu n'es sans doute pas en mesure de juger à quel point il est important pour les autrices d'avoir des modèles féminins, reprit Amanda. De s'inspirer des femmes qui les ont précédées et ont refusé de laisser les hommes rendre compte de leur vie intérieure. Moi, je n'ai pas besoin qu'un homme vienne m'expliquer comment sont les femmes, OK ? Tu comprends ?

En guise de réponse, Florence esquissa un geste neutre, mi-haussement d'épaules, mi-hochement de tête.

— Malheureux le pays qui a besoin de héros, ajouta Amanda.

Florence garda le silence.

— Brecht ? la pressa Amanda en haussant les sourcils.

Consciente du rouge qui lui montait aux joues, Florence s'écarta du groupe. Après avoir vidé d'un trait le reste de son vin, elle retourna au bar et montra son verre vide au serveur en se fendant d'un sourire crispé.

Appuyée au comptoir en bois, elle dégagea l'un après l'autre ses pieds martyrisés par ses chaussures. Elle n'aimait pas les filles comme Amanda, dotées d'une assurance naturelle – ces mêmes filles qui, au lycée, l'avaient prise sous leur aile pendant une semaine et exhibée partout tel un chien sauvé de l'abandon avant de se désintéresser complètement d'elle. Florence savait que, pour elles, elle n'était qu'un accessoire dont elles se servaient pour faire leur numéro. Et si elle ne coopérait pas en endossant le rôle de la protégée reconnaissante, elle perdait toute utilité à leurs yeux. À l'époque, l'absurdité de cette situation l'avait contrariée au plus haut point. Amanda, qui avait grandi dans l'Upper West Side, arborait son féminisme comme elle avait dû arborer autrefois l'uniforme de son école privée : de manière décontractée, sans trop se poser de questions, mais avec conviction.

Florence n'avait jamais été capable d'atteindre cet état de hargne que l'époque semblait exiger de chacun, et cette imperméabilité à l'indignation collective la plaçait à l'écart de… tout. Une telle forme de révolte lui apparaissait comme le ciment qui liait les autres humains, que ce soient les couples, les amis ou le public cible de presque tous les groupes de médias. Même les jeunes qui faisaient signer des pétitions dans la rue évitaient de s'adresser à elle, comme s'ils percevaient son solipsisme inné.

Elle n'était pas d'un tempérament placide, loin s'en fallait, mais elle gardait sa colère en réserve à des fins plus personnelles. Lesquelles ? Elle n'aurait su le dire. Il lui arrivait d'être la première surprise par ses accès de rage. C'étaient des expériences rares, perturbantes, dont elle émergeait faible et désorientée – quasiment déphasée, comme si son corps avait soudain pris de l'avance sur son esprit et qu'elle venait tout juste de rattraper le retard.

Un jour, lors d'un atelier d'écriture créative à la fac, un des professeurs avait laminé une de ses nouvelles devant tout le monde, la qualifiant de « plate » et d'« inintéressante ». À la fin du cours, Florence s'était lancée dans une défense de plus en plus acharnée de son travail, avant de multiplier les attaques contre l'enseignant, un auteur de seconde zone n'ayant publié qu'un seul recueil de nouvelles passé largement inaperçu. Quand elle s'était enfin calmée, le prof l'avait regardée d'un air horrifié. Elle ne se rappelait même plus ce qu'elle lui avait dit.

Après que le serveur eut enfin remarqué son verre vide, elle fut surprise d'entendre une voix masculine s'élever derrière elle :

— Je suis avec vous.

Elle se retourna. C'était Simon Reed, le directeur éditorial de Forrester, un homme grand et mince aux cheveux un peu trop longs, aux traits délicats et au visage parsemé de taches de rousseur. Il passait pour séduisant dans le milieu de l'édition, mais Florence n'avait aucun mal à imaginer ce qu'on aurait dit de lui à Port Orange, où les traits délicats chez un homme étaient loin d'être un atout.

— Dans quel sens ? demanda-t-elle.

— Dans le sens où tout le monde se fout de savoir qui est Maud Dixon.

Les mots dégoulinaient de sa bouche comme de la soupe. Il était ivre, comprit-elle.

— Ça ne change pas les mots sur la page, poursuivit-il. Ou plutôt, si, pour certains, ça les changerait, mais ça ne devrait pas. Ezra Pound avait beau être fasciste, il n'en a pas moins pondu de putains de belles phrases.

— « La fourmi est centaure dans son monde de dragons », cita Florence.

— « Rabaisse ta vanité, je dis rabaisse-la », compléta Simon, qui hocha la tête.

Ils échangèrent un sourire complice. Elle croisa le regard d'Amanda qui les observait, mais cette dernière détourna aussitôt les yeux. Le serveur posa sur le comptoir devant Florence un nouveau verre de vin. Quand elle s'en saisit, Simon trinqua avec elle puis se pencha pour lui murmurer à l'oreille :

— À l'anonymat.

# 2

Pendant toute la soirée, Florence sentit Simon la suivre des yeux dans la salle. Ce n'était pas la première fois qu'elle éveillait l'intérêt d'un homme plus âgé mais, en Floride, les sourires lubriques de ses aînés lui avaient toujours inspiré du dégoût, car ils semblaient l'impliquer dans quelque chose dont elle ne voulait pas faire partie. En l'occurrence, elle appréciait le regard de Simon. Il ne ressemblait pas aux hommes qu'elle avait connus dans sa jeunesse : eux, ils avaient des armes et un bronzage de camionneur ; lui possédait des éditions originales et le sens de l'ironie. Et puis, bien sûr, ce n'était un secret pour personne qu'il était marié à Ingrid Thorne, l'actrice. La considération qu'il manifestait à son égard donnait à Florence le sentiment d'avoir gagné une place dans une sphère plus élevée de l'existence, comme si son attention avait le pouvoir de révéler une part d'elle jusque-là insoupçonnée.

Deux heures plus tard, la foule commença à se disperser, et Lucy lui demanda si elle était prête à partir. Elles habitaient toutes les deux à Astoria, aussi rentraient-elles souvent ensemble.

— Non, mais vas-y, toi, répondit Florence. Je crois que je vais boire encore un verre.

— Pas de problème, je t'attends.

— Non, vas-y, je te dis.

— OK, fit Lucy, l'air hésitant. Tu es sûre ?

— Certaine, affirma Florence.

Il lui arrivait de trouver l'amitié de Lucy étouffante. Pourtant, si on l'avait poussée dans ses retranchements, elle aurait bien été obligée d'admettre que l'ampleur de son dévouement lui procurait un sentiment de sécurité qui compensait largement ce désagrément – sans doute parce que sa mère lui avait appris très tôt à n'attacher d'importance qu'aux émotions les plus exacerbées. Tout ce qui était tempéré lui paraissait froid et factice.

Lucy s'en alla après lui avoir adressé un petit signe mollasson de la main. Florence commanda encore un verre de vin qu'elle but lentement, en balayant la salle du regard. Il ne restait plus qu'une vingtaine de personnes, mais elle n'en connaissait pas une seule assez bien pour pouvoir l'aborder. Simon discutait dans un coin avec le responsable des relations publiques et ne paraissait pas désireux de mettre un terme à la conversation.

Elle se traita d'idiote. Qu'avait-elle espéré au juste ?

Après avoir reposé son verre sur le bar avec plus de force qu'elle n'en avait eu l'intention, elle s'approcha du tas de vêtements empilés près de la porte. Elle récupéra son manteau, puis quitta le bar.

Dehors, le vent fouetta ses jambes nues. Elle prit la direction du nord et marcha d'un bon pas vers la station de métro. Elle s'apprêtait à tourner dans la 8e Rue quand elle entendit quelqu'un l'appeler. Elle pivota. Simon trottinait vers elle, son pardessus bleu marine soigneusement plié sur le bras.

— Vous seriez tentée par un dernier verre ? demanda-t-il d'un ton désinvolte, comme s'il ne lui avait pas couru après.

# 3

Ils allèrent au Tom & Jerry, dans Elizabeth Street, où Simon insista pour qu'ils commandent des Guinness.

— J'ai dû en avaler des piscines entières lorsque j'étais étudiant à Oxford, dit-il. Alors, quand j'en bois une aujourd'hui, ça me donne un coup de jeune.

Cette allusion à la prestigieuse université britannique permit à Florence de mieux comprendre pourquoi la cadence de ses phrases, peut-être encore plus que son accent, était celle d'un Anglais.

Ils s'installèrent au fond de la salle, de part et d'autre d'une table poisseuse. La première gorgée de bière arracha une grimace à Florence.

Simon éclata de rire.

— C'est un goût qu'on apprend à aimer, fit-il remarquer.

— On ne devrait pas avoir à *essayer* d'aimer les choses, répliqua-t-elle. C'est comme les gens qui se forcent à finir un livre qui ne leur plaît pas. Fermez-le, bon sang ! Ouvrez-en un autre !

— Je suis désolé de vous dire ça, mais vous n'avez peut-être pas choisi la bonne voie. Vous savez combien de livres qui ne me plaisent pas je dois lire chaque semaine ? Trier le bon grain de l'ivraie, c'est ça notre métier.

Elle balaya cette remarque d'un geste.

— Oh, je ne cherche pas à devenir éditrice, souligna-t-elle.

— Juste pour être clair, déclara-t-il avec un sourire perplexe. Vous n'ignorez pas que je suis le boss de votre boss, j'imagine ? Vous seriez peut-être bien avisée de feindre un minimum d'enthousiasme pour le travail qui vous vaut votre salaire chez nous.

Florence lui sourit en retour.

— Quelque chose me dit que vous ne parlerez à personne de ce tête-à-tête, et surtout pas à Agatha.

— Ah, j'avais oublié que vous bossiez pour Agatha Hale. Non, en effet, ça ne l'amuserait pas. Sa boussole morale aurait bien besoin d'une bonne dose de dégrippant.

Un petit rire embarrassé s'échappa des lèvres de Florence. Entendre quelqu'un se moquer aussi nonchalamment d'une femme qui lui semblait supérieure à tous les niveaux – personnel autant que professionnel – lui procurait un sentiment de vertige étourdissant.

— D'accord, la question est réglée, reprit Simon en appuyant sa paume sur la table. Puisque vous insistez, cette fin de soirée restera entre nous.

— À l'anonymat, répéta Florence, qui leva son verre.

En réponse, Simon posa une main sur sa cuisse, sous la table. Florence ne réagit pas. Il commença à faire remonter ses doigts très, très lentement. Ils demeurèrent ainsi un long moment, les yeux dans les yeux, sans parler, tandis que Simon la caressait avec son pouce. Personne ne faisait attention à eux. La plupart des clients étaient massés autour d'un téléviseur fixé au mur, qui diffusait un match de foot.

— Allons ailleurs, proposa enfin Simon d'une voix enrouée.

Florence hocha la tête. Ils abandonnèrent leurs verres pleins sur la table et Simon lui saisit la main pour sortir du bar. Dehors, elle poussa un petit cri quand une rafale glaciale les cingla. Simon ôta son écharpe et la lui enroula deux fois autour du cou, avant de faire un nœud serré.

— C'est mieux ? demanda-t-il.

— Oui.

Ils se mirent en route vers le nord, moitié marchant, moitié courant, la tête rentrée dans les épaules, jusqu'à l'hôtel Bowery, où un employé répandait sur le trottoir du sel pris dans un gros conteneur en plastique. Un SDF adossé à la façade de l'établissement faisait s'entrechoquer les pièces de monnaie contenues dans son gobelet. Le bruit évoquait la toux d'un enfant. Florence peina à comprendre ce qu'il marmonnait :

— On dit que les hommes pleurent pas. Si, si, les hommes pleurent, les hommes pleurent.

À l'intérieur, la réceptionniste inséra la carte de crédit de Simon dans le lecteur aussi naturellement que s'il était 2 heures de l'après-midi. Alors, c'est comme ça que ça se passe, songea Florence. Elle avait toujours supposé que prendre une chambre d'hôtel juste pour quelques heures impliquait forcément une paire de lunettes noires, un nom d'emprunt et un lit qui vibrait quand on mettait des pièces dans la fente. Mais rien de tel, apparemment, que quatre cents dollars la nuit pour éloigner le sordide.

Ils montèrent dans l'ascenseur en même temps qu'un autre client, un quinquagénaire qui tanguait légèrement. Simon adressa à Florence un sourire de conspirateur. Tendit la main vers elle. Elle lui rendit son sourire mais fit non de la tête.

La pénombre régnait dans la chambre, où seules deux appliques en laiton de chaque côté du lit étaient allumées. Florence traversa la pièce pour aller jeter un coup d'œil dehors par les grandes fenêtres qui occupaient deux pans de mur.

— Des fenêtres à la française, murmura-t-elle.

Elle effleura du bout des doigts la surface froide de la vitre, laissant dans la buée quatre traînées constellées de gouttelettes.

— Viens ici, chuchota Simon.

Elle obéit.

# 4

Le lendemain matin, Florence se réveilla en proie à une étrange impatience, comme si la soirée de la veille était encore à venir. Elle était seule. Simon avait quitté l'hôtel vers 4 heures du matin. Du lit, elle l'avait regardé rassembler ses affaires éparpillées dans la chambre : son costume gris anthracite, qu'il avait suspendu dans la penderie ; son portefeuille, son téléphone et ses clés, posés sur la table de chevet.

Alors qu'il boutonnait sa chemise, il avait soudain porté une main à son cou en disant : « Merde, j'ai perdu une baleine de col. »

Quand elle lui avait demandé ce que c'était, il avait incliné la tête sur le côté et esquissé un sourire presque paternel. « Tu es adorable », avait-il dit, sans rien expliquer.

Contrairement à ce que craignait Florence, il n'y avait eu aucune gêne entre eux. Simon avait bavardé comme si de rien n'était tout en s'habillant, puis lui avait déposé un baiser sur le front avant de rentrer chez lui retrouver sa femme. Florence, qui ne s'était jamais imaginé coucher un jour avec un homme marié, s'attendait à éprouver de la culpabilité. Mais, de même que la gêne, ce sentiment brillait par son absence.

Elle s'étira et prit ses aises dans le grand lit. C'était un samedi, elle pouvait garder la chambre jusqu'à midi et personne ne l'attendait. La vive clarté du soleil inondait la pièce

– une lumière plus typique d'une autre saison ou d'une ville différente, lui semblait-il. Rome, peut-être.

Au bout d'un moment, elle se leva et passa dans la salle de bains. Son maquillage avait coulé et ses boucles se dressaient sur sa tête comme si elle avait reçu une décharge électrique. Après s'être douchée, elle essuya les flacons miniatures de shampooing et de démêlant pour les rapporter chez elle.

Simon lui avait dit de commander un petit déjeuner mais, lorsqu'elle appela la réception, on l'informa que la note de la chambre ayant déjà été réglée, elle serait obligée de payer par carte de crédit.

— Ah, tant pis, dit-elle, avant de couper la communication.

Une fois habillée, elle s'assit sur le lit. Elle n'avait rien à faire. Même pas de livre à lire. Elle se releva, marcha jusqu'à la porte et posa la main sur la poignée. Avant de sortir, cependant, elle s'empressa de retourner dans la salle de bains chercher le kit de couture.

Arrivée chez elle, à Astoria, Florence ferma la porte de son appartement et s'immobilisa à l'intérieur en tendant l'oreille. Ses colocataires étaient-elles là ? Elle espérait que non. Elle avait rencontré Brianna et Sarah via Craigslist, le site de petites annonces, quelques mois plus tôt et les connaissait à peine plus qu'au moment où elle avait emménagé avec elles.

N'ayant rien entendu, elle se rendit dans la cuisine, ouvrit le frigo et en sortit un yaourt light sur lequel « BRIANNA !!! » avait été écrit au feutre. Elle l'emporta dans sa chambre, où elle s'allongea sur son lit avec son ordinateur portable. Elle tapa « baleine de col » dans le moteur de recherche.

« Une baleine de col est une tige de métal, de corne, de nacre ou de plastique que l'on insère dans une poche spécifique à l'intérieur d'un col de chemise pour le rigidifier et stabiliser les pointes. »

Florence songea à ces petites poches à l'intérieur des cols de chemise. Et aussi aux hommes comme Simon qui s'inquiétaient de la bonne tenue de leur col. Ceux avec qui elle couchait d'habitude – en général, des serveurs et des employés de bureau rencontrés sur Tinder – étaient tous des transfuges qui semblaient aussi perdus qu'elle à New York. Le seul avec qui elle avait eu plus de deux rendez-vous depuis son arrivée avait voulu lui emprunter cinquante dollars à l'occasion du troisième et dernier. Lui non plus ne devait pas savoir ce qu'était une baleine de col.

Il existait un monde au-delà du sien, Florence le savait, qui lui était totalement étranger. De temps à autre, l'un de ses habitants le prenait à pleines mains et le secouait, et il s'en détachait alors un petit morceau qu'elle voyait tomber à ses pieds. Elle collectionnait tous ces fragments comme un entomologiste rassemble des insectes rares à épingler sur une planche. Ils représentaient autant d'indices qui, un jour ou l'autre, mis bout à bout, lui révéleraient quelque chose de plus vaste. Elle ne savait pas encore quoi. Une personnalité à construire, peut-être. Ou une réponse. Ou encore, une vie.

Elle chercha ensuite la femme de Simon dans Google. Ingrid Thorne jouait principalement dans des films indépendants, tout en s'autorisant parfois une incursion à Broadway. Ce n'était pas le genre d'actrice dont le nom apparaissait dans *People* ou dans *InTouch* – la plupart des lecteurs de ces magazines n'auraient même pas su qui elle était –, en attendant elle avait fait la couverture de la revue *Paper*. Le journaliste qui l'avait interviewée la qualifiait de « grande dame du cinéma d'avant-garde ».

Ses origines ne la destinaient cependant pas à l'avant-gardisme dans quelque domaine que ce soit. Fille d'un avocat et d'une décoratrice d'intérieur, elle avait grandi dans une petite ville riche du Connecticut – le « Connecti-culte, disait-elle dans l'interview. Où les fidèles, adeptes de l'alcool et des intérieurs cossus, se recueillent sur les autels jumeaux du gin et du chintz ». Simon et elle habitaient aujourd'hui dans l'Upper East Side et envoyaient leurs enfants dans une école privée prestigieuse, pourtant elle parvenait à donner l'impression que ses choix de vie étaient révolutionnaires.

Ingrid n'était plus toute jeune, et elle ne possédait pas une beauté classique, mais ses traits se distinguaient par une complexité fascinante. Son visage était de ceux qu'on a envie de contempler longuement – ce que Florence était en train de faire quand son téléphone vibra à côté d'elle. Elle jeta un coup d'œil à l'écran, puis regarda un moment le mobile tressauter sur le couvre-lit avant de le saisir.

— Bonjour, maman.

— Bon, écoute, commença sa mère sur le ton de la confidence, Keith m'a dit hier soir que c'était dans les fonds d'investissement qu'il fallait être aujourd'hui.

Keith était le barman du P.F. Chang où elle-même travaillait. Pour des raisons que Florence ne parvenait pas à s'expliquer, tout le personnel de salle lui attribuait une intelligence presque surnaturelle.

— Je ne crois pas avoir les qualifications requises, répliqua-t-elle.

— Tu as obtenu ta licence avec mention très bien ! Tu as beau me prendre pour une plouc un peu simplette, je n'ignore pas que c'est la meilleure mention. Je ne vois pas de quelles autres qualifications tu aurais besoin.

— Je ne t'ai jamais prise pour une plouc, maman…

— Oh, d'accord. Juste simplette, alors.

— Ce n'est pas ce que j'ai dit. Je ne suis pas douée pour les chiffres, c'est tout. Tu le sais, d'ailleurs.

— Non, je ne le sais pas, Florence. Absolument pas. Au contraire, je me souviens que tu as toujours été très douée pour les chiffres. Très, très douée, même.

Sa mère s'exprimait avec une emphase ridicule, digne d'un prédicateur ou d'un présentateur télé – une affectation qui lui venait peut-être de toutes ces heures passées à écouter l'un et l'autre chaque semaine.

Florence garda le silence quelques instants.

— Je crois surtout que je n'ai pas envie de travailler dans la finance, déclara-t-elle enfin. J'aime mon boulot, tu comprends ?

Ce n'était pas tout à fait vrai, mais elle avait appris qu'il valait mieux exprimer des avis tranchés quand elle communiquait avec sa mère. Les positions nuancées lui donnaient trop de prise.

— Tu aimes jouer les larbins à longueur de journée, c'est ça ? Moi, si je l'ai fait ces vingt-six dernières années, c'est pour une seule et unique raison : que ma fille puisse envoyer promener quiconque voudrait faire d'elle son larbin.

Florence soupira.

— Je suis désolée, maman.

— Ce n'est pas à moi qu'il faut présenter des excuses, ma chérie. C'est Dieu qui t'a accordé tes dons. Il n'aime pas plus que moi te voir les gâcher.

— D'accord. Je suis désolée, Dieu.

— Oh non. Ne sois pas insolente envers Lui, Florence. Pas envers Lui.

Florence ne répondit pas.

Au bout d'un moment, sa mère demanda :

— Qui t'aime le plus au monde ?

— Toi.

— Qui est la meilleure des filles ?

Florence jeta un coup d'œil en direction de la porte pour s'assurer que personne ne l'entendait.

— Moi, répondit-elle dans un souffle.

— Tout juste.

Florence devinait que sa mère hochait vigoureusement la tête à l'autre bout de la ligne.

— Tu n'es pas n'importe qui, ma chérie. Ne te laisse pas marcher sur les pieds. C'est un manque de respect envers moi et envers ton Créateur.

— OK.

— Je t'aime, mon bébé.

— Je t'aime aussi.

Florence raccrocha et ferma les yeux. Les flatteries maternelles, aussi exagérées qu'intempestives, avaient toujours l'effet inverse de celui recherché : elles lui donnaient une conscience aiguë de son insignifiance. Durant ses années de lycée, sa mère s'était obstinée à entretenir l'illusion qu'elle était la plus jolie et la plus populaire des filles de sa classe, quand en réalité elle n'était qu'une âme perdue se raccrochant à un petit groupe de copines soudées par le désespoir plus que par une quelconque affinité. La seule chose qu'elle avait réellement en commun avec Whitney, son amie la plus proche à l'époque, c'était une moyenne générale de 18/20. « Pourquoi tu ne me vois pas comme je suis ? » aurait-elle voulu crier.

Elle en arrivait parfois à regretter que sa mère ne soit pas franchement cruelle ; au moins, elle aurait pu couper le cordon sans remords. Au lieu de quoi, elles étaient piégées dans une mascarade sans fin : sa mère l'abreuvait d'encouragements alimentés par la déception, et elle-même répondait avec une affection et une contrition qu'elle ne ressentait pas.

Vera Darrow avait vingt-deux ans quand elle était tombée enceinte – pas assez jeune pour s'attirer des regards réprobateurs, et pas assez vieille non plus pour savoir dans quoi elle s'engageait, comme elle l'avait souvent répété à Florence. Le géniteur, un client régulier de l'hôtel où elle travaillait à l'époque, ne voulait pas entendre parler du bébé, pourtant elle avait résolu de le garder. C'était, disait-elle à tous ceux qui voulaient l'entendre, la meilleure décision qu'elle ait jamais prise. Sa vie avait véritablement commencé avec celle de Florence. Mais, dans la mesure où elle avait rencontré Dieu pendant sa grossesse, c'était peut-être aussi un peu grâce à Lui.

Une de ses collègues avait parlé à Vera d'une église qui avait aidé sa cousine, également mère célibataire, alors Vera s'y était rendue en s'attendant plus ou moins à recevoir un paquet de couches gratuit. À la place, c'était l'appartenance à une communauté qu'on lui avait offerte.

Depuis qu'elle était toute petite, on lui disait de faire moins de bruit, de se calmer, de se tenir tranquille. Or, au sein de cette congrégation, son enthousiasme avait trouvé un but. C'était ce que lui avait dit le pasteur Doug. Il lui avait également assuré que le bébé qu'elle portait n'était pas le fruit du péché, mais un cadeau précieux de Dieu.

Florence savait que des membres de l'église soupçonnaient sa mère de ne pas être aussi pieuse qu'elle le prétendait. Vera n'avait jamais caché ses doutes quant à certains passages de la Bible (comme l'idée que les humbles hériteraient de tout), sans compter qu'elle parvenait à semer les graines de la discorde dans toutes les réunions auxquelles elle assistait. Mais ses détracteurs auraient été surpris d'apprendre à quel point sa foi était solide, même si elle ne s'encombrait pas de détails. Par-dessus tout, Vera croyait avec une ferveur sans faille que Dieu avait quelque chose de spécial en réserve pour son enfant.

En grandissant, Florence avait entendu parler de ce dessein divin avec la régularité d'une histoire du soir. Elle l'acceptait, comme elle acceptait tout ce qui venait de sa mère : passivement, sans se poser de questions. Le scepticisme est une aventure risquée pour les enfants de parents célibataires.

Si elle-même avait cessé de croire en Dieu à l'époque du lycée, elle pensait toujours être destinée à réussir dans l'existence. Cette idée était ancrée en elle depuis trop longtemps. Elle faisait partie d'elle, comme ses cheveux blonds ou son horreur de la moutarde.

Le problème, c'était que Florence et sa mère avaient une conception fort différente de la réussite. Pour Vera, il s'agissait avant tout de la version améliorée de ce qu'elle connaissait, aussi ses attentes restaient-elles dans les limites de son imagination. Dieu offrirait à Florence un bon travail et un bon mariage. Et, à son tour, Florence pourrait peut-être offrir à sa mère un bel appartement.

Mais le mot « réussite » avait éveillé quelque chose de beaucoup plus débridé chez sa fille, quelque chose que Vera ne contrôlait pas. L'horizon de Florence, s'avéra-t-il, pouvait s'élargir bien plus que le sien.

C'était à travers les livres que Florence avait commencé à se sentir à l'étroit dans le monde de sa mère. Elle avait toujours été une lectrice vorace et, au fil de ses lectures, il lui était venu à l'esprit qu'un poste dans une entreprise de Tampa ou de Jacksonville n'était pas la panacée. Il y avait quelque chose au-delà.

Elle avait hanté la bibliothèque, cherchant désespérément à entrevoir des vies différentes de la sienne. Elle avait un penchant pour les histoires de femmes raffinées au destin tragique comme Anna Karénine ou Isabel Archer. Bientôt, cependant, sa fascination avait évolué vers les femmes qui écrivaient ces récits. Elle s'était plongée dans les journaux intimes de Sylvia Plath et de Virginia Woolf, dont le sort lui avait paru bien plus tragique que celui de leurs personnages.

Mais c'était *Slouching Towards Bethlehem* qui était devenu sa bible, même si, de son propre aveu, elle avait passé plus de temps à regarder des photos de Joan Didion arborant des lunettes noires dans sa Corvette Stingray qu'à la lire. En attendant, elle avait retenu la leçon : elle n'aurait qu'à devenir écrivain et, de source d'embarras, sa différence se transformerait comme par magie en preuve flagrante de son talent.

Quand elle envisageait son avenir, elle se voyait assise à un magnifique bureau près d'une fenêtre, en train d'écrire un grand roman. Elle ne visualisait jamais le texte sur l'écran, mais elle savait qu'il était brillant et démontrerait une bonne fois pour toutes qu'elle était spéciale. Tout le monde connaîtrait le nom de Florence Darrow.

Et qui échangerait un tel rêve contre un appartement ?

# 5

Forrester Books occupait deux étages d'un immeuble de bureaux à Hudson Street, dans la partie sud de Manhattan. Ce n'était pas l'une des plus grosses maisons d'édition de New York, mais elle possédait une sorte de prestige littéraire dont les employés tiraient une certaine fierté. Lorsque Florence y avait passé son entretien d'embauche, un éditeur senior lui avait dit : « Nous ne faisons pas de fiction *commerciale* », en insistant sur le terme comme s'il s'agissait d'un euphémisme pour désigner de la pédopornographie. (Une rumeur circulait, selon laquelle ce même éditeur avait refusé *Mississippi Foxtrot* quand le manuscrit était arrivé, mais rien n'était jamais venu l'étayer.)

Le lundi suivant la fête de Noël, Florence traversa le hall d'accueil dans un état de vigilance accrue. En accomplissant les gestes habituels – passer son badge d'identification devant le lecteur, saluer de la tête l'agent de sécurité –, elle eut l'impression de jouer un rôle au théâtre. Elle chercha en vain Simon dans la foule qui attendait les ascenseurs.

Elle travaillait au treizième étage, dans un *open space* encombré par des imprimantes, des armoires de rangement et d'autres assistantes. Les bureaux des éditeurs bordaient le périmètre, bloquant la lumière du jour. En attendant que son ordinateur s'allume, Florence fut frappée par une pensée : personne ne lui prêtait attention. Sa vie allait continuer comme si la soirée du vendredi n'avait jamais eu lieu.

Agatha arriva à 11 heures et batailla pour se débarrasser de son manteau. C'était une petite femme d'une quarantaine d'années aux cheveux prématurément gris et à l'énergie débordante. Elle était également enceinte de six mois. Florence se leva pour l'aider.

— Dieu que je hais cette gynéco ! s'exclama sa cheffe. S'il n'était pas trop tard, j'en changerais.

Elle expédia sa besace sur le sol près de la porte. Le sac était orné d'un pin's qui disait : « Soyez gentil. »

— Oh, non. Qu'est-ce qu'elle a encore fait ? demanda Florence.

Il ne lui avait pas fallu longtemps pour comprendre que, dans l'esprit d'Agatha, une assistante était avant tout une oreille attentive, prête à s'apitoyer sur ses combats et à valider ses convictions. À vrai dire, Florence se sentait étrangement fascinée par cette femme qui semblait correspondre à tous les critères des sociolibéraux new-yorkais tels que les imaginaient les gens chez elle, en Floride. Agatha vivait avec son mari, avocat spécialisé en droit de l'immigration, à Park Slope. Elle participait à des manifestations. Se rebellait contre l'ordre établi. Appelait les films des « longs-métrages ».

— Eh bien, elle n'arrive pas à se mettre dans la tête que je ne veux pas de péridurale !

Elle s'engouffra dans son bureau exigu, et Florence la suivit en faisant rouler son fauteuil jusqu'au seuil de la pièce.

— Ah bon ? Vous ne voulez pas de péridurale ? Mais pourquoi ?

Agatha prit le temps de s'installer à sa table de travail avant de regarder son assistante d'un air grave. Si elle se présentait souvent comme le mentor de Florence, elle jouait en réalité beaucoup plus rarement ce rôle.

— Écoutez, Florence, la douleur est indissociable de la maternité depuis des millénaires. C'est un rite d'initiation.

Vous savez, comme pour ces jeunes garçons dans les tribus africaines qui doivent se scarifier afin d'accéder au statut d'homme.

— Quelles tribus ?

— Oh… Eh bien, toutes, en fait.

— Ah, d'accord, répliqua Florence sans conviction.

— Alors, en faisant disparaître cette douleur sacrée, le complexe médico-industriel fragilise la relation mère-enfant. Or, cette douleur les unit, vous comprenez ? C'est un honneur et un privilège de devenir mère. Ça se mérite.

— Sûrement, oui, approuva Florence. D'ailleurs, j'ai lu sur Internet que les poux de mer mangent leur mère de l'intérieur quand ils sont sur le point de naître. Ils dévorent son utérus, ses organes et sa chair pour pouvoir sortir par sa bouche. Elle se retrouve complètement vidée. Morte, quoi.

Sa cheffe ponctua ces mots d'un hochement de tête approbateur.

— Exactement, Florence. Exactement.

Florence roula de nouveau vers son bureau en estimant avoir remporté une victoire.

Un peu après 16 heures, elle alla chercher un café au Dunkin' Donuts situé au coin de la rue. Alors qu'elle sortait de l'ascenseur, elle aperçut enfin Simon. Il était au téléphone et entrait dans l'immeuble. En la voyant, il sourit et leva l'index pour lui demander de patienter.

— Mmm, oui, bien sûr. Je suis on ne peut plus d'accord avec toi, dit-il à son correspondant.

Il fit les gros yeux à Florence.

— Bon, écoute, Tim, il faut que je te laisse. On se rappelle.

Après avoir glissé le mobile dans la poche intérieure de sa veste, il gratifia Florence d'un sourire contrit.

— Désolé.

Il regarda autour de lui.

— Si on allait discuter dehors ?

Il la précéda à l'extérieur de l'immeuble, jusqu'à une rue latérale.

— Eh bien, quelle soirée, n'est-ce pas ? lança-t-il en se forçant à rire. Écoute, je voulais juste faire le point et m'assurer qu'il n'y avait pas de malaise entre nous. Que ça ne te posait pas de problème. Ce n'est pas dans mes habitudes d'agir ainsi, tu peux me croire, mais je ne sais pas...

Il poussa un long soupir et pencha la tête.

— Il y a quelque chose d'irrésistible chez toi, Florence. J'ai enfreint toutes mes règles.

Elle ouvrit la bouche pour répondre, mais il la devança.

— Cela dit...

Il s'interrompit un instant, avant de poursuivre sur un ton différent :

— Cela dit, c'était une erreur. De mon fait. J'en assume l'entière responsabilité. Mais il n'est pas question que ça se reproduise. Je te respecte trop pour te placer dans cette position.

— Ne t'inquiète pas, je ne compte pas te la jouer MeToo.

Simon éclata d'un rire un peu trop sonore.

— Ha ha. Merci, merci beaucoup. Ha. Non, je ne crois pas que ce soit une situation à la MeToo.

Il croisa le regard de quelqu'un derrière elle et se fendit d'un petit hochement de tête assorti d'un sourire en guise de salut.

— Bon, reprit-il en reportant son attention sur elle. OK. Parfait. Merci.

Florence garda le silence.

— Sans rancune, alors ?

— Tout va bien, Simon, affirma-t-elle.

Il lui tapota l'épaule.

— Tant mieux. Alors, comment ça se passe, là-haut ? Tu es contente de travailler pour Agatha ?

Elle répondit par l'affirmative.

— Tant mieux, répéta-t-il.

Ils se séparèrent au coin de la rue. Simon retourna dans l'immeuble et Florence marcha jusqu'au coffee-shop. Alors qu'elle prenait place dans la file d'attente, elle repensa à cette conversation. Elle n'avait pas menti à Simon : elle n'avait aucun problème avec ce qui s'était passé. Elle savait qu'il était marié quand elle avait couché avec lui, et que ce serait sans doute juste un coup d'un soir. Le sexe n'avait même pas été transcendant. Simon s'était comporté en amant tendre, à l'écoute, faisant preuve d'une délicatesse qu'elle avait trouvée vaguement repoussante. (Quelle tristesse, s'était-elle dit, que même dans l'infidélité il baise comme un homme marié...) Elle devait néanmoins bien admettre qu'une part d'elle éprouvait une pointe de regret. Mais ce n'était pas de sa compagnie qu'elle avait envie. Pas vraiment. Non, elle avait surtout aimé graviter dans son orbite, ne serait-ce que quelques heures. Elle avait aimé l'hôtel Bowery. Et les baleines de col. Elle avait aimé attirer l'attention du mari d'Ingrid Thorne.

# 6

Florence ne rentra pas chez elle pour Noël. Elle raconta à sa mère que les billets d'avion étaient trop chers, alors que JetBlue proposait des vols à partir de soixante-dix-neuf dollars.

Le 25 décembre, elle prit le métro pour se rendre à l'hôtel Bowery. La réception – une grande pièce ouverte qui s'étendait jusqu'à une terrasse vitrée – faisait aussi office de bar et la plupart des tables étaient inoccupées. Florence s'assit dans un fauteuil tendu de velours jaune élimé et laissa courir ses mains sur le tissu. Lorsque la serveuse arriva, elle commanda un Glenlivet à quatorze dollars.

Elle plaça son livre – *Hors-bord,* de Renata Adler – et son cahier sur la table devant elle mais n'ouvrit ni l'un ni l'autre. Au lieu de quoi, elle examina le décor autour d'elle. L'hôtel lui évoquait un avant-poste britannique abandonné dans une colonie exotique : tableaux recouverts d'une patine sombre, carreaux en terre cuite au sol, tapis anciens... Le tout égayé pour les fêtes par des couronnes et des guirlandes.

Son regard se posa sur un homme d'un certain âge en costume trois-pièces gris dont la poche de poitrine s'ornait d'un mouchoir violet. Il l'observait. Lorsque leurs yeux se croisèrent, il se redressa laborieusement et s'approcha d'une démarche traînante.

Il se pencha vers elle. Il sentait l'alcool et l'eau de Cologne.

— Juive ou misanthrope ? demanda-t-il d'une voix grave et éraillée.

Pour toute réponse, elle se contenta de le toiser avec dédain. Ils se dévisagèrent quelques secondes en silence. Ce fut lui qui le rompit le premier.

— Ah, le prenez pas mal, ma belle. Moi, voyez-vous, je suis les deux. Ça fait de moi quelqu'un de deux fois plus drôle.

Il lâcha un rire cassant qui se mua en quinte de toux, sortit son mouchoir et le plaqua sur sa bouche. Quelque chose de mou se logea dans les plis du tissu.

La serveuse qui avait pris la commande de Florence s'approcha à son tour et lui posa une main sur les reins.

— Allons, monsieur, laissons cette charmante dame tranquille, d'accord ?

Elle le reconduisit gentiment vers son siège près de la cheminée tandis qu'il marmonnait :

— C'est pas une dame, celle-là. Oh non, sûrement pas.

Florence termina son verre avant de passer aux toilettes. À l'intérieur, elle se campa devant le lavabo et inspecta son reflet dans la glace. Il y avait deux robinets, l'un pour l'eau chaude, l'autre pour l'eau froide. Elle ouvrit le premier et immobilisa sa main sous le jet chaud jusqu'au moment où la brûlure devint insoutenable – un petit rituel qui, avait-elle découvert à la fac, l'aidait à surmonter la colère et le désespoir. Elle retourna ensuite à sa table, laissa un billet de vingt dollars sur le plateau et, une fois dehors, se dirigea vers la station de métro.

Vera fêta Noël avec sa meilleure amie, Gloria, et les enfants de celle-ci. Elle raconta sa journée à Florence ce soir-là :

— Oh, je suis sûre que les jeunes n'étaient pas ravis d'avoir une vieille chouette comme moi dans les pattes, mais Gloria ne voulait pas me laisser toute seule pour les fêtes.

Je ne te reproche pas de ne pas être venue, évidemment, c'est juste qu'elle ne supporte pas de voir des gens malheureux. Et il faut que je te parle de Grace, son aînée ! Tu ne vas pas le croire. Elle travaille pour Gold Coast Realty et dirige la succursale de Tampa. Tu te rends compte ? C'est une entreprise à l'échelle nationale ! Et elle a quatre gosses.

— Je suis presque sûre que Gold Coast Realty n'est pas une entreprise nationale, répliqua Florence. Elle ne s'appellerait pas *Gold Coast,* sinon. La Côte d'Or, franchement, c'est assez ciblé, non ?

Sa mère poussa un profond soupir.

— D'accord. Quatre gosses et un salaire à six chiffres, je suppose que ce n'est pas assez impressionnant pour toi... Et dans tout ça, elle a aussi trouvé le temps de m'acheter un cadeau de Noël et...

— Je t'en ai acheté un, je te signale, l'interrompit Florence, sur la défensive.

Elle lui avait envoyé un recueil de nouvelles de Lydia Davis. Elle avait beau se douter que le livre ne serait probablement jamais ouvert, une part d'elle continuait d'espérer que sa mère finirait par changer. Florence n'aimait pas avoir honte d'elle.

— Oui, bien sûr, ma chérie. Mais toi, c'est la famille. Quoi qu'il en soit, tu ne devineras jamais ce qu'elle m'a offert.

— Non, quoi ?

— Un taille-légumes en spirale.

— Je ne sais pas ce que c'est, déclara Florence d'un ton neutre.

— Je suis sûre que si. Ça sert à faire des *zoodles,* des nouilles de légumes.

— Je te jure, je ne vois pas.

Vera soupira de nouveau.

— Très bien, ma chérie, je vais te laisser retourner à ta fabuleuse vie new-yorkaise.

Florence se frotta le visage. Elle ne voulait pas se montrer désagréable avec sa mère, mais elle avait du mal à se contrôler.

— Désolée, maman. C'est certainement un appareil formidable.

Sa mère parut apaisée. Il n'en avait pas fallu beaucoup.

— Oui, en effet. La prochaine fois que tu viendras, je te ferai des *zoodles*. Elles ressemblent aux vraies pâtes, c'est incroyable.

— Super.

— Oh, j'allais oublier... Tu sais sur qui je suis tombée, l'autre jour ? Trevor. Quel garçon charmant ! Il m'a abordée au centre commercial, pour me dire bonjour.

Le sentiment de contrition qu'éprouvait encore Florence se dissipa d'un coup.

— Tu n'avais que du mépris pour lui, maman, rétorqua-t-elle.

Quand elle sortait avec Trevor, à l'époque du lycée, sa mère n'avait eu de cesse de la pousser à rompre. Et si elle était restée avec lui pendant plus de deux ans, c'était en partie pour ne pas lui donner cette satisfaction. En attendant, la seule chose que Trevor et elle avaient vraiment en commun, c'était la certitude profonde, quoique rarement formulée, d'être plus intelligents que tout le monde. Autant dire que ce lien n'avait pas suffi à les souder lorsqu'ils avaient chacun quitté leur foyer familial.

— Oh, tais-toi, ce n'est pas vrai, déclara Vera. Bref, il est ingénieur aujourd'hui, il a un gros poste chez Verizon, et il m'a demandé de tes nouvelles. Il n'en revenait pas que tu sois partie à New York.

— Et pourtant, j'y suis, souligna Florence d'un ton sec.

— Tu devrais lui passer un coup de fil.

— Pourquoi ?

— Ce serait gentil de ta part, c'est tout.

Si Florence savait que ce n'était pas tout, elle préféra cependant ne pas relever. S'abstenir de mordre à l'hameçon et de déclencher une dispute, ce serait ça le véritable cadeau qu'elle ferait à sa mère.

— D'accord, maman, je l'appellerai peut-être. Je t'aime. Joyeux Noël.

— Je t'aime encore plus, mon bébé.

Comme les locaux de Forrester étaient fermés entre Noël et le Nouvel An, Florence avait prévu de profiter de ses congés pour travailler sur sa propre fiction. Mais, durant toute la semaine, elle se trouva confrontée au même problème que depuis son arrivée à New York, près de deux ans auparavant : elle ne parvenait pas à écrire. Pas un seul mot.

C'était sa première expérience du syndrome de la page blanche. Après la fac, elle était restée à Gainesville, où elle avait décroché une place dans une librairie en espérant pouvoir consacrer tout son temps libre à l'écriture. Quand elle n'était pas au magasin, elle tapait frénétiquement sur son ordinateur. Elle écrivait souvent toute la nuit, avalant bol après bol de nouilles japonaises réchauffées au micro-ondes. Pendant ses études, elle avait découvert, entre autres, Robert Coover, Donald Barthelme et Julio Cortázar. La lecture de ces auteurs lui donnait la possibilité de pénétrer dans un autre monde, où les contraintes de l'existence étaient assouplies, où les liens de cause à effet n'avaient plus cours, où la liberté prédominait. Florence trouvait l'idée exaltante – celle d'une réalité dont elle fixait elle-même les règles.

Elle avait terminé plusieurs histoires étranges, troublantes, durant cette période. Sa préférée parlait d'une femme qui dévorait son mari, morceau par morceau, pendant plusieurs années, jusqu'à ce qu'il n'en reste plus rien. Lorsque sa mère l'avait lue, elle s'était étonnée d'un point qui, à ses yeux, constituait une incohérence rédhibitoire :

« Est-ce que le mari n'aurait pas dû s'apercevoir que sa femme le mangeait et appeler la police ? »

À l'époque, Vera l'incitait sans relâche à chercher un vrai travail. Après presque deux ans d'efforts, et d'innombrables lettres de refus envoyées par différentes revues littéraires, Florence s'était résignée à suivre ses conseils. Elle avait postulé à toutes les offres d'emploi dans l'édition qu'elle pouvait trouver et accepté le premier poste qu'on lui proposait : assistante éditoriale chez Forrester Books.

Peu après, sa productivité avait connu un arrêt brutal. Pour elle, l'origine du problème remontait à une soirée bien précise lors de sa première semaine à New York. Les plus jeunes membres de l'équipe éditoriale chez Forrester allaient souvent boire un verre ensemble le vendredi au Red Lark, un bar situé près de l'entrée du Holland Tunnel. C'était un établissement crasseux, où les tables et comptoirs poisseux permettaient aux cadres de la finance aisés vivant à Tribeca de s'imaginer que, malgré leurs beaux costumes, leurs nutritionnistes et les salles de jeux dans leurs appartements de luxe, ils étaient toujours dans le coup. Les assistants juniors, eux, le fréquentaient avant tout parce que les pichets de bière étaient à cinq dollars de 17 heures à 20 heures.

Le premier vendredi que Florence avait passé chez Forrester, elle avait vu un groupe se rassembler devant les ascenseurs à 18 heures pour partir au Red Lark. Lucy et elle s'y étaient jointes en silence. Florence ne l'aurait admis pour rien au monde, mais elle était aussi intimidée que sa nouvelle amie. Ses collègues lui paraissaient sûrs d'eux et cultivés. Ils étaient à l'aise dans les rencontres littéraires avec des écrivains de best-sellers. Les filles portaient des robes moulantes et des bijoux vintage. Florence avait l'impression de ne pas avoir sa place parmi elles.

Amanda Lincoln était le leader autoproclamé de la bande. Fille d'un éditorialiste au *New York Times* et d'une agente littéraire en vue qui siégeait au conseil d'administration de la Bibliothèque publique de New York, elle avait grandi à New York. Après avoir fait sa scolarité à Dalton, elle était allée étudier à Yale, puis avait décroché un stage à la *Paris Review*. En d'autres termes, son pedigree était impeccable. Elle n'avait probablement jamais mis les pieds dans un endroit comme Port Orange.

Quand le groupe s'était installé à une grande table au fond de la salle, Amanda avait levé son verre en lançant : « Tchin tchin ! » Florence et Lucy avaient échangé un regard hésitant, avant de murmurer « Tchin tchin » en même temps que les autres.

Emily, l'assistante de Simon, une fille chaleureuse originaire du Midwest, s'était tournée vers les nouvelles arrivantes pour essayer de les inclure dans la conversation.

— Et vous, d'où êtes-vous, les filles ?

— Amherst, avait répondu Lucy d'une voix à peine audible.

— T'es allée à l'école là-bas ? Mon frère y était aussi. Stewart Lincoln, ça te dit quelque chose ?

Lucy avait hoché la tête, sans qu'il soit possible de savoir à quelle question elle répondait. Elle n'avait rien ajouté.

Emily s'était alors adressée à Florence :

— Et toi ?

— Je suis allée à l'université de Floride. À Gainesville.

— Ah oui ? Cool, avait dit Emily.

Les autres avaient salué ce commentaire d'un hochement de tête approbateur. Elle aurait pu tout aussi bien leur révéler qu'elle avait un cancer, avait songé Florence, tant ils s'étaient appliqués à faire preuve de tact. C'en était presque agressif. Pour la plupart, ils avaient étudié dans les meilleures universités.

— Tu as visité la maison d'Hemingway à Key West ? lui avait demandé Fritz.

Florence avait répondu par la négative.

— C'est grandiose, avait-il déclaré. Et on y voit des chats à six doigts qui descendent de celui qu'on lui avait offert.

— Oh, bon sang, ne me dis pas qu'on fait encore semblant de s'intéresser à Hemingway ! s'était exclamée Amanda. On est où, là, en cours de littérature niveau 3e ?

Fritz avait levé les yeux au ciel.

— Mais enfin, Amanda, j'ai juste dit qu'il avait eu un chat à six doigts.

Un peu plus tard, alors qu'ils en étaient à leur deuxième tournée, un quinquagénaire en kurta orange était entré dans le bar pour vendre des roses. Lorsqu'elle l'avait vu, Amanda avait déclaré : « Il n'y a rien de plus vulgaire qu'une rose rouge. Quelqu'un devrait conseiller à ce pauvre gars de proposer des pivoines. Au moins, il écoulerait sa marchandise. »

Tous avaient ri, sauf Florence qui, déroutée, dévisageait Amanda en silence. Comment pouvait-on ne pas aimer les roses rouges ? Et d'ailleurs, comment pouvait-on ne pas aimer Hemingway ? Comment cette fille, qui n'était pas plus vieille qu'elle, osait-elle afficher des opinions aussi choquantes avec tant de désinvolture ?

Ainsi en avait-il été toute la soirée. Amanda avait émaillé la discussion de références culturelles qui, jusqu'à ce que Florence les cherche plus tard sur Google, avaient sonné à ses oreilles comme une succession de syllabes assemblées de façon anarchique : Adorno, Pina Bausch, Koyaanisqatsi...

En Floride, elle avait pris l'habitude d'être la personne la plus sophistiquée de n'importe quel groupe. Mais dans ce bar crasseux, elle se sentait déplacée – idiote, même – pour la première fois de sa vie. Elle qui avait toujours pensé en savoir plus long que tout le monde se rendait soudain compte qu'elle était complètement ignare. Si on lui avait posé la question le matin même, elle aurait dit que, pour elle, les roses rouges étaient le summum du raffinement.

Et elle n'aurait jamais imaginé qu'on puisse dire du mal d'Hemingway.

Le lendemain, elle avait contemplé la page blanche sur son écran et ressenti une émotion qui ne lui était pas familière : la peur. Si les roses rouges étaient réellement de mauvais goût, sur quoi encore s'était-elle trompée jusque-là ? Ses certitudes ne risquaient-elles pas de donner lieu à des erreurs embarrassantes dans son texte ? Et, puisqu'elle en arrivait à se remettre en question, pouvait-elle envisager d'écrire un roman sans avoir lu Adorno au préalable ?

Déstabilisée, elle s'était replongée dans ses anciennes nouvelles, qu'elle avait trouvées puériles et maladroites. Elle avait alors éprouvé de la reconnaissance envers Amanda Lincoln, cette garce prétentieuse qui, en lui faisant prendre la mesure de son inculture, lui avait épargné une humiliation.

La réussite lui apparaissait désormais comme une éventualité parmi d'autres, et non plus comme un droit accordé par Dieu. Au fond, il était bien possible qu'elle finisse éditrice plutôt qu'écrivaine. Ou qu'elle retourne en Floride vendre des maisons ou des prêts bancaires. Rien n'était garanti. Rien ne lui était dû.

Sa perception d'elle-même s'était désintégrée aussi facilement qu'un vêtement tombe du dossier d'une chaise. Mais, à partir du moment où elle laissait derrière elle la fille qu'elle avait été en Floride, comment faire pour devenir quelqu'un d'autre ? Elle avait essayé différentes humeurs et personnalités comme autant de tenues. Un jour, elle décidait d'être impitoyable. Le lendemain, elle voulait être un objet d'adoration. Elle avait cru au pouvoir de transformation d'une nouvelle paire de bottes, d'un eyeliner et même, une fois, d'un béret – une expérience terriblement perturbante –, comme si, à l'image d'un patch qui diffuse de la nicotine, ces accessoires étaient susceptibles de lui transmettre une identité.

Lorsqu'elle avait rencontré Simon Reed à la fête de Noël, elle était à New York depuis deux ans et n'avait toujours pas réussi à affirmer sa véritable individualité. Elle était pareille à un bateau sans ballast, ballotté par les vagues. C'était sans doute ce qui avait séduit Simon chez elle : il l'avait sentie à la dérive. Il devait être de ces hommes attirés par les jeunettes qui se cherchent encore – car elle n'était sûrement pas la seule fille de vingt-six ans à tâtonner dans le noir pour essayer de savoir qui elle était.

Il devait pourtant bien se douter que coucher avec une assistante qui travaillait pour lui était dangereux pour sa carrière et pour sa famille. Alors, pourquoi l'avait-il fait ? Florence ne se berçait pas d'illusions sur son irrésistibilité. Elle soupçonnait plutôt chez lui une dépendance pathologique, peut-être moins au sexe qu'à la vue de son reflet – puissant, sûr de lui, désiré – dans les yeux d'une jeune femme manquant de confiance en elle. Sans compter qu'une simple employée ne risquait pas de provoquer un scandale.

Sur ce point, il ne s'était pas trompé. Elle n'avait pas ébruité l'affaire.

# 7

Les bureaux de Forrester rouvrirent le 2 janvier. Quelques jours plus tard, Agatha envoya Florence porter un paquet de livres qu'elle venait d'éditer à un auteur qu'elle courtisait. L'auteur en question habitait dans la 87ᵉ Rue, plus à l'est. Ce jour-là, la température était exceptionnellement douce pour un mois de janvier, et Florence fut heureuse d'avoir une excuse pour quitter le bureau.

Après s'être acquittée de sa mission, elle prit son temps pour revenir chez Forrester. Elle tourna en direction du sud et longea un joli parc qui s'étendait le long de l'East River.

Arrivée dans la 84ᵉ Rue, elle s'arrêta, intriguée par la vue d'une foule rassemblée devant une grande bâtisse de l'autre côté de la chaussée. Il n'y avait que des femmes, dont la plupart avaient le teint basané. L'une d'elles portait un uniforme de domestique sous sa parka, comme le personnage d'une pièce de théâtre. Les quelques Blanches présentes discutaient entre elles ou consultaient leurs téléphones portables.

Puis la porte à double battant s'ouvrit, libérant un flot de fillettes en jupe rouge à carreaux. À cet instant seulement, Florence remarqua le nom de l'établissement sur la plaque dorée au-dessus de l'entrée : Harwick School. C'était là qu'allaient les filles de Simon, elle l'avait lu dans le portrait de son épouse publié par *Vanity Fair*. Elle regarda de nouveau les femmes massées devant l'école, avec plus d'attention cette fois, mais sans repérer Ingrid Thorne. Poussée par la curiosité, elle s'assit sur un banc pour ne rien perdre du spectacle.

La plupart des enfants furent conduits vers des bus – pas des bus scolaires jaunes comme ceux que Florence avait connus en Floride, mais des cars plus luxueux, avec des sièges en tissu velouté et des toilettes au fond. D'après une enseignante solidement charpentée qui portait un sifflet autour du cou, il s'agissait de « navettes ».

— La navette numéro un part dans cinq minutes, les filles ! brailla-t-elle. Allez, on se dépêche !

Peu à peu, les navettes s'éloignèrent, les nounous et les mères de famille emmenèrent leurs protégées et les professeurs réintégrèrent l'école. Quand il ne resta plus personne, Florence se leva pour aller reprendre le métro.

De retour au bureau, elle picorait sa salade détrempée et trop assaisonnée lorsque Agatha appela :

— Florence !

Elle se précipita dans le bureau de sa cheffe.

— Oui ?

— Vous êtes sûre qu'il y a un supplément de pois chiches ?

L'air sceptique, Agatha pointa sa fourchette vers le bol que Florence venait d'aller lui chercher au Sweetgreen, un peu plus loin dans la rue.

— Euh, oui, répondit cette dernière.

En vérité, elle avait oublié de demander le supplément de pois chiches.

— Clara n'est pas contente, déclara Agatha. Elle veut ses pois chiches. Elle va forcer sa maman à lui faire des perfusions de houmous quand elle sera à la maison.

Florence sourit. Puis, comme Agatha paraissait attendre une autre réaction de sa part, elle questionna :

— Désolée, qui est Clara ?

— Oh, je ne vous l'ai pas dit ? Josh et moi avons fini par nous mettre d'accord sur un prénom.

— Ah oui ? C'est joli.

Agatha sourit.

— Il me semble que c'était le prénom de la mère d'Hitler, ajouta Florence.

Sa cheffe se figea, faisant trembler la feuille de laitue piquée sur sa fourchette en plastique.

— Quoi ?

Florence tenta de faire machine arrière.

— Mais je crois que ça s'écrivait avec un *k*. Vu qu'elle était autrichienne et tout...

Comme Agatha la dévisageait toujours, elle demanda :

— C'est l'orthographe que vous avez choisie, avec un *k* ? Parce que j'aime bien aussi.

L'éditrice esquissa un geste de dénégation.

— Non... avec un *c*.

Florence resta silencieuse un moment. Puis elle reprit la parole :

— Oui, c'est vrai que les femmes enceintes ont des envies bizarres. Ma mère m'a raconté qu'elle ne se lassait pas de ces trucs au poisson, les Filet-O-Fish, quand elle m'attendait.

Agatha hocha lentement la tête. De toute évidence, le sujet l'inspirait.

— Eh bien... On dit souvent que manger du poisson rend l'enfant plus intelligent. Surtout le saumon, à condition de surveiller le niveau de mercure, évidemment. C'est sans doute pour ça que votre maman en raffolait. Mère Nature sait ce qu'elle fait.

— Ou alors, elle assure la promo de McDonald's, répliqua Florence en riant.

— Pardon ?

— Le Filet-O-Fish ? De chez McDonald's ?

— Oh, je croyais que vous parliez de filets de poisson. Croyez-le ou non, je n'ai jamais mis les pieds dans un McDonald's.

— Vous me faites marcher, hein ? Tout le monde va chez McDonald's.

— Pas moi. Vous avez une idée de la quantité d'hormones contenue dans cette viande ?

Jusque-là, Florence aurait été prête à parier que tous les Américains allaient chez McDonald's. Comment Agatha pouvait-elle rejeter avec tant de mépris quelque chose que des millions de personnes faisaient chaque jour, alors qu'elle n'avait même pas essayé, et en même temps refuser la péridurale sous prétexte qu'une poignée de jeunes Africains se flagellaient avec des bâtons ?

Avant la fête de Noël, Florence n'avait jamais imaginé être un jour en position de juger sa supérieure hiérarchique. Elle était plus jeune, moins expérimentée, elle gagnait moins, n'était pas mariée et n'avait pas d'enfants. Il lui manquait tout ce qu'Agatha considérait comme important. Mais la façon dédaigneuse dont Simon avait prononcé son nom au bar – Agatha *Hale* – avait en quelque sorte levé le voile sur sa cheffe, révélant un certain ridicule chez elle. Pour Florence, cette nouvelle perspective était perturbante. Si elle n'admirait plus Agatha, que fabriquait-elle ici ? Pourquoi travaillait-elle dans cette maison ? En quoi cette situation allait-elle l'aider à devenir écrivaine ?

« Malheureux le pays qui a besoin de héros », avait dit Amanda. Mais malheureux aussi était le pays dont le seul héros était Agatha Hale.

Agatha partit à 17 heures, mais Florence resta pour terminer un rapport de lecture sur un manuscrit qu'on lui avait remis quelques jours plus tôt. À 19 h 30, alors qu'elle envoyait ses notes par mail, son téléphone fixe sonna.

C'était Simon, et elle devina, à son exubérance mal contenue, qu'il avait déjà pas mal bu.

— Florence ! Content de t'entendre ! Qu'est-ce que tu fais encore là, à travailler si tard ?

— Eh bien, je travaille, justement.

— Mais c'est absurde, voyons. Tu ne devrais pas bosser à une heure pareille. Viens plutôt me rejoindre. Il faut que je te ramène à la raison, c'est évident.

— Maintenant ?

— Oui, retrouve-moi dans cinq minutes. Que dis-je, hier. Viens aussi vite que tes jolies jambes te le permettent.

Florence se mordit la lèvre pour ne pas sourire.

— Je croyais que tu me respectais trop pour me mettre dans cette position…

— Moi ? Sûrement pas. Non, en fait, je n'ai pas le moindre respect pour toi. Tu es l'objet de mon mépris le plus total, le plus absolu. Tout comme Idi Amin Dada. Laisse-moi te montrer à quel point je ne te respecte pas.

— Non, mais t'es sérieux ? Maintenant ?

— On ne peut plus sérieux. Rendez-vous à l'hôtel Bowery dans trente minutes. Je réserverai la chambre au nom de Maud Dixon. Qu'en penses-tu ? C'est facile à se rappeler.

Après avoir raccroché, Florence porta une main à son visage. Sa joue était brûlante. Elle récupéra son manteau et son sac, puis se hâta de sortir du bureau, espérant un peu que quelqu'un lui demande si elle avait des projets pour la soirée. Si elle avait pu parler à Lucy de sa première nuit avec Simon, elle aurait adoré l'informer de la seconde, mais elle avait tout gardé pour elle, sachant que son amie ne parviendrait pas à masquer sa réprobation et son incrédulité.

Déterminée à ne pas regarder à la dépense, elle s'offrit un taxi et arriva la première à l'hôtel. Il y avait bien une réservation au nom de Dixon. Dans la chambre, elle s'assit sur la chaise près de la fenêtre en essayant de paraître décontractée. Devrait-elle se déshabiller ? Non, c'était grotesque. Elle croisa et décroisa les jambes en regrettant de ne pas avoir mis de plus jolis sous-vêtements.

Une heure plus tard, Simon n'était toujours pas là.

Elle sortit le cahier qu'elle transportait toujours dans son sac et entreprit d'écrire une nouvelle à propos d'une jeune femme attendant son amant. Elle déchira la page et la jeta à la poubelle. À 22 heures, elle se mit au lit, puis régla l'horloge de son téléphone sur 6 heures. Il lui faudrait rentrer chez elle se changer avant d'aller au bureau.

Quelques heures plus tard, le téléphone de la chambre la réveilla.

— Florence, je suis désolée, chuchota Simon à l'autre bout de la ligne.

— Qu'est-ce qui s'est passé ? demanda-t-elle en chuchotant elle aussi, sans raison.

— Le père de ma femme a eu une crise cardiaque. Je n'avais pas ton numéro de portable.

— Il va bien ?

— Qui, Bill ? Non, il est mort.

— Oh.

— Oui.

— Tu peux venir quand même ?

— Non, je dois rester ici, affirma-t-il. Écoute, Florence, c'était une folie. Une pure folie. Je suis désolé. Je n'aurais jamais dû t'entraîner là-dedans.

— Bah, ce n'est pas grave.

— Si, ça l'est. Mais merci quand même de l'avoir dit.

Lorsqu'ils raccrochèrent, Florence se traita aussitôt d'idiote. Pourquoi lui avoir demandé s'il pouvait venir quand même ? Elle avait dû lui donner l'impression qu'elle mendiait de l'affection. Comme sa mère.

Elle se rallongea et contempla le plafond. Elle aurait voulu plaindre Ingrid, mais elle avait du mal à éprouver de la compassion pour quelqu'un qui venait de perdre quelque chose qu'elle-même n'avait jamais eu. À ses yeux, il y avait une différence cruciale entre un deuil et une absence. Après tout, le fait d'avoir grandi sans père ne lui avait jamais valu la compassion d'autrui. Au contraire, elle avait eu l'impression d'être souillée, en un sens, comme si elle ne méritait pas d'en avoir un.

Tout ce qu'elle savait de son géniteur, c'était son prénom, qu'elle avait soutiré à sa mère lors d'un repas de Thanksgiving au cours duquel celle-ci avait bu les trois quarts d'une bouteille de shiraz. Elle avait espéré quelque chose d'imposant, comme Jonathan ou Robert, mais non : il s'appelait Derek, tout bêtement. Et d'où sortait cette orthographe, avec ce *k* tout seul et nu sans un *c* devant ? Bill, au moins, c'était un prénom de père.

Elle s'assit et chercha la télécommande à tâtons, convaincue qu'elle ne parviendrait pas à se rendormir. Alors qu'elle faisait défiler le guide des programmes télévisés, elle tomba sur *Harbinger*, un petit film indépendant datant de quelques années et dans lequel Ingrid avait joué. Elle mit la location sur le compte de la chambre et appuya sur Play. Lorsque Ingrid apparut, Florence figea l'image sur un gros plan de son visage souriant béatement, la bouche grande ouverte.

Elle considéra la femme à l'écran devant elle. Non, ce qu'elle ressentait pour Ingrid n'était pas de la pitié. C'était quelque chose de très éloigné.

Le lendemain matin, elle ne se donna pas la peine de rentrer se changer. Elle partit travailler dans la même tenue que la veille. De toute façon, elle était presque sûre que personne ne s'en apercevrait.

Dans le métro, elle jeta un coup d'œil au compte Instagram d'Ingrid Thorne. La dernière photo publiée montrait un vase de jonquilles illuminé par le soleil. La légende disait : « Rage, enrage contre la lumière qui se meurt. » Florence songea que Bill, le père d'Ingrid, n'avait sans doute pas eu l'occasion d'enrager trop longtemps contre la mort – une crise cardiaque laissait supposer une fin soudaine –, mais la phrase lui plaisait. Le post avait déjà généré quatre cents commentaires et deux mille *likes*. Elle hésita un instant, puis effleura à son tour l'icône *like*, avant de paniquer et de l'annuler.

Une idée lui traversa alors l'esprit : peut-être Ingrid irait-elle chercher elle-même les filles à l'école ce jour-là, estimant qu'elles seraient trop bouleversées pour prendre le bus – ou plutôt, la *navette* ?

Quand Agatha arriva au bureau, Florence lui annonça qu'elle avait rendez-vous chez le médecin dans l'après-midi.

Sa cheffe hocha la tête d'un air distrait.

— D'accord, pas de problème.

À 14 h 50, Florence était devant la Harwick School. Elle s'assit sur le même banc que la veille et se plongea dans *La Place du conducteur*, de Muriel Spark. Quand les portes de l'établissement s'ouvrirent, elle sortit son téléphone pour afficher la photo des filles de Simon qu'elle avait trouvée sur Internet. Celle-ci avait été prise l'été précédent sur la péninsule de North Fork lors d'une fête destinée à collecter des fonds pour les chiens abandonnés. On y voyait la plus jeune, Tabitha, serrer contre elle un chihuahua ébouriffé à l'air effrayé, tandis que Chloe, sa grande sœur, faisait le signe de la paix. Derrière elles, Simon et Ingrid, bras dessus bras dessous, arboraient le même sourire serein. Florence zooma sur tous les visages l'un après l'autre.

Elle leva ensuite les yeux pour scruter la foule des élèves qui se déversait sur le trottoir. Une jeune enseignante essayait de les diriger vers les cars, mais ses exhortations, énoncées d'une voix douce, restaient sans effet sur la meute déchaînée. Florence repéra Chloe dans un groupe de collégiennes rassemblées autour d'un iPhone. Elles devaient être en 5$^{e}$ ou en 4$^{e}$, estima-t-elle. Si Chloe gesticulait comme une actrice de théâtre, elle paraissait trop boulotte pour être la fille d'Ingrid. Florence se servit de la caméra sur son téléphone pour agrandir l'image puis, sur une impulsion, prit la photo, capturant la fillette dans une pose grotesque : en train de rire, la bouche largement ouverte. Qu'elle affiche une gaieté aussi exubérante alors que son grand-père venait de mourir lui paraissait un peu déplacé. Elle se demanda ce qu'Ingrid dirait si elle la voyait ainsi.

Mais Ingrid ne se montra pas. Les deux sœurs grimpèrent dans la navette numéro un, et Florence s'en alla seulement après l'avoir vue démarrer.

# 8

Durant tout le mois de janvier, les journées douces et ensoleillées se succédèrent comme pour compenser la rigueur du froid de décembre. Florence se réjouissait de ce répit, qu'elle interprétait même comme un signe favorable du destin, car elle passait désormais un ou deux après-midi par semaine assise sur le banc de pierre en face de la Harwick School. Si on l'avait interrogée à ce sujet, elle n'aurait pas été capable d'expliquer pourquoi elle agissait ainsi. Tout ce qu'elle savait, c'est que quelque chose l'attirait là-bas. Le vendredi, lorsque les élèves sortaient à 13 h 30, elle y faisait un saut pendant sa pause déjeuner, même si le trajet lui prenait près d'une heure. Les autres jours, elle inventait des rendez-vous à l'extérieur pour justifier ses absences du bureau.

Quand elle se retrouvait installée en face de l'établissement, elle avait presque l'impression d'appartenir à cet univers-là. Un univers qui, pour elle, était mieux que le sien à tous les égards. Elle avait bien remarqué les ballerines à deux cents dollars chaussant des pieds qui n'avaient pas fini de grandir. Et la façon dont les professeurs s'attardaient dans la foule devant l'école, plaisantant parfois avec les élèves. Pour sa part, elle n'avait jamais plaisanté avec aucun de ses enseignants. Elle ne les avait même jamais vus plaisanter entre eux. Lorsqu'une de ses profs de 5$^{e}$ s'était fait cracher dessus – en plein dans l'œil –, elle n'avait même pas grondé le gamin. Elle s'était contentée de quitter la classe et n'était pas revenue du trimestre.

Tout le quartier autour de la Harwick School semblait protégé de la laideur et de la vulgarité du reste du monde. Chaque fois qu'elle le quittait, Florence se sentait propre et pleine d'énergie, comme si elle avait respiré de l'oxygène pur.

Mais la vérité, qu'elle n'aurait admise pour rien au monde, c'était qu'elle venait avant tout dans le but de rencontrer Ingrid Thorne, devenue un objet de fascination pour elle à la place de son mari. Les baleines de col de Simon ne l'impressionnaient plus. Il lui apparaissait à présent comme un homme ordinaire avec ses défauts ordinaires. Ingrid, en revanche, était une véritable artiste : elle arquait un sourcil ou versait une larme à l'écran, et quelqu'un à des milliers de kilomètres de distance, parfois même des années plus tard, ressentait une émotion. Cette femme-là était capable de modifier la chimie interne d'un spectateur. N'était-il pas incroyable de détenir un tel pouvoir ? Imposer une nouvelle réalité à de parfaits inconnus, avoir une prise sur eux, c'était ce que Florence rêvait de faire avec l'écriture.

Elle avait passé les quelques semaines écoulées à visionner les films d'Ingrid sur le compte Netflix de sa colocataire et à détailler des photos d'elle sur Internet. Elle avait hâte de la voir en personne, pour se convaincre que cette femme était réelle, faite comme elle de chair et de sang. Car, dans son esprit, elles entretenaient toutes les deux un lien étroit : après tout, Simon les avait choisies l'une et l'autre.

Début février, son obstination paya.

Au lieu de monter dans l'un des cars comme d'habitude, Chloe et Tabitha coururent se jeter dans les bras de leur mère. Florence prit une profonde inspiration. Ingrid portait un chemisier blanc plissé sur un pantalon noir moulant. Elle arborait aussi une coupe de cheveux plus courte, vraisemblablement hors de prix. Son visage était plus ridé qu'à l'écran.

Le trio se dirigea vers l'ouest, avec Ingrid au milieu. Dans sa joie, Tabitha, qui tenait la main de sa mère, la balançait vigoureusement d'avant en arrière. Florence les suivit en restant à une certaine distance sur le trottoir d'en face. Lorsque Ingrid et les filles prirent le bus M86 dans York Avenue, elle dut piquer un sprint pour pouvoir y monter aussi. Elle était hors d'haleine quand elle grimpa dans le véhicule. Quelques passagers tournèrent la tête vers elle, mais pas Ingrid.

La famille descendit à Lexington et entra dans un cabinet médical de la 87e Rue. Florence se força à patienter une bonne minute avant d'y pénétrer à son tour.

— Oui ? Je peux vous aider ?

À l'accueil, une femme d'une quarantaine d'années aux cheveux platine lui souriait d'un air interrogateur. Florence jeta un coup d'œil aux brochures devant elle. Elle était dans le cabinet d'un orthodontiste.

— Oui, euh, j'ai rendez-vous avec le docteur Carlson, prétendit-elle.

C'était le nom du dentiste qu'elle allait voir dans sa jeunesse.

— Ah, je regrette, il n'y a personne de ce nom ici, déclara la secrétaire.

— Oh. Hum, vous permettez que je m'assoie pour vérifier dans mes mails ? demanda Florence. J'ai ses coordonnées quelque part.

La secrétaire sourit de nouveau et hocha la tête.

Florence alla s'installer en face d'Ingrid et de ses filles. Toutes trois s'étaient interrompues pour écouter l'échange avec la secrétaire, mais Tabitha ne tarda pas à reprendre la parole.

Tout en l'écoutant raconter une histoire sans intérêt à propos de son cours de gym, Florence fit défiler ses mails sur son portable.

Puis le téléphone d'Ingrid sonna.

— Attends, ma puce, dit cette dernière à sa fille. Il faut que je réponde.

Elle passa un doigt sur l'écran.

— Bonjour, David.

De sa chaise, Florence distingua vaguement le timbre du correspondant.

— C'est absurde, l'interrompit Ingrid. Il n'en est pas question. Non… non… Eh bien, essayons de trouver quelqu'un d'autre, alors… Elle a fait cette émission sur les criminels ? Oui, c'est une bonne idée. D'accord, rappelle-moi.

Elle coupa la communication et soupira. En croisant le regard de Florence, elle leva les yeux au ciel.

— Désolée.

— Je vous en prie, répliqua Florence, avant d'ajouter : Vous avez des filles adorables.

— Merci.

Ingrid la gratifia d'un sourire ravi, qu'elle adressa ensuite aux deux fillettes.

En voyant la denture blanche et régulière de l'actrice, Florence pinça les lèvres, soudain embarrassée par ses dents de travers. Elle n'avait jamais mis les pieds chez un orthodontiste. Elle s'obligea à se lever et à abandonner la chaleur de la salle d'attente.

Dehors, il faisait déjà plus sombre et une pluie glacée tombait. Florence fut tentée d'attendre que la famille de Simon sorte, pour pouvoir la suivre, mais elle ne voulait pas prendre le risque d'attirer l'attention d'Ingrid. De plus, il fallait qu'elle retourne travailler. Quand elle avait annoncé à Agatha qu'elle avait rendez-vous pour un plombage – elle avait prétexté un examen dentaire la semaine précédente –, celle-ci n'avait pas reçu la nouvelle aussi sereinement qu'auparavant. Sa cheffe avait une tendance à l'agressivité passive que Florence ne comprenait pas : elle était déjà en position de pouvoir, alors pourquoi ne se servait-elle pas de son autorité pour obtenir ce qu'elle voulait ? Au lieu de quoi, elle avait flanqué un manuscrit sur le bureau de Florence avant de partir déjeuner et lui avait demandé de lui donner son avis le lendemain matin, avant d'ajouter d'un ton perfide : « Si vous trouvez le temps, évidemment. »

Ce petit numéro était de toute évidence censé susciter chez son assistante un sentiment de contrition ou, du moins, une pointe d'embarras. Or Florence n'éprouvait ni l'un ni l'autre. Avant tout, elle se sentait oppressée par les attentes banales de sa supérieure – envoyez un e-mail à X, appelez Y –, comme si elle n'était qu'une employée lambda. Elle aurait donné cher pour les envoyer au diable, et sa cheffe avec.

Ce n'était décidément ni le travail ni la vie auxquels elle aspirait – une conclusion qui faisait écho à ce que Vera lui répétait depuis des années.

Au début, elle s'était dit que sa mère serait satisfaite d'apprendre qu'elle avait décroché un poste chez Forrester. Or, pour toute réaction, cette dernière avait répliqué, en accentuant délibérément les sifflantes : « Assistante ? En somme, tu seras secrétaire. » Si Florence avait bien tenté de lui expliquer que c'était le fonctionnement de l'édition – tout le monde commençait comme assistant éditorial –, ses arguments n'avaient pas convaincu Vera, déçue de découvrir que le salaire proposé serait inférieur au sien.

Depuis, la tension entre elles augmentait à chaque conversation. Florence avait l'impression d'être prise dans un système semblable à la pyramide de Ponzi : confrontée à l'insistance de sa mère, qui exigeait un retour sur investissement le plus rapide possible, elle se retrouvait dans l'obligation de lui accorder des petits bonus sous forme d'excuses et de marques de tendresse pour la faire patienter le temps qu'elle parvienne à rassembler le capital dû.

Mais peut-être s'était-elle plus laissé influencer par l'impatience maternelle qu'elle ne le croyait.

# 9

Quelques semaines plus tard, Florence venait de s'engager dans l'ascenseur pour monter chez Forrester lorsque Simon retint la porte au moment elle se refermait. Il hésita un instant en la découvrant à l'intérieur de la cabine, comme s'il regrettait son geste, et Florence comprit vite pourquoi : sa femme l'accompagnait. Il ne tarda cependant pas à se ressaisir.

— Bonjour, Florence, déclara-t-il. Tout va bien ?

— Oui, merci, répondit-elle.

Ingrid les regardait, souriante, attendant manifestement les présentations.

— Tant mieux, reprit-il. Vous ne connaissez pas encore mon épouse, je crois. Florence, voici Ingrid Thorne. Ingrid, je te présente Florence Darrow, l'une de nos assistantes éditoriales les plus prometteuses.

— Enchantée, dit Ingrid, dont la poignée de main se révéla particulièrement ferme.

Elle ne paraissait pas se souvenir de leur rencontre chez l'orthodontiste.

— J'ai un chemisier qui ressemble beaucoup au vôtre, ajouta-t-elle.

— Ah oui ? fit Florence.

Elle s'empourpra. Elle l'avait acheté juste après avoir vu Ingrid ce jour-là.

Simon s'éclaircit la gorge et dit, en réponse à une question que personne n'avait posée :

— Eh bien, Ingrid a rendez-vous avec l'une de vos amies, Amanda Lincoln. Je lui ai donné à lire le manuscrit d'Amanda et elle envisage de l'adapter au cinéma. De s'essayer à la production, en somme.

— Quel manuscrit ? s'étonna Florence.

— Vous n'êtes pas au courant ? répliqua Simon. Forrester vient d'acheter les droits du premier roman d'Amanda.

— Elle a écrit un livre ?

Florence tombait des nues.

— Oui, une satire tout à fait remarquable des mœurs de l'Upper East Side, intervint Ingrid.

Elle avait prononcé le mot « mœurs » sans le *s* et Florence se promit de l'imiter à l'avenir.

— C'est caustique à souhait.

Simon passa un bras autour de la taille de sa femme, puis l'ôta vivement quand un signal sonore les avertit qu'ils avaient atteint le treizième étage. Florence s'approcha de la porte, impatiente que celle-ci s'ouvre pour la libérer.

— Bonne chance, marmonna-t-elle en sortant.

— Merci ! répondit Ingrid, en même temps que Simon lançait :

— Continuez comme ça !

Florence s'engouffra dans les toilettes pour handicapés et verrouilla la porte derrière elle. Elle fit couler l'eau chaude, attendit qu'elle soit brûlante, puis plaça ses mains sous le jet jusqu'à ce que sa peau devienne écarlate. Le roman d'Amanda ? Quel putain de roman ? Elle se regarda dans la glace. Des larmes brillaient dans ses yeux.

— Non, ordonna-t-elle à son reflet.

Elle appuya ses paumes rougies sur ses paupières. Quand elle les ôta, les larmes avaient reflué, et elle parvint à plaquer un sourire sur son visage.

— Oui, c'est mieux.

Alors qu'elle se dirigeait vers son bureau, elle fit un détour pour parler à Lucy qui, avachie devant son ordinateur, cliquait sur des photos de chiens disponibles à l'adoption sur petfinder.com.

— Fais-le, dit Florence derrière elle.

Son amie sursauta et porta une main à sa poitrine.

— Oh, bon sang ! Tu m'as flanqué une de ces frousses !

— Sérieux, pourquoi tu n'en prends pas un ?

Lucy la regarda comme si c'était une suggestion choquante.

— Non, ce n'est pas possible. Je travaille trop. Il ne serait pas heureux.

Florence secoua la tête. Elle ne comprenait pas les gens qui refusaient de se faire plaisir. Le problème dans son cas, c'était que les choses dont elle avait envie étaient hors de sa portée.

— Tu étais au courant qu'Amanda avait écrit un roman ? demanda-t-elle.

Lucy opina du chef.

— Pourquoi tu ne m'en as pas parlé ?

— Je pensais que tu serais contrariée de l'apprendre, répondit son amie.

Si Lucy n'avait jamais souhaité devenir écrivain, elle n'ignorait pas que c'était le rêve de Florence.

— Contrariée ? répéta cette dernière, plus fort qu'elle n'en avait eu l'intention. Pourquoi voudrais-tu que ça me contrarie ? Crois-moi, ça ne m'intéresse pas d'écrire ce genre de bouquin.

Dont, de fait, elle ne savait toujours rien.

— Je m'en doute, répliqua Lucy. Ça a l'air super nunuche.

— Ah oui ? Tu l'as lu ?

— Moi non, mais Sam, oui.

— Sam l'abruti ou Sam le rouquin ?

— Le rouquin.

Florence s'empressa d'aller trouver ledit Sam, qui promit de lui envoyer le manuscrit par mail.

— En fait, ce n'est pas si nul, lui confia-t-il.

— C'est ce que j'ai entendu dire, déclara-t-elle d'un ton sinistre.

Florence passa la journée à lire le manuscrit sur son ordinateur. Il était 10 heures du soir lorsqu'elle le termina. Agatha était partie des heures plus tôt, comme tous les autres employés de l'étage. Elle éteignit son ordinateur mais ne rassembla pas ses affaires.

Sam avait raison : ce n'était pas si nul. Pire, c'était bon.

Elle pressa ses poings sur ses yeux jusqu'à voir des étincelles. Ce n'était pas juste. Amanda avait déjà tout, et aujourd'hui son roman allait être publié – ce qu'elle-même souhaitait par-dessus tout ? Et, en plus, elle allait travailler avec Ingrid Thorne ? Florence les imagina se réunir toutes les deux pour des dîners de travail détendus. Parlant d'art, d'inspiration, de ce foutu Brecht…

Et pendant ce temps, elle, de quoi devrait-elle se contenter ? D'une minuscule chambre dans un appartement miteux à Astoria ? D'une cheffe qui préférait parler de sa doula plutôt que des dramaturges allemands ? D'un coup d'un soir avec Simon Reed, qui devait probablement regretter ce qui s'était passé ?

Cette dernière pensée tourna un moment en boucle dans son cerveau. *Qui devait regretter ce qui s'était passé…*

Un sourire naquit sur ses lèvres. Elle regarda les bureaux vides autour d'elle et éclata de rire. Comment avait-elle pu ne pas s'en rendre compte ?

Bien sûr que Simon devait regretter ce qui s'était passé. Sauf qu'il n'y avait pas moyen de revenir en arrière. Il le savait, et elle aussi. Pourquoi n'avait-elle pas mesuré plus tôt le pouvoir qu'elle détenait sur lui ? Pourquoi lui avoir laissé croire qu'il pouvait disposer d'elle à sa guise ?

Pourquoi l'avait-elle cru, elle ? Le pauvre Simon l'avait mise en position de force dès l'instant où il avait posé la main sur sa cuisse dans ce bar crasseux.

S'il pouvait publier le roman d'Amanda, songea-t-elle, alors il pouvait aussi publier le sien. Elle saurait le convaincre. Il lui suffisait de rassembler toutes ses nouvelles pour avoir un manuscrit à lui soumettre. Ce n'était pas l'idéal d'avoir recours au chantage pour se faire éditer mais, après tout, rien n'est pur dans la vie. On ne jette pas un billet de loterie gagnant juste parce qu'il est un peu sale après avoir traîné dans un portefeuille.

Elle se dépêcha de rentrer chez elle, où elle s'employa jusqu'à 3 heures du matin à apporter des modifications minimes aux histoires qu'elle avait écrites à Gainesville. En les relisant pour la seconde fois depuis qu'Amanda lui avait révélé l'ampleur de son ignorance, elle prit de nouveau conscience de leurs défauts, mais aussi d'un fait qui lui avait échappé jusque-là : la joie absolue qu'elle avait ressentie en les écrivant. Dans ces moments-là, elle avait perdu la notion du temps, les heures s'étaient écoulées aussi vite que des secondes.

Au départ, elle avait voulu devenir écrivain pour que tout le monde sache que Florence Darrow était un génie. Or, durant ces quelques années à Gainesville, ce qu'elle avait aimé par-dessus tout, c'était la sensation grisante de *ne plus* être Florence Darrow. Lors de ces parenthèses devant son ordinateur, elle s'était oubliée pour devenir qui elle voulait.

C'était une pensée stupéfiante : c'était seulement en prenant possession de la vie de quelqu'un d'autre qu'elle réussirait enfin à rendre la sienne digne d'être vécue.

Le lendemain, le soleil brillait même s'il faisait encore froid. À 9 h 30, sachant que Simon serait déjà là mais n'aurait pas encore entamé ses réunions de la matinée, Florence prit l'ascenseur pour monter au quatorzième. L'assistante de Simon, Emily, parut contrariée quand elle demanda à le voir. Emily avait beau être bienveillante – c'était elle qui avait essayé de les inclure dans la conversation, Lucy et elle, ce premier soir au Red Lark –, elle mesurait sa valeur à l'aune du prestige de son chef. Elle alla néanmoins se renseigner dans le bureau de Simon, et à son retour annonça à Florence qu'elle pouvait entrer.

— Alors, Florence, que me vaut le plaisir ? demanda-t-il, les mains écartées comme un magicien qui n'a rien à cacher.

Elle lui parla de ses nouvelles, puis lui tendit les pages qu'elle avait imprimées un peu plus tôt ce matin-là.

— Comme j'ai cru comprendre que tu acceptais les manuscrits de l'équipe...

Il posa avec précaution la pile de feuilles sur sa table de travail, puis la tapota. Il semblait soulagé que ce soit le seul objet de sa visite.

— Parfait, déclara-t-il. Je vais essayer de m'y mettre ce week-end. J'ai hâte !

Ne sachant pas trop quelle conduite adopter, Florence demeura quelques instants immobile en face de lui. Puis ils échangèrent un sourire.

— D'accord, dit-elle, avant de sortir.

Florence ne ferma pas l'œil de la nuit. Elle allait être publiée !

Durant tout le week-end, elle se laissa griser par des images d'elle-même dans un magnifique appartement avec des fenêtres à la française, des tapis anciens et des vases en forme de calebasse. Elle était conviée à une réception où tous les invités voulaient lui parler. Elle portait du noir et ses joues rosissaient à la lueur des bougies. Du jazz était diffusé en sourdine. C'était l'hiver. Florence adorait l'hiver, qui la transportait loin de la Floride. Elle aimait sentir trois ou quatre couches de vêtements s'interposer entre elle et l'air vif, voir son haleine former un petit nuage devant sa bouche. « La manifestation de votre âme », disait le pasteur Doug, de l'église que fréquentait Vera, même si la température à Port Orange descendait rarement en dessous de 10 degrés.

Le lundi matin, elle remonta voir Simon, pour s'entendre dire par Emily qu'il était en réunion. Dépitée, elle retourna à son bureau mais ne parvint pas à se concentrer sur son travail. Enfin, vers 17 heures, un mail du directeur éditorial s'afficha dans sa boîte de réception. Florence l'ouvrit aussitôt.

> Il y a de bonnes choses là-dedans.
>
> Tu as du talent, mais on sent un certain manque de vécu dans ta prose.
>
> Il faut que tu trouves ta propre histoire.

Florence relut le message, certaine d'être passée à côté de quelque chose. Il n'y avait cependant aucun doute possible : c'était un refus.

# 10

Florence était assise sur le rebord de la fenêtre dans sa chambre, ses pieds nus se balançant dans le vide. À 2 heures du matin passées, seules les voitures qui traversaient en trombe la 31e Avenue troublaient la tranquillité des rues. Elle fit rebondir ses talons contre la façade de brique rugueuse en même temps qu'elle examinait les photos sur son téléphone. Il y en avait des dizaines de Chloe et de Tabitha dans leur uniforme scolaire, et une poignée d'Ingrid Thorne prises le jour où elle était allée les chercher elle-même à l'école. Florence zooma sur le visage de l'actrice. Les sillons aux coins de ses yeux étaient des rides du sourire, comprit-elle.

Par quel bug du destin avait-elle pu éclipser Ingrid Thorne, ne serait-ce qu'une nuit ? Qu'avait-elle pu apporter à Simon qu'il ne trouvait pas chez sa femme ? Florence Darrow n'était pourtant qu'une créature faible, sans talent, pitoyable – tout l'opposé d'Ingrid.

Eh bien, c'était peut-être l'idée, justement. Simon avait-il eu envie de se ménager une pause ? De s'offrir des flocons d'avoine plutôt qu'un steak, pour une fois ? D'accorder un répit à sa mâchoire fatiguée ?

Quel glouton ! songea-t-elle.

Elle imaginait sans peine l'existence de Simon Reed. Dormir dans des draps impeccablement repassés. Collectionner des éditions originales. Distribuer des pourboires aux portiers pour Noël. S'envoyer en l'air avec Ingrid. S'envoyer en l'air avec Florence Darrow. S'envoyer en l'air avec qui bon lui semblait. Il avait la vie qu'il voulait. Tellement confortable. Tellement bien organisée. Tellement… préservée.

Il n'avait jamais pensé un seul instant que cette nuit-là – ou Florence Darrow – y changerait quoi que ce soit. De fait, ni l'une ni l'autre n'avaient eu la moindre incidence sur lui. Simon Reed se réveillait toujours dans des draps bien repassés, auprès de sa ravissante femme. Sans se sentir le moins du monde menacé. Ni entaché.

Elle porta à ses lèvres le verre posé à côté d'elle et avala une gorgée de bourbon. Elle sentit l'alcool descendre dans sa gorge et la réchauffer de l'intérieur, organe après organe, comme quelqu'un qui redonne vie à une vieille maison en éclairant toutes les pièces une par une.

Si seulement je pouvais laisser au moins une marque sur lui, pensa-t-elle. Rien de méchant, juste une éraflure sur un de ses verres de lunettes, un petit rappel exaspérant qui l'empêcherait de continuer à considérer son existence comme quelque chose de parfait, d'immaculé et de protégé. Et l'inciterait à remercier le Ciel pour tout ce qu'il a en sa possession.

Sans plus réfléchir, elle lui expédia par mail toutes les photos de sa famille. Elle ne put s'empêcher de sourire en tapant comme objet du message : « Il y a de bonnes choses là-dedans. »

# 11

Florence se réveilla le lendemain matin avec le sentiment que la personne qu'elle était encore la veille s'était détachée d'elle, comme un ongle mort tombe sous la poussée d'un nouveau. À la place avait émergé une créature étrange et nue, un être qui s'était développé pendant des mois sans même qu'elle s'en aperçoive, jusqu'au moment où la pression était devenue trop forte pour le contenir.

Elle débordait d'énergie et d'espoir, même si elle ne se berçait pas d'illusions. Elle savait que Simon ne changerait pas d'avis au sujet de ses nouvelles. Et que, selon toute vraisemblance, il transmettrait aux ressources humaines le mail qu'elle lui avait envoyé. Il lui suffisait cependant de penser à la tête qu'il avait dû faire en le lisant pour reléguer ses craintes au second plan.

Dès son arrivée au bureau, elle comprit qu'il avait déjà réagi. Un voyant clignotait sur son téléphone, lui indiquant un message. C'était le directeur des ressources humaines, qui lui demandait de venir le voir sur-le-champ. Trois jours plus tard, un coursier se présenta chez elle à 7 heures du matin pour lui remettre des documents officiels. Non seulement elle était renvoyée, mais Simon et Ingrid avaient requis contre elle une ordonnance d'éloignement.

Elle aurait dû se sentir honteuse ou effrayée – elle n'avait ni économies ni perspectives d'emploi –, mais elle n'éprouvait que du soulagement et de l'exultation. Dans un moment de témérité, elle avait ouvert une trappe de secours dans sa vie, laquelle lui paraissait bien étriquée maintenant qu'elle se tenait à l'extérieur.

À la fac, elle avait lu *L'Immoraliste*, de Gide, et partagé le dédain de Michel envers le bonheur « tout fait » – le choix du confort plutôt que de la gloire. Or, une petite existence douillette, c'était exactement ce qui l'attendait. Celle d'Agatha, en somme. Mais Florence voulait plus, bien plus. Elle n'avait eu qu'à accomplir un acte hors du commun pour être de nouveau persuadée que tout était possible. Tout était là, devant elle. À portée de main.

Forte de cette certitude, elle expédia ses nouvelles corrigées à des dizaines d'agences littéraires. Elle était sûre que, si un agent l'appuyait, les éditeurs s'apercevraient enfin de son talent. Sa foi en son propre potentiel avait été ranimée. Quel genre de dieu cruel lui aurait donné le désir profond, tenace, de devenir écrivain sans lui en accorder les moyens ?

Elle prit même rendez-vous avec un avocat en vue de porter plainte pour harcèlement sexuel, mais il l'en dissuada, estimant qu'elle aurait du mal à obtenir gain de cause. « Oui, sûrement », admit-elle en pouffant, suscitant chez lui un malaise visible.

Il lui restait mille cent dollars sur son compte, dont huit cent seraient prélevés pour le loyer à la fin du mois. Pourtant, elle ne se tourmentait pas.

C'était la première fois, depuis ses seize ans, qu'elle se retrouvait sans travail. Et la première fois aussi qu'elle échappait à l'emprise maternelle : elle n'avait pas dit à Vera qu'elle avait été licenciée.

Elle n'en revenait pas d'être si heureuse. Exceptionnellement, elle se sentait en paix avec l'univers. L'univers, pensait-elle, allait veiller sur elle. Le destin interviendrait.

Et il le fit.

Deux semaines après son licenciement, elle reçut un message vocal de Greta Frost, chez Frost/Bollen, une des meilleures agences de la profession, lui demandant de la contacter.

Avant de composer le numéro, elle inspira plusieurs fois à fond afin d'éliminer toute trace de fébrilité dans sa voix. Greta Frost répondit en personne, d'un ton neutre que Florence s'efforça d'adopter elle aussi pour expliquer qui elle était.

— Ah, merci de me rappeler, dit Greta. Je cherchais à vous joindre parce qu'un de nos auteurs cherche une assistante et que quelqu'un a mentionné votre nom.

Florence fut désarçonnée.

— Vous ne vouliez pas me parler de mon manuscrit ?

— Pardon ?

— Les nouvelles que je vous ai envoyées...

— Oh. Oui, je les ai trouvées intéressantes. C'est d'ailleurs en partie pour ça que nous avons pensé à vous pour ce rôle.

— Quel rôle ?

— Avant de vous en dire plus, je tiens à vous prévenir que cette conversation doit rester confidentielle.

— Entendu.

— Vous connaissez Maud Dixon ?

— Vous plaisantez ?

— Pas du tout.

— Vous me demandez si j'ai envie de travailler pour Maud Dixon ?

— Non, je vous demande si vous avez envie de poser votre candidature au poste d'assistante de Maud Dixon.

— Bien sûr.

— Formidable ! s'exclama Greta comme si elle n'avait jamais rien entendu de plus réjouissant. Bon, pour commencer, laissez-moi vous préciser quelques points. En raison de circonstances pour le moins inhabituelles – je veux parler de son anonymat –, cette offre s'assortit de plusieurs conditions. Si vous êtes choisie, il vous faudra signer une clause de confidentialité. Non seulement vous n'aurez pas le droit de révéler le vrai nom de Maud Dixon, mais vous ne pourrez pas non plus dire que vous avez travaillé pour elle.

— D'accord.

Il y eut un bref silence à l'autre bout de la ligne.

— Je voudrais m'assurer que vous comprenez bien ce que ça signifie pour votre carrière, Florence, reprit Greta. Votre CV présentera un trou que vous ne serez pas en mesure d'expliquer.

Florence réfléchit. Tout l'intérêt d'un poste de ce type, c'était de pouvoir se servir des relations de l'écrivain(e) pour décrocher une autre place ou, avec un peu de chance, se faire publier. Sans cet avantage, autant se faire engager comme serveuse dans un bar ; au moins, on gagnait des pourboires.

Néanmoins, il n'était pas question de laisser passer une occasion d'apprendre le métier auprès d'une autrice de best-sellers et, peut-être plus important encore, de développer une relation avec son éminente agente littéraire.

— Je comprends, oui, affirma-t-elle.

— Bien. J'en viens maintenant au point numéro deux. Maud Dixon ne vit pas à Manhattan. À ce stade du processus de recrutement, je ne peux pas vous dévoiler son adresse exacte, mais elle a précisé qu'elle proposerait un logement au candidat retenu.

— Ça me convient.

— Vous êtes sûre ?

— Oui, tout à fait.

Florence savait – elle le savait au plus profond d'elle-même – que le destin venait de lui offrir ce travail, que c'était une étape indispensable pour atteindre elle-même le sommet. Même si Greta lui avait parlé d'une mutilation physique comme condition à l'embauche, elle aurait accepté.

— Parfait. Je vais vous indiquer où envoyer votre CV. Vous avez un stylo ?

Le soir même, Florence transmit son CV ainsi qu'une lettre de motivation à l'assistante de Greta. Le lendemain, elle reçut un appel pour convenir d'un rendez-vous en visioconférence avec Maud Dixon.

# 12

— Allô ? Vous m'entendez ?

— Oui, je vous entends, répondit Florence. Mais je ne vous vois pas.

Si son propre visage était parfaitement visible dans une petite fenêtre au bas de son écran d'ordinateur, l'espace où celui de Maud Dixon aurait dû apparaître restait noir.

— Eh bien, c'est plus ou moins le principe de l'anonymat, vous ne croyez pas ? répliqua la voix féminine à l'autre bout de la ligne.

Florence rougit.

— Oui, désolée.

— C'est quoi cette lumière derrière vous ? J'ai du mal à vous distinguer.

Florence jeta un coup d'œil derrière elle. Sa lampe de bureau était allumée. Elle l'éteignit.

— C'est mieux, approuva Maud Dixon. Vous avez des cheveux magnifiques.

Machinalement, Florence y porta la main, comme pour vérifier qu'elle avait toujours ses boucles rebelles.

— Oh, merci.

— Alors, parlez-moi un peu de vous, Florence.

Celle-ci lui débita le petit discours qu'elle avait préparé : d'où elle venait, quels auteurs elle avait étudiés à la fac, comment elle s'était retrouvée à New York.

— Mais vous ne travaillez plus chez Forrester ? s'enquit Maud Dixon.

— Non, j'ai estimé que j'avais fait le tour de tout ce que je pouvais apprendre là-bas.

— OK. Vous souhaitez ajouter quelque chose ?

— Eh bien, je... je suis écrivaine. Ou plutôt, j'aimerais le devenir.

— Ah. C'est bien beau, mais ce n'est pas un écrivain qu'il me faut. J'ai besoin d'une assistante. Vous maîtrisez le traitement de texte ? Vous êtes prête à accomplir des tâches fastidieuses ? À effectuer des recherches ?

— Bien sûr. Je réponds oui à toutes ces questions.

— D'accord. Que devrais-je encore savoir à votre sujet ?

Florence se tritura les méninges pour essayer de trouver quelque chose qui lui permettrait de se démarquer.

— J'ai, hum, j'ai été élevée par une mère célibataire, comme vous.

À peine avait-elle prononcé ces mots qu'elle prit conscience de son erreur.

— Je veux dire, comme le personnage de votre roman, rectifia-t-elle. Désolée.

— OK. Quoi d'autre ?

— Je ne sais pas... J'ai adoré votre livre. J'aime beaucoup votre voix. Ce serait un honneur pour moi de pouvoir me former auprès de vous. Et de vous apporter toute l'aide possible, naturellement.

Un court silence s'ensuivit.

— Et ça ne vous ennuie pas d'aller vous enterrer au fin fond de la cambrousse ? reprit Maud.

— Pas du tout. Pour être franche, j'en ai un peu assez de New York.

— C'est drôle, j'ai entendu un jour un psychologue faire remarquer que, quand un patient commence une phrase par « pour être franc », c'est le signe qu'il ment.

Florence laissa échapper un petit rire gêné.

— Je ne mens pas.

— Non, bien sûr que non. Cela dit, maintenant que j'y pense, la capacité à mentir serait un plus pour le poste, puisque vous ne pouvez pas révéler pour qui vous travaillez.

Incapable de déterminer à quel jeu jouait Maud, Florence avait l'impression de perdre pied.

— Je peux vous assurer que je suis capable de garder un secret, déclara-t-elle.

— Eh bien, vous m'avez donné matière à réflexion. Greta vous recontactera.

C'était tout ?

— Merci en tout cas de m'avoir accordé cet entretien, ajouta Florence.

Mais Maud Dixon s'était déjà déconnectée.

Florence referma son ordinateur et enfouit son visage dans ses mains.

Elle était toujours au lit à 11 heures le lendemain matin quand son téléphone sonna. C'était Greta, qui l'appelait pour lui annoncer qu'elle avait le poste, si ça l'intéressait toujours.

— C'est vrai ? ne put-elle s'empêcher de demander.

— Oui, bien entendu. Pourquoi ça ne le serait pas ?

— Non, je... Merci infiniment. J'accepte.

— Vous ne voulez pas y réfléchir ?

— Non, c'est inutile.

— Parfait. Maud a proposé que vous arriviez le 18 mars. Êtes-vous en mesure de prendre les dispositions nécessaires ? Je suis tout à fait consciente que ça ne vous laisse pas beaucoup de temps.

Florence ouvrit le calendrier sur son ordinateur.

— Lundi prochain, vous voulez dire ?

— C'est ça. Vous découvrirez vite que la patience n'est pas le fort de Maud.

— D'accord, dit Florence. Je peux m'arranger pour partir le 18.

Elles convinrent ensuite d'un rendez-vous dans la semaine pour signer les papiers.

Après avoir raccroché, Florence regarda autour d'elle. Elle avait encore du mal y croire. Cette conversation avait-elle réellement eu lieu ?

Un passage de *Mississippi Foxtrot* lui revint alors à la mémoire : « On naît tous avec une force de vie plus ou moins grande, et quand quelqu'un l'a épuisée, ça se voit, avait dit Maud à Ruby après le meurtre. Cet homme-là, lui, il lui restait plus rien. Si je l'avais pas tué, il serait mort quand même. »

Florence se demanda si c'était ce que Maud Dixon avait décelé en elle : *la vie*. La *volonté de vivre* à fond, quel qu'en soit le prix. Car si elle avait bien retiré quelque chose de son expérience chez Forrester, c'était une immense peur de l'insignifiance et l'idée qu'on pouvait sombrer dans une existence insipide sans même s'en apercevoir.

Son téléphone vibra soudain. Elle avait reçu un SMS de sa mère : « J'ai donné ton numéro à Keith aujourd'hui, avait-elle écrit. Il a 1 super idée pour 1 livre !! »

Un instant plus tard, le portable vibra de nouveau : « Deux mots : dragon, cathéter. »

Florence fronça les sourcils.

Un troisième message arriva : « Chasseur !!! Pas cathéter. »

Elle éteignit son téléphone.

# Deuxième partie

# 13

Immobile sur le quai de la gare d'Hudson, Florence regarda son train s'ébranler avec plus de puissance qu'elle ne l'aurait cru possible. Un tourbillon de feuilles mortes et d'emballages vides s'éleva dans son sillage puis retomba doucement. Elle enfouit son menton dans son écharpe. Il faisait plus froid ici qu'en ville.

Une main en visière pour se protéger du soleil éclatant en ce début de printemps, elle vit de gros nuages noirs s'amonceler au loin. La pluie. Elle hissa son sac de voyage sur son épaule et chancela sous son poids. Il contenait tout ce qu'elle possédait – moins le mobilier, évidemment. Elle avait bien essayé de vendre son matelas et son bureau sur Craigslist, mais elle n'avait réussi à s'en débarrasser qu'en les donnant.

Elle rejoignit le flot des voyageurs qui se dirigeaient vers le parking, où elle avait rendez-vous avec Helen.

Helen. C'était le vrai nom de Maud Dixon : Helen Wilcox. Pas un homme, donc, mais bien une femme qui, pour autant qu'elle avait pu en juger, n'avait pas d'autres publications à son actif, n'était pas présente sur Internet et ne semblait exister nulle part. Sauf s'il s'agissait d'une jeune gymnaste prodige à La Jolla, en Californie.

La semaine précédente, Florence avait rencontré Greta Frost chez Frost/Bollen, dans un gratte-ciel étincelant de Midtown. C'était une femme imposante de près de soixante-dix ans, aux cheveux gris coupés au carré et au maintien irréprochable. Derrière ses lunettes à monture épaisse, elle l'avait regardée en silence signer un formulaire W-9, un contrat d'embauche et une clause de confidentialité.

— Combien de personnes connaissent la véritable identité de Maud Dixon ? avait demandé Florence lorsque l'agente s'était levée, signalant la fin de l'entretien.

Greta avait pointé un index noueux vers sa propre poitrine. « Une... » Puis l'index avait indiqué Florence. « Et deux. »

— Durant tout ce temps, vous étiez la seule à savoir ? s'était étonnée Florence.

— Je crois, oui.

— Comment est-ce possible ?

Greta avait esquissé un sourire crispé.

— Je suis douée pour garder les secrets, avait-elle affirmé.

— Et son éditeur ?

— Presque tous les échanges se font par mail, avait expliqué Greta. Deborah l'appelle Maud, tout simplement.

Elle s'était interrompue un instant.

— Très franchement, je ne m'explique pas pourquoi elle a décidé de vous mettre vous, une parfaite inconnue, dans la confidence. J'ai tenté en vain de l'en dissuader. Ça ne me paraît pas une bonne idée.

Déconcertée, Florence s'était demandé comment réagir.

— Je ne le dirai à personne.

— Je l'espère bien. Vous venez de signer un document qui vous interdit de divulguer des informations la concernant.

— Oui, j'ai compris.

En dépit de la froideur de Greta, Florence était sur un petit nuage quand elle était sortie de chez Frost/Bollen ce jour-là. Si elle avait toujours eu elle-même des secrets – l'exubérance de sa mère l'avait poussée très tôt à chercher dans sa tête des refuges sûrs où s'isoler, loin des regards scrutateurs –, elle n'en avait que rarement été la dépositaire. Cela lui procurait un sentiment de puissance aussi nouveau que grisant. Par essence, chaque secret recèle le pouvoir de détruire, elle en avait conscience. Et Simon pouvait en témoigner.

Elle survola du regard le parking. Le soleil, qui était derrière elle, se réfléchissait sur un océan de surfaces chromées, produisant une myriade de miroitements aveuglants. Toutes les voitures paraissaient sombres et vides. Derrière l'aire de stationnement s'étendaient des entrepôts et des bâtiments manifestement désaffectés – un environnement bien différent de la ville pittoresque qu'elle avait imaginée.

Elle avisa soudain un vieux Range Rover vert dont la portière venait de s'ouvrir côté conducteur. Une femme en descendit à moitié, laissant un pied à l'intérieur du véhicule. Elle avait de courts cheveux blonds et un long nez osseux enlaidi par une bosse proéminente sur l'arête – un nez que personne n'aurait jamais qualifié de « joli », même sur un jeune enfant. Au-dessus, deux rides profondes étaient gravées entre ses sourcils tels des guillemets. Elle portait un gros pull marin sur un jean et, pour tout maquillage, un rouge à lèvres d'une teinte carmin particulièrement vive.

L'inconnue se protégea les yeux d'une main, projetant une ombre sur son visage. De l'autre, elle fit signe à Florence de la rejoindre.

— Bonjour, dit-elle en lui tendant une main fine et froide. Je suis Helen Wilcox.

Florence sourit.

— Ravie de vous rencontrer.

— Pareillement. Allez, grimpez.

Elle se réinstalla sur le siège conducteur puis regarda Florence fermer la portière de son côté, boucler sa ceinture de sécurité et lui adresser un sourire empreint de nervosité.

— Quel âge avez-vous, déjà ? demanda-t-elle.

— Vingt-six ans, répondit Florence.

— Vous faites plus jeune.

Une remarque qui sonnait presque comme un reproche.

— On me le dit souvent, admit Florence.

— Veinarde.

Helen l'observa encore quelques instants, puis passa brusquement la marche arrière et sortit du parking.

Sans répondre, Florence tourna la tête vers la vitre. L'intensité du regard d'Helen la mettait mal à l'aise. Cette dernière fit vrombir le moteur, et les bâtiments délabrés alentour cédèrent rapidement la place à une étroite route à double sens.

— On y sera dans dix minutes, précisa-t-elle.

D'après Google, que Florence avait consulté avant de partir, le trajet prenait deux fois plus longtemps, mais la conduite d'Helen expliquait sans doute l'écart.

Quand celle-ci tourna à droite en direction du pont qui enjambait l'Hudson River, Florence avisa un panneau indiquant « Aire de stationnement pour véhicules d'escorte » mais résista à l'envie de faire une plaisanterie sur le mot « escorte ». Elle devinait déjà que la femme à côté d'elle ne la trouverait pas drôle.

Alors qu'elles traversaient le Rip Van Winkle Bridge, Florence vit en contrebas la voie ferrée par laquelle elle venait d'arriver, qui longeait la rive du fleuve.

— Cairo n'est pas vraiment dans la vallée de l'Hudson, déclara Helen, même si les agents immobiliers se plaisent à l'affirmer. La ville fait plutôt partie des Catskills.

Elle avait prononcé « Kaïro », pas « Kéro ». Florence fut soulagée de ne pas avoir mentionné ce nom la première. Elle coula de nouveau un regard vers la conductrice. Celle-ci avait allumé une cigarette et tapotait le volant avec deux doigts au rythme d'une chanson de Lucinda Williams.

Elle s'absorba de nouveau dans la contemplation du paysage et fronça les sourcils quand elles longèrent une décharge. Elle s'était attendue à un endroit plus idyllique.

Quelques minutes plus tard, elle aperçut un grand panneau annonçant « VOTRE FUTURE RÉSIDENCE », qui dominait une dizaine de maisons en préfabriqué posées sur des parpaings. Rien de ce qu'elle avait vu depuis son arrivée à New York ne lui avait autant rappelé la Floride.

— Qu'est-ce qui vous a amenée ici ? demanda-t-elle.

— La solitude, déclara Helen, laconique.

Florence chercha quelque chose à ajouter, mais rien ne lui vint. Elle estimait que ses premières remarques seraient déterminantes, dans la mesure où elles révéleraient des caractéristiques de sa personnalité qui lui vaudraient ou non le respect d'Helen. Or elle ne parvenait pas à trouver la bonne intonation ni le bon sujet de conversation. Elle avait envisagé de dire combien *Mississippi Foxtrot* avait compté pour elle, sauf que les mots lui parurent banals et vides de sens lorsqu'elle les répéta dans sa tête. De son côté, Helen semblait se satisfaire de rouler en silence.

Bientôt, les nuages envahirent le ciel, masquant le soleil, et la lumière prit une teinte jaunâtre. Florence vit une nuée de merles s'abattre sur un arbre comme un filet qu'on aurait lancé dessus. De grosses gouttes s'écrasèrent sur le pare-brise quand Helen bifurqua et enchaîna les virages jusqu'à une route pavée cahoteuse. « Crestbill Road », lut Florence, qui reconnut le nom : il correspondait à l'adresse que lui avait envoyée Greta quelques jours plus tôt.

— Ça ne va pas durer, dit Helen en actionnant les essuie-glaces. Ces orages de printemps sont impressionnants, mais en général ils se lassent rapidement et ne tardent pas à aller voir ailleurs ce qui se passe.

Elle jeta un coup d'œil à Florence avant d'ajouter :

— Comme les assistantes de romanciers, peut-être ?

— Oh, je ne prévois pas d'aller voir ailleurs avant un bon moment, lui assura l'intéressée.

— Et qu'avez-vous raconté pour justifier votre départ ?

— Comment ça ?

— Vous avez bien dû trouver une explication, puisque vous n'aviez pas le droit de parler de ce travail ni de votre destination.

— En fait, je n'ai rien dit à personne.

Les yeux toujours fixés sur la route, Helen haussa les sourcils.

— Ah bon ? Même pas à votre famille ?

— Je n'ai que ma mère. Elle croit que je travaille toujours chez Forrester.

— Elle ignore que vous avez quitté votre poste ?

Florence ne répondit pas tout de suite. Elle ne voulait pas prendre le risque de dévoiler les véritables circonstances de son départ.

— Vous n'êtes pas proches ? insista Helen.

— Pas vraiment. Elle est… bah, je ne sais pas. Nous sommes différentes.

— C'est-à-dire ?

N'ayant jamais été interrogée sur sa relation avec sa mère, Florence dut batailler pour trouver les mots susceptibles de la définir.

— Vous avez déjà remarqué cette façon qu'a Trump de toujours parler de gagnants et de perdants ?

Helen hocha la tête.

— Eh bien, ma mère est comme ça, expliqua Florence. Elle est constamment en train de cataloguer les gens en fonction d'une structure hiérarchique très concrète qu'elle a construite dans sa tête, et elle a des idées bien arrêtées sur la place que je devrais occuper à l'intérieur de ce modèle. Elle s'est investie dans son rôle parental avec pour seul but de me faire gravir le plus d'échelons possible, et elle se met dans tous ses états quand elle a l'impression que je sabote ses efforts. Elle ne comprend pas qu'on puisse avoir une autre conception du monde.

Helen garda le silence.

— Elle a aussi voté pour Trump, ajouta Florence avec un petit rire gêné. Je le précise, au cas où ça n'aurait pas été évident.

— Pas vous, je suppose ?

— Moi ? Grands dieux non ! Vous plaisantez ?

Helen haussa les épaules.

— Qu'est-ce que j'en sais ? répliqua-t-elle.

— Je ne suis pas une sociopathe.

— Tous les électeurs de Trump ne sont pas des sociopathes.

Pour Florence, qui venait de passer deux ans entourée de gens qui dépensaient beaucoup d'énergie à prétendre le contraire, rien n'était moins sûr.

— Ce que les sociaux-libéraux ne comprennent pas, poursuivit Helen, c'est que les citoyens rationnels, intelligents sont parfaitement capables d'établir une distinction entre la politique de Trump et ses défauts personnels. Je veux dire, on ne parle pas de s'en faire un ami.

— Alors, vous...

Florence hésita. Elle avait du mal à croire qu'elle puisse poser la question. À sa connaissance, les écrivains ne votaient pas pour Trump.

— Vous avez voté pour lui ? demanda-t-elle d'un ton qu'elle espérait neutre.

— Pas du tout. Je ne vote jamais.

— Oh.

Quelques minutes plus tard, Helen tourna à gauche pour s'engager sur une longue allée. Le panneau à l'entrée annonçait : « Propriété privée. » Après avoir traversé une forêt dense sur environ cinq cents mètres, elles arrivèrent devant une petite maison de pierre aux volets verts. Sur le toit, une girouette filiforme en cuivre virevoltait sous les assauts du vent. La bâtisse n'avait rien de commun avec les pavillons bas, hideux, que Florence avait vus sur le trajet.

— Cette maison date de 1848, dit Helen en suivant son regard. Je l'ai achetée il y a deux ans, quand j'ai commencé à toucher les droits de *Mississippi Foxtrot.*

La pluie tombait à verse désormais, cinglant les rosiers qui bordaient le perron. Helen conseilla à Florence de laisser son sac dans le coffre, puis elles coururent toutes les deux vers les marches.

Sous la marquise au-dessus de la porte, Florence se sécha le visage avec sa manche tandis qu'Helen insérait une clé dans la vieille serrure. Le battant s'ouvrit en grinçant, et Florence découvrit un intérieur inondé de clarté. Murs, plafond, sols – toute la maison, pour autant qu'elle puisse en juger – avaient été repeints dans une riche nuance de blanc laiteux.

Elles pénétrèrent dans un petit vestibule. Une antique table en bois, repoussée contre un mur, accueillait clés et courrier. Deux paires de bottes boueuses s'alignaient dessous. Par une porte ouverte sur la gauche, Florence aperçut une salle à manger. Helen la conduisit vers le salon de l'autre côté et lança son sac sur un grand canapé tendu de lin. Un cendrier plein était posé en équilibre précaire sur un des accoudoirs. Des livres s'empilaient sur le pouf carré installé devant la cheminée de brique où des braises achevaient de se consumer. La maîtresse de maison rajouta une bûche, faisant s'élever un nuage rageur de cendres et d'étincelles.

— Voilà, vous y êtes, dit-elle.

Florence songea à sa mère, qui se plaisait à imaginer pour elle une existence toute de paillettes et de clinquant. Mais ce dont elle rêvait, elle, c'était *ça,* ce qu'elle avait sous les yeux. Une tasse à thé bleu et blanc remplie de pelures de clémentine. Un enchevêtrement de renoncules blanches dans un pichet en céramique posé sur le rebord de la fenêtre. Une fois, Amanda avait placé un bouquet de ces mêmes fleurs sur son bureau, au travail. L'intérieur d'Helen semblait sorti tout droit d'un tableau de Vermeer. Et il y régnait un froid saisissant. Des courants d'air glacés faisaient vibrer les vitres dans leurs encadrements. Quelqu'un avait dit un jour à Florence que le verre peut prendre une forme liquide qui se solidifie lentement, sur des siècles, et que c'était la raison pour laquelle, dans les maisons anciennes, les fenêtres étaient toujours plus épaisses vers le bas que vers le haut. Était-ce vrai ? Florence s'en fichait. Tout comme elle ne comprenait pas ce qui pouvait pousser les gens à essayer de découvrir l'identité de Maud Dixon, elle ne voyait pas pourquoi ils éprouvaient toujours le besoin de tout expliquer, de ramener la poésie à des faits. La poésie ne valait-elle pas mieux ? Pourquoi chercher à transformer la beauté en quelque chose de trivial ?

Helen lui fit visiter le reste du rez-de-chaussée : la salle à manger avec sa longue table en bois dissimulée en partie par des livres et un ordinateur portable, une petite chambre d'amis avec deux lits jumeaux recouverts de courtepointes aux couleurs fanées et une cuisine équipée d'un énorme évier de ferme. Là, la romancière saisit la verseuse d'une vieille cafetière installée sur le plan de travail et remplit deux mugs.

— En haut, dit-elle en montrant le plafond, il n'y a que ma chambre, le bureau et deux chambres d'appoint.

Elle posa l'un des mugs devant Florence sans lui proposer de lait ni de sucre.

— Vous logerez dans le cottage derrière. C'est une ancienne remise à calèches. Ça n'a rien de luxueux, mais j'espère que ça vous conviendra.

Florence répondit qu'elle n'en doutait pas. Elle avala une gorgée de café en regardant la pluie ruisseler le long des vitres. Tout ce qu'elle voyait derrière, c'était un champ gris-vert ponctué de taches brunes floues.

Lorsque l'averse se calma, elle alla chercher son sac dans le coffre du Range Rover et retrouva Helen derrière la maison. Elles suivirent une allée de dalles d'ardoise envahies par la mousse.

— Le propriétaire précédent était arboriculteur, expliqua Helen. Il a croisé pas mal de ces arbres. Résultat, j'ai quelques spécimens étranges, moitié d'une espèce, moitié d'une autre.

Florence regarda l'un de ceux qu'elle lui indiquait. Il n'avait pas l'air d'un hybride, mais plutôt de deux arbres greffés brutalement l'un à l'autre.

Helen continua la visite.

— Là-bas, il y a un potager assez modeste, que je fais de mon mieux pour ne pas saccager, et derrière ces pins se trouve mon secret le plus sombre et le mieux gardé...

Elle se tourna vers Florence en feignant une grimace.

— Le *tas de compost*. Et, avant que vous ne disiez quelque chose, oui, j'ai bien conscience d'être devenue l'archétype même de la hippie de la vallée de l'Hudson.

Florence sourit, certaine que c'était la réaction attendue de sa part.

Elles atteignirent l'ancienne remise à calèches, située à une centaine de mètres de la maison principale. Derrière, une ligne d'arbres sombres délimitait l'orée de la forêt. La porte d'entrée commença par résister quand Helen voulut l'ouvrir, mais un rapide coup de pied dans le bas du battant suffit à résoudre le problème.

— Je ferai arranger ça, dit-elle.

Et d'ajouter, un instant plus tard :

— Non, sans doute pas, mais bon, il y a des problèmes plus graves dans la vie qu'une porte qui coince, pas vrai ?

Florence acquiesça d'un signe de tête avant de pénétrer à sa suite dans un intérieur lumineux, aéré, avec un espace salon et une petite kitchenette aménagée dans un coin. Un téléphone rose à cadran était fixé au mur près du frigo. Un coup d'œil dans la salle de bains lui révéla la présence d'une baignoire profonde à l'ancienne. D'étroites marches en bois, plus proches des barreaux d'une échelle que des degrés d'un escalier, menaient à une chambre en soupente. Florence fut conquise sur-le-champ. Elle n'avait jamais eu autant d'espace à sa disposition – et encore moins une *maison* –, et elle se sentait plus à sa place dans cet endroit que dans tous les lieux où elle avait vécu jusque-là.

Helen la laissa s'installer et lui dit de la rejoindre vers 19 heures pour boire un verre avant le dîner. Florence entreprit aussitôt de déballer ses affaires. Elle avait toujours été ordonnée. Elle n'aurait jamais pu se coucher en laissant traîner ses chaussures dans l'entrée.

Une vingtaine de minutes lui suffirent pour ranger ses effets personnels. Ensuite de quoi, elle glissa son sac de voyage sous le lit puis alla s'asseoir sur le canapé et ouvrit le cahier neuf qu'elle avait acheté le matin même à la gare de Grand Central. Il était destiné à accueillir le roman qu'elle prévoyait d'écrire pendant son séjour. Il lui fallait s'attaquer à un projet plus vaste que des nouvelles, avait-elle décidé. Elle contempla un moment la première page blanche. Nota la date et « Cairo, New York », en haut. Quelques instants plus tard, elle referma le cahier en soupirant.

Bon, d'ici peu elle aurait sans doute beaucoup à dire. Avec quelqu'un comme Helen Wilcox, on ne devait pas s'ennuyer.

Elle alla chercher un livre – elle peinait depuis un mois sur Proust, affirmant en retirer bien plus de plaisir qu'elle n'en prenait en réalité – et ne tarda pas à le refermer lui aussi. Elle se sentait à la fois fébrile et désœuvrée. Elle songea à appeler Lucy mais, depuis son licenciement, elle n'avait répondu à aucun des messages de son amie. Elle ne voulait pas de sa compassion, préférant que le rapport de force reste tel qu'il était, à savoir nettement en sa faveur. Sans compter qu'il lui aurait été impossible de l'impressionner en lui parlant de son nouveau travail, puisqu'elle avait un devoir de discrétion.

Si elle avait été chez elle, en ville, elle serait partie se promener ou se serait installée dans le salon pour bavarder avec Brianna et Sarah. Elle se rendit soudain compte à quel point elle était isolée. Elle ferma les yeux et tendit l'oreille. Rien ne troublait le silence. Elle était complètement seule.

# 14

À 18 h 55, Florence frappa timidement à la porte de la maison. N'ayant pas obtenu de réponse, elle l'ouvrit et entra. De la musique lui parvenait de la cuisine, aussi se laissa-t-elle guider par le son.

Helen, qui avait enfilé un tablier par-dessus ses vêtements, buvait un verre de vin en même temps qu'elle fumait une cigarette et coupait des tomates. De temps à autre, elle s'interrompait pour diriger l'orchestre avec son couteau.

— Bonsoir, dit Florence.

La romancière se retourna et chanta « *La tua sorte è già compitaaaaaa* » d'une voix d'alto éraillée, en étirant au maximum la dernière syllabe. Puis elle avala une gorgée de vin.

— Vous aimez l'opéra, Florence ?

— Hum, je ne sais pas trop.

L'expérience qu'avait Florence de la musique classique se limitait à la bande-son des publicités pour les voitures.

— Oh, c'est divin. Absolument divin ! J'ai vu *Il Trovatore* au Met l'année dernière. Je vous emmènerai la prochaine fois que j'irai. Je vous sers du vin ?

— Volontiers, merci.

Florence prit le verre proposé en s'efforçant de dissimuler sa joie à l'idée d'accompagner bientôt Maud Dixon à l'opéra.

— Je peux vous aider à préparer le dîner ? demanda-t-elle.

— Surtout pas, j'ai un besoin maladif de tout contrôler en cuisine.

Helen saisit une petite tomate cerise entre son pouce et son index.

— Vous savez comment ils appellent ces tomates, en France ? Des cœurs-de-pigeon. Joli, n'est-ce pas ? Et l'image est tellement bien trouvée... Vous ne pourrez plus regarder un pigeon sans penser à ce petit cœur en forme de tomate battant dans sa poitrine.

— Ma mère dit parfois que certaines personnes « ont » un cœur de pigeon. Celles qu'elle estime faibles.

— Ah oui ?

La romancière dirigea vers elle la pointe de son couteau.

— Ça me plaît. Il est possible que je lui vole l'idée. Rappelez-moi, vous venez du Sud, Florence ? C'est là qu'on utilise les expressions les plus originales.

— Je suis née en Floride. On est dans le Sud sans y être.

— Oh, d'ici ou d'ailleurs, qu'est-ce que ça change ? Cette notion d'origine est très surfaite.

— Peut-être...

— C'est vrai, affirma Helen. Le statut d'outsider vous confère du pouvoir. Il permet de voir les choses plus clairement.

Un bruit dans le four attira l'attention de Florence.

— C'est du poulet, précisa Helen. Vous n'êtes pas végétarienne, j'espère.

Florence fit non de la tête.

— Dieu soit loué ! s'exclama la romancière, qui recommença à manier son couteau. Alors, vous êtes bien installée ?

— Oui, merci.

— Tant mieux. Nous nous mettrons au travail demain.

— Le nouveau roman avance bien ?

Une ombre voila le regard d'Helen.

— Ça va.

— C'est la suite de *Mississippi Foxtrot* ?

— Non. L'histoire de Maud et Ruby est officiellement *finie*.

Elle fit le geste de se trancher la gorge.

— Oh.

Florence sentit son excitation retomber. Comme la plupart des fans de *Mississippi Foxtrot*, elle aurait voulu savoir ce qui se passait après.

— Les lecteurs vont être déçus, fit-elle remarquer.

— Oui, mon agente me le dit tous les jours. Apparemment, je leur dois une conclusion, ajouta Helen en levant les yeux au ciel.

— Vous n'êtes pas d'accord ?

La romancière éclata de rire.

— Comme si je leur devais quelque chose ! Oh non, je ne dois rien à personne. Si Greta me réclame une suite, c'est parce que ça lui rapporterait plus d'argent.

Elle retira le poulet du four, puis le découpa avec dextérité avant de placer un blanc et une cuisse dans chaque assiette. Elle apporta ensuite à la table une bouteille de vin et une salade verte, et invita Florence à s'asseoir.

Cette dernière lui demanda quand elle aurait l'occasion de lire le texte en cours.

— Bientôt, répondit Helen. Peut-être demain. Si vous parvenez à déchiffrer ma foutue écriture de cochon, évidemment...

Elle rédigeait ses premiers jets à la main, sur des blocs-notes standards, expliqua-t-elle. L'une des missions de Florence consisterait à taper le texte.

— J'en ai écrit à peu près le quart, ajouta-t-elle. Dès le début, j'ai compris qu'il allait falloir faire beaucoup plus de recherches que pour *Mississippi Foxtrot*. C'est là que vous interviendrez. L'histoire se passe au Maroc. Vous connaissez ?

— Non.

— Certains auteurs ont très bien décrit ce pays. Tahar Ben Jelloun et Paul Bowles me viennent à l'esprit.

— Désolée, je ne les ai pas lus.

— Inutile de vous excuser. Je vous donnerai une liste de livres qui pourraient vous être utiles. Non, en fait, on ne commencera pas par la fiction. Oubliez Ben Jelloun et Bowles, ils risquent de distraire votre attention plus qu'autre chose.

— De quoi parle votre roman ?

— Je n'ai pas encore mis en place tous les détails. Mais, en gros, on suit le parcours d'une Américaine qui plaque tout et part au Maroc travailler pour une vieille amie d'enfance. À partir de là, bien sûr, c'est la chronique d'une catastrophe annoncée.

Helen sourit.

Florence, détendue par le vin, vit une occasion d'exprimer le fond de sa pensée.

— Vous savez, Helen, je voulais vous dire que j'adore la façon dont vous décrivez les relations entre femmes.

C'était le compliment qu'elle avait hésité à lui faire dans la voiture. Mais, alors même qu'elle l'énonçait, elle craignit comme la première fois qu'il ne tombe à plat.

— Oh, eh bien, c'est juste parce que les hommes ne m'intéressent pas beaucoup, répliqua la romancière, qui éclata de rire.

Un silence embarrassé s'ensuivit.

— Attention, je ne suis pas lesbienne pour autant, clarifia Helen. Il m'arrive de coucher avec des hommes, mais je ne m'engage pas avec eux. Je n'en ai jamais trouvé un qui me fascine autant que les femmes. Pour moi, ce sont des objets bruts. Sans nuances.

» J'ai eu un amant, une fois, poursuivit-elle, et nous sommes partis en week-end. À l'hôtel, je me suis rendu compte qu'il était complètement dépassé par la notion de pourboire. Il n'arrêtait pas de me demander combien il devait donner, à quel moment et à qui. C'était exaspérant au possible, et j'ai compris que je ne pourrais pas rester avec un homme qui ne savait pas gérer les pourboires. Mais, plus tard, il m'est venu à l'esprit que j'aurais aussi du mal à supporter un homme qui donne trop, et trop facilement. Quelle arrogance ! Quelle autosatisfaction ! Alors, que reste-t-il ?

— Il existe peut-être une catégorie intermédiaire de donneurs de pourboires ? suggéra Florence.

— Non, les catégories intermédiaires, ça n'existe pas.

Si Florence était persuadée du contraire – pour elle, tout, absolument tout, relevait d'une catégorie intermédiaire –, elle n'insista cependant pas.

— Les catégories intermédiaires, c'est bon pour les gens moyens, décréta Helen comme si elle lisait dans ses pensées.

Bientôt, il ne subsista plus dans leurs assiettes que des os et des ligaments. Elles s'attardèrent néanmoins à table, prenant leur temps pour terminer le vin. L'atmosphère entre elles était moins guindée. Les stridulations lancinantes des grillons se faisaient entendre dehors.

— Ça ne vous dérange pas que personne ne le sache ? questionna Florence quand la tentation devint irrésistible. Que vous êtes l'auteur de *Mississippi Foxtrot*, précisa-t-elle.

— *Bene vixit, bene qui latuit.*

Florence hocha la tête, avant de demander :

— Pardon ?

— C'est du latin. Ovide. Ça veut dire : « Pour vivre heureux, vivons cachés. »

— Oh.

Devant l'air dérouté de son assistante, Helen éclata de rire.

— Laissez tomber, je fais des mystères pour rien. La réponse courte est : non, ça ne me dérange pas.

— Mais pourquoi avoir voulu garder le secret ? À quoi ça rime ?

Helen alluma une cigarette et tourna la tête vers la fenêtre.

— Vous trouvez ça idiot ? Pas moi. J'étais jeune quand j'ai écrit ce roman, j'avais dans les vingt-cinq ans. Votre âge, en somme.

Florence ne put s'empêcher de l'interrompre.

— Ah oui ? Alors, attendez... Vous n'avez que... trente-trois ans ? Trente-quatre ?

De nouveau, Helen s'esclaffa.

— Adieu les civilités ! J'en ai trente-deux.

Florence fut surprise, car la romancière lui avait paru plus vieille. À la réflexion, pourtant, il y avait pas mal de choses dans *Mississippi Foxtrot* qui lui avaient rappelé sa propre adolescence. Seuls certains des camarades de Ruby et Maud possédaient des téléphones portables ; Bush était président... Ce constat fit renaître en elle un sentiment de décalage : elle n'était pas près d'avoir une histoire à raconter, et encore moins d'en faire la matière d'un best-seller. Peut-être était-ce pour cette raison qu'Helen lui semblait plus âgée : elle avait déjà accompli tant de choses...

— Bref, continua Helen, sans remarquer la détresse de son interlocutrice, ou en choisissant de l'ignorer. J'habitais Jackson à l'époque, je travaillais comme relectrice pour un éditeur de manuels scolaires. J'ai écrit *Mississippi Foxtrot* pendant mes pauses déjeuner. Le plus dingue, c'était que je rêvais de m'installer à New York et de devenir un écrivain célèbre... Mais pas pour ce livre. Celui-là, il fallait que je l'arrache de mes entrailles pour pouvoir aller de l'avant.

Elle chercha le regard de Florence.

— Vous savez comment on se débarrasse du ver solitaire ?

— Euh, non.

— Vous vous enfermez dans une pièce sombre – dans le noir, je veux dire – et vous approchez de votre visage une tasse de lait chaud. Quand le ver commence à sortir de votre nez, vous devez l'attraper au plus vite et tirer. Voilà, c'est comme ça que j'ai vécu la rédaction de *Mississippi Foxtrot* : un processus violent, douloureux, grotesque. Mais au bout du compte, salutaire.

» Je refusais d'arriver à New York associée à ce livre. Il fallait que je fasse table rase du passé. Je voulais aller quelque part où personne n'avait entendu parler d'Hindsville, Mississippi.

Florence se promit de retenir le nom de la ville.

— Je croyais que je pourrais écrire ce roman sous pseudonyme, puis partir vivre à New York et entamer une brillante carrière sous le nom d'Helen Wilcox. J'avais ce projet ambitieux en tête, celui d'une grande saga racontant les aventures d'une famille qui traversait l'ouest des États-Unis au début du XIX<sup>e</sup> siècle. Mais voilà, j'avais beau essayer de m'y mettre, je bloquais. Il m'était impossible d'échapper à ma propre histoire.

Helen repoussa soudain sa chaise, puis se leva et s'approcha d'un placard près du frigo. Elle y prit une bouteille de whiskey et deux verres. Elle les remplit sans faire attention, éclaboussant d'alcool le plan de travail, puis en tendit un à Florence.

— Quoi qu'il en soit, le succès de *Mississippi Foxtrot* m'a totalement prise de court. Je n'imaginais pas que ce recoin poussiéreux du pays pourrait intéresser une seule personne – et encore moins des millions. J'avais envoyé le manuscrit à des agents avant tout pour ne plus le voir, pour l'éliminer de ma vie. Quand j'ai reçu un appel de Greta Frost, j'en suis restée comme deux ronds de flan.

» Plus tard, alors que les ventes s'envolaient, Greta m'a obtenu une avance exorbitante pour un second roman, fondée sur trois fois rien : un synopsis d'une page dont je me souviens à peine. C'était il y a plus d'un an. Et, bien sûr, cette somme a servi à acheter le nom de Maud Dixon. C'est à elle que les lecteurs sont attachés. Ça gâcherait tout si je me faisais connaître maintenant. Les gens pensent qu'ils veulent la vérité mais ils sont toujours déçus. C'est invariablement moins excitant que le mystère. Croyez-moi, j'ai essayé de convaincre Greta de me laisser écrire sous mon propre nom, mais elle a raison, ça n'a pas de sens. Je suis condamnée à rester Maud Dixon jusqu'à la fin de ma vie.

— D'où vient ce nom, à propos ?

Helen fit tomber la cendre de sa cigarette dans son assiette.

— Le prénom est emprunté au poème de Tennyson, *Maud*. Vous l'avez lu ?

— Non.

— Vous devriez. C'est magnifique. Il raconte une histoire d'amour avec tous ces sous-entendus étranges et sombres. Il décrit Maud comme « parfaite à l'excès, d'une normalité glaçante, d'une éblouissante insignifiance ». J'adore.

— Et Dixon ?

— Le nom de mon ancienne colocataire à la fac. À vrai dire, je ne pouvais pas l'encadrer.

— Et vous êtes restée en contact avec Ruby après votre départ ?

Bouche close, Helen étira les lèvres en un sourire que Florence viendrait à bien connaître.

— Ce n'est qu'un roman, Florence.

Il était 23 heures passées lorsqu'elles finirent leurs verres. Florence proposa de faire la vaisselle, mais Helen déclina l'offre.

— Allez plutôt vous reposer, dit-elle en écrasant son mégot maculé de rouge à lèvres. Bonne nuit.

— Pareillement, répliqua Florence, heureuse d'avoir trouvé une occasion de replacer le mot.

Il lui avait paru sophistiqué quand Helen l'avait employé à la gare.

En regagnant le cottage, elle se rendit compte qu'elle était un peu éméchée. À mi-chemin, dans le silence de la nuit, elle s'arrêta pour jeter un coup d'œil derrière elle. Toutes les fenêtres de la maison étaient éclairées et Helen se tenait devant l'évier dans la cuisine. Elle avait remis de la musique et dirigeait de nouveau l'orchestre.

Florence sourit. Helen représentait tout ce qu'elle voulait être, et le destin lui avait donné une chance de l'étudier de plus près. Elle ne la gâcherait pas, se promit-elle solennellement.

# 15

Florence se réveilla à 6 heures du matin et sortit faire une courte promenade dans les bois derrière la maison tandis que le soleil se levait. À son retour, elle découvrit sur son téléphone un nouveau message vocal de sa mère, qu'elle ignora. À 9 heures, elle se rendit chez Helen, qu'elle trouva en train de lire le journal à la table de la salle à manger.

— Il y a du café à la cuisine, lança la romancière sans lever les yeux.

Lorsque Florence revint avec un mug, Helen repoussa du pied la chaise en face d'elle.

— Bon, commença-t-elle. C'est votre baptême du feu. Voilà, j'ai dans mon ordinateur plus d'une centaine de mails non lus auxquels il faudrait répondre. Autrement dit, *vous* avez plus d'une centaine de mails à traiter.

La plupart, expliqua-t-elle, avaient été envoyés par Frost/Bollen – soit par Greta, soit par son assistante Lauren. Il s'agissait essentiellement de demandes d'interview ou d'invitations à des événements, de courriers de lecteurs, etc. Helen alluma l'ordinateur portable placé sur la table et se connecta au compte maud.dixon.ecrivain@gmail.com. Puis elle orienta le clavier vers Florence.

— OK, on va faire le premier ensemble.

Florence ouvrit le message le plus récent. Il avait été envoyé par Greta :

Bonjour M.,
Comment ça se passe avec Florence ?

Celle-ci partit d'un petit rire embarrassé.

— Si on en prenait un autre ? suggéra-t-elle.

— À partir d'aujourd'hui, c'est vous qui gérez ma correspondance, répliqua Helen. *Toute* ma correspondance, je précise.

— D'accord...

Florence posa ses doigts sur les touches.

— Greta vous appelle « M. », observa-t-elle. C'est pour Maud ?

— Oui. Ça permet de minimiser les risques d'établir un lien entre ma véritable identité et l'agente de Maud Dixon en cas de piratage. La prudence est devenue une seconde nature.

— Vous voulez que je signe les mails de mon nom, alors ?

— En fait, je n'y avais pas pensé. Oui, ça ne devrait pas poser de problème. Ce qui compte, c'est de ne jamais mentionner mon vrai nom. Maintenant, allez-y, écrivez.

Florence tapa une réponse formulée sur le ton neutre, professionnel, qu'Agatha lui avait appris à utiliser.

Bonjour Greta,
Tout se passe bien. Merci de vous en préoccuper.
Cordialement,
Florence

Elle interrogea du regard Helen, qui parcourut le message avant de lever les yeux au ciel. La romancière tira l'ordinateur vers elle, effaça le message et écrivit à la place :

On s'entend comme larrons en foire.

Puis elle appuya sur Envoyer.

— Il faut que vous sachiez une chose, Florence : je n'ai aucun goût pour la modération.

Elle lui expliqua ensuite qu'en plus de gérer sa correspondance, elle devrait l'aider dans ses recherches et saisir ses brouillons sur ordinateur.

— Tenez, c'est pour vous, dit-elle en lui remettant une pile de feuilles couvertes d'une grosse écriture ronde. Je trouve ça horriblement fastidieux de taper sur un clavier.

— Entendu, je m'en occupe, déclara Florence.

Elle posa les pages près de l'ordinateur en s'efforçant de résister au désir de les regarder pendant qu'Helen parlait.

Une femme se chargeait une fois par semaine du ménage et des courses, mais tout ce qui relevait de la gestion du quotidien lui incomberait, apprit-elle. Entre autres, suivre les débits des cartes de crédit, payer les factures de téléphone, d'Internet... Helen lui communiqua ses mots de passe et les coordonnées de ses comptes bancaires avec une nonchalance qui laissait supposer soit une profonde naïveté, soit une confiance totale. Florence préféra choisir la seconde hypothèse.

— Je déteste les complications du monde extérieur, expliqua Helen. Je serais ermite depuis longtemps si ça ne posait pas tant de problèmes pratiques. Et puis, l'organisation, ce n'est pas mon fort non plus. Une fois, en voulant réserver un billet d'avion, je me suis trompée non seulement de jour mais aussi d'année. Je laisse les petits détails aux petits esprits.

Florence lui coula un regard furtif. Se rendait-elle compte qu'elle venait d'insulter sa nouvelle assistante ? Quoi qu'il en soit, Helen continua de lui donner ses instructions comme si de rien n'était.

Elle avait un autre compte Gmail à son vrai nom, qu'elle lui montra. Florence parcourut rapidement les messages dans la boîte de réception. Elle vit surtout des confirmations de commandes passées sur Amazon, des mails de la banque et des notifications quotidiennes du *New York Times*.

À 10 heures, Helen emporta son café dans son bureau à l'étage et demanda à Florence de s'occuper des mails adressés à Maud Dixon. Florence en ouvrit un autre de Greta, envoyé la veille :

> Bonjour M.,
>
> Deborah me harcèle au sujet du nouveau roman. Que dois-je lui dire ? Je crois vraiment qu'on devrait faire un geste en gage de bonne volonté. Lui transmettre un premier chapitre, un plan plus détaillé ou au moins un délai de remise. *Quelque chose.* Il faudrait qu'on en discute. Appelez-moi.
>
> G.

Florence regarda autour d'elle, mal à l'aise. Il lui semblait que ce n'était pas le genre de message qu'Helen voudrait voir. Elle s'empressa de le refermer et le marqua comme Non lu. Le suivant émanait aussi de Greta, mais correspondait mieux à ce qu'Helen lui avait décrit.

> M.,
>
> NPR voudrait vous avoir dans l'émission Fresh Air. Vous pourriez faire l'interview de chez vous, en utilisant le modificateur de voix dont ils se servent. Ce serait une bonne chose de rafraîchir la mémoire des lecteurs en leur remettant le nom de Maud Dixon à l'esprit, surtout si on considère qu'il s'est écoulé pas mal de temps depuis la parution du premier roman. Dites-moi ce que vous en pensez. G.

L'argument de l'agente était tout à fait recevable, estima Florence, mais Helen avait été claire : toujours répondre non. Alors elle s'efforça de se mettre à la place de la romancière et d'oublier tout ce qu'elle avait appris sur la courtoisie professionnelle. Elle écrivit :

Greta,

Pas d'interview, c'est la règle. Aucune exception.

Elle plaça le curseur sur Envoyer mais ne cliqua pas. Impossible de faire parvenir un tel message à Greta Frost. Elle l'effaça et recommença :

Bonjour Greta,

Malheureusement, Helen ne pourra pas faire l'interview de NPR. J'espère que vous comprendrez.

Cordialement,

Florence

Cette fois, elle l'envoya. Quand elle fut redirigée vers la boîte de réception, elle s'aperçut que le mail précédent de Greta, à propos du nouveau roman, avait disparu. Florence leva les yeux vers le plafond. Helen avait dû le supprimer. Avait-elle un autre ordinateur là-haut ?

Durant les quelques heures suivantes, Florence mit à jour le courrier de Maud Dixon. Elle ne s'accorda qu'une courte pause, durant laquelle elle se connecta au compte d'Helen chez Morgan Stanley. Ses yeux s'écarquillèrent lorsqu'elle découvrit le solde : un peu plus de 3 millions de dollars. Elle avait beau savoir que *Mississippi Foxtrot* avait rapporté gros à son autrice, surtout après la vente des droits audiovisuels, c'était un choc de voir le chiffre sur l'écran, rendu plus réel encore par la suite de centimes à la fin. Elle essaya d'envisager ce qu'elle ferait avec une telle somme, mais son imagination se bloqua. Elle ne pouvait penser qu'à l'utiliser comme Helen, pour acheter une maison, se retirer du monde, cultiver des tomates.

Vers 14 heures, sa patronne n'était toujours pas redescendue. Florence se prépara un sandwich avec du pain et de la dinde froide qu'elle avait trouvée dans le frigo, termina le café et nettoya la cafetière. Une fois réinstallée à son bureau improvisé dans la salle à manger, elle s'autorisa enfin à regarder les pages manuscrites confiées par Helen.

Voilà, elle l'avait sous les yeux. Le nouveau roman de Maud Dixon.

En haut de la première feuille, Helen avait griffonné ce que Florence supposa être un titre de chapitre : « L'âge des monstres. » En parcourant du regard le reste du texte, elle se rendit compte qu'elle avait le plus grand mal à déchiffrer l'écriture d'Helen. Elle se concentra sur le début :

> Au cours de la nuit, le vent ayant *quelque chose*, le temps *quelque chose*, et la lune brilla dans le ciel *quelque chose*...

Elle passa à la page suivante. Là encore, les mots incompréhensibles abondaient :

> Elle écouta et se demanda ce qui avait *quelque chose* l'éveiller : elle n'entendait que le bruit sans fin de la mer contre les rochers, mais, lointain, comme la rumeur d'un *quelque chose* que l'on tient à *quelque chose*. Elle ouvrit les yeux. Les rayons brillants de la lune venant de *quelque chose* inondaient la chambre et de tous les côtés le *quelque chose* ciel nocturne étincelait sur la mer. Elle se glissa hors du lit, alla jusqu'à la porte qui donnait sur *quelque chose* et, ayant constaté qu'elle était bien fermée à clé, se recoucha.

Florence reposa le manuscrit et se mordilla l'ongle. Elle ne savait pas trop quoi faire. Transcrire le texte reviendrait à jouer aux devinettes. Elle se leva et se dirigea vers le vestibule. Helen ne l'avait pas encore invitée à monter au premier. Elle commença à gravir l'escalier, puis s'arrêta à mi-hauteur, sur une marche d'où elle pouvait voir le couloir à l'étage. Toutes les portes étaient ouvertes sauf une. Celle du bureau d'Helen, selon toute vraisemblance. Florence reprit son ascension, grimaçant chaque fois qu'une latte grinçait.

Elle alla coller son oreille au battant. Il n'y avait aucun bruit de l'autre côté. Mais, brusquement, un grand fracas se fit entendre, comme si un objet lourd avait été lancé à travers la pièce. Florence tressaillit, avant de reculer vers l'escalier.

Au même moment, la porte du bureau s'ouvrit à la volée, et Helen s'encadra dans l'embrasure. Elle paraissait furieuse.

— Qu'est-ce que vous faites là ?

— Désolée, je...

— Je ne pensais pas avoir besoin de le préciser, mais apparemment je me suis trompée. Alors voilà : ne me dérangez sous aucun prétexte quand je travaille. J'ai trop de mal après à recouvrer ma concentration.

— Excusez-moi, je vais redescendre tout de suite.

— Eh bien, puisque vous m'avez interrompue, autant me dire ce que vous voulez, non ?

— Je... j'ai un problème avec votre écriture, répondit Florence en plaquant contre elle la pile de feuilles. Je n'arrive pas à lire certains mots.

— Oh, bon sang !

Helen lui arracha les pages des mains.

Pendant qu'elle les examinait, Florence jeta un coup d'œil dans la pièce derrière elle et aperçut des étagères surchargées de livres ainsi qu'un tapis turc élimé.

— Qu'est-ce que vous ne comprenez pas ?

— Ce terme, ici. Et celui-là. Et encore celui-là.

— Ici, c'est « clair ». Et ça, c'est juste une esperluette.

— Et ici ? demanda Florence en indiquant un autre gribouillis.

Helen examina la feuille de plus près, en l'orientant vers la lumière. Au bout d'un moment, elle soupira et la lui rendit.

— Je ne sais pas, Florence. Débrouillez-vous pour trouver vous-même. Mettez le mot qui vous vient à l'esprit et soulignez-le, quelque chose comme ça. Je m'occuperai de ça plus tard.

Elle referma la porte alors que Florence lui réitérait ses excuses.

En retournant vers la salle à manger, celle-ci se sentit ridicule. Elle regarda le dernier mot qu'Helen n'avait pas pu déchiffrer. Il commençait par un « p » ; c'était tout ce qu'elle distinguait. Elle relut la phrase.

> Mais quand elle s'entendait traiter de « femme énergique », tout en sachant que c'était vrai et dit sans intention blessante, elle avait immédiatement le sentiment d'être une bête de *quelque chose* disgracieuse et cela ne lui plaisait pas.

De l'index, elle se tapota la lèvre inférieure. « Proie » ? Oui, ça fonctionnait. Elle tapa le terme puis le souligna en espérant avoir vu juste, non seulement parce qu'elle avait besoin de l'approbation d'Helen, mais aussi parce que la romancière lui faisait un peu peur.

# 16

Au cours des jours suivants, les deux femmes trouvèrent peu à peu leur rythme. Florence se présentait chez Helen vers 9 ou 10 heures du matin. En général, elles prenaient un café ensemble tout en établissant le programme de la journée. Parfois aussi, Helen lui laissait un mot sur le plan de travail avec la liste des tâches à accomplir, qui incluaient le plus souvent du travail de saisie et le traitement de sa correspondance. Elle lui avait aussi demandé de se plonger dans l'histoire et la culture du Maroc, et de rédiger un compte rendu de ses lectures.

À deux reprises, elle lui prêta sa voiture pour aller chercher à Hudson un livre dont elle avait besoin ou quelques bouteilles de châteauneuf-du-pape, pour lequel elle avait un faible. Chaque fois, elle lui recommanda de prendre son temps et de profiter de sa sortie.

Florence découvrit ainsi que la ville était aussi pittoresque qu'elle l'avait imaginée ; c'était seulement en traversant le pont pour retourner à Cairo que les choses se dégradaient. La rue principale, qu'Helen avait évitée en partant de la gare, regorgeait de boulangeries, de magasins de décoration et de restaurants lumineux.

Lors de sa seconde expédition, cependant, Florence décela quelque chose d'artificiel dans le charme de la bourgade : elle semblait conçue pour des gens qui voulaient faire l'expérience de la vie à la campagne tout en ayant l'impression d'être encore à Brooklyn. De plus, jamais elle n'aurait pu s'offrir les nappes Shibori teintes à la main ou les *objets d'art*[1] en bois flotté vendus dans les boutiques. Elle commençait à mieux comprendre pourquoi Helen avait choisi de s'établir près de Cairo, même si l'environnement était moins attrayant.

Pour sa part, la romancière se rendait rarement à Hudson. De fait, elle passait presque toutes ses journées chez elle. Néanmoins, au cours de sa deuxième semaine de travail, Florence se retrouva seule dans la maison pour la première fois. Helen n'avait pas précisé où elle allait, disant juste qu'elle s'absentait deux ou trois heures.

Quelques minutes après que la voiture se fut éloignée, Florence décida de faire une chose dont elle rêvait depuis son arrivée : elle monta au premier et entra dans le bureau de la romancière. Le soleil pénétrait à flots par les fenêtres de chaque côté de la pièce, illuminant les grains de poussière qui dansaient dans l'air. Elle s'assit dans le fauteuil à roulettes, un meuble en cuir plissé, couleur caramel, assoupli par l'usage. Laissa courir ses mains sur la table de travail en bois couverte de griffures. Ouvrit le premier tiroir et découvrit un ordinateur portable à l'intérieur. Après avoir jeté un coup d'œil en direction de la porte, elle le sortit et l'alluma. L'écran s'éclaira mais une boîte dialogue apparut, réclamant un mot de passe. Florence referma l'ordinateur, le remit à sa place puis s'adossa au fauteuil et ferma les yeux, imaginant que c'était son bureau. Installée dans ce lieu magnifique, elle écrivait...

Un brusque claquement au rez-de-chaussée la tira de sa rêverie. Elle se releva d'un bond, expédiant le fauteuil loin de la table, et se précipita en bas. Mais c'était juste un coup de vent qui avait refermé la porte de la cuisine. Elle s'empressa de retourner à l'étage pour s'assurer que tout était exactement dans l'état où elle l'avait trouvé.

1. En français dans le texte (NdT).

Cette incursion au premier n'avait cependant pas satisfait sa curiosité, loin s'en fallait. Après s'être installée devant l'ordinateur dans la salle à manger, elle parcourut les mails d'Helen à la recherche de courriers personnels. Sur la troisième page, elle finit par repérer un message dont l'objet était : « Turandot ? » Elle l'afficha.

Bonjour Helen,

*Turandot* le 5 avril, ça te tente ? Je sais qu'on l'a déjà vu l'année dernière, mais cette nouvelle mise en scène est censée être spectaculaire. Dis-moi ce que tu en penses.

Sylvie

Florence googla le nom qui apparaissait dans l'adresse mail : Sylvie Daloud. C'était une architecte domiciliée à New York. Florence chercha dans la boîte de réception d'autres messages d'elle. Il y en avait des dizaines, qui concernaient presque tous l'opéra. Les réponses d'Helen étaient formulées d'un ton aussi neutre et poli que celui de l'expéditrice. La modération était de rigueur, finalement, songea Florence.

Elle dut faire défiler les messages jusqu'au mois de novembre précédent pour trouver un mail personnel émanant d'une personne autre que Sylvie Daloud.

Hello Helen !!! J'espère que c'est bien toi. Je viens de tomber sur Daphne, qui m'a donné ton adresse mail, mais apparemment elle ne l'a pas utilisée depuis une éternité. Que deviens-tu ?? Mariée ? Des enfants ? Où habites-tu aujourd'hui ? Je suis toujours avec Tim, à Jackson. On a deux filles formidables et une troisième en route. Autant te dire que Tim en a appris plus long qu'il ne l'aurait voulu sur les princesses Disney. Breffff ! Je voulais juste te faire un petit coucou. Je vois régulièrement la bande, et on s'est rendu compte qu'on n'avait pas de nouvelles de toi depuis des lustres. Tu reviens, des fois ? On vient juste de terminer l'extension de la maison (ne m'en parle pas, je n'en suis pas encore remise !), alors la chambre d'amis est prête...

Bises,

Tori

Florence parcourut en vain la liste des Éléments envoyés : Helen n'avait manifestement pas répondu à la dénommée Tori, qui de son côté ne l'avait pas relancée. En même temps, il ne lui paraissait pas vraiment étonnant que sa patronne n'ait pas voulu rester en relation avec quelqu'un qui utilisait un « breffff ! » aussi nonchalant dans sa correspondance.

Elle consulta ensuite l'historique des recherches d'Helen. La dernière en date se composait d'une mystérieuse succession de termes : Guerlain KissKiss rouge crème galbant Red Passion. Ensuite venaient : comment remplacer un passeport perdu à l'étranger ; procédure de libération conditionnelle dans le Mississippi ; une certaine Leslie Blackford ; un restaurant situé dans un endroit appelé Semat, au Maroc. En découvrant dans la liste sa propre page LinkedIn et son compte Instagram, Florence s'empourpra. Elle se sentait mortifiée à l'idée qu'Helen ait pu éplucher son compte Instagram, qui comptait à peine une trentaine de followers et sur lequel elle postait surtout des photos de chiens qu'elle voyait dans la rue et des citations tirées de ses lectures.

Mais bon, après tout, il était normal qu'Helen ait voulu se renseigner sur elle avant de l'engager, songea-t-elle. Sans compter que la romancière n'était pas en position de tourner en dérision le modeste réseau social de son assistante : à part ses quelques échanges avec Sylvie et le mail de Tori, Helen ne semblait pas avoir d'amis. Depuis son arrivée, Florence n'avait entendu sonner qu'à deux reprises le téléphone fixe dans la maison. La première fois, c'était un démarcheur. Le second coup de fil avait été passé par

Greta Frost, et Florence avait reçu pour consigne de dire que la romancière n'était pas là.

Quelques jours après sa tentative avortée pour joindre Helen, l'agente téléphona directement à Florence.

— J'ai été ravie d'apprendre que vous avez pris un bon départ, toutes les deux, déclara Greta.

— Oui, merci, tout va pour le mieux, répliqua Florence, qui se demandait bien pourquoi elle l'appelait sur son portable.

— Et j'apprécie vos efforts pour répondre à tous ces vieux mails envoyés par mon équipe. J'imagine que ce n'est pas passionnant, mais c'est nécessaire.

— Je vous en prie, c'est normal.

Florence se montrait prudente. L'agente la traitait avec une déférence dont elle n'avait pas fait preuve lors de leur premier entretien.

— Alors, voilà, je voulais vous parler de vos nouvelles, poursuivit cette dernière. Je les ai relues et, à mon avis, vous avez un gros potentiel. Ce n'est pas encore tout à fait ça, mais nous pourrions travailler les textes ensemble, si ça vous intéresse.

*« Nous ? »*

— Vous n'êtes pas sans savoir, j'imagine, que les recueils de nouvelles, en particulier ceux d'auteurs inconnus, sont extrêmement difficiles à vendre, nuança l'agente. Pour autant, je ne dis pas que c'est impossible.

— Oui, je sais, s'empressa de confirmer Florence. Et je prévois d'écrire un roman. En fait, je compte me mettre à la rédaction pendant que je travaille pour Helen.

— Ah oui ? Formidable. Vous pourriez peut-être m'envoyer le premier jet quand vous l'aurez terminé ?

— C'est vrai ?

— Tout à fait. Appelez Lauren pour convenir d'une date lorsque vous vous sentirez prête. Mais, écoutez, Florence, je souhaiterais que vous me rendiez un service en retour.

Florence fronça les sourcils. Que pouvait-elle faire pour quelqu'un comme Greta Frost ?

— Je suis bien certaine que le roman sur lequel travaille Helen sera excellent, poursuivit l'agente. En attendant, elle l'entoure d'un tel mystère que ça me complique singulièrement la tâche.

» D'après ce que j'ai compris, ce livre exige plus de recherches que le premier, d'où la nécessité pour elle d'engager une assistante. Elle n'a cependant rien voulu me dire sur l'ampleur de ces recherches et le temps qu'elles prendront. J'ignore même sur quoi elles portent. Oh, je sais bien qu'Helen n'apprécie pas certains aspects du métier d'écrivain – la saisie du texte, les interviews, le marketing –, et en général je ne suis que trop heureuse de la laisser se concentrer sur l'écriture, mais voilà, il faut bien que quelqu'un se charge des détails moins excitants. Vous me suivez ?

— Je crois…

— Ce que j'essaie de vous expliquer, c'est que j'aimerais vous inviter à me rejoindre du côté de la stratégie. Je suis certaine que cette expérience vous servira dans vos futurs projets professionnels.

— Qu'entendez-vous au juste par « stratégie » ?

— En gros, tout ce que nous pouvons mettre en œuvre pour assurer le succès de ce texte, au-delà de son contenu. Entre autres, communiquer avec l'éditeur d'Helen et les différents partenaires ; déterminer la meilleure date de remise et de publication ; établir un plan marketing… Tenez, il serait judicieux, par exemple, de faire coïncider la parution du roman avec le lancement de la minisérie tirée de *Mississippi Foxtrot*. Dans ce but, évidemment, j'aurais besoin d'avoir une idée du sujet abordé et de l'avancement de la rédaction. C'est là que vous intervenez.

Florence garda le silence.

— Bien sûr, si je vous le demande, c'est avant tout dans l'intérêt d'Helen, ajouta Greta.

— En fait, je ne sais pas grand-chose, esquiva Florence, désireuse de gagner du temps. Je n'ai lu que deux chapitres.

— D'accord. Pourquoi ne pas m'envoyer par mail ce que vous avez tapé jusque-là ?

Durant quelques secondes, Florence se mordilla la lèvre.

— Mmmm. Ça me gêne un peu.

— OK, oubliez ça. Nous nous en tiendrons à des considérations générales. Pouvez-vous me dire de quoi il est question, dans les grandes lignes ?

Florence baissa d'un ton :

— Helen est à l'étage. Elle risque de nous entendre.

— Ah, je vois.

L'agente marqua une pause.

— Eh bien, pourquoi ne me passeriez-vous pas un petit coup de fil ce soir ? suggéra-t-elle. Nous en profiterons aussi pour parler de votre carrière. J'imagine que vous ne voulez pas rester assistante toute votre vie.

Florence n'était pas dupe : elle se rendait bien compte que Greta la manipulait. Mais elle savait aussi que cette dernière avait raison. Et qu'elle pourrait faire plus pour elle qu'Helen. Et puis, de toute façon, les deux femmes étaient dans le même camp.

— Je serais ravie de vous aider, déclara-t-elle enfin.

— Tant mieux ! J'étais sûre que vous étiez une jeune femme intelligente. À la réflexion, vous me rappelez beaucoup Helen quand je l'ai rencontrée pour la première fois. Elle vous en a parlé ?

— Elle m'a confié qu'elle avait envoyé son manuscrit à des dizaines d'agents et qu'elle n'en était pas revenue quand vous aviez accepté de vous occuper d'elle.

Greta laissa échapper un rire semblable à un aboiement.

— Oui, je l'imagine bien raconter les choses ainsi… En réalité, c'est un peu plus compliqué. Je lui avais écrit pour lui dire que je trouvais son livre tout à fait captivant et bien raconté, mais qu'il fallait encore le retravailler un peu. Je précisais en outre dans ma lettre que je ne prenais pas ce type d'ouvrage et qu'il y avait d'autres agences mieux placées pour le représenter. Il me semble d'ailleurs lui avoir donné plusieurs noms.

» Quelques semaines plus tard, j'ai entendu mon assistante, Rachel – c'était avant l'arrivée de Lauren –, se disputer avec quelqu'un devant mon bureau. Je suis sortie voir ce qui se passait, pour tomber sur cette femme au regard glacial, qui s'exprimait avec un accent du Sud particulièrement marqué. J'ai même cru au début qu'il était forcé. Cette visiteuse – Helen, évidemment – répétait qu'elle avait pris rendez-vous et qu'elle ne partirait pas avant de m'avoir rencontrée.

» Rachel m'a alors expliqué ce qu'il en était : Helen lui avait téléphoné en début de semaine en se présentant comme la collaboratrice d'un de mes auteurs connus, pour lequel elle sollicitait un rendez-vous. Elle s'était ensuite déplacée en personne, convaincue que je la recevrais.

» En fin de compte, son culot a payé, parce que j'ai accepté – avant tout pour épargner Rachel, qui commençait à paniquer.

» Helen a flanqué son manuscrit sur ma table et m'a affirmé qu'elle l'avait révisé en tenant compte de mon retour et que je devais le relire. Puis elle s'est laissé tomber dans un fauteuil en déclarant – j'entends encore ses inflexions nasillardes – : “Je vais attendre.”

» Je ne savais pas si je devais rire ou appeler la sécurité. Bref, j'ai réussi à me débarrasser d'elle en lui promettant que je lirais son texte durant le week-end. Ce que j'ai fait, bien entendu. Et je l'ai ensuite prise comme cliente. Helen peut se montrer très… persuasive. À vrai dire, je sens chez vous quelque chose qui se rapproche de son obstination. Et de son ambition.

— Merci, murmura Florence.

Elle n'était cependant pas sûre qu'il s'agisse d'un compliment. Il lui semblait préférable d'être reconnue pour son talent que pour son ambition.

— Bon, écoutez, replongez-vous dans le manuscrit cet après-midi et appelez-moi sur mon portable ce soir, déclara Greta. Je me couche toujours tard.

Partagée entre l'exultation et la honte, Florence s'y engagea.

Ce soir-là, elle batailla pour donner à l'agente des réponses qui ne la décevraient pas. Elle n'avait vu qu'une petite partie du travail en cours, dont des sections qui n'étaient même pas dans l'ordre chronologique.

— Je pense qu'elle a dû rédiger, je dirais... une soixantaine de pages, annonça-t-elle. Ça raconte l'histoire d'une femme qui se rend au Maroc pour travailler avec une amie d'enfance. Jusque-là, il ne s'est pratiquement rien passé, pourtant je crois que quelque chose de grave se prépare. Le ton est inquiétant, très noir. Il laisse présager un événement dramatique, mais je ne vois pas de quoi il peut s'agir. Je ne suis même pas sûre qu'elle-même le sache. Elle s'énerve souvent quand elle écrit. Je l'entends jurer et jeter des objets dans son bureau.

— Helen n'a jamais été un modèle de calme, fit remarquer Greta.

— Les grands écrivains le sont rarement.

Un court silence suivit cette remarque.

— Ne flattez pas trop son ego, Florence, reprit l'agente. Vous ne lui rendriez pas service.

Puis elle changea de ton.

— Vous tenez le coup, au fait ? Je sais par expérience que ce n'est pas facile de travailler avec Helen, alors j'imagine que ça l'est encore moins de vivre avec elle, surtout au milieu de nulle part.

— Détrompez-vous, ça me plaît beaucoup.

C'était vrai. Ce confinement était un soulagement pour Florence. Elle avait grandi dans un appartement dont la porte s'ouvrait toujours à la volée et se refermait toujours en claquant. Sa mère laissait en permanence la télé ou la radio allumée. Et elle ne se taisait jamais. Elle chantait, fredonnait, parlait toute seule, parlait à Florence, au téléphone, à la radio, à la télé, à ses voisins, à ses visiteurs assidus. Et sa conversation tournait principalement autour de sa fille si brillante.

À l'époque, Florence trouvait souvent refuge dans leur petite salle de bains commune, carrelée dans des tons de bleu-vert et encombrée par les produits de beauté de sa mère. Elle aimait y prendre de longs bains, durant lesquels elle plongeait sa tête sous l'eau, ne laissant dépasser que ses genoux, pour mieux savourer un silence seulement troublé par les battements de son cœur.

Or, ici, au milieu de la forêt, le silence régnait tout le temps, sauf dans les moments où Helen écoutait de la musique. Mais Florence s'accommodait mieux des œuvres classiques que de la radio de sa mère autrefois, avec ses publicités incessantes pour des concessionnaires automobiles, ses points sur la circulation et ses DJ caustiques. Pour elle, l'opéra s'apparentait à une forme de silence très bruyante.

De fait, elle trouvait fascinante la relation qu'Helen entretenait avec ce genre musical. Comment s'y était-elle prise, elle qui était originaire d'Hindsville, dans le Mississippi – 3 200 habitants, Florence avait regardé sur Internet –, pour se familiariser avec les livrets de Verdi ? Ou avec les noms que les Français donnent aux tomates ?

Pour sa part, quand elle était arrivée à New York, elle s'était sentie submergée par la somme de connaissances variées, ésotériques, totalement insoupçonnées que tout le monde semblait avoir accumulées sauf elle. Elle avait bien essayé de se renseigner sur Internet, mais le volume d'informations disponibles – et l'esprit de foire d'empoigne dans lequel elles s'échangeaient – la dépassait. Peu lui importait l'avis des uns et des autres ; ce qui l'intéressait avant tout, c'était la réponse juste. Elle voulait savoir pourquoi les roses rouges étaient de mauvais goût. Ou comment prononcer le mot « mœurs ». Les personnes comme Amanda Lincoln et Ingrid Thorne ne se doutaient même pas des innombrables avantages que leur conférait leur éducation. C'était ainsi que le maintien de l'ordre social était assuré. Lorsqu'on avait des parents qui lisaient Philip Roth, allaient au théâtre et apprenaient à leurs enfants à placer correctement leurs couverts sur leurs assiettes quand ils avaient fini de manger, on pouvait se permettre de traiter les autres d'ignares ou de malpolis, ce qui revenait à les qualifier de ploucs sans mettre en avant la notion de classe. Mais quand on avait une mère qui portait des vêtements moulants, s'enduisait de crème solaire et pensait que Philip Roth était un magasin de mobilier discount à Jacksonville, que pouvait-on faire ? Quelles étaient les possibilités de mener une vie différente ? Comment aller d'un point A à un point B ? Et comment devenir le genre de personne qui a sa place au point B ?

Elle l'ignorait.

Mais pas Helen, à l'évidence. D'une façon ou d'une autre, elle s'était débrouillée pour apprendre les règles.

Un jour, Florence finit par rassembler le courage de lui demander comment elle s'y était prise, sans trop savoir si Helen comprendrait la question ou se sentirait vexée. En l'occurrence, la romancière lui répondit en toute candeur.

— Exactement comme vous pouvez l'imaginer, dit-elle. J'ai commencé par bien regarder autour de moi, et ensuite j'ai imité ce que je voyais. À force de la reproduire, n'importe quelle pratique ou attitude peut devenir naturelle. Parfaitement naturelle, même. Croyez-moi, je n'écouterais pas de l'opéra et je ne boirais pas de grands vins si ça ne me plaisait pas.

Ces mots rappelèrent à Florence une brève période de sa jeunesse durant laquelle sa mère s'était mis en tête de faire d'elle une actrice. Elle l'avait inscrite à des cours d'art dramatique et traînée à d'innombrables auditions.

Si Florence avait détesté presque tous les aspects de l'expérience – les jeux ridicules auxquels les élèves devaient se prêter, la façon dont les autres surjouaient, l'attention dont ils étaient l'objet –, elle avait en revanche adoré endosser le rôle de quelqu'un d'autre. Elle était parvenue à se défaire de toutes ses particularités pour devenir un réceptacle propre, pur, vide. C'était à cette époque que, pour la première fois, elle s'était dit qu'elle pourrait se réinventer. En mieux.

Or, aujourd'hui, mettant à profit son isolement avec Helen, elle avait entamé la première étape du processus : la démolition. Ses interactions sociales lui avaient toujours servi d'échafaudage pour se construire une identité. Mais depuis qu'elles se réduisaient pratiquement à néant, son ancienne personnalité, qui n'avait plus l'occasion de s'exprimer, semblait se désintégrer un peu plus de jour en jour.

Et Florence n'était que trop heureuse d'accélérer les choses. Elle avait déjà éliminé de sa garde-robe les vêtements dont elle pensait qu'Helen ne les porterait jamais – autrement dit, presque tous. Il fallait bannir les couleurs vives et les froufrous. À quelques exceptions près, Helen aimait les tenues austères dans des tons de noir, de bleu marine et de blanc. De temps à autre, elle les rehaussait d'un foulard au motif discret ou d'un bijou sculptural, mais la plupart du temps elle n'arborait aucun accessoire. Si Florence n'avait pas les moyens de s'offrir les marques choisies par la romancière, elle chercha des modèles approchants chez Zara et H&M sur Internet. Elle détailla l'historique des commandes d'Helen sur Amazon, nota les livres qu'elle avait achetés et les films qu'elle avait regardés.

Elle établit ainsi une sorte de programme d'enrichissement personnel. Elle alla même jusqu'à demander à sa patronne de lui apprendre à faire la cuisine.

Ses actes obéissaient au désir puissant de s'effacer peu à peu, de disparaître du tableau pour pouvoir mieux reparaître, triomphante, sous une nouvelle identité. Mais elle ne voulait pas qu'on assiste à son évolution. Ce serait comme montrer à quelqu'un un brouillon de son texte, ce qu'elle ne ferait jamais, contrairement à Helen.

La première leçon de cuisine que prit Florence portait sur la préparation du coq au vin.

Les deux femmes se retrouvèrent dans la cuisine d'Helen, éclairée par le pâle soleil de fin mars qui filtrait par la fenêtre. La maîtresse de maison leur avait servi à toutes les deux un verre de vin rouge même s'il n'était que 4 heures de l'après-midi.

— Bon, vous voulez bien aller chercher notre beau petit volatile ? lança-t-elle.

Florence le sortit du frigo et l'apporta près de l'évier. La sensation des os sous la peau du coq lui arracha un frisson.

— On dirait presque qu'il est vivant, murmura-t-elle.

— Vous avez de la chance qu'il ne le soit pas, répliqua Helen. J'avais huit ans quand ma grand-mère m'a appris à couper la tête d'un poulet.

Florence lui jeta un coup d'œil incrédule. Elle voulait bien croire que la pratique existait encore dans le Mississippi rural en 1945, mais en 1995 ? Helen n'avait cependant pas l'air de plaisanter.

Après avoir placé la volaille sur la planche à découper, Helen prit un gros couteau pointu au manche noir tout abîmé.

— Il faut le couper en morceaux, expliqua-t-elle. D'abord, vous fendez la peau entre la cuisse et le corps, et après vous tâchez de...

Elle arracha la cuisse avec une telle force que celle-ci céda avec un craquement.

— À vous. Faites l'autre.

Elle tendit le couteau à Florence, qui incisa à son tour la peau. Mais quand elle voulut tirer sur la cuisse, rien ne se produisit.

— Allez-y d'un coup sec, ordonna Helen. Les demi-mesures ne mènent nulle part.

— Sinon à mi-chemin, peut-être, ironisa Florence.

— Autant dire une destination qui n'intéresse personne, décréta Helen en posant ses mains froides et mouillées sur celles de Florence afin de l'aider à désolidariser l'os.

Florence répéta la manœuvre avec les ailes, puis Helen se chargea de prélever les blancs et de les séparer en deux. Elle plaça tous les morceaux dans un grand saladier et, après s'être lavé les mains, vida sur la viande la bouteille de vin qu'elle avait ouverte.

— Ça fait quelle quantité de vin ? s'enquit Florence, qui saisit son stylo pour noter la recette dans un cahier.

— Aucune idée. Vous avez compté combien de glouglous ? Trois ?

Sceptique, Florence inscrivit « trois glouglous ». Elle doutait que la mesure lui soit utile si elle tentait de refaire seule le plat.

Helen prit ensuite une branche de thym, qu'elle effeuilla au-dessus du saladier.

— Et pour le thym ? questionna Florence. Quelle quantité ?

— Un gramme trois, répondit Helen du tac au tac.

Voyant Florence prête à écrire, elle s'exclama :

— Mais non, c'était une blague ! Je ne pèse pas les herbes aromatiques.

Mortifiée, Florence reposa son stylo et referma son cahier. Comment était-elle censée apprendre la cuisine si

Helen improvisait tout ? Il lui fallait au moins quelques rudiments.

— Sérieux, vous ne suivez aucune recette ?

— J'ai un mal fou à les lire jusqu'au bout, lui confia Helen. « Faites caraméliser les oignons jusqu'à ce qu'ils soient dorés et fondants », « mixez jusqu'à obtenir une consistance onctueuse »...

Elle leva les yeux au ciel.

— C'est tellement prétentieux, même quand l'approche se veut simple et pratique. Si on me dit encore une fois d'accompagner mon plat de tranches de pain croustillantes et d'une noisette de beurre, je hurle. En général, je survole la liste des ingrédients et les instructions, et ensuite je me débrouille. Si ça rate, tant pis. Pour moi, les gens ont bien trop peur de se tromper. D'accord, il y a un temps pour la réflexion et les recherches, mais quand arrive le moment d'agir, agissez, bon sang !

Florence, qui n'aspirait qu'à faire ses preuves, saisit le couteau et coupa un champignon en deux. Dans la foulée, elle s'attaqua aux autres avec une énergie fébrile. Et soudain, il y eut du sang partout. Surprise, elle regarda son index gauche. Une coupure profonde, de plus d'un centimètre, barrait la première phalange.

Helen éclata de rire.

— Je ne pensais pas que vous alliez suivre mes conseils à la lettre !

Elle lui lança un rouleau de papier absorbant.

— Vous avez besoin d'un pansement ?

Florence considéra son index. Le sang traversait déjà les feuilles de papier absorbant qu'elle pressait sur la coupure. Évidemment qu'elle avait besoin d'un pansement – voire, de points de suture.

— Il vaudrait peut-être mieux, oui.

— Il y en a dans la salle de bains du haut, je crois. Criez si vous ne les trouvez pas.

— La salle de bains dans votre chambre ? demanda Florence, qui n'avait toujours pas été invitée au premier.

— C'est la seule de la maison.

À l'étage, Florence hésita un instant devant la chambre d'Helen, craignant d'avoir mal compris ses instructions. Puis elle poussa la porte. À l'intérieur, elle découvrit des murs d'un bleu profond, presque noir. Il y avait un autre tapis usé, de style turc, dans des tons d'orange, par terre devant la cheminée. Le gros édredon blanc sur le lit queen-size avait été plus ou moins regonflé et remis droit. Florence s'approcha tout doucement de la table de chevet. Une paire de lunettes de lecture était posée sur une pile de livres, près d'un bloc-notes jaune. La feuille exposée était vierge, mais Florence distingua à la surface les creux laissés par le stylo d'Helen sur la page précédente. Le premier livre de la pile était *The Odyssey*, d'Emily Wilson.

Elle passa ensuite dans la salle de bains, où elle ouvrit l'armoire à pharmacie. La boîte de pansements était là, devant elle, mais sa main se referma sur le flacon de comprimés qui se trouvait à côté. D'après l'étiquette, il contenait des comprimés de clonazépam 0,5 mg. Le nom lui était familier : Lucy en prenait pour lutter contre ses crises d'angoisse. Cette découverte surprit Florence, car Helen semblait avoir les nerfs plutôt solides. Elle replaça rapidement le flacon, puis appliqua un pansement sur son doigt ensanglanté.

Lorsqu'elle redescendit à la cuisine, le coq mijotait sur le gaz, dans une cocotte bleue Le Creuset, et Helen était attablée devant son verre de vin. Elle tapota la chaise voisine de la sienne.

— Votre mère ne cuisine pas ? questionna-t-elle quand Florence s'assit.

— Non. Elle travaille dans un restaurant. Elle dit souvent qu'elle ne pourrait pas supporter de se mettre aux fourneaux en rentrant à la maison.

— Elle vous faisait manger quoi, alors ?

— Je ne sais pas... Beaucoup de plats minceur, j'imagine. Elle est constamment au régime.

— Des plats minceur ? répéta Helen en grimaçant. Beurk, ça ne fait pas envie.

— Le poulet sauce barbecue n'était pas si mauvais, murmura Florence.

— Oh, ma pauvre...

Le sourire d'Helen se teintait de pitié.

— Je suis sûre du contraire, affirma-t-elle. À mon avis, c'est très, très mauvais.

Florence s'efforça de ne pas tiquer quand la romancière tapota sa main blessée.

Ce soir-là, au dîner, elle examina de près son assiette de coq au vin. En voyant des champignons nager dans la sauce, elle se demanda si Helen s'était donné la peine de les rincer pour les débarrasser du sang avant de les mettre dans la cocotte. Et se dit que, au bout du compte, elle ne savait toujours pas comment préparer ce plat.

# 17

Au cours de la première semaine d'avril, le cerisier devant la fenêtre de Florence fleurit, et elle rencontra enfin l'un des voisins d'Helen. Elle avait pris l'habitude d'aller se promener dans les bois derrière la maison presque tous les soirs avant le dîner. Même s'ils ne couvraient qu'une dizaine d'hectares, ils lui semblaient s'étendre à l'infini. Chaque fois qu'elle franchissait la limite du jardin, baigné par la lumière du crépuscule, pour pénétrer dans le sous-bois sombre, elle éprouvait une pointe d'appréhension. Retrouverait-elle son chemin pour rentrer ? se demandait-elle. Pourtant, elle aimait s'aventurer seule dans ce paysage qu'un colon du XVIIIe siècle avait peut-être contemplé. En tombant un jour sur un emballage de biscuits au fromage Cheetos qui traînait par terre, elle s'était sentie aussi atterrée que si elle avait découvert un cadavre.

La Floride lui avait toujours paru étouffante. L'appartement familial trop petit. Les salles de classe lugubres. Même les lieux qui, des siècles plus tôt, avaient dû donner un sentiment d'espace étaient désormais gâchés. Le port était encombré de bateaux, les plages envahies par les baigneurs.

À New York, c'était encore pire.

Le seul endroit où elle avait eu un aperçu de la beauté et de la grandeur du monde, c'était dans les livres. Au collège, elle avait nourri une véritable obsession pour *Le Seigneur des anneaux*, qui lui permettait de se réfugier dans un univers complètement différent du sien. C'était en partie ce qui lui avait inspiré son désir de devenir écrivain : elle voulait tenir cette immensité dans sa main, façonner des mondes selon sa propre vision.

En cette fraîche soirée printanière, elle avait entamé sa balade rituelle quand elle perçut soudain un bruissement à proximité. Elle s'arrêta pour écouter. Si elle n'entendit au début que le son de sa propre respiration, s'y ajoutèrent bientôt des halètements saccadés, suivis par un bruit de pas de plus en plus sonore. Elle eut beau s'ordonner de fuir ou d'aller se cacher, impossible de bouger. Elle avait l'impression d'être plongée dans un de ces cauchemars où l'on est pétrifié sur place, incapable de changer son destin, alors que le danger approche. Elle était terrifiée.

Puis les broussailles se scindèrent quelques mètres plus loin et une forme jaune en jaillit, qui fonça droit sur elle. Florence tendit les mains par réflexe tandis qu'un gémissement sourd s'échappait de ses lèvres.

Mais ce n'était qu'un golden retriever.

Il bondit autour d'elle, tout excité, le frétillement de son arrière-train le faisant dévier de sa trajectoire. Dans son enthousiasme, il lui fourra sa truffe entre les jambes. Sa queue balayait le sol, soulevant feuilles mortes et brindilles.

Soulagée, Florence partit d'un petit rire étranglé. Puis elle gratta l'animal derrière les oreilles.

Un homme d'une soixantaine d'années apparut alors.

— Bentley ! cria-t-il. Au pied ! Désolé, mademoiselle. Bentley, au pied !

Florence lui signifia d'un geste que tout allait bien. Elle caressa vigoureusement la tête et le cou du chien, qui leva vers le ciel des yeux extatiques.

— Il vous aime bien, apparemment, dit son maître en s'arrêtant devant elle.

Il portait un polo bleu rentré dans un bermuda en toile, et il était légèrement essoufflé. Florence vit dans sa main un lance-balles en plastique.

— Bentley est capable de flairer un amoureux des chiens à des kilomètres.

— Salut, Bentley, murmura Florence. T'es beau, mon grand.

L'homme les regarda un instant en souriant d'un air attendri, puis il reprit la parole.

— Vous logez dans la vieille maison au bout de la route ? demanda-t-il en indiquant la direction d'où elle venait.

Florence répondit par l'affirmative.

— La propriétaire ne vous a pas mise en garde contre le grand méchant Bentley ?

— Non, elle ne l'a jamais mentionné, dit Florence.

Bentley lui léchait la main de sa langue râpeuse.

— Il est entré dans son jardin une ou deux fois, et elle a piqué une grosse colère. Du coup, chaque fois que Bentley la voit, il se sauve la queue entre les pattes.

Florence se sentit obligée de défendre Helen.

— Peut-être qu'elle n'est pas trop attirée par les chiens.

— Ça, c'est sûr. Mais au moins, elle apprécie ceux qui les aiment. Vous êtes sa seconde visiteuse en deux mois dont Bentley s'entiche.

Florence leva les yeux, surprise.

— Ah bon ? Elle était là quand, cette visiteuse ?

— Oh, je ne sais plus trop. C'était peut-être plus tôt dans l'année, à la réflexion. Il y avait de la neige.

Bentley s'immobilisa soudain, les oreilles dressées. Une seconde plus tard, il disparaissait dans les fourrés aussi brusquement qu'il en était sorti.

— Eh voilà, ça recommence, marmonna l'homme en secouant la tête.

Après avoir salué Florence de la main, il suivit son chien.

Plus tard ce soir-là, au dîner, Florence relata cette rencontre à Helen, et lui demanda qui était la visiteuse mentionnée par le voisin.

— Aucune idée, répondit la romancière. Ça devait être quelqu'un qui logeait ailleurs. Personne n'est venu ici.

— Ah.

— Ce chien est une vraie plaie, déclara Helen.

— Bentley ? Non, il est adorable.

— On en reparlera quand il aura déterré tous vos rosiers !

Soudain, un son qui ressemblait à un cri de femme s'éleva dans le silence nocturne.

— C'était quoi, ça ? demanda Florence, inquiète.

Helen haussa les épaules.

— Bah, sans doute un animal quelconque.

— Vous croyez ?

Florence s'approcha de la fenêtre pour regarder dehors. Mais elle ne vit que son reflet flou sur la vitre. Puis elle entendit de nouveau le cri, quelque part en direction de la route.

— Je vais aller voir, dit-elle.

Elle sortit dans la nuit froide. Après la clarté de la maison, ce fut comme plonger dans le noir. Elle longea le bord de l'allée en scrutant l'obscurité. Quand le cri se fit entendre encore une fois, elle s'avança vers l'endroit d'où il paraissait provenir.

Une chouette gisait sur le sol, roulant des yeux jaunes affolés dans lesquels les pupilles évoquaient des taches d'encre. Il n'y avait ni sang ni blessures visibles sur l'oiseau, qui piailla de plus belle.

Florence retourna dans la maison.

— C'est une chouette, annonça-t-elle. Elle est mal en point. Vous auriez un torchon, un truc comme ça ?

— Pour quoi faire ?

— Pour la ramener. Vous savez s'il y a un vétérinaire en ville ?

— Ah non, pas question que cette bestiole entre chez moi.

— Elle risque de mourir si on ne l'aide pas.

— Et alors ? Ça arrive souvent. Ces oiseaux mangent des souris qui ont avalé de la mort-aux-rats.

— Quoi ? C'est horrible.

— Découvrir des crottes de souris dans vos taies d'oreiller, ça l'est aussi, rétorqua Helen, qui se fendit d'un de ses sourires crispés, bouche close.

Comme Florence la dévisageait toujours, elle poussa un soupir exaspéré.

— Oh, bon sang ! Ce n'est qu'une chouette ! C'est déjà tout juste si je parviens à trouver assez d'empathie pour les êtres humains que je connais. Jour après jour, on nous demande de nous apitoyer sur le sort des réfugiés syriens, des gays en Tchétchénie, des musulmans au Myanmar... Trop c'est trop. L'esprit n'est pas apte à assimiler autant de souffrances. Sa capacité de compassion se limite à sa petite communauté. Alors, je vous en prie, ne venez pas me dire que je dois gaspiller mes réserves restreintes pour un vulgaire oiseau.

— OK, d'accord, dit Florence, qui se rassit. N'empêche, cette chouette fait partie de notre communauté. Elle est tout près, ajouta-t-elle en indiquant la porte.

— Vous m'avez mal comprise, Florence. Je ne parlais pas d'une vraie communauté. Ma communauté, c'est moi. Et je n'ai de comptes à rendre à personne – humains, volatiles ou autres – en dehors d'elle.

Florence en resta stupéfaite. Était-il possible de décider, comme ça, qu'on ne devait rien à personne ? Elle ne savait jamais si Helen adoptait certains points de vue juste pour relancer la conversation ou si elle y croyait pour de bon.

Elle essaya d'imaginer à quoi ressemblerait sa vie si elle ignorait délibérément tout sens des responsabilités.

Sa tentative échoua. Et, au bout de quelques minutes, les cris dehors cessèrent.

# 18

À la mi-avril, soit environ un mois après le début de son contrat, Florence s'était autorisée à franchir une limite qu'elle savait pourtant être une ligne rouge.

Plus elle lisait le nouveau roman d'Helen, moins elle était impressionnée. Malgré un style soigné et une intrigue intéressante, il manquait au texte cette étincelle de vie qui avait fait la force de *Mississippi Foxtrot*.

À l'époque de sa parution, Florence était toujours employée dans la librairie de Gainesville. Un de ses collègues de travail lui avait prêté le livre d'un air pénétré, comme s'il lui confiait le journal intime du Christ adolescent. Plus tard, chez Forrester, Amanda avait parfaitement résumé ce qu'elle-même pensait à propos de Maud Dixon : « Je pourrais la tuer. » Toutes deux étaient jalouses, bien sûr, la jalousie étant le corollaire naturel de l'ambition.

Florence avait été époustouflée par l'audace et la vitalité de la prose, à tel point qu'elle avait retapé sur son clavier quelques-unes des phrases de l'auteur, parce qu'elle avait lu que Joan Didion l'avait fait avec celles d'Hemingway. Elle avait alors eu l'impression d'être transfigurée, comme si elle avait jusque-là été entravée dans ses propres tentatives par ses doigts arthritiques et qu'elle venait enfin de trouver le remède miracle.

Mais quand elle s'était attelée à la saisie du manuscrit d'Helen, elle n'avait rien ressenti de comparable. Elle s'était même dit, gagnée par une exultation d'un autre genre : « J'aurais très bien pu écrire ça. »

C'était ainsi que tout avait commencé.

Afin de résoudre les problèmes posés par les griffonnages d'Helen, elle avait été amenée à prendre des décisions de plus en plus rapides et assurées. Au début, elle l'avait fait avant tout pour éviter de revivre une confrontation effrayante, comme celle qui avait eu lieu dans le bureau d'Helen le premier jour. Mais elle n'avait pas tardé à se prendre au jeu. Chaque fois qu'elle choisissait d'insérer un mot dans le manuscrit, elle éprouvait un frisson d'excitation. Elle avait alors l'impression d'être la collaboratrice de la romancière plutôt que son assistante.

Peu à peu, elle s'était enhardie, allant jusqu'à ajouter des termes qui, de son point de vue, amélioraient le texte original. Quand Helen remarquerait ses interventions, se disait-elle, elle ne pourrait qu'en convenir. Et peut-être même la remercierait-elle.

Sauf que, apparemment, elle n'avait toujours rien remarqué. Chaque fois que Florence terminait de taper les pages du jour, elle les sauvegardait sur l'ordinateur portable et les envoyait par mail à sa patronne. Si cette dernière les relisait et souhaitait y apporter des modifications, elle n'en avait encore jamais parlé. Pas plus qu'elle n'avait fait de commentaires sur les ajouts de son assistante. Florence en venait à se dire qu'ils finiraient bel et bien par figurer dans le roman.

Un matin, elle venait de taper un mot – « catastrophique » – qui n'avait qu'une vague ressemblance avec le gribouillis sur la feuille, quand elle entendit un véhicule approcher dans l'allée. Elle se redressa, étonnée. Jusque-là, aucun visiteur ne s'était présenté.

Elle se leva pour aller jeter un coup d'œil dehors par la fenêtre de la salle à manger. Une voiture de police était garée devant la maison. Sur le coup, Florence fut saisie d'une panique irrationnelle. Les flics avaient-ils découvert qu'elle intervenait sur le manuscrit d'Helen ? Le rouge aux joues, elle se retourna vivement en entendant des pas dans l'escalier.

— La police est là, annonça-t-elle à Helen, qui venait de la rejoindre.

— Allons bon, qu'est-ce que vous avez fait ? lança cette dernière. Braqué un caviste ?

La romancière marcha calmement vers la porte d'entrée et sortit au moment où une portière claquait.

Postée devant la fenêtre, Florence tendit le cou pour mieux voir ce qui se passait. Un flic obèse au teint gris et à la calvitie galopante remonta son pantalon avant de se diriger d'un pas aussi ferme que le lui permettait son embonpoint jusqu'au perron où Helen attendait, droite comme un *i*. Elle se protégeait le visage du soleil, comme elle l'avait fait la première fois que Florence l'avait rencontrée.

Celle-ci ne put entendre leur échange. L'homme indiqua d'un geste la maison. Helen parut surprise, puis partit d'un rire léger et pivota vers la bâtisse. Au même moment, elle aperçut son assistante derrière la vitre et soutint son regard un instant. Florence recula, alla se rasseoir à table et tenta de paraître absorbée par son travail.

Helen rentra quelques minutes plus tard.

— Tout va bien ? demanda Florence.

— Bon sang, si c'est à ça que servent mes impôts, je ferais peut-être mieux de planquer mon magot aux îles Caïmans.

— Pourquoi ? Qu'est-ce qu'il voulait ?

— Oh, rien de spécial. Des bêtises. Une histoire d'amendes pour excès de vitesse.

— Il s'est déplacé juste pour des contraventions ?

— À vrai dire, j'en ai accumulé pas mal.

Florence, qui se souvenait encore de la façon dont Helen avait conduit sur le trajet depuis la gare, ne fut pas surprise par cet aveu.

— Vous voulez que je m'en occupe ?

— Hein ? Non, ne vous en faites pas, je m'en charge. Je crois les avoir fourrées dans un des tiroirs de mon bureau.

Étrangement dépitée, Florence effaça le mot « catastrophique », lettre après lettre.

# 19

Au dîner ce soir-là, après la visite du policier, Helen délaissa soudain son assiette.

— Florence ? dit-elle en posant son couteau et sa fourchette. Je voulais vous demander quelque chose.

Florence se figea. Helen l'avait démasquée forcément.

Qu'est-ce qui lui avait pris de modifier le manuscrit ? C'était d'une stupidité sans nom.

Elle se sentait tellement bridée en permanence par sa timidité et son manque de confiance en elle que, de temps à autre, une force autodestructrice l'incitait à commettre un acte bravache. C'était une impulsion de ce genre qui l'avait poussée à envoyer les photos à Simon. Dans ces moments-là, elle ne se contrôlait plus.

La gorge nouée, elle se retrouva incapable d'avaler le morceau de gigot mâchouillé et sans saveur qu'elle avait dans la bouche – une viande qu'elle avait fait rôtir un peu plus tôt en suivant les instructions d'Helen. Elle porta sa serviette à ses lèvres et cracha dedans.

— Vous avez un passeport ? questionna Helen.

Déroutée, Florence se borna à secouer la tête.

— Vous pouvez vous en procurer un ?

— Oui, certainement. Pourquoi ?

Helen, qui avait de nouveau saisi ses couverts, se prépara une bouchée d'agneau, de riz et de confit de tomate en proportions égales. Elle mastiqua lentement, d'un air pénétré – pour mieux ménager ses effets, songea Florence.

— Eh bien, je me disais que vous aimeriez peut-être m'accompagner au Maroc pour mes recherches. Ça vous intéresse ?

Il fallut quelques instants à Florence pour recouvrer une contenance.

— Bien sûr, répondit-elle, envahie par le soulagement.

— Parfait. Vous pourriez faire les démarches lundi, et demander qu'on vous expédie votre passeport ici. Les frais seront à ma charge, naturellement.

— Et quand voulez-vous partir ?

— Le plus tôt possible. Je bloque sur mon roman, et je pense que ça m'aidera à avancer. Sans compter que j'en ai un peu assez de la cambrousse. Pas vous ?

Florence ne répondit pas. Pour sa part, elle n'avait jamais été aussi heureuse. Tous les matins, elle se réveillait baignée par la douce lumière du soleil qui filtrait à travers le cerisier en fleur, avec l'impression d'être enfin là où elle devait être.

— Vous souhaitez que je me renseigne sur les vols, Helen ?

— Oui, s'il vous plaît. On est… quoi, samedi ? Eh bien, on pourrait prévoir un départ dans le courant de la semaine prochaine, mercredi ou jeudi s'il y a des places.

— Dans *quatre* jours, vous voulez dire ?

— Pourquoi attendre ? Une fois à Marrakech, on n'aura qu'à louer une voiture le lendemain pour aller à Semat.

Semat était la petite ville côtière où Helen avait situé son roman.

— Je réserve aussi un hôtel ? demanda Florence.

— Choisissez celui qui vous tente à Marrakech, mais pour Semat, c'est plus hasardeux. Il vaudrait mieux opter pour une villa. Quelque chose de bien.

— Pour combien de temps ?

— Eh bien, disons… deux semaines ?

Florence hocha la tête.

Au même instant, son téléphone vibra sur la table à côté d'elle. Elle jeta un coup d'œil à l'écran. C'était encore un message de Vera : « APPELLE-MOI !!!! » Depuis qu'elle séjournait chez Helen, Florence avait pris l'habitude d'attendre deux ou trois jours avant de rappeler sa mère. Maintenant qu'elle connaissait des femmes comme Helen Wilcox et Greta Frost, les failles maternelles lui semblaient encore plus criantes.

— Désolée, dit-elle en retournant le mobile sur la table.

— Répondez, si vous voulez.

— Je n'y tiens pas, en fait. C'est ma mère.

— Tout va bien ? Vous pouvez vous confier à moi, vous savez. Je m'y connais en drames familiaux.

— Oh, non, il ne s'est rien passé, précisa Florence. C'est juste que... Eh bien, au début, j'évitais de décrocher parce que je ne voulais pas lui avouer que j'avais quitté Forrester. Ensuite, je me suis aperçue que je me portais mieux si je l'ignorais.

Elle ponctua ces mots d'un petit rire gêné.

Helen hocha la tête.

— J'étais dans la même position quand j'ai quitté Hindsville, révéla-t-elle. Je pensais garder le contact avec mes proches, mais j'avais l'impression qu'ils essayaient à toute force de me retenir, de me tirer vers le bas. Je n'avais plus que mon père et ma grand-mère à l'époque – ma mère était déjà morte –, et ils m'en voulaient d'être partie. Ils s'imaginaient que j'allais me transformer en snobinarde de la ville... Comme si c'était possible à Oxford, Mississippi. Je ne m'étais pas envolée pour Paris, bon sang ! Pourtant, à chacun de nos échanges, ils me critiquaient encore et encore, pour me rabaisser. Alors, j'ai fini par arrêter.

— De ?

— De les appeler. De leur écrire. D'aller les voir. Et je me suis sentie délivrée d'un poids énorme. Libérée. C'est à partir de ce moment-là que j'ai pu écrire *Mississippi Foxtrot* – quand j'ai arrêté de me préoccuper de ce qu'ils pensaient, de m'inquiéter à cause d'eux. Ça m'a ouvert un vaste espace que j'ai pu remplir d'autre chose. Les mots ont alors coulé tout seuls. Un véritable torrent de mots.

Florence songea à la paralysie qui s'emparait d'elle chaque fois qu'elle voulait écrire. Le problème venait-il de sa mère ?

— Retenez bien ce que je vous dis, Florence, poursuivit Helen en agitant sa fourchette. Couper les ponts a été la meilleure décision que j'aie jamais prise. Je ne serais pas romancière aujourd'hui si je ne l'avais pas fait.

Cette nuit-là, allongée dans son lit, Florence contempla longtemps le plafond, qui n'était qu'à un mètre de son visage dans sa chambre mansardée.

En serait-elle capable elle aussi ? Pourrait-elle chasser sa mère de sa vie ?

Ce qu'elle avait raconté à Helen était vrai : elle se sentait bien plus heureuse depuis qu'elle communiquait moins avec Vera. Grâce à l'éloignement, elle se rendait compte que chacune de leurs conversations la plongeait après coup dans un profond état d'angoisse et de doute.

C'était presque comme s'il existait deux versions d'elle aux yeux de sa mère : la fille potentiellement brillante, qu'elle adorait, et la vraie Florence, qui contrariait toujours ses espoirs et ses rêves. Peut-être était-ce la raison pour laquelle Vera ne lui avait jamais manifesté beaucoup de tendresse. Son discours était chaleureux, ponctué de « ma chérie » et de « mon trésor », mais elle appelait aussi ses clients « trésor », même après que la direction lui eut demandé d'arrêter. Quant à ces « Qui t'aime le plus au monde ? » vides de sens, ils étaient pires que tout.

Au fond, ce que voulait Florence, c'était montrer à sa mère que cette personne-là, celle qu'elle était vraiment, pouvait réussir dans la voie qu'elle avait choisie : devenir écrivain.

Artiste. Elle en avait plus qu'assez d'avoir toujours l'impression de décevoir les attentes maternelles.

Alors, pourquoi ne pas considérer la situation comme un test ? Si elle parvenait à éloigner sa mère, peut-être serait-elle récompensée comme l'avait été Helen, par une sorte de déblocage... Son talent pourrait enfin s'exprimer dans toute sa maestria. Elle créerait son propre *Mississippi Foxtrot*.

« Retenez bien ce que je vous dis, Florence, avait déclaré Helen. Je ne serais pas romancière aujourd'hui si je ne l'avais pas fait. »

Florence regarda son téléphone, dont l'écran luisait dans la pénombre de la chambre. Elle s'en saisit, le serra dans ses mains comme une amulette, puis écrivit un message à sa mère : « Je dois partir à l'étranger pour mon travail. Je ne serai pas joignable pendant le voyage. » Voilà, se dit-elle, ça n'a rien d'un adieu définitif. C'est seulement une séparation temporaire.

À peine avait-elle envoyé le SMS que sa mère l'appelait. Florence coupa la sonnerie et éteignit le portable.

# 20

Le lundi après-midi, postée devant le Dunkin' Donuts, près des locaux de Forrester, Florence mordillait la paille de son café glacé. Elle avait pris le train pour venir du nord de l'État. Ses recherches lui avaient révélé que l'agence la plus accessible pour faire une demande de passeport était celle d'Hudson Street, située juste en face de l'immeuble abritant la maison d'édition. En principe, d'après l'ordonnance d'éloignement que Simon avait obtenue contre elle, elle n'était pas censée s'en approcher à moins de cent cinquante mètres, mais elle avait estimé que le jeu en valait la chandelle.

Elle inspecta la façade en essayant de localiser la fenêtre de son bureau. S'agissait-il de cent cinquante mètres à vol d'oiseau ? Le trajet en ascenseur jusqu'au quatorzième étage comptait-il dans le calcul de la distance ?

— Florence ?

Elle se retourna. Amanda Lincoln avançait dans sa direction, un sourire étonné aux lèvres.

— Je pensais bien que c'était toi. Qu'est-ce que tu fais là ? Tu reprends ton poste chez Forrester ?

— Non, j'ai un rendez-vous dans le quartier, prétendit Florence.

Elle esquissa un geste en direction de l'ouest, avant de se rappeler que la seule entreprise à l'ouest de Forrester était le point relais UPS.

— Tu vis toujours ici, alors ? Tu as disparu si soudainement qu'on s'est dit que tu avais peut-être quitté la ville.

De toute évidence, Amanda cherchait à glaner des informations croustillantes qu'elle pourrait répéter à ses collègues. (« Vous ne devinerez jamais sur qui je viens de tomber, les filles... ») Florence préférait ne pas imaginer ce qu'elles avaient pu raconter sur son compte quand elle avait été renvoyée. Elle savait que l'histoire des photos s'était ébruitée, parce que Lucy y avait fait allusion dans un de ses messages.

— Non, j'habite maintenant près d'Hudson, déclara Florence. J'adore. Quel soulagement de ne plus être en ville... Pour être franche, j'ai toujours trouvé New York surestimé.

Et d'ajouter, sans réfléchir :

— Il faudra que tu viennes me voir, un de ces jours.

— Oh, avec plaisir.

Elles se dévisagèrent quelques instants en silence, aussi conscientes l'une que l'autre de l'absurdité d'une telle éventualité. Elles n'avaient jamais été amies. Toutes deux rivalisaient d'hypocrisie.

Florence fut la première à reprendre la parole :

— Malheureusement, je ne peux pas te loger. Je suis installée dans une sorte de maison d'hôtes qui appartient à mon mentor, mais c'est tout petit.

— C'est vrai ? La classe ! Moi aussi, j'aimerais bien trouver un mentor possédant une maison d'hôtes, répliqua Amanda en riant. Tu t'entends bien avec lui ? Tu l'as connu comment ?

— En fait, c'est une femme.

— Ah, d'accord.

Florence sentit un picotement familier dans ses doigts tandis qu'une onde de chaleur se propageait dans son ventre. Elle avait terriblement envie de l'humilier. De la ridiculiser. Amanda ne s'était sans doute jamais sentie ridicule de toute sa vie. Pour se calmer, elle voulut enfoncer ses ongles dans sa paume gauche. En vain. Ils n'étaient pas assez longs.

— Bon, il faut que j'y aille, dit-elle. Je vais être en retard.

— Oh, quel dommage. En tout cas, ça m'a fait drôlement plaisir de te revoir.

Amanda se pencha pour l'embrasser sur la joue en même temps que Florence la serrait gauchement dans ses bras. Elle se retrouva avec les cheveux d'Amanda dans la bouche.

Plus tard, alors qu'elle patientait dans la file d'attente à l'agence, elle rejoua cette rencontre dans sa tête. Amanda allait-elle la dénoncer à la police, ou à Simon, pour n'avoir pas respecté la mesure d'éloignement ? Peut-être. Auquel cas, songea Florence, elle pourrait toujours nier. De toute façon, elle quitterait le pays dans quelques jours.

Elle n'était jamais allée plus loin que Los Angeles, où elle avait passé une audition quand elle avait neuf ans. Sa mère avait eu le plus grand mal à contenir son excitation à l'aller, et à cacher sa déception au retour.

Florence avait le pressentiment qu'elle aussi reviendrait dans un état d'esprit différent, que ce séjour allait la métamorphoser. Le changement n'est jamais un processus linéaire ; il suit au contraire une trajectoire complexe, chaotique, faite de pics et de plateaux. Et durant la phase où l'ancienne identité s'estompe, alors que la nouvelle n'est pas encore établie, on peut éprouver un certain sentiment d'impunité. Comme si plus rien n'avait vraiment d'importance. Parce qu'on n'est plus tout à fait soi-même. Ni tout à fait quelqu'un d'autre.

Elle allait par conséquent bientôt en finir avec la personne qu'elle avait été jusque-là, et cette pensée lui plaisait. Elle en avait tellement assez d'être Florence Darrow... Un des problèmes, quand on est coincé dans sa propre tête, c'est que le monde extérieur n'est pas assez bruyant pour noyer le monologue intérieur constant dans lequel on est engagé. À ressasser toujours les mêmes conneries au quotidien.

Est-ce qu'elle m'apprécie ? De quoi j'ai l'air ? Est-cc que je serai heureuse un jour ? Est-ce que je vais m'en sortir ? C'était comme écouter la même chanson, encore et encore, tous les jours pendant des années. Une vraie torture.

— Florence Darrow ?

C'était l'homme qui avait pris son formulaire et sa photo vingt minutes plus tôt. Florence ne réagit pas. Assise sur un banc en bois, elle regardait une vieille dame remplir une demande de passeport d'une main tremblante, mal assurée, et devait résister à l'envie d'arracher le stylo à ses doigts arthritiques et de l'expédier de l'autre côté de la pièce. *Espèce de vieille bique*, pensa-t-elle. Comment pourrait-elle affronter les douanes et la sécurité si elle n'était même pas capable de remplir un putain de formulaire ? Tout son corps se raidissait sous le coup d'une fureur inexplicable. Elle n'aurait pas su dire pourquoi elle était autant en colère. Ni pourquoi la fragilité de cette femme la heurtait à ce point.

Elle s'obligea à détourner les yeux et à inspirer plusieurs fois à fond. Par expérience, elle savait que sa rage finirait par s'apaiser. Elle s'efforça de chasser de son esprit Amanda, Simon et cette vieille femme qu'elle ne connaissait même pas.

— Florence Darrow ?

Elle dut fournir un gros effort pour répondre.

— Oui, c'est moi.

# Troisième partie

# 21

Leur avion se posa brutalement à Marrakech puis freina et dérapa vers la gauche, leur donnant mal au cœur. Elles étaient parties de New York depuis plus de seize heures, car leur vol avait fait étape à Lisbonne. Helen avait voyagé en classe affaires, Florence en économique.

Alors que l'appareil roulait vers le terminal, le voisin de Florence, un petit Arabe trapu, lui dit soudain :

— Vous voyez le vent dans les arbres, là-bas ?

Il se pencha vers elle et appuya un doigt manucuré sur le hublot.

— C'est le *chergui*, venu du Sahara. D'habitude, il n'arrive pas si tôt.

— Il a une particularité ? demanda Florence.

— Il apporte chaleur et poussière, répondit l'homme avec un sourire. Et, à en croire ma grand-mère, la malchance.

L'avion s'arrêta à une certaine distance de l'aérogare, et deux hommes firent rouler une passerelle jusqu'à l'appareil. À peine avait-elle débarqué que Florence le sentit – le *chergui*. Il faisait voltiger ses cheveux autour de son visage et lui envoyait des mèches dans la bouche. Le grondement du vent se mêlait au vrombissement des moteurs. Si le bruit et la chaleur la désorientèrent, Helen paraissait en revanche revigorée par les rafales brûlantes. Ses yeux brillaient quand elle décocha à Florence un large sourire.

— *Bonjour, l'aventure*[1] *!*, cria-t-elle.

Sur le tarmac, deux hommes en treillis, coiffés de bérets verts et armés de fusils automatiques suivirent la file des passagers d'un regard las. Florence découvrit deux terminaux. Sur la droite s'étendait un vieux bâtiment rose d'un étage surmonté de l'inscription « AÉROPORT MARRAKECH MENARA » en français et en arabe. À côté s'élevait une construction flambant neuve, aussi lisse et blanche qu'une table Ikea, à la façade de tôle ondulée, cuivrée et perforée.

Les voyageurs furent conduits dans la seconde bâtisse, où les moquettes kaléidoscopiques et les surfaces brillantes ressemblaient à celles de n'importe quel centre des congrès en Amérique. Florence fut déçue. Elle s'était attendue à quelque chose de plus exotique.

Elle ne s'était jamais montrée en public avec Helen avant d'arriver à l'aéroport JFK. Là, l'impatience et la rudesse épisodique de la romancière s'étaient manifestées physiquement pour la première fois. Elle avait foncé dans la foule, disséminant les voyageurs devant elle tandis que Florence s'efforçait de la suivre sans courir. Au fond, cette efficacité agressive l'avait soulagée, et elle n'avait été que trop heureuse de s'en remettre à sa patronne, de se décharger un moment de ses responsabilités. Elle gardait le regard rivé sur le dos d'Helen, ce qui lui permettait d'occulter tout le reste.

À Marrakech, Helen prit de nouveau la tête du troupeau humain qui s'engageait dans le terminal. Mais en pénétrant dans la salle des douanes, les deux femmes découvrirent une longue file d'attente qui serpentait dans le vaste espace. Constituée de centaines d'individus, elle était grossie par des attroupements ici et là, quand il y avait des familles et des groupes de touristes en voyage organisé, comme si le serpent était en train de digérer ses proies. Helen pila net

1. En français dans le texte (NdT).

en voyant la cohue, puis se précipita vers une femme en uniforme.

— Je suis enceinte, lui dit-elle en anglais, sans préambule.

La femme jeta un rapide coup d'œil à son ventre plat, avant de répliquer :

— D'accord.

Elle les conduisit vers une file bien plus courte, d'environ six ou sept personnes avec des poussettes, des fauteuils roulants et des béquilles. Florence jeta un coup d'œil aux autres passagers dans la queue, qui allaient devoir patienter une heure, peut-être même deux. Elle se réjouissait de ne pas être parmi eux. Elle ne voulait plus se laisser entraver par le respect scrupuleux des règles. Ça lui paraissait désormais vaguement vulgaire et pitoyable.

Elle avait loué les services d'un chauffeur par l'intermédiaire de l'hôtel. Après avoir récupéré leurs bagages, les deux femmes le repérèrent près des portes. Muni d'une petite pancarte marquée « WILCOCK », il portait une longue tunique couleur terre sur un jean noir et des Reebok. Il se présenta sous le nom d'Hamza, avant de les conduire à l'extérieur, vers une Fiat d'un modèle récent garée sur le parking. Une nouvelle fois, Florence fut déçue. En même temps, là encore, elle ne savait pas trop à quoi elle s'était attendue. Un dromadaire ?

À la sortie de l'aéroport, leur chauffeur s'engagea sur des routes modernes en bon état, jalonnées de panneaux publicitaires brillamment éclairés – dont bon nombre en anglais – et de ronds-points bien aménagés, égayés par de beaux massifs de fleurs. Florence vit de grands bâtiments avec des enseignes au néon et des fontaines ouvragées. Pour un peu, elle se serait crue à Las Vegas.

Enfin, ils approchèrent des remparts qui entouraient la médina, et la vieille ville telle que la décrivaient les guides touristiques apparut devant eux. Les murs, faits d'argile d'une chaude couleur ocre illuminée par le soleil de l'après-midi, avaient été construits au XIIe siècle, leur expliqua Hamza. Leur surface présentait d'énormes trous, dont certains étaient étayés par des traverses en bois. Marrakech, avait lu Florence, était surnommée la « ville rouge », en référence à la couleur de l'argile extraite des plaines environnantes et utilisée pour les constructions. Plus tard, le gouvernement avait exigé que les bâtiments plus modernes soient peints dans la même teinte.

Ils pénétrèrent dans la médina par la porte Bab el-Jdid, l'une des plus fréquentées, et virent se dresser devant eux le minaret de la mosquée Koutoubia, qui se distinguait par ses sculptures incroyablement ouvragées. Coiffé de quatre boules dorées superposées, il était visible de n'importe quelle partie de la ville. En effectuant ses recherches, Florence avait appris que l'édifice original, érigé au XIIe siècle, avait été démoli puis reconstruit afin de mieux l'orienter en direction de La Mecque. L'hôtel qu'elle avait réservé n'en était pas loin.

La circulation à l'intérieur des remparts se révéla plus chaotique que sur les autoroutes à l'extérieur, pourtant voitures, ânes, carrioles et mobylettes semblaient se côtoyer sans incident. Derrière la vitre, Florence ouvrait de grands yeux. Les bâtisses de part et d'autre possédaient une beauté délicate qu'elle n'avait jamais vue en Floride ni même à New York. Les motifs géométriques de leurs sculptures et leurs mosaïques colorées témoignaient d'un savoir-faire extraordinaire. Elle était séduite par leur côté romantique, par la prédominance du féerique sur le pratique. Des palmiers projetaient leurs ombres mouvantes sur les façades.

Après avoir roulé une bonne dizaine de minutes dans la vieille ville, Hamza s'arrêta à un carrefour encombré.

— Qu'est-ce que vous faites ? demanda Florence.

— On est arrivés, déclara-t-il.

Florence regarda autour d'elle. Sur le trajet, elle avait aperçu plusieurs rues latérales pittoresques, mais celle devant laquelle ils étaient garés n'en faisait pas partie. De la musique à plein volume s'échappait d'un restaurant à l'angle. Le magasin voisin vendait des pneus et des batteries de voiture. Une dizaine d'hommes étaient avachis sur des chaises en plastique blanc disposées au bord de la chaussée – une bande de bitume qui, aux yeux de Florence, ne méritait pas le nom de « trottoir ».

— Charmant, marmonna Helen.

— Non, dit Florence en secouant la tête. Non.

Elle déplia le bordereau de réservation, qu'elle avait imprimé, et le montra à Hamza. Elle avait choisi l'hôtel après des heures de recherches. D'après TripAdvisor, il s'agissait d'une « oasis de calme empreinte de tout le charme local ».

— Le Riad Belsa, dit-elle en posant l'index sur le nom. « Une oasis de calme empreinte de tout le charme local. »

— Oui, répliqua-t-il d'un ton aimable. C'est un très bel hôtel.

Il descendit de voiture, puis alla ouvrir le coffre. Après avoir déchargé les bagages de ses deux passagères, il les confia à un grand homme maigre qui se tenait près du véhicule. Ce dernier les lança dans la grosse brouette à côté de lui, avant de se diriger vers une ruelle étroite et ombreuse.

— Attendez..., l'appela Florence – sans succès.

— Je ne peux pas aller plus loin avec la voiture, expliqua Hamza d'un ton patient. Cet homme va vous guider.

— Ça me paraît louche, glissa Florence à Helen.

Celle-ci haussa les épaules, avant de chercher dans son portefeuille de quoi donner un pourboire à Hamza.

— Je suis sûre que tout ira bien, assura-t-elle. J'ai vu le nom de l'hôtel brodé sur son uniforme.

Florence s'engagea à contrecœur derrière elle dans le passage sombre.

— Je ne suis pas sûre que ce soit une bonne idée, chuchota-t-elle.

— La panique est un gaspillage d'énergie, Florence, affirma la romancière.

Elles suivirent l'homme à la brouette à travers un véritable labyrinthe. À chaque tournant, elles découvraient une autre venelle obscure, déserte à l'exception d'un chat efflanqué ici ou là qui rasait les murs. Florence essaya en vain de repérer des noms de rues. Jamais elles ne retrouveraient leur chemin, se dit-elle.

Soudain, l'appel à la prière se fit entendre, provenant manifestement de la mosquée Koutoubia. Florence lui trouva des accents plaintifs, mélancoliques. Elle leva les yeux, mais les murs étaient trop hauts et rapprochés pour qu'elle puisse apercevoir le minaret.

Enfin, elles débouchèrent dans une impasse et découvrirent une belle porte en bois sculptée sur laquelle une plaque dorée indiquait : « Riad Belsa. » Florence la reconnut pour l'avoir vue sur les photos de TripAdvisor. Leur guide souleva un gros heurtoir en cuivre, puis le laissa retomber, et quelques instants plus tard le battant fut ouvert par une femme corpulente et voilée. Tout sourire, elle les accueillit chaleureusement d'un *« Salaam alaikum, good afternoon, bienvenue »*, avant de les escorter dans une première petite cour qui donnait sur une seconde plus grande entourant une fontaine. L'endroit foisonnait de citronniers et de grenadiers luxuriants. Le sol et les murs étaient couverts de carreaux brillants, noirs, rouges et verts. L'employée les installa à une table nichée sous un enchevêtrement de plantes grimpantes, s'éclipsa et revint avec une assiette de dattes et deux verres de lait parfumé à la fleur d'oranger. Florence examina les lieux avec soulagement.

Peu après, un homme en costume trois-pièces s'approcha de leur table et s'assit avec elles.

— Bonjour, dit-il dans un anglais teinté d'inflexions britanniques.

Son peigne avait tracé de profonds sillons dans ses cheveux noirs gominés.

— Bienvenue au Riad Belsa. Je suis Brahim, le manager.

Il leur demanda d'où elles venaient et si leur voyage s'était bien passé. Puis il déclara :

— Je vous prie de m'excuser, mais nous devons nous acquitter des formalités, si vous le permettez. Ensuite, vous pourrez profiter de votre séjour l'esprit libre.

Il plaça deux feuilles de papier sur la table.

— Nous avons besoin de renseignements pour la police. La loi nous oblige à remplir ces documents chaque fois que de nouveaux clients arrivent. Nous avons pris la liberté d'inscrire les informations qui figurent sur votre réservation, mais il manque votre profession, ici, et votre signature, là.

Florence parcourut le formulaire. Il était intitulé « Bulletin individuel d'hôtel », et son nom, son adresse et son numéro de passeport avaient déjà été indiqués.

— Puis-je savoir quelle est votre profession ? s'enquit Brahim.

Helen et Florence répondirent « écrivaine » et « assistante » en même temps.

— « Assistante », c'est parfait, dit-il en gratifiant Florence d'un hochement de tête approbateur. Mais, ajouta-t-il en se tournant vers Helen, je vous conseille de ne pas mettre « écrivaine ». Sinon, les policiers vont s'intéresser à vous. Ils penseront que vous préparez des articles politiques ou des écrits peu flatteurs pour notre pays. Ils exigeront de savoir où vous êtes allées, ce que vous avez photographié… Ça deviendra un vrai casse-tête, je peux vous l'assurer. S'il vous plaît, marquez « responsable commerciale » ou « manager ». C'est mieux.

Cette situation farcesque parut réjouir Helen au plus haut point.

— Va pour manager, déclara-t-elle. Et je suis censée manager quoi ? Une usine ?

— Manager, c'est suffisant, répondit Brahim avec douceur.

— D'accord, je fabrique principalement des engrenages, affirma Helen, qui semblait bien s'amuser. Pour les moteurs de bateaux. Tous les types d'embarcations maritimes, pour être précis. Si vous pouvez le faire flotter, nous pouvons le faire avancer. Il va peut-être falloir qu'on travaille sur ce slogan, non ? Qu'en pensez-vous, Florence ?

En guise de réponse, celle-ci lui adressa un sourire hésitant. Elle n'était pas habituée à voir sa patronne d'humeur espiègle.

— Manager, c'est suffisant, répéta Brahim. Et vous ne resterez qu'une nuit, c'est bien ça ? interrogea-t-il en consultant son iPad.

Les deux femmes hochèrent la tête. Le lendemain, elles partiraient pour Semat.

— Dans ce cas, puis-je vous suggérer un circuit touristique adapté à votre bref séjour chez nous ? Le vieux palais El Badi n'est pas loin d'ici. C'est magnifique, il faut le visiter. Et vous devez absolument voir les souks. Nous vous fournirons avec plaisir une liste de marchands tout à fait honorables. Cuir, bijoux, vous trouverez tout ce que vous voulez.

— Mmm, peut-être, marmonna Helen.

Elle n'aimait pas qu'on lui impose des idées d'excursion, Florence l'avait compris quand elle avait proposé de faire un détour pour aller voir les montagnes de l'Atlas sur le trajet jusqu'à la côte. Helen l'avait dévisagée pendant quelques secondes inconfortables avant de sortir de la pièce sans un mot.

— Je peux vous garantir que vous ne risquez rien, madame, dit Brahim, se méprenant sur la réticence d'Helen. Il y a des dizaines de policiers en civil dans les souks, dont la seule mission est de protéger les touristes. Ils se font passer pour des ivrognes et des mendiants, restent adossés aux façades ou assis par terre, mais dès qu'ils remarquent quelque chose de suspect, ils bondissent.

Il frappa fort dans ses mains, et le son se répercuta dans la cour.

Florence haussa les sourcils.

— C'est vrai ?

— Oui, bien sûr. À Marrakech, tout le monde se fait passer pour quelqu'un qu'il n'est pas, ajouta-t-il avec un clin d'œil.

— J'aimerais voir nos chambres, maintenant, annonça Helen en se levant.

Elle semblait lasse, soudain, et Florence songea qu'elle n'était guère plus habituée qu'elle aux voyages internationaux. Il était 16 heures passées de quelques minutes à Marrakech ; autrement dit, elles étaient debout depuis plus de vingt heures. La fatigue et les effets du décalage horaire l'emportaient sur leur curiosité pour la ville.

— Bien sûr, madame.

Brahim leur fit gravir un escalier en spirale jusqu'au premier étage.

— C'est un riad marocain traditionnel, expliqua-t-il. Il est construit autour du jardin à ciel ouvert.

Parvenue en haut des marches, Florence jeta un coup d'œil par-dessus la balustrade en fer forgé à la cour en contrebas, éclairée par le soleil de fin d'après-midi. Leurs chambres étaient situées de part et d'autre de l'ouverture. Ils s'arrêtèrent d'abord devant celle d'Helen. Les deux femmes convinrent de se retrouver en bas à 19 heures, pour le dîner.

Brahim conduisit ensuite Florence jusqu'à sa chambre. Au moment de franchir l'entrée voûtée, elle remarqua un premier crochet fixé sur la porte en bois et un second sur l'encadrement. Ils semblaient destinés à accueillir unc barre de fer ou un manche à balai pour enfermer quelqu'un à l'intérieur.

Elle se demanda brièvement à quoi servait un tel système, mais elle était trop épuisée pour s'en préoccuper. Elle n'aspirait plus qu'à dormir. Si quelqu'un avait envie de l'enfermer, grand bien lui fasse.

# 22

Quand elle se réveilla, Florence avait la bouche sèche, pâteuse, et un bon mal de tête. Elle dut batailler pour émerger des brumes du sommeil. Ses draps étaient tout entortillés et humides de sueur. Elle ressentait encore les effets de l'adrénaline circulant dans ses veines, mais impossible de se rappeler ses rêves, dont les images lui avaient déjà échappé. Elle courait, lui semblait-il. Ou plutôt, elle fuyait quelque chose.

Elle se força à s'asseoir, puis se frotta le visage. En voyant l'heure sur son téléphone, elle fut stupéfaite. Il était 6 h 14. Avait-elle réellement dormi quatorze heures ? Au prix d'un gros effort, elle se leva et marcha d'un pas raide jusqu'à la salle de bains, où elle s'aspergea le visage d'eau froide.

Peu à peu, elle reprit pied dans la réalité. Elle était à Marrakech. Elle devait retrouver Helen pour le dîner la veille au soir, mais de toute évidence elle s'était endormie profondément et avait raté le rendez-vous. Et ce jour-là, elles devaient partir pour Semat.

Elle se doucha et s'habilla avec les premiers vêtements qu'elle récupéra dans son sac de voyage : un jean et un T-shirt froissé. En passant devant la chambre d'Helen, elle s'arrêta à la porte. Aucun bruit ne se faisait entendre à l'intérieur. Elle jeta un coup d'œil dans la cour en contrebas et repéra la romancière attablée sous un oranger, devant une tasse de café. Elle avait mis une robe en lin noir et des sandales en cuir dont les brides s'enroulaient autour de ses chevilles.

Florence la rejoignit et se laissa choir sur la chaise en face d'elle.

— Ah, enfin ! J'ai cru que vous étiez morte, lança Helen d'un ton enjoué.

— Moi aussi.

— Ça aurait sérieusement contrarié mes projets.

— Ha ha.

— Café, dit Helen en indiquant le pichet argenté posé sur le buffet du petit déjeuner, installé à l'ombre.

Quand Florence revint avec une tasse, elle s'excusa.

— Désolée, je ne sais pas ce qui s'est passé hier soir. Vous avez dîné ?

La romancière ignora la question.

— Bon, je me disais qu'avant de quitter la ville aujourd'hui on pourrait aller visiter le palais El Badi. J'ai eu une autre conversation avec Brahim tout à l'heure, et d'après lui c'est un site exceptionnel. D'ailleurs, El Badi signifie « l'incomparable ». Joli, n'est-ce pas ? C'est apparemment l'un des quatre-vingt-dix-neuf noms d'Allah. Ça me donnerait presque des complexes, moi qui n'en ai que deux... Bref, nous pourrions y faire un saut après le petit déjeuner, avant que vous alliez chercher la voiture.

Lorsqu'elles avaient préparé le voyage, Florence avait suggéré d'engager un chauffeur pour les conduire à Semat, mais Helen avait insisté pour louer un véhicule.

« Les Arabes ne savent pas conduire », avait-elle affirmé d'un ton aussi catégorique que si elle avait déclaré : « J'ai grandi à Boise, dans l'Idaho. »

Après avoir bu un dernier café, elles retournèrent toutes les deux dans leurs chambres chercher quelques affaires puis se retrouvèrent dans la galerie. Helen lui tendit son portefeuille, son portable et ses cigarettes en disant :

— Ça ne vous ennuie pas de les prendre ? Je n'ai pas envie de m'encombrer d'un sac.

— Bien sûr, aucun problème.

Florence fourra le tout dans son propre sac à main, déjà bien rempli.

Il leur fallut un bon moment pour se repérer dans le dédale de ruelles sombres entourant le Riad Belsa. Les hauts murs bloquaient la lumière du soleil, et ils étaient si rapprochés de part et d'autre des passages que Florence n'avait qu'à tendre les bras pour les toucher. Certaines bâtisses, remarqua-t-elle en examinant les façades de plus près, étaient recouvertes d'un enduit synthétique imitant la pierre.

Si Brahim leur avait assuré que le palais El Badi n'était qu'à quelques minutes de marche de l'hôtel, elles n'avaient pas pris en compte le temps qu'il leur faudrait pour s'orienter. Elles finirent néanmoins par atteindre le grand carrefour où leur chauffeur les avait déposées la veille, et d'où partaient de larges artères encombrées. Partout autour d'elles voitures, mobylettes, piétons et ânes se disputaient l'espace. Les ânes, maigres et pitoyables, tiraient tous des charrettes presque identiques remplies de matériaux de construction – sacs de ciment, briques et longs fers à béton qui traînaient derrière et raclaient le sol poussiéreux. Quelques taxis, de vieilles berlines Mercedes couleur ocre datant des années 1980, ralentirent à leur hauteur, mais les deux femmes leur firent signe de poursuivre leur route et continuèrent à marcher. Il était à peine 9 heures, pourtant il faisait déjà chaud. Florence regretta d'avoir mis un pantalon.

Bon nombre de boutiques devant lesquelles elles passèrent avaient étalé leurs marchandises sur le sol à l'extérieur, ajoutant à la pagaille des rues un mélange hétéroclite d'articles exotiques et usuels : tortues vivantes, chaussettes sous plastique, parapluies pour enfants, sachets de pigments, d'épices et de haricots secs, couches, lunettes de soleil, morceaux luisants de viande crue. Tous les commerces étaient tenus par des hommes en djellaba à la mine austère. Un chat traversa devant les deux femmes, serrant un oiseau mort dans sa gueule.

Quand elles atteignirent enfin leur destination, Florence était en nage et à cran. Après avoir payé soixante-dix dirhams – environ sept dollars – pour entrer, elles pénétrèrent à l'intérieur d'un vaste complexe architectural à ciel ouvert où régnait un silence saisissant. Le palais venait d'ouvrir et, à part les gardes, elles étaient apparemment les seules personnes sur place.

Florence parcourut la brochure qu'on leur avait remise en même temps que leurs billets, puis expliqua à Helen :

— Le palais a été commandé par le sultan en 1578 et sa construction s'est achevée quinze ans plus tard. Un siècle après, un nouveau sultan l'a fait démolir et a utilisé les matériaux pour faire ériger son propre palais à Menkes – ah non, attendez, désolée, à Meknès, au nord.

Helen lui arracha le dépliant des mains et s'en servit pour s'éventer.

— Quelle fournaise, dit-elle.

— C'est à cause du *chergui*, déclara Florence.

La romancière s'éloigna en direction d'un jardin aménagé en contrebas de l'esplanade. De son côté, Florence se rapprocha des hauts murs qui offraient une mince bande d'ombre. Elle effleura leur surface rugueuse, percée des mêmes gros trous que les remparts de la médina. Des pigeons s'y blottissaient par centaines. Au lieu d'être apaisants, leurs roucoulements prenaient une résonance sinistre, comme une comptine de film d'horreur. Quelques fétus de paille voltigèrent jusqu'au sol devant Florence. Elle leva les yeux. Des cigognes la contemplaient d'un œil impassible depuis les nids échevelés qu'elles avaient bâtis au sommet des parois. Il y avait des fientes partout.

Avisant un escalier raide qui descendait vers les niveaux inférieurs, elle s'y engagea et déboucha dans une succession de salles en ruine, privées de toit, au dallage fissuré sous ses pieds. Les cris des oiseaux y étaient encore plus sonores. Elle remarqua un renfoncement dans un coin, s'y réfugia pour s'abriter du soleil et appuya sa joue contre la pierre, qui se révéla étonnamment fraîche. Quelques instants plus tard, un autre touriste entra. Il ne la vit pas tout de suite et sursauta en la découvrant.

— Oh ! s'exclama-t-il. Vous m'avez fait peur.

— Désolée, s'excusa-t-elle en émergeant de l'ombre.

— Vous vous cachiez ?

— Juste du soleil.

— Ah ça, pour cogner, il cogne, le bougre.

Il avait l'accent et les dents d'un Anglais, songea Florence.

— Vous êtes en vacances ? demanda-t-il.

— Pas vraiment, répondit-elle. Je suis ici pour mon travail.

— Ah oui ? Laissez-moi deviner.

Il l'examina lentement, de la tête aux pieds.

— Étudiante en archéologie, déclara-t-il en pointant un long index grêle dans sa direction.

— Romancière, rectifia Florence.

Son interlocuteur haussa les sourcils.

— Oh, bravo ! C'est formidable.

Après ce mensonge, Florence eut l'impression d'avoir franchi un point de non-retour, comme si elle s'était avancée trop loin dans l'océan pour échapper aux vagues, et qu'il ne lui restait plus qu'à plonger dedans. Une sourde appréhension la saisit à l'idée que l'inconnu puisse l'interroger sur son métier.

Alors elle s'éloigna brusquement et remonta vers la lumière du jour. De retour sur l'esplanade, elle longea le jardin en contrebas, avec ses orangers et son bassin couvert d'algues. De l'autre côté de la cour, elle aperçut encore un escalier qui descendait. Celui-ci la mena jusqu'à une enfilade de passages sombres. Elle pénétra dans une salle où des chaînes et de gros carcans en fer étaient exposés dans des vitrines. De vieilles photos en noir et blanc, sur un mur, montraient des prisonniers courbés par le désespoir. Elle se dépêcha de retourner au soleil.

Helen épluchait une petite orange à l'ombre, faisant s'entrechoquer ses bracelets à chaque mouvement.

— Où l'avez-vous trouvée ? s'enquit Florence.

D'un mouvement de tête, Helen lui indiqua les arbres dans le jardin.

— Vous en avez cueilli une, comme ça ?

La romancière haussa les épaules.

— Bien sûr ! À qui voulez-vous qu'elles profitent ? Aux cigognes ?

Florence regarda avec envie le jus qui coulait sur le poignet d'Helen. Mais elle n'avait pas assez de cran pour aller en cueillir une aussi. Elle coula un regard furtif à l'un des gardes, un jeune d'une vingtaine d'années au visage couvert d'acné qui tapotait sur son téléphone. Se sentant observé, il leva les yeux. Florence détourna aussitôt les siens.

— Vous êtes prête à partir ? demanda-t-elle.

Helen cracha un pépin dans sa main, le saisit entre le pouce et l'index pour l'examiner, puis le jeta.

— Oui, allons-y.

Elles se séparèrent devant le palais, après s'être mises d'accord pour se retrouver une heure plus tard au carrefour près de leur hôtel.

— Oh, attendez, Florence, j'ai besoin de mes affaires, lança Helen en revenant vers elle.

Florence les prit dans son sac et les lui rendit. Helen glissa les cigarettes et le téléphone dans la poche de sa robe, mais ouvrit le portefeuille et en sortit son permis de conduire, qu'elle lui confia.

— Pour l'agence de location, expliqua-t-elle. J'imagine qu'il faut présenter un permis au même nom que la carte de crédit qui a été utilisée pour faire la réservation.

Florence considéra la photo, puis inclina le permis et regarda la lumière jouer sur l'hologramme.

— Vous croyez que je peux me faire passer pour vous ? questionna-t-elle, sceptique.

Si elles étaient toutes les deux blondes et de stature plutôt frêle, pour elle la ressemblance s'arrêtait là.

— Eh bien, on va vite le savoir, répliqua Helen.

# 23

Florence prit la direction de l'ouest, avec le soleil dans le dos. L'agence de location se situait hors des murs de la médina. Brahim lui avait parlé d'une vingtaine de minutes de marche.

— Vous devriez passer par la place Jemaa el-Fna, lui avait-il conseillé en montrant l'endroit sur le plan où il lui traçait l'itinéraire. C'est l'un des sites les plus célèbres de Marrakech. On y exécutait les criminels. Après, leurs têtes étaient plongées dans...

Il avait claqué des doigts à plusieurs reprises.

— Quel est le mot, déjà ? Aidez-moi. C'est comme pour ces condiments qu'on mange avec des hot dogs, qui sont longs, verts et craquants...

— Des cornichons ? avait suggéré Florence, sceptique.

— C'est ça, comme pour les cornichons ! Leurs têtes étaient plongées dans la saumure, et après on les suspendait aux portes de la ville. En signe d'avertissement.

— Oh.

— Vous pourrez aussi vous faire peindre les mains au henné, là-bas. C'est très beau.

En suivant les indications de Brahim, Florence arriva sur une large place irrégulière, dominée par le Café de France à une extrémité. Elle la reconnut pour l'avoir longée avec Helen le matin même, alors qu'elle était encore vide, sans savoir qu'il s'agissait de Jemaa el-Fna. À présent, les lieux commençaient tout juste à s'animer. Des monceaux d'oranges en attente d'être pressées se dressaient sur des tables protégées du soleil par des auvents et des parasols. Un vieil homme à la voix rocailleuse retenait captive une assemblée de touristes munis d'appareils photo. Florence supposa que c'était l'un des conteurs publics dont elle avait appris l'existence en se renseignant sur la ville. D'autres touristes, assises à l'ombre, se faisaient peindre des motifs délicats sur les mains et les poignets.

Soudain, un homme s'approcha d'elle. Il levait haut un fin serpent noir qu'il essaya de lui draper autour des épaules.

— Non, merci, dit-elle en s'écartant.

Devant son insistance, elle répéta avec plus de force :

— Non !

Il éclata de rire.

— Faut pas avoir peur, mademoiselle.

Florence se hérissa. Elle n'avait pas peur. La frayeur seule pouvait-elle expliquer qu'on ne veuille pas se laisser enrouler un serpent autour du cou ? Elle contourna l'importun et poursuivit son chemin. Le rire de l'homme résonnait toujours de façon désagréable à ses oreilles.

Tout l'exotisme de Marrakech se révélait enfin sur cette place, mais il était principalement conçu pour charmer les touristes et laissa Florence insensible. D'autant qu'elle avait chaud et commençait à être fatiguée.

Parvenue à la limite de la médina, elle vit un bâtiment imposant devant l'une des portes de la vieille ville. Trois gardes arborant des uniformes de couleur différente en surveillaient l'entrée. Quand elle sortit son téléphone pour les prendre en photo, ils se mirent aussitôt à l'invectiver. L'un d'eux, toujours hurlant, fit mine de traverser la rue pour la rejoindre. Plusieurs passants s'arrêtèrent pour regarder la scène. Le rouge aux joues, Florence rangea son portable dans son sac puis agita les mains en signe d'excuse. Le garde retourna à son poste, mais une femme en hidjab l'examina de la tête aux pieds, le soleil se réfléchissant sur ses lunettes noires. Gagnée par la nervosité, Florence voulut s'éloigner rapidement et marcha dans ce qu'elle devina être du crottin d'âne.

Il lui fallut trente minutes pour trouver l'agence de location. Lorsqu'elle y arriva enfin, elle était couverte d'une épaisse poussière qui collait à sa peau moite et s'accrochait à ses cils. Elle la sentait même craquer entre ses dents.

— *De l'eau*[1] ? demanda-t-elle au jeune employé maigrichon derrière le comptoir.

Elle avait du mal à prononcer les mots français, puisés dans ses souvenirs de fac. Elle fit le geste de boire.

L'employé secoua la tête d'un air grave. Avec un soupir, Florence lui tendit le bordereau de réservation.

— *Un moment*[2], dit-il, avant de disparaître derrière une porte en contreplaqué fissurée.

Il y avait deux chaises pliantes dans l'agence. Florence alla s'asseoir sur l'une d'elles et appuya sa tête contre le mur. Un ventilateur tournoyait bruyamment au-dessus d'elle.

Quelques instants plus tard, le jeune employé reparut, accompagné par un homme plus âgé qui salua Florence en anglais. Elle lui remit le permis d'Helen. Après y avoir jeté un bref coup d'œil, il le lui rendit.

— Venez, dit-il.

Elle le suivit jusque dans la rue. Il était chaussé de sandales en plastique qui claquaient à chacun de ses pas. Elle remarqua ses talons secs, à la peau fendillée.

Le garage était voisin de l'agence. L'homme lui indiqua d'un geste théâtral une Ford Fiesta blanche.

— Flambant neuve, dit-il en tapotant le toit.

Florence le remercia. Il s'écarta et la regarda s'installer au volant. À peine avait-elle tourné la clé de contact qu'elle

1. En français dans le texte (NdT).
2. *Idem.*

poussa la climatisation au maximum. Au début, elle ne sentit qu'un souffle d'air chaud et vicié, comme une haleine fétide, mais il ne tarda pas à devenir plus frais et à sécher sa sueur. Il contribua aussi à dissiper l'apathie, accentuée par la chaleur de la matinée, dont elle ne parvenait pas à émerger depuis son réveil. L'homme l'observait toujours. Elle passa la marche arrière et évita de justesse une vieille femme en manœuvrant pour s'insérer dans le flot chaotique de la circulation.

# 24

Lorsque Florence arriva enfin au rendez-vous, avec quinze minutes de retard, Helen l'attendait au carrefour en compagnie du même homme que la veille, avec la même brouette, sur laquelle s'entassaient leurs bagages. Elle portait un chapeau de paille à large bord, qu'elle posa sur ses genoux une fois montée en voiture.

— C'est nouveau ? lui demanda Florence.

— Oui, je l'ai acheté en rentrant à l'hôtel, tout à l'heure. Quarante dirhams. Brahim avait raison : le souk est incroyable.

Florence hocha la tête, sourit et cala brièvement sa nuque contre l'appuie-tête. Tout son corps était raidi par la tension. Elle n'avait compris aucun des panneaux indicateurs sur son chemin et elle avait bien failli percuter une carriole transportant deux touristes à l'air inquiet. L'employé de l'hôtel referma le coffre, qu'il tapota. Florence ne bougea pas.

— Qu'est-ce que vous attendez ? Démarrez, Florence !

Helen claqua des doigts dans sa direction, peut-être de façon facétieuse, mais Florence en doutait.

— Oh, désolée, dit-elle en se redressant.

Elle agrippa le volant d'une main et, de l'autre, enclencha la première.

Au bout d'une heure de trajet, la climatisation tomba en panne. Helen se pencha, puis actionna les commandes plusieurs fois, en vain, avant de s'affaler sur son siège et de fermer les yeux. Il leur restait deux heures de route.

Florence baissa les vitres. Le vent s'engouffra dans l'habitacle, faisant voltiger leurs cheveux.

Quand un camion les doubla, elle fit une légère embardée.

— Hé, attention, lâcha Helen dans un souffle, les yeux toujours clos.

Elle n'avait pas bouclé sa ceinture de sécurité. Elle s'y refusait par principe, et Florence se demanda ce qui se passerait si elle écrasait la pédale de frein. La tête d'Helen rebondirait probablement sur le tableau de bord comme un ballon.

Il n'y avait pas beaucoup de circulation. Florence accéléra et regarda l'aiguille du compteur monter. À l'approche d'un virage, cependant, elle dut ralentir. Le soleil était maintenant plus bas à l'horizon, et sa lumière filtrait à travers les arbres. Helen ouvrit les yeux et mit la radio, avant de l'éteindre un instant plus tard. Elle alluma une cigarette, qu'elle garda à l'intérieur de l'habitacle pour que le vent ne la lui arrache pas des doigts. La fumée irrita la gorge de Florence.

Elles roulèrent encore une heure en silence. Peu à peu, le paysage autour d'elle devint aride et poussiéreux. Marrakech, avait lu Florence, était une oasis dans le désert. Ici, aux abords de l'autoroute, la végétation était rare et la couleur absente. La chaleur et le chuintement monotone des pneus sur la chaussée plongeaient les deux femmes dans une sorte de torpeur. Elles en émergèrent seulement après avoir remarqué que la qualité de l'air dans la voiture avait changé. La température avait baissé de quelques degrés, il était plus frais, plus vif. Florence crut sentir l'odeur de la mer. La région autour d'elles était aussi plus verdoyante.

Elle consulta la carte sur son téléphone. Apparemment, elles n'étaient plus qu'à dix ou quinze kilomètres de Semat.

Leur itinéraire les mena le long d'une falaise dominant les eaux tumultueuses de l'Atlantique, sur lesquelles se réfléchissait le soleil au loin. Difficile de croire qu'elle avait grandi auprès de ce même océan, songea Florence. Quel contraste entre les entrepôts plats de la Floride et la beauté des remparts et des minarets du Maroc...

La route à deux voies sur laquelle elles circulaient était étroite et, de temps à autre, quand une voiture ou une moto fonçait vers elles en sens inverse, Florence ralentissait presque jusqu'à s'arrêter. Elle ne cessait de s'essuyer les paumes sur le revêtement du siège tant elles étaient moites.

Brusquement, un camion aux flancs bâchés se colla contre son pare-chocs arrière en donnant un coup de klaxon. Il finit par déboîter pour la doubler et n'eut que le temps de se rabattre sur la file de droite avant qu'une voiture ne débouche du virage en face. Leurs coups de klaxon furieux créèrent une diversion bienvenue dans l'esprit de Florence.

Enfin, la route s'écarta de la falaise et, peu après, Florence tourna à gauche pour prendre une ruelle dont le nom correspondait à celui inscrit sur leur bordereau de réservation. Soulagée, elle relâcha son souffle. Tout était tranquille aux alentours. Des odeurs de terre mouillée leur parvenaient.

Arrivées en haut d'une montée raide, les deux femmes découvrirent une maison blanche aux encadrements de fenêtres bleu vif. Elle était perchée, seule, au sommet d'une colline escarpée. Elles passèrent devant un gros rocher peint en blanc sur lequel les mots « VILLA DES GRENADES » se détachaient en lettres bleues.

— Les grenades ? s'était étonnée Florence à voix haute quand elles avaient réservé. Comme les armes ?

— Non, comme les fruits, avait précisé Helen.

Florence franchit le portail ouvert, se gara dans l'allée et s'adossa à son siège. Elle se sentait poisseuse.

Une sexagénaire solidement charpentée aux cheveux gris sortit de la maison et s'approcha en claudiquant. Helen et Florence descendirent de voiture.

La femme commença par serrer la main de Florence.

— *Bonjour, mesdames, bienvenue*[1], dit-elle.

— Vous parlez anglais ? demanda Helen.

— Oui, un peu, répondit son interlocutrice.

Elle s'appelait Amina, leur dit-elle, et elle travaillait à la villa des Grenades depuis plus de vingt ans. Elle se chargerait de la cuisine, des courses et du ménage. Qu'elles n'hésitent surtout pas à la solliciter si elles avaient besoin de quelque chose. Elle habitait au bout de la rue, ajouta-t-elle en indiquant un point au bas de la pente. Elle voulut prendre leurs bagages, mais Florence insista pour les porter elle-même.

À peine entrée dans la maison, elle éprouva un élan de panique. De larges sections de carrelage manquaient sur le sol et le salpêtre envahissait les murs. Des plantes grimpantes avaient réussi à s'introduire à l'intérieur par les fenêtres et leurs longues tiges partaient à l'assaut des cloisons et des plafonds. Il y avait des taches brunes aux endroits où des touffes de mauvaises herbes avaient été arrachées. Elles rappelèrent à Florence les sillages luisants laissés par les limaces.

En haut, murs et sols étaient en tout aussi mauvais état, mais au moins les draps paraissaient propres et la plomberie fonctionnait. Comme à l'hôtel, l'étage, ouvert au milieu, donnait sur la cour ensoleillée en contrebas.

Derrière la maison, une grande terrasse pavée d'ardoise s'étendait vers une petite piscine ombragée par des palmiers qui, avec leurs stipes ébouriffés, dont certaines parties pendaient comme des pans de toile, donnaient l'impression de se déshabiller. La piscine elle-même n'était qu'aux

1. En français dans le texte (NdT).

trois quarts pleine, et une épaisse pellicule d'algues vertes, foisonnante d'insectes, recouvrait la surface. Trois chaises longues branlantes, auxquelles il manquait des lanières en plastique, étaient disposées au bord. Quand Amina indiqua une pile de serviettes propres soigneusement pliées sur une table proche, Helen éclata de rire.

— Je vais appeler l'agence de location pour demander s'il n'y aurait pas une autre maison disponible, lui dit Florence. Je vous assure que les photos publiées sur le site web ne ressemblaient pas à ça.

Helen les avait vues aussi et avait approuvé le choix de son assistante.

— Non, c'est très bien, affirma la romancière. Parfait, même.

Helen voulait s'atteler à son roman l'après-midi même, aussi s'installèrent-elles dans le vaste salon lumineux au rez-de-chaussée, dont les portes-fenêtres donnaient à la fois sur la terrasse derrière et sur la cour intérieure. La romancière se mit à griffonner par phases frénétiques, son stylo décrivant de grands mouvements sur le papier et y laissant un petit trou de temps à autre.

Florence la regardait du canapé. Elle aussi avait un cahier sur les genoux et un stylo à la main, mais elle n'avait encore rien inscrit.

Une phrase, s'encouragea-t-elle. Écris au moins une phrase.

Elle marqua : « Je suis. »

Remarquable de brièveté.

Je suis... quoi ?

Elle remit le capuchon sur le stylo, puis jeta un coup d'œil à Helen, dont le front était plissé par la concentration.

En désespoir de cause, elle flanqua le cahier sur la table devant elle, s'attirant un regard noir de la part de sa patronne, puis se leva et sortit sur la terrasse. Elle s'installa sur une chaise longue et ferma les yeux. Il était presque 7 heures du soir mais l'air était toujours aussi chaud. Le silence n'était troublé que par le bruissement des palmes et par les chants d'oiseaux.

Elle se sentait trahie. Elle avait bien coupé les ponts avec sa mère, non ? Alors pourquoi ne parvenait-elle pas à écrire ? Qu'en était-il du « torrent de mots » attendu ? Cette récompense n'était-elle réservée qu'à Helen ?

Au bout d'un moment, les piaillements stridents des oiseaux lui portèrent sur les nerfs. Elle rentra et consulta les mails de sa patronne sur l'ordinateur portable qu'elle avait posé sur un bureau en bois sculpté dans un coin du salon. La romancière avait reçu quelques messages de Lauren, l'assistante de Greta, mais rien d'urgent. Ainsi qu'un message personnel sur le compte d'Helen Wilcox.

— Vous avez un nouveau mail de Sylvie Daloud, annonça-t-elle.

Helen leva les yeux et cilla à plusieurs reprises.

— Excusez-moi, vous m'avez parlé ? J'avais la tête ailleurs.

— Oui, Sylvie Daloud vous a écrit. Elle dit qu'elle va prendre son abonnement au Met pour la saison à venir et elle demande si vous souhaitez réserver certaines dates de spectacles pour y aller ensemble.

Helen posa son stylo sur son bloc-notes.

— D'accord. Je lui répondrai plus tard.

Florence referma l'ordinateur.

— Helen, je suis sûre que la question va vous paraître stupide, mais... comment savez-vous que vous tenez l'idée d'un roman ?

La romancière fronça les sourcils.

— Comment je le sais ? En fait, c'est prendre le problème à l'envers. Quand j'ai entamé la rédaction de *Mississippi Foxtrot*, je n'avais pas décidé de devenir écrivaine et ensuite cherché une intrigue. Non, il y avait cette histoire que j'avais besoin de raconter, alors je l'ai couchée sur le papier.

— Oh, fit Florence.

Elle se sentait un peu déçue, même si elle n'était pas certaine d'avoir bien compris. Qu'avait voulu dire Helen au juste ? Parlait-elle d'une histoire qu'elle avait déjà en tête avant de se mettre à écrire ou d'une qui s'était réellement produite et dont elle s'était inspirée ? En l'occurrence, elle-même n'avait ni l'une ni l'autre.

— Et maintenant ? insista-t-elle. C'est la même chose pour votre deuxième roman ?

— En fait, non, répondit Helen. Pas exactement.

Elle resta ensuite silencieuse si longtemps que Florence crut la discussion close. Mais la romancière finit par ajouter :

— Parfois, vous devez créer votre propre fiction.

— Comment ça ?

— Toutes les histoires doivent s'appuyer sur la réalité, sinon elles manquent d'authenticité. Mais, bien sûr, la réalité est malléable.

— Ah bon ?

— Comment pouvez-vous me poser la question ? Évidemment ! Vous prenez des décisions. Vous agissez. Ceci...

D'un grand geste circulaire, elle engloba la pièce autour d'elle.

— Ce voyage est un moyen de changer votre réalité, affirma-t-elle.

— Possible, oui, concéda Florence.

Au fond, n'avait-elle pas fait en sorte de modifier sa réalité ? Elle ne serait jamais partie au Maroc avec Helen si elle n'avait pas envoyé les photos à Simon. Était-ce pour autant une histoire ? Peut-être son parcours, qui l'avait conduite de la Floride à New York et ensuite au Maroc, suffisait-il à constituer une trame. Après tout, que savait-elle des femmes qui mangeaient leur mari, comme dans sa nouvelle ? Elle connaissait sa propre vie. Et il était bien possible que celle-ci soit en train de devenir assez intéressante pour faire un livre.

Amina leur servit le dîner sur la terrasse derrière la maison, au milieu des palmiers bruissant sous la brise. Elles avaient acheté une bouteille de whiskey en *duty free* à Lisbonne et toutes deux s'en servirent un grand verre.

Le repas se composa de différents plats typiques : soupe harira avec pois chiches et lentilles, purée de courge épicée, caviar d'aubergine, un bol d'olives luisantes, un pain plat au sésame qui rappela à Florence une moitié de muffin anglais, et enfin, un tajine d'agneau aux pruneaux. Les deux femmes gardèrent leurs serviettes coincées sous leurs assiettes pour manger, afin que le vent ne les emporte pas. Un fin croissant de lune brillait dans le ciel.

— Alors, qu'avez-vous pensé d'El Badi ? lança soudain Helen en leur resservant du whiskey. Sublime, non ?

— Ce n'est pas le terme que j'emploierais. C'est un tas de ruines.

— Aujourd'hui, oui, mais imaginez un peu à quoi ce palais pouvait ressembler à l'époque, dans toute sa gloire. Et dans toute sa démesure... Une vraie folie. Trois cent soixante chambres, du marbre venu d'Italie, de l'or du Soudan. Quelle entreprise incroyable. Ça ne plaide pas en faveur de la démocratie, c'est certain.

— Comment ça ?

— Eh bien, il n'aurait jamais pu être construit dans une démocratie. Pareil pour les pyramides d'Égypte ou le château de Versailles. Pourtant, ils nous enchantent, pas vrai ? Ne sommes-nous pas ravis par la beauté des œuvres que les hommes sont capables de produire quand ils n'ont aucune limite ? Je veux bien admettre que la démocratie soit un système plus « équitable » – Helen traça des guillemets dans l'air –, mais pourquoi toujours se fixer l'équité comme objectif ? Et la grandeur, alors ? Il n'est pas toujours possible d'avoir les deux.

— Je ne sais pas... On peut toujours trouver des arguments pour défendre l'égalité, non ?

— Oh, on peut en trouver pour défendre tout et n'importe quoi, rétorqua Helen. En attendant, si on est tous égaux, on est tous interchangeables. C'est un nivellement.

Florence ne sut quoi répondre.

— Allons, soyez franche, reprit Helen. Quand vous étiez plus jeune, vous pensiez vraiment que vous étiez l'égale des gens autour de vous ?

Déroutée par la question, Florence se borna à hausser les épaules.

— Non, sûrement pas, affirma la romancière. Je vous connais. Vous vous estimiez supérieure à eux.

Elle marqua une pause.

— À juste titre, je dirais, ajouta-t-elle.

— Possible, murmura Florence.

Elle avala encore une gorgée de whiskey, puis détourna légèrement la tête pour dissimuler un sourire.

— Croyez-moi sur parole, poursuivit Helen. Si vous passez votre vie en quête de justice, vous serez déçue. La justice n'existe pas. Heureusement, sinon ce serait assommant. Il n'y aurait aucune place pour l'imprévu. Mais si vous cherchez la grandeur, la beauté, l'art, la transcendance – eh bien, c'est dans ces domaines que vous pouvez espérer une récompense à la mesure de vos attentes. C'est ça qui rend la vie digne d'être vécue.

Elle reposa son verre de whiskey d'un geste brusque, éclaboussant la table.

— Certaines personnes que j'ai connues autrefois doivent trouver injuste que ma vie ait pris cette tournure. Et, qui sait, peut-être qu'elles ont raison. Mais je veux que vous compreniez une chose : si c'était à refaire, j'agirais exactement de la même façon.

Florence adorait ces moments où Helen lui parlait comme ça – comme à une apprentie méritante. Elle était flattée d'avoir été conviée à faire ce voyage. D'accord, elle remplissait auprès d'elle la fonction d'assistante, mais ça ne représentait pas un gros travail. C'était même beaucoup d'argent dépensé pour quelques heures de saisie par jour. Il était bien possible, se disait-elle parfois, que la romancière ait seulement eu envie de compagnie. Voire, qu'elle l'apprécie.

— Helen ? dit-elle soudain, se sentant d'humeur audacieuse.

L'intéressée, qui fredonnait et tambourinait sur la table du bout des doigts, leva les yeux.

— Mmm ?

— Jusqu'à quel point c'est véridique ?

— De quoi parlez-vous ?

— De *Mississippi Foxtrot.*

Helen secoua la tête.

— Quelle importance ? Je n'ai jamais compris l'obsession des gens pour les « faits ».

— Bah, ça ne change rien, j'imagine, admit Florence. C'est juste que je suis curieuse de savoir.

La romancière la contempla un moment en silence, et Florence en vint à craindre d'être allée trop loin.

— Oh, et puis merde, lâcha-t-elle enfin. Après tout, vous ne risquez pas de le répéter.

— Bien sûr que non, lui assura Florence.

Un bref sourire amusé joua sur les lèvres d'Helen.

— Ruby, dit-elle.

Florence attendit des explications qui ne vinrent pas.

— Quoi, Ruby ? Elle est inspirée d'une personne réelle ?

— Oui, confirma Helen. J'ai changé son prénom, c'est tout.

Elle grimaça.

— Bon sang, ce que je peux le détester ! Je ne sais pas ce qui m'a pris de l'appeler comme ça. Ça ne lui va pas du tout.

— C'est quoi, son vrai nom ?

Helen prit un air rêveur.

— Jenny. C'était ma meilleure amie.

Elle s'interrompit le temps d'allumer une cigarette.

— Mon père, comme vous l'avez peut-être deviné en lisant le livre, était un foutu bon à rien. Quant à ma mère... eh bien, elle était, disons, à côté de la plaque. Défaite, vaincue. Elle attendait de mourir, je crois. Ce qu'elle a fini par faire quand j'avais huit ans. Après, il n'y avait plus que Jenny et moi.

Elle soupira.

— Et puis, elle a tué cet homme, et tout s'est arrêté. Comme ça.

Elle claqua des doigts.

— Notre amitié. L'enfance. Tout. Mon univers s'est écroulé.

— Le meurtre a réellement eu lieu ? s'étonna Florence, les yeux écarquillés.

— Oui, mais j'ai modifié certains détails. Cet homme n'était pas de passage en ville, il y vivait depuis plus longtemps que nous. Lorsque Jenny a eu quinze ans, il a fait une sorte de fixation malsaine sur elle. Il la suivait partout, lui demandait sans arrêt de sortir avec lui, l'attendait devant chez elle... Un jour, elle en a eu assez. Elle l'a abattu avec le fusil de son père.

— C'est horrible.

Helen parut surprise.

— Vous trouvez ? Pour être honnête, moi, ça ne m'a jamais horrifiée. Loin de là. En fait, j'étais... j'étais fière d'elle. Et peut-être aussi un peu jalouse. À ma connaissance, personne n'était allé aussi loin qu'elle. Elle m'a raconté qu'après avoir décidé de le tuer, mais avant d'appuyer sur la détente, elle avait eu l'impression d'accéder à un niveau de conscience supérieur : ses sens, ses émotions, tout était exacerbé. Elle entendait le cœur de cet homme battre dans sa poitrine, le sang circuler dans ses veines. Il lui semblait qu'une puissance phénoménale l'habitait. Et moi, je ne savais pas de quoi elle parlait, je ne pouvais pas partager cette expérience avec elle. C'était comme si elle avait été acceptée dans un club très fermé qui ne voulait pas de moi. J'étais devenue une usurpatrice. Jusque-là, j'avais joué à l'adulte avisée, froide et même cynique. Mais elle, elle avait atteint une autre dimension. Elle ne faisait pas semblant. Je ne pouvais plus la suivre. Elle avait mis entre nous une distance infranchissable, me laissant loin derrière.

D'un air absent, la romancière tâtonna sur la table à la recherche de son paquet de cigarettes. Puis elle en sortit une et l'alluma en se servant du mégot de la précédente. Florence garda le silence, espérant qu'elle allait reprendre le fil de son récit. Mais Helen n'en fit rien. Elle se contenta de fumer, le regard vide.

— Qu'est-ce qui lui est arrivé ? demanda enfin Florence.

— Elle a pris vingt-cinq ans.

— Mais dans le livre...

— Le *roman*, Florence.

— D'accord, dans le roman, c'est vous qui pressez la détente. La meurtrière, c'est le personnage de Maud.

Helen balaya d'un geste l'argument.

— Oh, ça me permettait de pimenter l'histoire, c'est tout. Bon, OK, l'envie y était peut-être aussi pour quelque chose. Je voulais toucher du doigt ce qu'elle avait vécu.

— Jenny y est-elle toujours ?

— Où ?

— En prison.

Le regard d'Helen perdit son expression rêveuse. D'un mot, Florence avait rompu le charme.

— Bien sûr, répondit-elle.

Elle poussa un profond soupir, puis ouvrit grand les yeux.

— Eh bien, cette conversation a pris un tour pour le moins inattendu, dit-elle, comme pour y mettre un terme.

Elle éclata d'un rire léger puis plaça ses mains sur ses cuisses pour se relever.

— À présent, le vieux sac d'os que je suis a besoin de repos. À demain, Florence. On ira explorer la ville, d'accord ?

— D'accord.

À la porte, Helen se retourna.

— Je n'ai pas besoin de vous rappeler que tout ça doit rester entre nous, n'est-ce pas ?

Florence fit non de la tête.

— Parfait, approuva Helen. Je suis heureuse que vous soyez venue, Florence.

Sur ces mots, elle disparut dans les profondeurs de la maison.

# 25

Les plantes grimpantes enchevêtrées devant la fenêtre filtraient le soleil matinal, créant un jeu d'ombres mouvantes sur le mur à côté du lit. Florence jeta un coup d'œil à sa montre. Il était un peu plus de 8 heures. Elle s'assit au bord du matelas, posa les pieds sur les carreaux en terre cuite et en savoura la fraîcheur.

En bas, pour le petit déjeuner, Amina avait de nouveau dressé la table sur la terrasse. Il y avait des brioches fraîches dans un panier recouvert d'un torchon propre, du beurre constellé de gouttelettes dans un ramequin en céramique et trois sortes de confitures. Ainsi qu'un bol rempli d'un miel si épais que la cuillère en bois plantée dedans restait bien droite. Et des coupelles de dattes, d'amandes, de graines de grenades et de quartiers d'oranges navel. Et trois pichets de jus de fruits différents.

Florence s'assit, dérangeant un oiseau pas plus gros qu'un moineau qui picorait des miettes autour du panier de pain. Il alla se poser sur une chaise proche.

— Désolée, mon beau, dit-elle en lui lançant un morceau de brioche.

Les plumes d'un oiseau pèsent plus lourd que son squelette, avait-elle lu quelque part.

Helen la rejoignit peu après. Elle s'immobilisa sur le seuil et leva son visage vers le soleil.

— Dieu que c'est agréable, lança-t-elle.

Elles mangèrent lentement, sans échanger plus de quelques mots. Toutes deux étaient en proie à une légère gueule de bois. Après le petit déjeuner, Florence alla consulter leurs mails respectifs sur l'ordinateur portable dans le salon.

— Vous avez un nouveau message de Greta, cria-t-elle à Helen qui, toujours installée sur la terrasse, fumait une cigarette en regardant au loin.

— Qu'est-ce qu'elle dit ? s'enquit la romancière sans même tourner la tête.

— Elle espère que le voyage se passe bien, blablabla, et elle voudrait vous parler de quelque chose quand vous aurez une minute.

— De quoi ?

— Elle ne précise pas. Elle vous demande juste de l'appeler.

— OK.

— Vous voulez que je réponde ?

— Non, je lui passerai un coup de fil tout à l'heure.

Florence changea de compte pour lire son propre courrier. Elle n'avait reçu qu'un message, de sa mère. Elle le survola, repéra le mot « trahison » et se déconnecta.

Elles partirent en ville vers 10 heures. À la porte, Helen tendit de nouveau ses affaires à Florence.

— Vous emportez votre passeport ? s'étonna cette dernière.

— Leçon de vie : gardez toujours votre passeport sur vous quand vous êtes à l'étranger. On ne sait jamais ce qui peut arriver. Sans compter que je ne fais pas confiance à cette femme.

— Amina ?

Florence laissa échapper un petit rire.

— Oh, je vous en prie.

— Il ne faut pas confondre naïveté et sympathie. Je parle pour vous. Vous ne la connaissez ni d'Ève ni d'Adam.

Florence leva les yeux au ciel mais remonta néanmoins dans sa chambre prendre son passeport.

Semat se trouvait à quinze minutes en voiture de la villa, dans la direction opposée à celle par où elles étaient arrivées. La ville, située sur une colline dominant la côte, était entourée de remparts de la même couleur que la plage de sable. Ces hauts murs arrêtaient les vents puissants venus de la mer, qui fouettaient les vagues. À l'intérieur de la médina, où circulaient peu de voitures, les habitations blanches se découpaient sur fond de ciel d'un bleu lumineux. La ville avait été fondée par les Berbères au Iᵉʳ siècle et, au fil des ans, avait été occupée tour à tour par les Romains, les Portugais et les Français. Les guides de voyage parlaient d'un village de pêcheurs, mais son économie dépendait principalement du tourisme, limité toutefois aux quelques visiteurs qui n'avaient pas été attirés par les stations balnéaires plus populaires d'Essaouira et d'Agadir.

Florence se gara près de la place Hassan-II, proche du cœur de Semat, devant une bâtisse qui s'ornait d'une porte cintrée d'un beau bleu vif. D'un côté s'étendaient le port et la plage ; de l'autre, la ville elle-même. Quand les deux femmes descendirent de voiture, Florence entendit un crissement sous ses chaussures. Elle baissa les yeux. Le sol était couvert de sable charrié depuis la côte.

Elle demanda à Helen si elles pouvaient faire un tour dans le souk, car elle avait envie de s'offrir quelque chose depuis qu'elle avait vu le chapeau de la romancière. À l'intérieur du marché, bien plus modeste que celui de Marrakech, le soleil jouait à travers les nattes en rotin tendues en hauteur pour s'en protéger. Plusieurs étals proposaient toutes sortes d'épices. Florence vit des étiquettes indiquant « safran », « cumin » ou « harissa ». Sur une autre table s'alignaient des plats à tajine en céramique de différentes couleurs.

Florence s'approcha d'un stand où un homme vendait des sacs en cuir artisanaux. Son partenaire, derrière lui, gravait au couteau un motif ouvragé sur un morceau de cuir. Florence saisit un petit sac rouge rigide et l'ouvrit.

— Deux cents dirhams, annonça le marchand. Vingt dollars.

Florence examina le sac entre ses mains. Elle se tourna vers Helen pour lui demander son avis, mais celle-ci s'était éloignée de quelques pas pour regarder un homme plumer un poulet.

— D'accord, dit-elle. Je le prends.

Elle sortit l'argent de son portefeuille.

Après avoir transféré le contenu de son ancien sac dans le nouveau, elle en ajusta la bride sur son épaule, heureuse d'avoir un souvenir du voyage. Elle s'imaginait déjà raconter où elle l'avait acheté quand on la complimenterait sur cet accessoire. Elle s'approcha d'Helen, qui inspectait à présent les plats à tajine, et le lui montra.

— Il vous plaît ?

— Combien ? s'enquit la romancière.

— Vingt dollars.

— Et vous l'avez fait baisser de combien ?

— De rien du tout, répondit Florence. Le prix me paraissait correct.

— Vous n'avez pas discuté ?

Florence haussa les épaules.

— Le vendeur a probablement plus besoin d'argent que moi.

— Ce n'est pas le propos. Ici, ils respectent les gens qui savent négocier. Vous lui avez donné une raison de plus de penser que tous les Américains sont des crétins timorés et trop gâtés.

Florence fut brièvement exaspérée par la manie qu'avait Helen de toujours vouloir la faire passer pour une idiote.

— Et alors ? rétorqua-t-elle. Ça n'aurait pas été sympa de ma part de lui prouver le contraire !

Helen éclata d'un rire qui tenait du grognement.

Elles quittèrent le souk, puis retraversèrent la place Hassan-II en direction du port. Des vendeurs faisaient griller du poisson frais sur des étals partout dans la rue. Des tourbillons de fumée s'élevaient dans l'air avant d'être chassés par le vent. Il y avait des dizaines, peut-être même des centaines de bateaux qui flottaient sur l'eau, surtout de vieilles barques bleu vif et des embarcations de pêche pour une seule personne, mais aussi quelques grands voiliers en bois et une poignée de petits yachts assez laids. Ce spectacle rappela un peu la Floride à Florence. Quand elle était au lycée, son amie Whitney et elle s'amusaient à monter sur les bateaux vides amarrés dans le port. Si elles n'avaient pas la possibilité de pénétrer à l'intérieur, elles pouvaient toujours s'allonger sur le pont en s'imaginant être les propriétaires.

À un certain moment, Florence et Helen aperçurent un homme qui tapait un poulpe par terre, encore et encore. Elles s'arrêtèrent pour l'observer.

— Qu'est-ce qu'il fait ? interrogea Florence.

— Il l'attendrit, expliqua Helen. Sinon, la chair est trop dure.

Elles préférèrent déjeuner dans l'un des petits restaurants de fruits de mer sur le port plutôt que de retourner en ville. Mais la brise, pourtant venue du large, semblait n'apporter que le même air chaud et lourd. Elles commandèrent chacune du poulpe fraîchement pêché dans l'océan – ou, du moins, présenté comme tel –, accompagné d'un assortiment de légumes grillés, et des bouteilles de la bière locale, la Casablanca. Alors que le soleil atteignait son zénith, l'ombre du parasol au-dessus de leur table tourna, exposant les jambes nues d'Helen. Elle demanda à Florence de changer de place avec elle.

— Vous êtes plus jeune, votre peau peut supporter le soleil, affirma-t-elle.

Florence fronça les sourcils ; elle n'avait que six ans de moins. Puis elle se dit qu'elle ne serait jamais partie au Maroc si Helen ne l'avait pas emmenée, et elle s'empressa de se lever.

Sous la brûlure du soleil, elle se sentit faiblir. Afin de se rafraîchir, elle plaqua la bouteille de bière sur son front et sa gorge. C'était tout juste si elle supportait la vue du poulpe devant elle. Elle revoyait sans cesse l'homme taper l'animal sur le sol. Pour finir, elle repoussa son assiette.

— Vous n'en voulez pas ? s'enquit Helen.

Florence fit non de la tête.

La romancière attira l'assiette vers elle.

— Vous permettez ? Je meurs de faim.

Quand Helen eut terminé son repas, elle alluma une cigarette et fit tomber la cendre sur les tentacules qu'elle n'avait pas mangés. Dégoûtée, Florence détourna les yeux.

La pente pour remonter jusqu'à la place lui parut plus raide que dans son souvenir, surtout sous un soleil de plomb. Elle se souvint qu'elle avait voulu acheter un chapeau.

— Quelle fournaise, lâcha-t-elle dans un souffle.

— Comment ? lança Helen.

— Non, rien.

Florence n'avait pas pensé à se garer à l'ombre et elles durent se protéger les mains avec le tissu de leurs robes pour attraper les poignées des portières. La climatisation ne fonctionnait toujours pas.

Cet après-midi-là, elles se retirèrent toutes les deux dans leurs chambres respectives. Florence voulut faire la sieste, mais elle sombra dans un sommeil agité et se réveilla plus fatiguée qu'elle ne l'était avant. Il était 8 heures passées quand elle sortit rejoindre Helen. Elle portait une robe blanche en coton et une paire de sandales en cuir qu'elle s'était offerte à Hudson. Elle avait aussi pris son nouveau sac. Le soleil avait rosi son visage.

Elle alla frapper à la porte de la romancière.

— Vous êtes prête ?

— Dans une minute, répondit Helen à l'intérieur. J'ai juste quelque chose à finir.

Florence entendit un tiroir claquer, puis Helen ouvrit grand la porte. Elle avait mis une robe bleu marine boutonnée devant, agrémentée d'un foulard à rayures bleues et blanches drapé sur les épaules.

— Allons-y, dit-elle.

La cigarette fichée au coin de ses lèvres achevait de se consumer. Sa chambre empestait le tabac. Tant pis pour la clause non-fumeurs dans le contrat de location, songea Florence.

Dans la galerie, Helen saisit le mégot entre ses doigts tachés d'encre, l'écrasa sur le côté de la balustrade et le lâcha. Il tomba sur le dallage quelques mètres plus bas. Florence grimaça à la pensée qu'Amina serait obligée de le ramasser. Sur le seuil de la maison, Helen lui tendit de nouveau ses affaires.

La nuit était presque aussi chaude que la journée et l'air embaumait le jasmin. Elles roulèrent les vitres ouvertes, le visage fouetté par le vent iodé. Elles se rendaient dans un restaurant qu'une amie d'Helen lui avait conseillé, situé sur les hauteurs au nord de Semat.

« Quelle amie ? » aurait voulu demander Florence, qui préféra néanmoins s'abstenir. Elle se borna à dire :

— Au fait, vous ne m'avez pas encore précisé de quel genre de recherches vous avez besoin pour votre livre.

— Mmm ? marmonna Helen, qui regardait par la vitre.

— Eh bien, vous avez une tâche particulière à me confier pendant que nous sommes là ? Vous voulez que j'aille voir quelqu'un ? Que je visite un endroit ? Je ne sais pas trop ce que vous attendez de moi.

— Oh, rien d'aussi spécifique. J'avais envie de m'imprégner des lieux, c'est tout.

Le moteur vrombit de plus belle quand la route commença à grimper. Bientôt, Semat et la villa des Grenades disparurent dans le rétroviseur. La route suivait la côte tout en s'élevant régulièrement au-dessus des eaux tumultueuses de l'Atlantique. Trois mètres, cinq, dix... Le vent soufflait fort et de brusques rafales secouaient la voiture. Florence, qui serrait fermement le volant, se rapprocha du côté droit de la chaussée, le plus loin possible du vide.

— C'est traître par ici, hein ? fit remarquer Helen.

Florence hocha la tête sans quitter le bitume des yeux. Elle ne voulait pas trahir sa nervosité, de peur que sa voisine se moque d'elle.

Elles atteignirent sans encombre le restaurant une quinzaine de minutes plus tard. Florence massa son épaule raidie par la tension tandis qu'Helen luttait contre le vent pour ouvrir sa portière.

Il n'y avait que deux autres clients dans l'établissement, un couple d'Anglais d'une soixantaine d'années qui en était déjà au dessert.

Le patron accueillit chaleureusement les nouvelles venues.

— *Bienvenue, welcome*, dit-il.

— Deux whiskeys, déclara Helen en levant deux doigts.

Florence avait découvert seulement après avoir organisé leur voyage que leur départ coïnciderait avec le début du ramadan. Elle n'osait pas imaginer comment aurait réagi Helen si elle n'avait pas pu boire une goutte d'alcool.

Elles furent conduites à une table par un serveur qui semblait friser les quatre-vingt-dix ans. Quelques instants plus tard, leurs whiskeys arrivèrent, servis dans des verres maculés de traces de doigts grasses.

— À Rome, faites comme les Romains, dit Florence avec un haussement d'épaules en saisissant le sien.

— Et attrapez la salmonelle, ironisa la romancière.

Elles trinquèrent.

— Aux nouveaux départs, déclara Helen.

Toutes deux burent une longue gorgée d'alcool ambré.

Helen leur avait commandé la spécialité de la maison, du dromadaire, mais, quand on leur apporta les plats, Florence eut un haut-le-cœur à la vue de la viande. Elle souffrait sans doute des effets du soleil et de la chaleur, songea-t-elle, sans compter qu'elle avait bu du whiskey sur un estomac vide. Une enceinte fixée au-dessus de leur table diffusait de la musique arabe qui résonnait de plus en plus fort dans sa tête, comme si elle conspirait avec la lumière vive pour accentuer son malaise.

Helen parlait, mais sa voix paraissait provenir de très loin. Florence éprouvait à présent un étrange sentiment de détachement. Elle avait l'impression que tout son être – sa conscience elle-même – s'était réduit à la taille d'un galet qui roulait en tous sens à l'intérieur de son crâne. Le monde extérieur n'avait pas plus de réalité qu'un film projeté sur un écran distant. La viande dans son assiette semblait transpirer. Est-ce qu'on continue de transpirer après la mort ? Non, non, c'étaient les ongles et les cheveux qui continuaient de pousser.

Puis la musique devint plus assourdie. Tout parut se calmer, comme si les bruits étaient engloutis par l'eau. Florence se sentit emportée par un courant rapide, ballottée par les flots, ramenée par des mains puissantes puis emportée à nouveau – et durant tout ce temps la voix d'Helen l'accompagnait, grave et vibrante, pareille à un chant de baleine, à un écho, à l'ombre d'un son, comme si tout ce qui avait été dit avant devait être répété, mais en prenant une signification plus profonde, plus riche, jusqu'au moment où les mots s'estompaient, où il ne restait plus rien d'autre que les vagues déferlant doucement, doucement, doucement…

# Quatrième partie

# 26

— Madame Weel-cock ?

Lorsque Florence se réveilla de nouveau, elle se sentait plus lucide. Elle avait eu un accident de voiture, avait dit le médecin. Elle se souvenait aussi qu'il l'avait appelée « Mme Wilcox ». Pourquoi ? Où était Helen ? Sur un autre lit dans une autre chambre, en train d'essayer d'expliquer qu'elle n'était pas « Mme Darrow » ?

Quand l'infirmière revint, elle lui demanda :

— La femme qui était dans la voiture avec moi, est-elle ici ?

L'infirmière lui opposa un regard vide.

Florence batailla pour extraire de son cerveau embrumé quelques mots de français.

— *Autres Américaines ? Ici ? À l'hôpital*[1] *?*

Son interlocutrice fit non de la tête.

— *Il n'y a que vous*[2].

— Une femme m'accompagnait dans la voiture. Vous savez ce qui lui est arrivé ?

L'infirmière lui adressa un sourire impuissant et haussa les épaules.

— Est-ce que… *Quelqu'un visite, hum, moi*[3] *?* questionna Florence.

1. En français dans le texte (NdT).
2. *Idem.*
3. *Idem.*

— Non, personne, répondit l'infirmière avant de partir.

Florence s'absorba dans la contemplation du plafond. Personne. Personne n'était venu la voir.

Elle tourna la tête vers la fenêtre et remarqua pour la première fois un sac en plastique fripé sur la table de chevet. Quand elle tendit le bras pour l'attraper, une douleur fusa dans ses côtes. En grimaçant, elle le posa sur ses jambes.

Il contenait ses habits de la veille : la robe blanche, les sous-vêtements et le sac qu'elle avait acheté plus tôt dans la journée. Tout était trempé. Dans la poche latérale du sac à main se trouvaient le passeport d'Helen, son portefeuille, son téléphone et son paquet de cigarettes mouillé. Florence comprenait mieux à présent pourquoi tout le monde l'appelait « Mme Wilcox ». Il n'y avait rien d'autre. Son propre portefeuille ainsi que son passeport et son téléphone avaient disparu.

Elle voulut allumer le mobile d'Helen, mais rien ne se passa.

# 27

Florence se réveilla en sursaut. Elle était hors d'haleine et son cœur battait trop vite. Alors qu'elle se frottait les yeux, elle se rendit compte qu'il y avait quelqu'un dans la chambre avec elle. C'était l'homme en uniforme qu'elle avait vu la première fois où elle avait repris connaissance, celui que l'infirmière avait fait sortir. Pourquoi venait-il toujours quand elle dormait ? Il était comme un personnage échappé de ses rêves.

— Bonjour, madame Weel-cock, dit-il. Vous vous souvenez de moi ? Je suis Hamid Idrissi, de la gendarmerie royale. Il est important que je vous pose des questions en rapport avec l'accident.

Son anglais était hésitant, mais meilleur qu'on aurait pu s'y attendre chez un gendarme de province au Maroc.

Elle regarda autour d'elle, espérant que l'infirmière allait apparaître et lui offrir un répit. Malheureusement, personne ne se présenta. Elle finit par hocher la tête à l'adresse de l'officier.

Celui-ci tapota ses poches jusqu'à en extraire un calepin beige ainsi qu'un stylo mâchouillé. Tous ses gestes étaient saccadés, comme si on lui avait posé des articulations neuves auxquelles il n'était pas encore habitué.

— Pour commencer, vous rappelez-vous les événements de la nuit dernière ?

Florence fit non de la tête.

Idrissi chercha la bonne page dans son calepin.

— Votre voiture est sortie de la rue Badr pour plonger dans l'océan vers 22 h 30. Par chance, il y avait encore un pêcheur en mer à cette heure tardive, qui a tout vu. Il vous a tirée de la voiture et ramenée en sécurité. Vous êtes arrivée à l'hôpital à 23 heures. Inconsciente.

Malgré elle, Florence sourit. Elle avait l'impression qu'il lui racontait une blague.

— Vous dites que ma voiture a plongé dans l'océan ? lança-t-elle, sceptique. Et quelqu'un m'aurait secourue alors qu'elle coulait ?

— C'est ça.

Florence le dévisagea en silence, attendant la chute. Il soutint son regard. En décelant de la méfiance et de la lassitude dans ses yeux, elle sentit son sourire s'évanouir. Elle dut fournir un gros effort pour assimiler l'information qu'il venait de lui donner. Il lui paraissait absurde qu'un tel événement ait pu se produire sans qu'elle en conserve le moindre souvenir. C'était le moment le plus dramatique de sa vie, et elle l'avait raté. Typique.

La rue Badr était celle qu'elles avaient prise pour aller au restaurant. Elle ne se remémorait que trop bien le vide vertigineux d'un côté de la chaussée. Était-il possible que, quelques heures plus tard seulement, leur Ford Fiesta se soit envolée dans le ciel nocturne avant de s'enfoncer dans les eaux noires ?

Elle tenta de s'imaginer à côté d'Helen à l'intérieur de la voiture suspendue dans les airs, entre terre et mer. Avaient-elles eu conscience de ce qui leur arrivait ?

Et surtout : où était Helen à présent ?

Elle voulut poser la question, mais au même moment le gendarme reprit la parole :

— Quel est votre dernier souvenir de la soirée d'hier, madame Weel-cock ?

Florence fouilla dans sa mémoire. La viande de dromadaire. La musique arabe de plus en plus forte.

— Le dîner, dit-elle. Au restaurant.

— Quel restaurant ?

— Dans les collines. Le Dar Amal, je crois, quelque chose comme ça.

Il prit des notes dans son calepin.

— Avez-vous bu de l'alcool ?

Florence se força à demeurer parfaitement immobile.

— Pardon ?

— Avez-vous bu de l'alcool pendant ce dîner ?

Elle garda le silence. Était-il en train d'insinuer que l'accident était arrivé par sa faute ? Son expression ne trahissait rien.

— Madame Weel-cock ?

— Je ne m'en souviens pas, dit-elle enfin. Désolée.

— Êtes-vous au courant qu'il est illégal au Maroc de prendre le volant après avoir bu de l'alcool ? Même un seul verre ?

L'image des deux verres de whiskey maculés de traces grasses lui revint à l'esprit. Elle se rappela à quel point la première gorgée lui avait fait du bien après ce trajet éprouvant pour les nerfs. Et après ? Que s'était-il passé après ? Elle était incapable de se remémorer les moments qui avaient suivi. C'était le trou noir.

Une nouvelle fois, la question resurgit : où était Helen ?

Et d'autres interrogations lui succédèrent : pourquoi Helen n'était-elle pas venue la voir ? Et pourquoi avait-elle toujours le passeport et le portefeuille de la romancière ? Comment était-il possible qu'on n'ait pas trouvé Helen dans la voiture ? Elles étaient forcément rentrées ensemble du restaurant…

Alors, où était-elle ?

Florence s'efforça d'analyser la situation. Même après qu'une réponse se fut imposée, elle continua de chercher d'autres hypothèses, comme si ces quelques instants d'incertitude supplémentaires pouvaient changer la conclusion.

L'officier Idrissi la regardait toujours de façon appuyée. Avait-elle vu juste ? Helen avait-elle été tuée dans cet accident ?

— Madame Weel-cock, je vais vous le redemander : savez-vous qu'il est illégal de conduire après avoir bu de l'alcool ?

Florence se força à répondre :

— Oui, je suis au courant. Et dans la mesure où je devais prendre le volant pour rentrer, je n'aurais certainement pas avalé la moindre goutte d'alcool.

Sans la quitter des yeux, il hocha la tête.

— Alors..., commença-t-elle.

Elle s'interrompit, hésitante. Pourquoi n'avait-il pas mentionné l'autre femme dans la voiture ?

— Attendez... Qui... qui m'a sauvée ?

— Un pêcheur.

— Mais qui ?

— Vous voulez connaître son nom ?

— Oui, je suppose. Je devrais le remercier, n'est-ce pas ?

Le gendarme se massa les tempes. Il inscrivit un nom et un numéro de téléphone sur une page vierge de son calepin, qu'il déchira avant de la lui tendre.

— Je ne suis pas sûr qu'il parle anglais, l'avertit-il.

Florence plaça le papier sur le lit sans le regarder et ferma les yeux. Au même moment, elle imagina Helen martelant furieusement de ses poings la vitre de la voiture et assistant, impuissante, au sauvetage de son assistante. Était-ce ainsi que les choses s'étaient passées ? Le pêcheur avait-il laissé Helen ? Ne l'avait-il pas vue ? Ou n'avait-il pas eu assez de force et de temps pour les sauver toutes les deux ? Auquel cas, il avait fait le mauvais choix.

Elle secoua la tête pour tenter de repousser la vision d'Helen en train de se noyer. Si elle l'avait tuée, elle le saurait, non ?

Mais ses certitudes vacillaient. Elle se souvenait qu'elle n'avait ni déjeuné ni dîné la veille. Peut-être avait-elle réellement trop bu et précipité la voiture dans le vide. C'était la seule explication logique. Sinon, Helen serait là avec elle, en tant que patiente ou comme visiteuse ayant réussi d'une façon ou d'une autre à sortir indemne de l'accident.

Des larmes lui piquèrent les yeux. Elle cilla pour les refouler.

Le gendarme décroisa puis recroisa les jambes, avant de lui demander d'où elle venait.

— Pardon ? fit-elle, déroutée par la simplicité de la question.

— D'où venez-vous ?

— Des États-Unis.

Il enchaîna ensuite les interrogations anodines. Depuis combien de temps était-elle au Maroc ? Où logeait-elle ? Quel était le but de sa visite ?

— Je suis là pour faire des recherches, déclara-t-elle.

Cette réponse lui valut un regard sévère.

— Vous êtes journaliste ?

— Non, s'empressa-t-elle de dire, surprise par le changement d'intonation. Non, c'est pour un livre. Une fiction.

Il parut se radoucir.

— Vous êtes romancière ?

Elle baissa les yeux vers ses mains et hocha la tête.

Le gendarme resta près d'une demi-heure, sans jamais mentionner Helen. Enfin, il se leva pour partir et conclut :

— Vous avez eu beaucoup de chance.

Dans sa bouche, la phrase sonnait comme une accusation. Au moment où il allait écarter le rideau, Florence l'interpella :

— Attendez.

Il tourna la tête vers elle.

— Et la voiture ? s'enquit-elle. Vous l'avez sortie de l'eau ?

— Oui, bien sûr. Mais elle est fichue, ajouta-t-il, comme s'il s'adressait à une enfant. Le moteur est noyé, il n'y a plus de pare-brise.

— Non, ce n'est pas ce que je...

Florence s'interrompit.

Le pare-brise avait dû exploser au moment de l'impact. Et Helen ne mettait jamais sa ceinture...

Le gendarme la dévisageait fixement.

— Et... il n'y avait rien d'autre dans la Fiesta ? reprit-elle.

— Quoi par exemple ?

Elle réfléchit à toute allure.

— Mes chaussures, répondit-elle enfin. Il me manque mes chaussures. Elles coûtent cher.

Idrissi inspira un grand coup, les narines palpitantes, puis sortit son téléphone de sa poche, passa un coup de fil et s'exprima rapidement en arabe.

— Pas de chaussures, dit-il après avoir raccroché. Mais ils ont trouvé un foulard.

— Ah bon ?

— Oui. Bleu et blanc, à rayures. C'est le vôtre ?

Florence revit le foulard glisser des épaules d'Helen quand elle avait expédié sa cigarette par-dessus la balustrade avant de quitter la villa.

— Oui, murmura-t-elle.

— OK, j'irai vous le chercher.

— Merci.

Elle riva son regard à la mince couverture qui dissimulait ses jambes. Elle n'avait plus qu'une envie : qu'il s'en aille. Il dut comprendre le message, car il tira le rideau d'un geste brusque et s'éloigna.

Elle se força à respirer plus calmement.

Le policier ignorait tout de la présence d'une autre occupante dans la voiture. Il ignorait qu'elle avait tué quelqu'un. Il ne savait rien. Helen avait dû être emportée par le courant.

Florence plaqua ses paumes sur son visage. Elle demeura ainsi plusieurs minutes, avant de se rendre compte qu'elle était en train de jouer un rôle mais qu'elle n'avait pas de public. Elle laissa retomber ses mains sur le lit.

# 28

Le lendemain matin de bonne heure, une infirmière apporta à Florence des formulaires à signer. Elle était autorisée à sortir. Les papiers étaient rédigés en arabe, mais Florence ne s'arrêta pas à ce détail. Elle inscrivit « Helen Wilcox » aux endroits que lui indiquait l'infirmière et griffonna une signature illisible dessous.

Laissant passer l'occasion de révéler sa véritable identité.

Ses jambes faillirent se dérober quand elle se leva. L'infirmière dut la soutenir jusqu'à la salle de bains commune dans le couloir. En voyant la pièce, petite et sale, Florence se réjouit pour la première fois d'avoir été obligée jusque-là de se soulager dans un bassin.

Elle s'habilla tant bien que mal, en évitant une flaque d'aspect douteux sur le sol en ciment. Après, elle s'examina un long moment dans la glace. La vue de son visage enflé et violacé suscita en elle un étrange sentiment de dissociation, comme si le miroir lui renvoyait l'image de quelqu'un d'autre. Ça lui rappelait ces soirées trop arrosées à la fac, où pour rire les étudiants gribouillaient au feutre sur la figure de leurs copains qui étaient dans les vapes. C'était exactement l'impression qu'elle avait : on lui avait peint des ecchymoses et des écorchures avec du maquillage de scène pendant qu'elle dormait.

Sauf qu'elles étaient bien réelles, et sensibles au toucher. Le tissu de sa robe, raidi par le sel, irritait sa peau contusionnée. Le bandage autour de son buste la serrait trop.

Elle ouvrit le robinet d'eau chaude et plaça ses mains dessous. Comme le jet irrégulier était toujours tiédasse au bout de plusieurs minutes, elle abandonna, frustrée.

Avant son départ, on lui présenta la facture, d'un montant de quatre-vingt-dix dollars. Elle régla avec la carte de crédit d'Helen. Puis le gendarme, Idrissi, arriva pour la ramener à la villa des Grenades. Elle aurait préféré prendre un taxi, mais elle ne voulait pas éveiller ses soupçons en refusant qu'il la raccompagne. D'autant qu'elle n'avait plus de chaussures.

Dans la voiture, elle se tourna vers lui pour demander :

— Est-ce que je vais avoir des ennuis ?

— Je vous le répète, vous avez enfreint la loi en prenant le volant après avoir bu de l'alcool.

— Mais pourquoi pensez-vous que j'ai bu ? Est-ce qu'on m'a fait souffler dans le ballon ?

— Les employés du restaurant nous l'ont dit.

— Vous leur avez parlé ?

— Bien sûr.

Florence chercha une position plus confortable sur son siège. La ceinture de sécurité lui comprimait douloureusement les côtes.

— Qu'est-ce qui va se passer, maintenant ? insista-t-elle.

La voiture devant eux pila brusquement et Idrissi donna un coup de klaxon furieux avant de pencher la tête par la vitre ouverte et d'invectiver l'autre conducteur. Puis il redémarra, s'adossa à son siège et prit une profonde inspiration. Au feu suivant, il jeta un coup d'œil à Florence.

— Qu'est-ce qui va se passer ? Probablement rien. Le tourisme est important ici. Vous comprenez ?

Florence hocha la tête. Elle se sentait honteuse, ce qui était probablement l'effet recherché.

— Mon neveu a été envoyé six mois en prison pour la même infraction. Il n'est pas américain, lui.

— Désolée, dit Florence, piteuse.

Même si elle s'interrogeait sur ce point, elle n'osa pas lui demander pourquoi il n'avait pas fait jouer ses relations dans les forces de l'ordre pour aider son neveu. Peut-être la pratique n'avait-elle pas cours au Maroc.

— Vous parlez très bien anglais, reprit-elle, espérant s'attirer ses bonnes grâces par la flatterie.

— Oui, j'ai été choisi pour intégrer la nouvelle *brigade touristique*. C'est un service de police qui a pour mission de protéger les visiteurs dans notre pays.

— Félicitations, hasarda Florence.

Il lâcha un petit ricanement et appuya sur l'accélérateur.

Lorsqu'ils arrivèrent à destination, Florence vit Amina sortir de la maison pour se porter à leur rencontre, puis s'immobiliser en découvrant le gendarme derrière le volant. Idrissi la salua de la tête et elle se borna à le dévisager.

Florence avait la main sur la poignée de la portière quand il lança :

— Où est votre amie, à propos ?

Elle se retourna vers lui.

— Quelle amie ?

Elle crut voir l'ombre d'un sourire jouer sur les lèvres d'Idrissi, comme s'il n'avait attendu que ce moment pour lui poser la question.

— Celle avec qui vous avez dîné au Dar Amal.

Il le savait, évidemment, puisqu'il s'était entretenu avec les employés du restaurant.

Était-il trop tard pour tout lui raconter ? Pour lui parler du whiskey, du foulard et du trou noir dans sa mémoire ? Florence ouvrit la bouche et la referma aussitôt.

— Elle a pris un taxi pour rentrer, finit-elle par répondre, d'une voix si basse qu'Idrissi dut se pencher vers elle pour l'entendre.

— Ah bon ? Pourquoi ?

— Elle ne se sentait pas bien.

— C'est le restaurant qui a appelé le taxi ?

— Non, elle a utilisé son téléphone.

— Et où est-elle à présent ? Elle n'est pas venue vous voir à l'hôpital ?

Florence haussa les épaules.

— Elle projetait de rentrer à Marrakech le lendemain matin. Je suppose qu'elle est partie. Si ça se trouve, elle n'est même pas au courant de ce qui m'est arrivé.

Idrissi la considéra en silence.

Florence saisit de nouveau la poignée. Comme il ne réagissait pas, cette fois, elle ouvrit la portière et sortit.

Alors qu'elle s'écartait, le gendarme baissa la vitre côté passager et appela :

— Madame Weel-cock ?

Florence pivota.

— Prévenez-moi si vous décidez de quitter Semat.

Il lui tendit une carte de visite. Elle la glissa dans son sac toujours mouillé puis s'avança prudemment dans l'allée, pieds nus, jusqu'à l'endroit où se tenait Amina. Toutes deux regardèrent en silence le véhicule s'éloigner dans la pente.

Quand il fut hors de vue, Amina considéra les ecchymoses sur le visage de Florence et le plâtre emprisonnant son poignet.

— Vous allez bien ? demanda-t-elle.

— Oui, ça va, lui assura Florence.

Se retrouver dans un environnement familier lui procurait un profond soulagement. Elle se sentait également reconnaissante envers cette femme pour sa sollicitude, qui contrastait tant avec la colère rentrée et la suspicion d'Idrissi.

Elle suivit la Marocaine dans la maison et monta directement à l'étage. Percluse de douleur, elle n'aspirait plus qu'à s'allonger. Mais, avant d'entrer dans sa chambre, elle décida d'aller jeter un coup d'œil à celle d'Helen. Les vêtements de la romancière étaient toujours dans la penderie. Ses bijoux étaient éparpillés sur la coiffeuse. Même sa brosse à dents était à sa place dans le gobelet sur le lavabo. Tout donnait l'impression que leur propriétaire allait rentrer d'une minute à l'autre. Florence, qui jusque-là entretenait encore l'espoir qu'Helen avait quitté Semat de son côté, dut se rendre à l'évidence : sa patronne ne serait pas partie sans ses affaires, sa brosse à dents et son passeport.

Elle passa une main légère sur les habits dans la penderie. Les cintres métalliques cliquetèrent en s'entrechoquant.

Après s'être laissée choir sur le lit, elle prit dans son sac les analgésiques qu'on lui avait donnés à l'hôpital. Elle avala deux comprimés d'hydrocodone, qu'elle fit passer avec un verre d'eau à moitié vide posé sur la table de chevet depuis deux jours. Puis elle s'allongea et contempla les ombres au plafond. Elle avait commis une erreur en mentant à la police. En même temps, comment aurait-elle pu dire qu'il y avait quelqu'un d'autre dans la voiture ? Idrissi était peut-être prêt à fermer les yeux sur une infraction pour conduite en état d'ivresse, mais si elle avait tué quelqu'un dans l'accident, ce serait une tout autre histoire. Un homicide par imprudence reste un homicide.

De toute façon, pourquoi aurait-elle signalé la présence d'Helen ? Celle-ci avait disparu, cela ne faisait aucun doute. Elle n'était pas en pleine mer, accrochée à un morceau de bois flotté en attendant d'être secourue. Non, elle était morte. On ne pouvait plus rien y changer.

Florence tenta d'analyser les implications de ce bouleversement. Elle ne reverrait jamais Helen. Elle n'avait plus de travail et pas de logement. Personne n'aurait plus jamais l'occasion de lire les écrits de Maud Dixon… Elle attendit que les larmes viennent, mais les antidouleurs commençaient à faire effet et ses idées s'embrouillaient. Elle avait la tête cotonneuse.

Ses pensées la ramenèrent une nouvelle fois au corps d'Helen. Où était-il ? Elle savait, pour avoir vu à la télé les reconstitutions d'affaires criminelles que sa mère adorait regarder, qu'un cadavre ayant séjourné quelques jours dans l'eau n'est plus identifiable ; il est trop gonflé, trop abîmé par les poissons. Elle savait aussi que, dans certaines cultures – la plupart, à vrai dire –, le soin apporté aux défunts est d'une importance primordiale, qui touche au sacré, mais pour sa part elle n'avait jamais bien compris pourquoi, et elle se doutait qu'Helen n'aurait pas non plus versé dans un tel sentimentalisme. Les morts ne sont plus. Les rites ne servent qu'à apaiser le chagrin des vivants.

Elle se tourna sur le côté et balaya du regard la chambre d'Helen, beaucoup plus grande que la sienne.

Un instant plus tard, elle dormait.

# 29

Florence passa la journée suivante au lit. Même si la douleur ne l'avait pas empêchée de se lever, elle n'aurait pas pu bouger, car elle se sentait paralysée par une angoisse indicible. Qu'avait-elle fait ? Comment était-il possible qu'au cours des soixante heures précédentes elle ait tué sa patronne – l'un des auteurs les plus respectés d'Amérique – et caché la vérité à la police ? Il lui semblait que c'était arrivé à quelqu'un d'autre.

Elle tenta encore et encore de se rappeler la nuit de l'accident. Elle ferma les yeux, visualisa le trajet jusqu'au restaurant, les whiskeys, la viande de dromadaire...

Et après ?

Impossible d'aller plus loin. Elle essaya de reconstituer la trame des événements depuis le départ jusqu'au point où ses souvenirs s'arrêtaient. Trajet. Whiskey. Dromadaire. Trajet. Whiskey. Dromadaire ? *Et après ?* Après... rien.

Le trou noir.

Avait-elle vraiment abusé de l'alcool ? Elle avait déjà sombré dans l'inconscience après avoir trop bu, mais ça ne s'était plus produit depuis des années. Depuis la fac, en fait. Bien sûr, elle avait avalé du whiskey sur un estomac vide. Ça, c'était idiot.

Elle referma les yeux. Trajet. Whiskey. Dromadaire.

Et soudain, elle se souvint d'un afflux d'eau. L'imaginait-elle ? Non, elle se souvenait de l'eau froide autour d'elle, qui s'élevait rapidement.

Et aussi d'autre chose : une main, qui lui agrippait fermement le bras. La main de qui ? Du pêcheur ?

Elle ouvrit les yeux, puis releva sa manche pour inspecter le haut de son bras. Elle crut discerner quatre petits bleus rapprochés, chacun de la taille d'une empreinte digitale.

À cet instant, Amina frappa à la porte.

— Entrez, dit Florence d'une voix sourde.

La Marocaine lui apportait un plateau sur lequel elle avait disposé des toasts et des œufs brouillés. Elle revint cinq minutes plus tard avec une grosse théière en cuivre et lui servit une tasse de thé à la menthe. Il aurait été plus facile pour elle de la remplir à la cuisine, et Florence apprécia la peine qu'elle se donnait. Sa mère avait rarement pu prendre un jour de congé quand elle-même était malade enfant, et elle appréciait d'autant plus les attentions d'Amina.

Celle-ci la regarda d'un air satisfait boire le thé à petites gorgées.

— Votre amie est partie ? demanda-t-elle.

Florence ne lui avait pas dit pourquoi elle avait changé de chambre ni pourquoi Helen n'était plus là. Elle ne lui avait même pas expliqué d'où provenaient ses blessures. Elle aurait pu saisir cette occasion de lui en parler et mettre son silence précédent sur le compte de la confusion mentale engendrée par les antidouleurs, mais elle ne voulait surtout pas qu'Amina pose sur elle le même regard que le gendarme. Alors elle se contenta de hocher la tête.

— Elle reviendra ?

— Je ne crois pas, répondit Florence. Elle est retournée à Marrakech.

— Sans...

D'un geste circulaire, Amina indiqua les effets personnels d'Helen éparpillés dans la pièce.

— Elle n'a emporté que quelques affaires dans un petit sac, précisa Florence. Je lui rapporterai le reste quand je m'en irai.

Amina n'insista pas.

Florence somnola presque toute la journée. Elle ne cessait de se réveiller en sursaut, en proie à la panique la plus totale. Peut-être avait-elle eu une intoxication alimentaire, se dit-elle à un certain moment, cherchant désespérément une justification plausible à son état, qui la dégagerait de toute responsabilité. Ou alors, Helen l'avait fait boire à l'excès. Aux États-Unis, elle s'était assurément montrée généreuse avec le vin.

Au crépuscule, épuisée, elle avala une double dose d'antalgiques. Quand elle rouvrit les yeux, c'était le matin.

La chaleur était devenue encore plus étouffante et Florence la sentait peser sur elle comme une couverture supplémentaire. Il faisait sans doute déjà plus de trente degrés. Elle repoussa le drap, cala deux oreillers contre la tête de lit et se redressa tant bien que mal en position assise. La douleur, toujours présente, était cependant moins aiguë. Elle voulut saisir son téléphone, avant de se souvenir qu'elle ne l'avait plus. Elle regarda les comprimés d'hydrocodone sur la table de chevet mais décida de ne pas les prendre. Le mélange de confusion, de frustration et de paranoïa dont elle avait souffert la veille avait été alimenté en partie par les médicaments, elle l'aurait parié. Elle ne voulait pas en repasser par là.

Immobile dans la chambre lumineuse et chaude, elle prit peu à peu conscience de la puanteur aigre dégagée par son corps. Elle ne s'était pas douchée depuis plus de deux jours. Elle inspira profondément, s'imprégnant des relents âcres de ses propres sécrétions. Que d'efforts faut-il faire pour dissimuler notre propre odeur, songea-t-elle.

Elle se leva, tituba jusqu'à la grande salle de bains carrelée d'Helen et se doucha un long moment en s'efforçant de ne pas mouiller son plâtre. L'eau irritait ses plaies, mais la sensation, étrangement revigorante, l'ancrait dans la réalité de son corps. Elle n'avait pas du tout envie de se confronter à ses pensées pour le moment.

Après s'être séchée, elle s'enduisit de la lotion hydratante contenue dans un flacon en verre posé sur le meuble du lavabo. Puis, enveloppée d'une serviette, elle se peigna et s'examina dans le miroir.

Elle comprenait mieux maintenant pourquoi on avait pu la prendre pour Helen à l'hôpital, du moins par rapport à la photo qui figurait dans le passeport détrempé. Les caractéristiques principales correspondaient : stature frêle, cheveux blonds, yeux bruns. Son visage, enflé et meurtri comme il l'était, avait perdu une grande partie de son individualité. Un conseil d'écriture que lui avait donné Helen un jour lui revint à la mémoire : il suffit de livrer un ou deux détails sur l'apparence d'un personnage pour que le lecteur s'en forme une image. Donner plus de précisions ne fait que le distraire de la narration.

Florence choisit une parure de lingerie en soie grise appartenant à la romancière. Puis elle ouvrit la penderie et en sortit une robe de lin beige ornée de boutons en corne jusqu'à la taille. Elle enfila aussi certains des bracelets d'Helen.

Soudain, elle revit les larges bracelets que cette dernière portait le soir de l'accident. Leur poids l'avait-il alourdie alors qu'elle essayait de s'extraire de la voiture qui sombrait ?

Elle se tapota légèrement les joues. N'y pense pas, se dit-elle. N'y pense pas. Ne te laisse pas aspirer dans un tourbillon de questions.

Une fois descendue et attablée sur la terrasse, elle attaqua son petit déjeuner avec un bel appétit. Elle étala du beurre et de la confiture sur des brioches et demanda à Amina de lui préparer des œufs brouillés, qu'elle accompagna de trois tasses de café crème. Après, elle alla s'étendre sur l'une des chaises longues. Amina lui apporta de l'eau froide parfumée à la menthe et au citron, servie dans un verre constellé de gouttelettes de condensation. Florence ferma les yeux et se laissa bercer par la chaleur.

Helen était morte.

Elle fit tourner cette pensée dans sa tête comme si elle la levait vers la lumière pour l'inspecter sous toutes les facettes. Helen était morte.

Une nouvelle fois, elle attendit de ressentir quelque chose. Du chagrin, peut-être, ou de la culpabilité. Mais rien ne vint.

La mort est l'événement le plus significatif dans l'existence d'un être, se dit-elle. Néanmoins, une fois survenue, elle n'a plus aucune importance pour lui, puisqu'il n'est plus. Son impact se diffuse parmi les survivants.

Et qui étaient-ils, dans le cas d'Helen ? Sa mère était décédée et elle ne fréquentait pas le reste de sa famille. Qui lui restait-il ? Son éditrice ? D'après Helen, elles n'étaient pas proches. Greta Frost ? La perte d'une cliente d'une telle envergure serait sans doute difficile à avaler pour l'agente, mais tout le monde a son lot de déceptions professionnelles.

À vrai dire, la seule à plaindre, c'était elle-même, conclut Florence. Elle se retrouvait du même coup blessée, abandonnée dans un pays étranger, privée de travail, de maison et d'un mentor.

Pourtant, elle ne ressentait toujours rien. Ni pitié, ni regrets, ni rien.

Et cette absence totale d'émotions lui permettait de poser un regard lucide sur la situation. Un fait en particulier lui paraissait des plus intéressants : personne n'était au courant de ce qui s'était passé. Il n'y avait qu'elle pour savoir qu'Helen Wilcox était morte.

# 30

Il était bien possible que, dans les tréfonds de sa conscience, Florence ait su ce qu'elle allait faire dès l'instant où elle avait entendu l'officier de gendarmerie Idrissi chuchoter à son oreille : « Madame Weel-cock. » À moins qu'elle n'en ait eu l'intuition plus tôt – ce jour où, cinq semaines auparavant, en entrant dans la maison blanche et froide d'Helen, elle avait vu les renoncules sur l'appui de fenêtre et la cheminée où crépitait un bon feu ? Quoi qu'il en soit, quand elle se retrouva allongée sous le soleil brûlant de Semat en cette matinée exceptionnellement chaude, il ne subsistait plus guère de doutes dans son esprit.

Elle allait devenir Helen Wilcox.

Pourquoi pas, après tout ? L'identité d'Helen, inutilisée, était comme une grande demeure vide, alors qu'elle-même habitait un misérable taudis aux dimensions de Florence Darrow. Pourquoi ne pas emménager dans ce manoir abandonné ? Pourquoi le laisserait-elle se délabrer ? Il lui suffirait d'y entrer et de faire quelques travaux d'entretien. Nettoyer les gouttières, récurer les sols, s'assurer que tout restait en bon état.

Ce serait d'autant plus facile qu'elle possédait déjà les clés. C'était sans doute le plus incroyable : elle savait comment vivre la vie d'Helen. Elle connaissait mieux que la romancière elle-même les détails de sa paperasserie administrative : elle logeait chez elle, payait ses factures, rédigeait ses mails. De plus, elle pouvait passer physiquement pour elle ; après tout, elle l'avait déjà fait. Les photos sur le passeport et le permis de conduire d'Helen, petites et déjà anciennes, étaient en partie dissimulées par les hologrammes et aujourd'hui abîmées par l'eau. Son trait le plus distinctif était son long nez bosselé, mais ce détail n'était pas frappant sur un portrait de face. De toute façon, personne n'examinait jamais de près les clichés sur ce genre de documents.

Il lui vint alors à l'esprit qu'elle n'avait plus son propre passeport. Il avait dû, comme Helen, être emporté par le courant. En des circonstances normales, il aurait fallu aller à l'ambassade en demander un nouveau, sauf que la situation n'avait rien de « normal », justement. De plus, pourquoi aurait-elle eu encore besoin du passeport de Florence Darrow ?

Ce fut plus fort qu'elle, elle partit d'un petit rire porté par son souffle. Une situation aussi bizarre, aussi improbable, était forcément un cadeau offert par une puissance supérieure, peut-être même celui promis par sa mère depuis toutes ces années. On lui donnait enfin une chance de réussir sa vie. Elle n'avait qu'à occuper la place vacante laissée par Helen. Et veiller à ne jamais révéler que celle-ci était morte.

Florence posa son avant-bras sur ses yeux. Elle demeura parfaitement immobile plusieurs minutes.

Elle se sentait légère, dans son corps comme dans son âme. Les doutes, incertitudes et angoisses qui l'habitaient depuis toujours – tous ses vieux compagnons de route – étaient ceux de Florence Darrow, et elle pouvait aujourd'hui s'en débarrasser. Inutile de s'évertuer à changer. Changer ? Quelle arnaque ! On ne change pas. On passe des années à modifier ses habitudes, à procéder à de petits ajustements dans l'espoir d'améliorer son existence, mais ça ne fonctionne jamais. Non. Il faut juste savoir limiter les dégâts. Et

Florence Darrow était, sans conteste, bonne pour la casse. Elle n'avait personne. N'avait rien publié. Y avait-il quelque chose à sauver ? Non, elle allait tout jeter. Elle se déferait de Florence Darrow comme d'un vieux vêtement et enfilerait le costume d'Helen Wilcox, qui lui ouvrirait les portes d'une vie extraordinaire. Celle d'une artiste. D'une romancière.

Et Maud ? Elle n'avait même pas encore pris en compte Maud Dixon. Elle hériterait de deux identités pour le prix d'une. Helen Wilcox et Maud Dixon.

Pouvait-elle devenir aussi Maud Dixon ?

Il lui serait impossible de se présenter publiquement comme Maud Dixon, alias Helen Wilcox – ça impliquerait trop de questions –, mais rien ne l'empêcherait de publier ses propres textes sous ce pseudonyme. Dans la mesure où le second roman était sous contrat, elle n'aurait qu'à le finir. Ou alors, l'écrire entièrement elle-même, puisque Greta Frost n'avait pas encore lu le début. Ainsi, elle pourrait enfin voir son travail publié. En intégralité, qui plus est, quand elle s'était contentée à Cairo de disséminer quelques mots dans le manuscrit. Cette fois, ce serait *son* œuvre. Et tant pis si elle ne la signait pas de son vrai nom ; de toute façon, « Florence Darrow » lui apparaissait déjà comme une relique du passé. Elle n'y était pas attachée. Et elle était certaine que, si elle utilisait le pseudonyme de Maud Dixon, les lecteurs reconnaîtraient enfin son talent. Combien de fois Agatha lui avait-elle répété que « tout n'est qu'une question de packaging » ?

Helen avait raison, songea-t-elle. Peu importait la gloire, seule comptait la fierté. Elle au moins saurait qu'elle était l'auteur des phrases que tout le monde lisait.

Et peut-être qu'un jour, dans quelques années, le monde découvrirait qu'elle était Maud Dixon…

Florence secoua la tête. Non, stop. Elle s'égarait. Elle se força à prendre une profonde inspiration. Elle devait d'abord échafauder un plan à court terme.

Elle allait rester ici, au Maroc, jusqu'à la fin du séjour qu'elles avaient programmé, soit encore une semaine. Il ne fallait surtout rien faire qui puisse éveiller les soupçons. Elle se comporterait comme si tout était normal. Et après ? Elle rentrerait chez Helen, à Cairo. Dans ce qui serait désormais *sa* maison. S'installerait dans la grande chambre. Allumerait du feu dans la cheminée. Lirait tous les livres qui s'alignaient sur les rayonnages dans le bureau d'Helen. Apprendrait à cuisiner. À cultiver des tomates.

Elle aurait assez d'argent pour ne plus jamais travailler, surtout si elle vivait aussi frugalement qu'Helen. Elle pourrait consacrer son temps à l'écriture. Travailler à l'étage, dans le magnifique bureau. Elle écouterait de l'opéra en attendant que l'inspiration lui vienne. Et elle viendrait ; son talent n'avait besoin que d'un environnement accueillant pour s'exprimer. Évidemment qu'il ne s'était pas manifesté dans sa petite chambre sombre à Astoria, encombrée de meubles Ikea bas de gamme et de pots de yaourt vides…

Cette perspective la galvanisa. Oui, oui ! Elle allait enfin recevoir ce qui lui était dû.

Elle avait toujours fait preuve de prudence, travaillant dur et respectant les règles, parce qu'elle savait que c'était le meilleur moyen d'avoir une chance de fuir la Floride et sa mère. Et ça avait fonctionné. Son sens de la discipline l'avait menée à Gainesville, ensuite chez Forrester et enfin jusqu'à Helen.

C'était seulement au cours des derniers mois – depuis cette première nuit avec Simon – qu'elle avait commencé à repousser ces contraintes auto-imposées. Les vieilles règles, avait-elle décidé alors, ne s'appliquaient plus.

Helen lui avait dit un jour – en parlant de l'écriture, mais le principe pouvait tout aussi bien s'appliquer à sa façon de vivre – que le plus important, c'était de relancer l'action. De maintenir la dynamique. En général, avait-elle expliqué, les femmes ont tendance à passer trop de temps à envisager les conséquences de leurs actes ; quand elles arrêtent enfin leur décision, les hommes ont déjà pris les devants, forgé des alliances, franchi les lignes ennemies, tout cassé.

Les erreurs, avait-elle ajouté, peuvent toujours être corrigées.

Bien, songea Florence. Elle aussi allait agir. Casser des choses, quitte à les réparer plus tard.

Elle sourit. Oui, c'était un bon plan. Un très bon plan, même.

Forte de cette pensée, elle se leva et fit tomber les débris de feuilles mortes qui s'étaient collés au dos de sa robe. Elle trouva Amina dans la cuisine et lui demanda d'appeler un taxi. Elle était restée trop longtemps cloîtrée – bien plus que les deux jours écoulés depuis l'accident : elle vivait depuis vingt-six ans claquemurée dans la petite existence étriquée de Florence Darrow.

— Vous vous sentez mieux ? demanda Amina.

De nouveau, Florence sourit.

— Oh oui, beaucoup mieux.

# 31

Le taxi déposa Florence à la pointe nord de la longue plage en forme de croissant. Celle-ci se situait au sud du port où Helen et elle avaient regardé le pêcheur taper le poulpe par terre quatre jours plus tôt seulement.

Elle s'immobilisa au sommet des marches inégales qui descendaient jusqu'au bord de mer et balaya du regard l'étendue devant elle. Les vagues déferlaient sur la grève en rouleaux réguliers. Ici et là, le vent soulevait de petits tourbillons de sable. Au bas de l'escalier, trois dromadaires étaient couchés au soleil, des tapis colorés sur le dos. Un homme somnolait à côté, leurs longes à la main.

Florence n'avait pas mis les pieds sur une plage depuis des années. La dernière fois, c'était en Floride, à l'époque de la fac. Ce jour-là, partie nager seule, elle s'était fait piquer par une méduse. Lorsqu'elle avait émergé des flots en titubant, une femme lui avait gentiment tendu une serviette imbibée d'Évian froide à appliquer sur sa peau irritée.

— Les méduses sont composées à quatre-vingt-quinze pour cent d'eau, lui avait assuré Florence en s'efforçant de lutter contre la douleur.

— Mais comment faites-vous la différence entre l'eau de la méduse et celle de l'océan ? avait demandé la femme.

Bonne question.

Florence ôta ses sandales. Ayant repéré un coin relativement tranquille, elle déplia la serviette usée jusqu'à la trame qu'elle avait prise dans la villa et en enterra les coins pour la maintenir en place. La brise l'agita mais ne l'arracha pas.

Quand elle s'assit, elle perçut la chaleur du sable à travers le fin tissu. Il n'y avait aucun nuage dans le ciel, juste quelques traînées blanches laissées par des avions depuis longtemps disparus. Elle ôta la robe qu'elle avait enfilée par-dessus son maillot de bain – un bikini noir appartenant à Helen – et avança jusqu'au bord de l'eau, laquelle se révéla plus froide qu'elle ne s'y attendait. Florence s'immergea néanmoins jusqu'à la taille. Elle aurait aimé piquer une tête, mais le médecin lui avait bien recommandé de garder son plâtre au sec. Comment allait-elle le faire enlever ? Il faudrait qu'elle aille voir un médecin à New York. Elle mouilla sa tête en gardant le bras gauche en l'air et se sentit aussitôt revigorée.

Alors qu'elle se dirigeait vers sa serviette, elle surprit le regard de plusieurs personnes fixé sur les hématomes qui lui marbraient la poitrine et l'estomac. Elles s'empressèrent de détourner les yeux d'un air gêné, comme si c'était indécent de sa part d'exhiber ainsi sa vulnérabilité. Elle s'était servi du maquillage d'Helen pour dissimuler au mieux les ecchymoses sur son visage, mais pour le reste elle n'avait pas pu faire grand-chose. Une fois réinstallée, elle sortit *The Odyssey* de son sac et s'allongea sur le ventre avec précaution. Au lieu de lire, cependant, elle posa la joue sur sa serviette. Le soleil lui chauffait la peau, qui dégageait l'odeur de la lotion hydratante d'Helen, une senteur musquée qu'elle inhala profondément en fermant les yeux.

Elle n'aurait su dire si elle s'était endormie un moment quand il lui sembla percevoir une présence toute proche. Elle rouvrit les yeux. Une fille d'une vingtaine d'années se tenait devant elle. Florence remarqua le téléphone glissé derrière l'élastique de sa culotte de maillot orange et le tatouage de dauphin sur son ventre.

— Salut, dit la nouvelle venue.

Elle mordilla sa lèvre inférieure gercée et enflée. Florence se borna à la regarder.

— Désolée de vous déranger, mais vous pourriez me passer de la crème dans le dos ?

Florence la dévisagea encore un instant.

— Comment saviez-vous que je parle anglais ?

— Votre bouquin.

— Ah oui. Bien sûr.

— Alors, vous voulez bien ? reprit la fille en lui brandissant sous le nez un tube de crème d'aspect graisseux.

Avec une grimace, Florence se redressa. Elle considéra les racines brunes de l'inconnue, le bourrelet au niveau de sa taille, les boutons d'acné sur sa poitrine, et secoua la tête.

— Non, répondit-elle.

L'autre laissa échapper un petit rire hésitant.

— Quoi ?

— Je n'ai pas envie de vous passer de la crème dans le dos.

— Oh.

Le sourire de la fille vacilla mais ne disparut pas.

— OK.

Elle se détournait, quand son regard fut attiré par les bleus sur le buste de Florence.

— Waouh ! Qu'est-ce qui vous est arrivé ?

Elle s'accroupit en montrant du doigt la peau violacée.

Florence fronça les sourcils. Ses meurtrissures avaient inversé le rapport de force. C'était de l'ordre d'un fonctionnement primaire : elle était un animal blessé, et par conséquent ne représentait aucune menace. Pour l'inconnue, ces signes de faiblesse physique invitaient au rapprochement, rendaient inutiles les politesses d'usage et abolissaient la notion de hiérarchie sociale.

— J'ai eu un accident de voiture, déclara Florence d'un ton sec.

La fille écarquilla les yeux.

— C'était vous ?

— Pardon ? Vous en avez entendu parler ?

— La bagnole qui a fait une sortie de route ? Tout le monde en a entendu parler. Vous avez dû baliser grave, hein ?

Florence ne put s'empêcher de rire. *Baliser grave ?*

— Je n'en garde aucun souvenir, avoua-t-elle.

— Je connais presque tous les expats ici – la ville n'est pas grande et je traîne dans le coin depuis déjà un bon bout de temps –, mais personne ne savait qui vous étiez. On s'est dit que vous ne deviez pas être là depuis longtemps. Helen… quelque chose, c'est ça ?

Florence hésita. Mais bon, elle allait bien devoir se lancer à un moment ou à un autre.

— C'est ça, confirma-t-elle. Helen Wilcox.

— Moi, c'est Meg. Vous venez d'arriver ?

Florence hocha la tête.

— Bienvenue, alors ! Si vous avez des questions ou si vous avez besoin de quelque chose, n'hésitez pas à me demander, je suis une native d'adoption. Du moins, c'est ce qui se dit.

Meg, qui était toujours accroupie, se laissa choir au bout de la serviette de Florence.

— Et vous êtes en vacances ?

— Plus ou moins, répondit Florence. Des vacances studieuses, en fait.

— Comment ça ?

— J'effectue des recherches pour un roman.

— Non, c'est vrai ? Vous êtes écrivaine ? Trop cool… J'adore lire. J'ai dévoré tous les Harry Potter quand j'étais gosse. Genre, j'étais littéralement obsédée. J'avais l'écharpe, les lunettes, tout.

Elle observa Florence, guettant une réaction.

— Et la baguette, ajouta-t-elle d'un air solennel.

— Cool, daigna enfin répliquer Florence.

Meg hocha la tête avec enthousiasme. Puis, sans prévenir, elle se releva d'un bond, faisant s'envoler du sable.

— Vous fumez ?

— Oui, prétendit Florence.

Elle avait mis un des paquets de cigarettes d'Helen dans son sac le matin même. La seule pensée de fumer par cette chaleur suffisait à lui donner la nausée, mais il lui avait semblé qu'elle avait besoin d'un accessoire porte-bonheur, comme les acteurs se servent d'une canne ou d'une pipe pour mieux incarner leur personnage.

Meg courut vers sa propre serviette étalée quelques mètres plus loin et plongea la main dans un grand fourre-tout crasseux. Elle revint en brandissant triomphalement un joint.

— Oh, fit Florence.

Elle n'avait jamais fumé d'herbe, parce qu'elle n'avait fait partie d'aucune bande au lycée et n'avait pas eu de vrais amis à la fac. Elle saisit néanmoins le joint offert, qu'elle serra délicatement entre le pouce et l'index. Pourquoi pas, après tout ? *Bonjour l'aventure*[1].

Meg lui tendit ensuite son briquet allumé. Florence approcha de la flamme l'extrémité du joint puis en tira une longue bouffée, comme elle l'avait vu faire dans les films. Elle fut immédiatement saisie d'une violente quinte de toux. Les larmes aux yeux, elle rendit le joint à Meg.

— Sûr, le kif, ici, ça déchire ! lança cette dernière, hilare.

— Le kif ?

— Le hasch, quoi.

— Ah. Oui, c'est différent de ce dont j'ai l'habitude.

— Vous, vous devez sûrement fumer des chichons à la Harry Potter.

Florence s'esclaffa.

— Je ne comprends même pas ce que vous racontez.

1. En français dans le texte (NdT).

Elle s'étendit de nouveau sur sa serviette et se couvrit les yeux avec son bras. Un instant plus tard, elle sentit Meg se réinstaller sur sa serviette.

— Vous venez d'où, Helen ?

— Je vis à New York, mais je suis née dans le Mississippi.

— Ah bon ? Vous n'avez pas l'accent du Sud, pourtant.

— Je suis partie il y a longtemps.

— Oh.

— Et vous, d'où êtes-vous ?

— De Toledo, dans l'Ohio, répondit Meg.

Aucun commentaire ne vint à l'esprit de Florence. Le sable paraissait osciller sous elle comme un hamac, la plongeant dans un état de relaxation des plus agréables. Elle se sentait plus détendue qu'elle ne l'avait été depuis des mois.

Un oiseau faisait entendre son appel au loin.

— J'adore ces oiseaux, leur cri ressemble à celui des chouettes, déclara Meg d'un ton rêveur.

— Ce sont peut-être des chouettes, justement...

Meg partit d'un grand rire.

— C'en est ? Vous croyez vraiment que ce sont des chouettes ?

Florence ne répondit pas. Elle ne savait pas de quoi parlait Meg. Sa voix lui semblait provenir de très loin.

Meg répéta le mot sur différents tons.

— Chouette. Chouette. *Chouette.* Quel mot bizarre. Il compte une ou deux syllabes, à votre avis ?

— Quoi ? demanda Florence, qui ne suivait plus.

— Bah, ça doit être deux. Chou-ette. Chou-ette.

Le sentiment de bien-être qu'éprouvait Florence se dissipait déjà. Elle ouvrit les yeux et regarda la fille à côté d'elle. Chaque fois que Meg riait, le dauphin sur son ventre semblait pris de convulsions. Des poils noirs poussaient sur ses orteils. Florence se sentit soudain trop exposée et souillée. Elle avait envie de rentrer. Elle aspirait à se retrouver dans la chambre d'Helen, parmi les effets personnels d'Helen.

Meg n'était pas le genre d'amie que la romancière se serait faite. Ça n'allait pas du tout.

Elle se leva brusquement et entreprit de rassembler ses affaires.

— Je dois y aller, dit-elle.

Elle tira d'un coup sec la serviette sur laquelle était toujours assise Meg. Cette dernière roula sur le sable comme une bûche.

— OK, dit-elle gaiement. Mais, hé, vous savez quoi ? Vous devriez venir à la fête, ce soir.

— Quelle fête ?

— Oh, rien de délirant. C'est juste un groupe d'expats qui se retrouvent pour boire un coup avec des gens créatifs, genre super intéressants. À mon avis, ça devrait vous plaire.

Il ne vint même pas à l'esprit de Florence de se demander comment Meg pouvait avoir la moindre idée de ce qui lui plairait ou pas. Avant tout, elle était flattée qu'on prenne ses goûts en considération. Elle s'imagina entourée de poètes et d'artistes vêtus de caftans colorés tandis que des bougies vacillaient dans des lanternes de cuivre.

— D'accord, déclara-t-elle. Oui, ça me plairait bien.

Elle expliqua qu'elle n'avait plus de voiture et Meg proposa d'aller la chercher à 20 heures à la villa des Grenades.

Florence foula le sable chaud jusqu'à la route. Au départ, elle avait prévu de déjeuner en ville, mais elle changea d'avis, entra dans le premier restaurant venu, un piège à touristes sinistre qui proposait des « hot dogs à l'américaine », et but un Coca pendant que le patron lui appelait un taxi. En voyant les saucisses nager dans leur graisse, elle songea aux têtes humaines plongées dans la saumure.

# 32

Florence tira sur sa lèvre. Elle était assise à la table de la salle à manger, toujours vêtue de ses vêtements humides et pleins de sable, et contemplait le nouveau mail de Greta Frost. Elle avait eu beau le relire plusieurs fois, les mots n'avaient pas changé.

> Bonjour, M. Je viens aux nouvelles. Rappelez-moi, je voudrais discuter plus en détail de TPR. G.

Florence tenta de donner un sens à ce qu'elle avait sous les yeux. Sans résultat. Elle chercha « TPR » sur Google. C'était soit le sigle d'une marque de vêtements, soit l'acronyme d'une méthode d'enseignement des langues étrangères destinée aux enfants. Autant dire que ni l'un ni l'autre n'avait de rapport avec le contexte. Elle pianota légèrement sur les touches du clavier avant de cliquer sur Répondre et d'écrire :

> Je souffre malheureusement d'une grave intoxication alimentaire.

Elle réfléchit un instant puis effaça le message. À la place, elle envoya :

Impossible de parler aujourd'hui. Trop malade après avoir mangé du poulpe pas frais. Résultat, je visite bien plus souvent les toilettes marocaines que je ne l'aurais voulu…

M.

La réponse ne se fit pas attendre :

Pas de chance. Bon rétablissement. À bientôt.

Florence essuya une traînée de poussière sur l'écran puis referma doucement l'ordinateur. Elle venait pour la première fois d'incarner Helen Wilcox auprès de quelqu'un qui comptait. C'était le début de la mascarade. Elle savait que, tôt ou tard, elle serait obligée de rendre des comptes à l'agente, mais, à ce stade, elle voulait juste différer ce moment le plus longtemps possible – du moins, jusqu'à ce qu'elle ait une idée plus claire de l'approche qu'il convenait d'adopter envers elle.

Dans l'immédiat, Greta représentait la principale faille de son plan. Elle échangeait régulièrement avec Helen, voulait toujours en savoir plus sur la progression de son roman et avait déjà demandé à lui parler au téléphone.

Pourrait-elle essayer de l'associer à son projet ? se demanda Florence. Au niveau professionnel, Greta avait tout intérêt à ne pas laisser le nom de Maud Dixon tomber dans l'oubli. Pour autant, accepterait-elle d'ignorer la mort d'une personne avec qui elle avait travaillé pendant trois ans, pour leur plus grand bénéfice mutuel ? De se faire la complice d'une usurpation d'identité ? Difficile à dire. Et comment aborder le sujet avec elle sans lui révéler certains pans de l'histoire ? Il ne serait pas question de faire dans la demi-mesure.

Cela dit, il existait d'autres voies que la collaboration. Rien ne pressait, songea Florence. Les solutions ne manquaient pas. Et, quoi qu'il en soit, elle était sûre d'une chose : maintenant qu'on lui avait offert ce cadeau, personne, absolument personne, ne pourrait le lui reprendre.

Cet après-midi-là, Florence dormit longtemps, et d'un sommeil profond. Elle se réveilla au coucher du soleil, se leva et se doucha. Elle se maquillait quand Amina toqua à la porte.

— Entrez ! lança Florence de la salle de bains.

La Marocaine s'immobilisa sur le seuil. Elle tenait dans ses mains le foulard bleu et blanc d'Helen, plié. Son tube de mascara entre les doigts, Florence la regarda en fronçant les sourcils.

— Où avez-vous trouvé ça ?

— *Le gendarme*[1], répondit Amina.

— Idrissi ? Il est là ?

— Il est parti. Vous dormiez.

Amina s'interrompit avant d'ajouter, l'air mal à l'aise :

— Il a posé des questions sur votre amie. Il voulait savoir quand elle est rentrée, et quand elle est partie.

— Que lui avez-vous dit ?

— La vérité. Je ne passe jamais la nuit ici.

— Bien, déclara Florence. Merci.

Sans un mot, Amina plaça le foulard sur le lit puis en effaça les plis. Au même moment, la sonnette retentit. Florence regarda sa montre. Il n'était pas encore tout à fait 20 heures. C'était probablement Meg.

Amina descendit ouvrir. Florence la suivit quelques instants plus tard et aperçut Meg dans la cour, en train de consulter son téléphone. Quand elle s'avança dans sa direction, cette dernière s'exclama :

1. En français dans le texte (NdT).

— Waouh, vous êtes canon !

Florence avait choisi une robe en soie et une paire d'espadrilles. Elle avait également mis le rouge à lèvres carmin d'Helen. En se regardant dans la glace, elle avait eu l'impression de porter un masque tant son apparence ne lui était pas familière. Elle avait même levé la main pour s'assurer que son reflet faisait le même geste.

— Merci, répliqua-t-elle. Vous aussi.

Meg était vêtue d'un jean coupé aux genoux et d'un chemisier ample, brodé, qui lui dénudait les épaules.

Après avoir grimpé à l'arrière du vieux scooter Honda de Meg, Florence lui passa les bras autour de la taille et, de sa main droite, saisit délicatement son plâtre au poignet gauche.

— Vous êtes bien, derrière ? demanda Meg.

— Oui, c'est parfait. *Bonjour, l'aventure*[2] !

La villa des Grenades se situait au sommet d'une étroite route sinueuse. Vue du ciel, elle devait ressembler à un cheveu tombé sur le sol. Le vrombissement du scooter s'accentuait à l'abord des virages et Florence se surprit à apprécier l'inclinaison périlleuse de l'engin dans les tournants. Elle se rappela alors ce qu'elle avait ressenti sur le trajet jusqu'à Semat, quand elle avait imaginé la tête d'Helen rebondissant sur le tableau de bord comme un ballon de foot. Troublée, elle s'efforça de chasser ce souvenir.

Quinze minutes plus tard, Meg se gara sur le parking d'un immeuble moderne sans charme à l'extérieur des murs de la médina. Elle expliqua à Florence que quatre Australiens y avaient loué un appartement où divers expats se succédaient au fil des semaines. La plupart étaient des passionnés de kitesurf, venus pour le vent. Elle appuya sur une touche de l'interphone et une sonnerie électronique guillerette s'éleva.

2. *Idem.*

— Ouais ? fit une voix dans le haut-parleur.

— C'est moi, annonça Meg d'une voix chantante, laissant une trace de gloss sur le panneau de l'interphone.

Il y eut un bref silence, suivi par des grésillements.

— Moi qui ?

Meg éclata de rire.

— Meg !

Toujours souriante, elle leva les yeux au ciel. De toute évidence, elle se savait de ces filles qu'on oublie facilement. Puis l'interphone bourdonna et la porte de l'immeuble se déverrouilla. Alors qu'elles montaient au troisième étage, Florence lui demanda quel âge elle avait.

— J'aurai vingt-deux ans en septembre, répondit Meg. Pourquoi, t'as quel âge, toi ? On se tutoie, d'accord ?

Florence décida de faire une moyenne entre l'âge d'Helen et le sien.

— Vingt-neuf ans.

Quand elles arrivèrent au troisième, un blond seulement vêtu d'un short de bain leur ouvrit la porte. Il se détourna et s'éloigna vers le salon sans même leur avoir adressé la parole. Florence pénétra dans l'appartement à la suite de Meg et sentit aussitôt la consternation l'envahir. Huit ou neuf personnes étaient rassemblées dans la pièce de vie, elle-même occupée en grande partie par un énorme canapé d'angle en cuir noir rafistolé avec du scotch. Sur une table basse poisseuse s'entassaient cendriers pleins et canettes de bière vides. Personne ne portait de caftan coloré. Il n'y avait pas de lanternes non plus.

— Hello ! lança Meg d'un ton enjoué.

Elle entreprit de présenter Florence à tout le monde avec plus de cérémonie que ne l'exigeait l'assistance.

— Helen est écrivaine, dit-elle chaque fois. Romancière.

La plupart des membres du groupe arboraient la même expression blasée que le blond qui leur avait ouvert, mais Florence remarqua avec satisfaction que leur masque semblait se fissurer légèrement quand ils entendaient le mot « romancière ». Quelque chose – sinon du respect, du moins de la curiosité – s'animait dans leurs yeux.

— Moi aussi, j'écris, lui confia une fille émaciée en haut de bikini qui tirait sur une vapoteuse. Bon, pour l'instant, je tiens juste un blog de voyage, mais j'espère en faire un livre un jour.

— Beau projet, commenta Florence.

— Sûr, alors si t'as des tuyaux pour trouver un agent, un truc comme ça, tu me diras ?

Florence lui sourit, magnanime.

— Pas de problème.

— Et toi ? T'as écrit des trucs que j'aurais pu lire ?

— Tout dépend de ce que tu lis.

La fille sourit et secoua la tête.

— Désolée, c'était une question idiote. Qu'est-ce que t'as écrit ?

Florence se demanda ce qu'Helen répondrait. Elle l'avait si rarement vue converser avec d'autres personnes... Peut-être ne révélait-elle même pas qu'elle était romancière. Mais bon, il était trop tard pour s'interroger sur ce point.

— Pour être franche, je publie sous un pseudonyme, répondit-elle. Et je préfère le garder pour moi.

Le blond qui leur avait ouvert, occupé à se rouler une cigarette, leva soudain les yeux.

— Tu vas quand même pas nous dire que t'es Maud Dixon !

Florence se força à rire.

— J'aimerais bien.

— Oh, bon sang, j'adoooore Maud Dixon ! s'écria une Américaine brûlée par le soleil, assise sur le canapé, les jambes posées sur les cuisses de son voisin.

Elle se tourna vers le garçon à côté d'elle.

— Hein, Jay, que je suis toujours en train de te parler d'elle !

Comme il ne réagissait pas, elle lui donna un petit coup de pied.

— Tu sais, bébé, cette nana du Sud trop géniale ?

— Mmm, marmonna-t-il, les yeux fixés sur son écran de téléphone.

— Toi, je vais te tuer, lança-t-elle en faisant mine de lui plonger un couteau dans le ventre.

— Arrête, maugréa-t-il.

Meg revint de la cuisine avec deux bouteilles de Casablanca et en tendit une à Florence. Toutes deux allèrent s'installer sur des chaises en plastique blanc disposées le long d'un balcon qui dominait le parking.

— À la tienne ! fit Meg gaiement.

— À la tienne, répéta Florence avec beaucoup moins d'entrain.

— C'est sympa, hein ?

— Mmm.

— Alors, raconte-moi comment t'es devenue romancière.

— Bah, je ne sais pas. J'ai toujours écrit. Et puis, un jour, j'ai eu de la chance, j'imagine.

— Trop cool. J'adorerais être comme toi.

— Tu écris ?

— Pas vraiment. J'ai l'hémisphère gauche hyper dominant, tu vois ? Genre, je suis grave logique et tout.

— Et tu veux faire quoi dans la vie ?

— Je suis pas trop fixée. Mes parents voudraient que je retourne à la fac, mais je suis pas sûre d'en avoir envie. Je pourrais peut-être devenir actrice, pourquoi pas ?

— Tu te verrais plutôt au cinéma ou au théâtre ?

— Je crois que je préférerais le ciné. Mais j'hésite encore. Actuaire, ce serait pas mal non plus. C'est le boulot de mon père.

— Actrice ou actuaire… Il y a un monde entre les deux.

— Comme tu dis, répliqua Meg en écarquillant les yeux.

Elle prit une cigarette dans le paquet sur la table et en proposa une à Florence, qui refusa d'un signe de tête.

— Pourquoi t'écris sous un faux nom, en fait ?

Florence tenta de se rappeler ce qu'Helen avait répondu quand elle lui avait posé la question. Lui avait-elle parlé de... vers solitaires ?

— Oh, c'est... compliqué, fut tout ce qu'elle trouva à répondre.

Meg hocha la tête.

— J'imagine.

L'un des occupants de l'appartement sortit sur le balcon d'une démarche chaloupée – l'image même de la décontraction. Un certain Nick. Grand, bronzé, il aurait été séduisant en diable sans ses longues dreadlocks blondes, que personne à part Florence ne semblait trouver gênantes sur un Blanc.

— T'aurais une clope pour moi, Meg ? demanda-t-il.

Florence crut voir Meg rougir légèrement lorsqu'elle lui tendit le paquet de cigarettes. Nick était la première personne de la soirée qui s'adressait à elle en mentionnant son prénom.

Après en avoir allumé une, il se tourna vers Florence.

— Alors comme ça, c'est toi la folle furieuse qui a plongé de la rue Badr l'autre soir ?

— Il semblerait.

— Tu sais, si t'aimes les sensations fortes, je peux toujours te prêter ma planche !

Florence sourit.

— Merci, j'y penserai.

Nick secoua la tête.

— Non, sérieux, cette route, elle est mortelle. J'ai bousillé ma moto dans ces collines il y a quelques semaines.

— Je crois qu'on en est déjà à quatre accidents cette année, intervint Meg.

L'information soulagea Florence. Peut-être n'était-elle pas responsable de ce qui était arrivé, finalement.

— Comment avez-vous appris ce qui s'était passé ? questionna-t-elle.

— J'ai lu l'article dans *Le Matin*, répondit Nick.

— Tu parles français ? s'étonna Florence.

— *Un peu*, dit-il, avec un accent à couper au couteau.

— Je vais me chercher une autre bière. Je vous en rapporte une ? proposa Meg.

Nick et Florence déclinèrent d'un mouvement de tête. Nick se vautra sur la chaise que Meg venait d'abandonner et se frotta la nuque.

— Alors comme ça, t'es romancière ?

— Oui.

— Trop cool.

Il rappelait quelqu'un à Florence, mais elle ne voyait pas qui.

— Et toi ? demanda-t-elle. Qu'est-ce que tu fais ?

— Je suis toujours à la fac.

— Ah bon ? Je t'aurais cru plus vieux.

— J'ai vingt-quatre piges. Je me suis accordé un break de quelques années. Je rentrerai à la fac de San Diego cet automne pour terminer mon cursus.

— Et après ?

Florence ne savait pas pourquoi elle endossait le rôle de conseillère d'éducation. La vérité, c'était qu'elle n'aurait jamais su comment se comporter dans une telle situation – entourée d'inconnus dans une petite fête merdique à l'étranger – si elle n'avait pas joué le rôle de quelqu'un d'autre.

— Je me dirigerai sûrement vers l'immobilier, répondit-il. Mon frangin, Steve, est agent immobilier, et il se fait des couilles en or.

— Ma mère n'arrête pas de me répéter que je devrais m'engager dans cette voie moi aussi.

— Ah bon ?

— Oui. La fille de sa meilleure copine bosse pour une grosse société immobilière à Tampa, et elle a tout : un mari, quatre gosses et une carte de visite avec sa photo dessus. Sauf que moi, je préférerais encore me pendre plutôt que d'avoir cette vie-là.

— Pourquoi ? Ça me paraît pas si mal : deux ou trois gosses, une baraque près de la plage…

— Mais c'est tellement… banal. T'imagines, toutes ces années à faire des allers-retours au supermarché du coin ? Est-ce qu'on ne peut pas aspirer à quelque chose de plus élevé ?

— Sans vouloir te vexer, en quoi le métier d'écrivain est supérieur ?

— Sérieux ? Pour toi, la création artistique, ce n'est pas mieux ?

— Que quoi ? Aider quelqu'un à trouver un chez-soi ? Au moins, ça, c'est concret.

— L'art aussi.

— À choisir, je préfère avoir une baraque plutôt qu'un bouquin.

— D'accord, mais arrête de raisonner en consommateur une seconde. Qu'est-ce que tu attends de ta vie ? Tu penses vraiment que tu seras heureux de consacrer la majeure partie de ton temps sur terre à faire visiter des maisons ? C'est ça, ton but ?

— Mon but ? Ben, c'est avant tout d'être quelqu'un de bien, je crois.

Florence le regarda pour voir s'il était sérieux. Apparemment, oui.

— C'est important aussi, j'imagine, murmura-t-elle.

Il secoua la tête.

— Attention, je dis pas que ça devrait être pareil pour tout le monde. Ça me paraît super que t'aies réfléchi à la question et que t'aies trouvé un truc qui te passionne.

J'essayais juste de te montrer qu'il y a pas une voie intrinsèquement meilleure ou pire qu'une autre, tu comprends ?

Florence arqua un sourcil sceptique, et Nick éclata de rire. Il jeta un coup d'œil à la baie vitrée coulissante qui donnait sur le salon.

— OK, reprit-il à voix basse. Va pas le répéter, mais certaines filles ici rêvent d'être, genre, influenceuses Instagram, et oui, je veux bien admettre que cette voie-là est peut-être moins noble que, mettons, celle de Gandhi.

Florence s'esclaffa.

— Moi, je dois avoir à peu près sept followers sur Instagram. Autant te dire que je ne risque pas de faire carrière là-dedans.

Nick hocha vigoureusement la tête.

— Tu vois ? C'est ce que je voulais dire. Rien à foutre de ce que les autres pensent de toi, OK ? Rien à foutre des *likes*, des commentaires et de cette mise en scène constante.

— Exactement, approuva Florence, consciente néanmoins qu'elle passait un temps fou à s'inquiéter de ce que les gens pensaient d'elle.

Contrairement à Helen.

Elle se pencha en avant et prit la cigarette que Nick tenait entre ses doigts.

— Alors, qu'est-ce qui t'amène à Semat ? interrogea-t-elle, avant de tirer une longue bouffée.

— Le vent.

— T'es un passionné de kitesurf ?

— Oui. Et toi ?

Florence éclata de rire.

— Oh non, sûrement pas.

— Sérieux, tu devrais essayer. Je peux t'apprendre, si tu veux.

Elle pencha la tête sur le côté.

— Je vais y réfléchir.

Elle se demanda si Helen aurait accepté l'offre ou l'aurait traitée avec mépris. Mais ce n'était pas facile de savoir ce que la romancière aurait fait dans telle ou telle situation, vu que Florence l'avait toujours trouvée complètement imprévisible.

Eh bien, qu'à cela ne tienne, elle aussi pouvait se montrer imprévisible. Elle posa une main sur la cuisse de Nick.

— Viens là, l'invita-t-elle.

Quinze minutes plus tard, elle le chevauchait sur un matelas nu, au bout duquel traînait un sac de couchage miteux. Elle lui déboutonna fébrilement sa chemise. Il s'assit, puis lui prit le visage entre ses mains.

— Tu es superbe, murmura-t-il.

Elle le força à s'allonger.

— Dis mon nom, ordonna-t-elle.

— Helen, lâcha-t-il dans un souffle.

— Encore.

— Helen.

# 33

Florence trempa le dernier morceau de croissant dans un petit pot de confiture avant de le glisser entre ses lèvres. Elle saisit ensuite la cafetière à piston, versa le restant de café dans sa tasse et alluma la cigarette prise dans le paquet qu'elle avait descendu de la chambre d'Helen. Elle la tapota sur le bord de son assiette et sourit en découvrant la trace de rouge à lèvres sur le filtre. En imitant le geste qu'elle avait vu Helen faire à d'innombrables reprises, elle crut réellement regarder la main de la romancière. C'était troublant. Elle tira de nouveau sur la cigarette, avec l'impression que la fumée envahissant ses poumons la transformait en Helen de l'intérieur. Puis, saisie d'un léger vertige, elle écrasa le mégot dans la confiture.

L'expérience de la nuit passée avait été grisante. Pas le sexe, car Nick était trop stone et ralenti pour accomplir des prouesses. Mais la soirée elle-même lui avait fait l'effet d'une révélation. Elle pouvait être Helen. Elle l'avait été.

Ce qui l'avait déçue au premier abord – l'appartement miteux, la banalité de la compagnie – lui avait finalement offert l'environnement parfait dans lequel donner naissance à sa nouvelle personnalité. Recourir au mépris, après tout, avait toujours été un bon moyen de renforcer sa confiance en soi, et c'était désormais ce que son rôle exigeait d'elle. Une attitude frisant l'arrogance, bien différente de la réserve dans laquelle la plongeaient d'ordinaire ses incertitudes et ses doutes. Parmi les Helen Wilcox et les Amanda Lincoln de ce monde, elle avait toujours eu l'impression d'être insignifiante et déplacée. Or, la veille, elle avait senti Meg, Nick et la fille qui lui avait demandé des conseils d'écriture impressionnés par sa présence. Pour une fois, c'était *elle* qui détenait le pouvoir.

Helen appréciait le pouvoir. Pas dans sa dimension physique, ce n'était pas le propos. Mais elle aimait prendre l'ascendant, exercer sur les autres une emprise affective ou psychologique comme un musicien ou un danseur prend plaisir à la pratique de son art. Dans la conversation, elle imposait toujours le sujet et le ton, retenait tout le temps des informations sans raison valable et adorait désarçonner ses interlocuteurs en énonçant des opinions incongrues. Même *Mississippi Foxtrot* s'apparentait au fond à une recherche sur le thème du pouvoir : d'abord celui que Frank le vicelard avait sur Ruby, ensuite celui que s'appropriait Maud en perpétrant un acte de violence à son encontre.

Pour sa part, Florence n'avait jamais réussi à maîtriser la dynamique des rapports de force dans ses relations sociales. Ses amitiés au collège et au lycée reposaient avant tout sur une peur partagée du rejet. À la fac, elle s'était fait des connaissances dans ses cours de littérature, sans pour autant développer de liens particuliers avec l'une d'elles. Elle avait toujours eu besoin de se réfugier dans la solitude après avoir passé quelques heures avec quelqu'un.

Mais aujourd'hui, il lui semblait possible d'adopter une nouvelle approche en société, d'envisager autrement ses interactions : au lieu de quémander l'attention, elle en serait l'objet.

Le simple fait de s'être présentée sous un nom différent, qui pour elle était associé au magnétisme et à la force, avait modifié l'essence de son être. Elle s'était sentie… métamorphosée, même parmi des gens qui ne comptaient pas pour elle et ignoraient qu'Helen était une écrivaine de renommée mondiale. Même quand elle s'était retrouvée seule à l'arrière du taxi qui la ramenait à la villa. En endossant le costume d'Helen, elle était devenue plus autoritaire, plus intéressante, plus estimable à tous les égards, lui semblait-il. Plus proche, étrangement, de sa véritable identité – de la personne en elle qui attendait depuis toujours de se manifester.

Elle avait même séduit Nick, juste pour voir si elle en était capable. Jusque-là, elle n'avait toujours été qu'une cible de drague – et encore, pas très souvent.

Elle avala une gorgée de jus d'orange pour chasser le goût de la nicotine dans sa bouche, puis quitta la table du petit déjeuner pour aller s'installer dans le salon, devant l'ordinateur portable. En affichant sa propre boîte de réception, elle découvrit un autre mail de Greta :

> Chère Florence,
>
> Comment va Maud aujourd'hui ? Pensez-vous qu'elle soit en mesure de téléphoner ? Je ne veux pas la déranger alors qu'elle est malade, mais je viens de découvrir que TPR souhaiterait publier l'interview dans le numéro d'automne, ce qui nous bouscule un peu.

Le jour se fit soudain dans son esprit : « TPR », c'était l'acronyme de *The Paris Review*, le trimestriel littéraire connu pour ses portraits fouillés d'auteurs célèbres.

Dans son précédent message, l'agente avait dit qu'elle voulait discuter « en détail » de cette proposition avec Helen. Cela signifiait-il que cette dernière avait accepté une interview ? Florence fronça les sourcils. Non, c'était peu probable. Helen n'éprouvait pas le besoin de s'expliquer, ni sur elle-même ni sur son travail. À moins qu'elle n'ait prévu de révéler son identité ? Jusque-là, *The Paris Review* n'avait publié qu'une seule interview d'elle, en utilisant son pseudonyme.

Florence parcourut rapidement la boîte de réception d'Helen. Aucun autre mail ne mentionnait *The Paris Review*. Elle se rendit à l'étage et fouilla la chambre de la romancière à la recherche de son ordinateur personnel, qu'elle avait aperçu dans son bagage cabine à l'aéroport. Elle le découvrit dans le tiroir de la table de chevet mais, après l'avoir allumé, elle se retrouva bloquée par la même demande de mot de passe qui l'avait arrêtée quand elle avait fouiné à Cairo. Sans trop y croire, elle fit quelques tentatives : *MississippiFoxtrot, Jenny, Ruby.* Sans succès.

De retour devant l'ordinateur au rez-de-chaussée, elle écrivit à Greta :

> Maud est toujours indisposée, malheureusement. Elle m'a cependant informée qu'elle avait reconsidéré la possibilité d'une interview.

Florence ne pouvait envisager un seul instant de la faire elle-même.

Quelques secondes plus tard, une réponse s'afficha sur son écran. Étonnée, Florence jeta un coup d'œil à sa montre. Il était 5 heures du matin à New York. Un dimanche.

> Florence, pourriez-vous m'appeler ?

Celle-ci sentit sa mâchoire se crisper. Elle n'aimait pas les conversations téléphoniques, qui ne lui laissaient pas le temps de planifier ou de corriger ses réponses. Peut-être était-ce ce que les autres appréciaient dans les échanges de ce style, en direct. Après tout, l'agente ne semblait pas du genre à revenir sur ses propos. Florence se dirigea à contrecœur vers la cuisine, où se trouvait le téléphone fixe, et composa le numéro que Greta avait inclus dans son mail.

— Bonjour, Florence, dit la voix éraillée familière.

— Bonjour, Greta. Il est tôt, chez vous.

— Oh, je ne me lève jamais après 5 heures. C'est l'un des inconvénients de la vieillesse. Alors, qu'est-il arrivé à Helen ?

— Elle a mangé du poulpe avarié.

— Elle ne peut même pas répondre au téléphone ?

— Elle n'a pratiquement pas quitté la salle de bains depuis vingt-quatre heures.

— Ah, ce n'est pas bon signe. Vous avez vu un médecin ?

— Oui, bien sûr. Il a juste dit de veiller à ce qu'elle s'hydrate.

— Et elle est toujours aussi malade, au bout de vingt-quatre heures ? Je crois que vous devriez envisager de retourner à Marrakech. Je peux appeler l'hôpital là-bas et les prévenir de votre arrivée. S'il y en a un là où vous êtes, il doit être pour le moins sommaire.

— Ce n'est pas si terrible.

— Vous y êtes allées ?

— Oh… Oui, j'y ai emmené Helen hier.

— Et ?

— C'est là qu'on lui a recommandé de bien s'hydrater.

— Mmm…

Un long silence s'ensuivit.

— Vous m'avez écrit qu'Helen hésitait, pour l'interview de *The Paris Review*, reprit l'agente.

— Oui, elle m'a dit qu'elle avait changé d'avis. Elle ne veut plus la faire.

— Intéressant…

Nouveau silence.

— Vous savez, elle ne m'avait même pas encore donné son accord, révéla Greta. J'étais toujours en train d'essayer de la convaincre que c'était une bonne idée. Alors, ce n'est pas comme si elle avait réellement changé d'avis.

*Merde.*

— C'est bizarre, prétendit Florence. Peut-être qu'elle a confondu. Elle mélange tout. Elle délire, même.

— Mmm.

Encore une pause.

— Écoutez, Florence, je dois bien admettre que vous m'inquiétez. Vous dites qu'Helen délire, qu'elle est incapable de répondre au téléphone, qu'elle ne quitte pas la salle de bains… Ça me paraît assez alarmant. J'insiste pour que vous retourniez à Marrakech la faire soigner. Lauren ne sera que trop heureuse d'organiser votre transfert. Je peux envoyer une voiture vous chercher aujourd'hui, si vous voulez.

— Non, elle… ça va aller, je pense. Je lui poserai la question, mais elle tient beaucoup à rester ici pour terminer les recherches.

— Telle que vous me l'avez décrite, je doute qu'elle soit en état de raisonner clairement. Vous êtes jeune, Florence, et je sais d'expérience qu'Helen peut se montrer intimidante. Mais il me semble primordial de la faire prendre en charge et de s'assurer qu'elle va bien, quitte à endurer sa mauvaise humeur pendant quelques heures.

— Bien sûr. Je vais y réfléchir, d'accord ?

— D'accord. Je vous rappellerai cet après-midi pour avoir des nouvelles. Oh, à propos : j'ai essayé en vain de vous joindre toutes les deux sur vos téléphones portables.

— Oui, il n'y a presque pas de réseau, ici.

— Il vaut mieux que j'utilise le numéro que j'ai sous les yeux, alors ?

— Oui, c'est celui de la ligne fixe.

— Entendu. À plus tard.

Florence reposa brutalement le combiné sur son socle. *Merde.* Qu'allait-elle pouvoir raconter à Greta dans quelques heures, ou jours, pour justifier l'absence d'Helen ?

« Oh, bonjour, Greta ! En fait, oups, j'ai tué Helen. Est-ce que je peux devenir Maud Dixon, maintenant ? »

Oui, parfait.

# 34

Assise sur la plage, Florence enfouit ses orteils dans le sable. Le vent qui soufflait en permanence depuis son arrivée était tombé. L'air, immobile et lourd, n'atténuait en rien la brûlure du soleil.

Elle s'efforça de chasser le souvenir de sa conversation téléphonique avec Greta Frost. Elle voulait retrouver l'élan qui l'avait animée à son réveil, le plaisir électrisant d'être Helen. Elle n'avait pas aimé redevenir Florence lors de son échange avec l'agente. L'expérience avait laissé en elle une sorte de résidu, quelque chose de poisseux et de désagréable dont elle aurait voulu se débarrasser. Elle aspirait à se sentir de nouveau légère, confiante, forte.

Elle saisit une poignée de sable qu'elle laissa couler entre ses doigts. Sa peau avait rosi au soleil. Dessous, ses hématomes viraient du violet au jaune et au vert. Elle versa du sable sur ses jambes pour les couvrir.

Après avoir parlé à Greta, elle avait cherché dans *Le Matin* l'article mentionné par Nick et s'était efforcée de le traduire. Il ne faisait que quelques lignes. Une touriste de New York nommée Helen Wilcox, qui roulait dans la rue Badr à 22 heures le samedi soir, avait précipité sa voiture de location dans l'océan. Par chance, un pêcheur resté tard en mer à cause d'un problème de moteur avait entendu le véhicule tomber dans l'eau. Il avait réussi à l'atteindre alors qu'il flottait encore et à tirer Mme Wilcox par la vitre ouverte.

La victime avait été transportée à l'hôpital mais ne souffrait que de blessures superficielles. C'était déjà la cinquième sortie de route de l'année sur cette voie. Deux personnes avaient péri dans un accident l'année précédente.

Florence, frustrée, avait refermé l'ordinateur d'un geste brusque. Elle n'avait rien appris qu'elle ne sache déjà. Il n'y avait qu'un grand vide dans sa mémoire, et elle était terrifiée à l'idée que l'officier Idrissi puisse combler les blancs avant elle. S'il y parvenait, ce serait non seulement la fin de sa nouvelle vie sous le nom d'Helen Wilcox, mais aussi de l'ancienne.

Elle se leva et s'épousseta. Ce faisant, elle remarqua un groupe de surfeurs un peu plus loin sur la plage. Elle fourra ses affaires dans son sac et se dirigea vers eux. Quand elle s'approcha, certains des garçons tournèrent la tête vers elle, mais leurs regards ne s'attardèrent pas. Elle n'était pas à son avantage sur la plage : sa peau pâle détonnait, et elle remplissait à peine le haut du bikini d'Helen.

Elle ne tarda pas à repérer Nick assis sur une serviette grande comme un set de table. Il avait défait le haut de sa combinaison, qui était étalé derrière lui telle une ombre, et léchait vigoureusement un esquimau rouge.

— Salut, dit-elle en se campant devant lui.

Il leva les yeux et lui sourit.

— Hé, salut !

Déjà, un filet de glace fondue coulait sur son avant-bras.

— Ah, merde, pesta-t-il, avant de pencher la tête pour faire courir sa langue de son coude à son poignet.

À cet instant, Florence sut qui il lui rappelait : le golden retriever du voisin d'Helen.

— Quoi de neuf ? demanda-t-elle.

— Pas grand-chose. C'est le calme plat aujourd'hui.

Il indiqua d'un geste les eaux presque étales.

Florence y jeta un coup d'œil et hocha la tête.

Nick expédia le reste de son esquimau dans le sable.

— Bon sang, j'en ai partout ! marmonna-t-il.

Il s'essuya les mains sur ses cuisses gainées par la combinaison avant de lui sourire de nouveau.

— Et toi ?

— Pas grand-chose non plus. Je lisais, mais il fait trop chaud pour rester sur la plage. Je vais peut-être aller me balader en ville. Tu viens avec moi ?

La proposition parut l'enchanter.

— Oui, bonne idée.

Il se débarrassa aussitôt de sa combinaison et fouilla dans son sac à dos. Il en tira un T-shirt roulé en boule, faisant du même coup tomber un livre. Florence le ramassa et regarda la couverture : *Un thé au Sahara*, de Paul Bowles.

— Tiens, tu lis ça ?

— Oui, je viens de le finir, déclara-t-il. Je te le prête, si tu veux. C'est génial.

Florence fit de son mieux pour dissimuler sa surprise. Jamais elle n'aurait imaginé que Nick était du genre à lire un auteur dont Helen lui avait dit le plus grand bien. Elle aurait volontiers acheté elle-même un Paul Bowles avant le voyage mais, dans la fièvre des préparatifs, elle avait oublié. Elle le retourna et parcourut la quatrième de couverture. L'histoire racontait les aventures de trois Américains qui traversaient le désert nord-africain dans les années 1940. C'était le premier roman de l'auteur, apprit-elle, et il avait connu un immense succès. Elle parcourut le début. Nick avait raison, le style était prenant.

— Prête ? lui demanda-t-il.

— Oui, répondit-elle en lui rendant le livre.

— À plus ! lança-t-il par-dessus son épaule aux autres membres du groupe.

Alors qu'ils quittaient la plage, Nick entreprit de lui expliquer quelque chose à propos du kitesurf, mais Florence ne l'écoutait pas. Elle laissait ses pensées vagabonder.

Après avoir gravi la colline, ils longèrent la place Hassan-II en direction du centre-ville. Au moment où ils atteignaient la rue animée entourant les murs de la médina, Nick tendit devant elle un bras bronzé, couvert de poils blonds, pour l'empêcher de s'aventurer sur la chaussée envahie par les mobylettes. Elle lui sourit.

Ils venaient de traverser quand un visage familier attira soudain l'attention de Florence. C'était Idrissi, le gendarme de l'hôpital, qui, raide comme un piquet, se tenait devant une bâtisse ouvragée. Sentant son cœur battre plus vite, elle tenta de se raisonner. Elle n'avait aucune raison d'avoir peur. Pour autant qu'il le sache, elle n'était qu'une touriste stupide qui avait eu un accident après avoir trop bu et s'en était tirée à bon compte parce qu'elle avait des dollars à dépenser dans le pays. Mais elle ne se rappelait que trop bien la façon dont il l'avait dévisagée dans la voiture, lorsqu'il l'avait interrogée sur son amie au restaurant. De toute évidence, il avait des soupçons.

Et pour cause : après tout, elle avait bel et bien un secret. Le souvenir de sa conversation avec Greta lui revint à la mémoire, faisant naître en elle une sourde appréhension. Elle le repoussa. Lorsque Idrissi tourna lentement la tête pour survoler la foule du regard, elle recula d'instinct contre le mur.

— Qu'est-ce qui se passe ? s'étonna Nick.

— Rien. J'ai cru voir un rat.

— T'es adorable, dit-il en la prenant dans ses bras pour lui donner un rapide baiser.

Il sentait la crème solaire et l'arôme artificiel de fraise.

— On va par là, d'accord ? suggéra-t-elle en l'entraînant vers le souk.

Il faisait plus frais et plus sombre à l'intérieur du marché. Des grains de poussière brillaient dans les rais de lumière qui filtraient par les interstices du toit bricolé à la va-vite.

— Qu'est-ce que t'en penses ?

Florence se retourna. Nick, arrêté devant un stand orné de pans de tissus colorés, plaquait une longue tunique bleue contre son corps.

Elle éclata de rire.

— Non.

Le vendeur s'approcha d'eux.

— C'est un caftan, expliqua-t-il. Pour les femmes.

Il retira de la pile une tunique noire.

— Celui-là, c'est pour les hommes. Essayez-le.

D'autorité, il fit passer le vêtement par-dessus la tête de Nick, qui se mit à protester en agitant les mains.

— Non, non, merci, vieux.

Mais déjà, l'homme lui avait enfilé la tunique. Il tira ensuite sur le tissu pour en effacer les plis.

— Et il faut mettre ça aussi, poursuivit-il en lui enroulant une bande d'étoffe grise autour du crâne.

Un turban. Nick se tourna gauchement vers Florence, les bras écartés.

— Alors ?

Elle secoua la tête en riant.

— Non, ça ne te va pas, mais alors pas du tout.

— Si vous voulez, je prends une photo avec votre téléphone, intervint le marchand.

— Je n'ai pas de portable, déclara Florence.

L'homme interrogea Nick du regard.

— Le mien est dans ma poche, l'informa ce dernier.

Le marchand glissa les mains dans les poches de la tunique – de simples fentes, en fait, qui permettaient d'accéder à celles du pantalon.

— Trop cool ! s'exclama Nick. Elles sont ouvertes.

De nouveau, Florence s'esclaffa.

Le marchand prit une photo un peu floue et trop sombre, qui les montrait hilares tous les deux. Quand Nick eut réussi à s'extirper de la tunique et à dénouer le turban, il saisit le caftan bleu qu'il avait repéré au départ et demanda :

— Combien ?

— Pour la jolie dame ? Je fais deux cents dirhams, annonça l'homme.

— C'est bon, Nick, dit Florence. Ne te crois pas obligé de me l'acheter.

— Si, il faut qu'on lui achète quelque chose.

— Tu parles, je suis sûre qu'il sert son boniment cinquante fois par jour, répliqua-t-elle.

Sans l'écouter, Nick sortit des billets. Il proposa cent cinquante dirhams au marchand, qui accepta d'un hochement de tête, puis tendit à Florence le sac en plastique fripé contenant son nouveau caftan.

— Merci, murmura-t-elle, embarrassée.

— Y a pas de quoi. En fait, je te l'ai offert surtout pour pouvoir te l'emprunter.

Florence leva les yeux au ciel en s'efforçant de ne pas montrer à quel point elle était contente. Mais Nick s'était déjà éloigné. Planté devant le stand voisin, il avait plongé la main dans un panier de haricots secs.

Florence s'avança vers un poissonnier occupé à écailler et vider un poisson. Il maniait son couteau avec des gestes à la fois rapides et assurés qui lui rappelèrent la façon dont Helen avait découpé le coq pendant sa leçon de cuisine. Puis l'homme expédia l'animal nettoyé – qui n'était plus un poisson, mais juste du poisson – sur son étal. Une mouche se posa dessus et commença à pétrir la chair avec ses pattes délicates.

Alors qu'elle déambulait dans le souk, Florence constata que les marchandises proposées étaient semblables à celles qu'elle avait vues à Marrakech : un mélange d'articles pittoresques et pratiques.

Soudain, sentant qu'on l'attrapait par le bras, elle se retourna vivement. Un petit homme ridé la tirait par la manche vers un stand de bijoux en argent.

— Tu veux de l'améthyste ? chuchota-t-il. Très bonne qualité. Très belles pierres.

Elle dégagea son bras.

— Non, merci.

Il se rapprocha encore.

— Par là, c'est que du faux. Chez moi, c'est de l'authentique.

— Non, répéta-t-elle d'un ton plus cassant.

Elle s'éloigna rapidement et s'engagea dans une venelle perpendiculaire à la rue principale. Il y faisait encore plus sombre. Elle vit un groupe d'hommes assis sur de petits tabourets, une tasse fumante à la main. Ils ne lui jetèrent qu'un bref coup d'œil au passage. Elle laissa courir sa main sur une rangée de babouches en cuir. Elles dégageaient une odeur forte, un peu âcre, semblable à celle d'un chien mouillé. Son cœur battait vite, sans qu'elle sache pourquoi.

Une nouvelle fois, elle sentit la main de l'homme se poser sur son épaule. Elle s'écarta brusquement, avant de se tourner vers lui.

— Florence !

Surprise, elle recula d'un pas et trébucha sur le sol inégal. Puis elle considéra la fille devant elle : les grandes dents, le polo rose vif, les cheveux secs et lissés au fer...

— Whitney ?

C'était son ancienne amie de Floride, qui la regardait d'un air ahuri. Elles se dévisagèrent un instant avant de s'enlacer gauchement. Whitney mesurait un mètre quatre-vingts depuis la 5e et Florence dut se hausser sur la pointe des pieds pour la serrer dans ses bras. Elle ne l'avait pas revue après le bac et n'avait dû échanger avec elle qu'une vingtaine de messages depuis. Une fois installée à New York, elle avait cessé de lui répondre. Vu la façon dont Whitney lui souriait, elle ne semblait pas lui en vouloir, mais peut-être l'incroyable hasard de cette rencontre lui avait-il fait oublier momentanément ses griefs.

— Oh, bon sang ! s'exclama-t-elle. C'est complètement dingue !

— Qu'est-ce que tu fais là ? demanda Florence.

Whitney indiqua le plâtre.

— Qu'est-ce qui t'est arrivé ? Tu vas bien ?

— J'ai eu un accrochage en voiture. Rien de grave.

— Ah, désolée.

— Qu'est-ce que tu fais là ? répéta Florence d'une voix légèrement tremblante.

Elle était encore si ébranlée par sa conversation récente avec Greta, par la vue d'Idrissi, et même par son échange avec le vendeur d'améthystes qu'elle voyait désormais le danger partout. Elle dut faire un effort pour se raisonner : ce n'était que Whitney, la fille qui avait braillé la chanson phare de *High School Musical* à la fête du lycée quatre années d'affilée. Quand elle s'imagina vue par quelqu'un qui l'avait connue toute gosse, elle fut saisie d'un frisson d'horreur. Mais son malaise ne dura pas.

— Je suis en vacances avec une copine, expliqua Whitney. On est arrivées ce matin. On a passé quelques jours dans les montagnes de l'Atlas.

Si Whitney avait travaillé dur au lycée, elle n'avait jamais été aussi bonne qu'elle, se rappela Florence. Pourtant, son père – le dentiste de Florence – lui avait payé ses études à Emory, alors qu'elle-même avait été aiguillée vers l'université de Floride, comme tout le monde.

— Et toi, qu'est-ce que tu fais là ? s'enquit Whitney.

— Je suis ici pour le travail, en quelque sorte.

— Ah oui ? Quel genre de travail ?

— Je... oh, c'est une longue histoire. J'effectue des recherches.

— Trop bien ! Tu bosses toujours dans l'édition ?

— Oui, plus ou moins.

— C'est génial. Je suis vraiment heureuse pour toi. Tu as toujours adoré les bouquins.

Florence l'avait déjà remarqué : les personnes qui ne concevaient pas la littérature de la même façon qu'elle – à savoir, comme un des principes directeurs de la vie, au même titre que la biologie ou la physique – la réduisaient souvent à un ensemble d'objets : les livres. Pensaient-ils que le pouvoir de la musique se limitait à l'aspect d'une corde de violon et à la sensation qu'elle procurait ? De fait, Florence aimait les livres – l'odeur de la reliure, la texture du papier –, mais pour elle ils n'étaient rien en comparaison de la richesse de leur contenu.

— Et toi, qu'est-ce que tu deviens ? questionna-t-elle.

— Je suis chef de projet chez Verizon, à Tampa. J'ai vécu à Atlanta un moment, mais la plage et ma famille me manquaient trop. Et puis, Verizon, franchement, c'est le top du top.

À ces mots, Florence se souvint que le gros handicap social de Whitney au lycée était son enthousiasme débridé à un âge où la plupart des jeunes auraient encore préféré se couper un bras plutôt que de manifester un minimum d'intérêt pour n'importe quel sujet.

Brusquement, Whitney ferma les yeux en prenant une profonde inspiration. Puis elle les rouvrit et saisit les mains de Florence. Elle avait toujours été très tactile.

— Écoute, Florence, pour moi, c'est le destin qui nous a fait nous rencontrer aujourd'hui, parce qu'il y a quelque chose que je voulais te dire depuis des mois.

Florence se demanda ce qu'elle pouvait bien avoir à lui annoncer après six années durant lesquelles elles n'avaient pratiquement pas communiqué.

— Trevor et moi, on se fréquente, débita-t-elle d'un trait.

Florence dut se retenir de sourire.

— Ah oui ? C'est formidable, Whitney. Et ça ne me dérange pas du tout. Franchement. On est sortis ensemble il y a longtemps. Aujourd'hui, j'ai l'impression que c'était dans une autre vie, quand on était des personnes différentes.

Son amie relâcha son souffle.

— Oh, Seigneur ! s'exclama-t-elle. Qu'est-ce que je suis soulagée ! On se sentait tellement coupables, Trevor et moi...

Si Florence voulait bien croire que Whitney soit mal à l'aise, elle doutait en revanche que Trevor, dont les deux grandes passions dans la vie à l'époque étaient Minecraft et Ayn Rand, ait eu de tels problèmes de conscience.

— Ah, t'es là, bébé !

Elles se retournèrent. Nick arrivait, serrant dans sa grosse main un sachet de curcuma orange vif.

— Oui, je suis là, répliqua Florence d'un ton crispé, en prenant soudain conscience des difficultés de la situation.

Comme elle ne faisait pas les présentations, il s'en chargea lui-même.

— Salut, moi c'est Nick, dit-il à Whitney.

— Et moi Whitney. Je suis une vieille amie de...

— Whitney et moi, on se connaît depuis qu'on est toutes gosses, la coupa Florence d'une voix forte.

— Sérieux ? fit-il. Décidément, le monde est petit.

— Whitney visite le Maroc avec une de ses copines de fac, déclara Florence.

— Cool.

— Super cool, même, souligna Whitney.

Florence regarda autour d'elle.

— Elle est là ?

— Amy ? Non, elle est restée à l'hôtel, expliqua Whitney. Elle dort encore. On s'est couchées trèèèès tard hier.

— Vous avez raison d'en profiter, commenta Nick.

Le silence s'abattit quelques instants sur le trio. Nick fut le premier à le rompre.

— On devrait tous se retrouver ce soir, dit-il en se tournant vers Florence. Pas vrai, bébé ?

Florence fronça les sourcils. Ce « bébé » apparu trop vite, et qui revenait sans cesse, commençait à l'agacer.

— À mon avis, Whitney préférera se coucher tôt, affirma-t-elle.

— Oh, non, ça me ferait trop plaisir, répliqua l'intéressée. Comme ça, on pourra se raconter tout ce qui nous est arrivé. Il faut juste que j'en parle à Amy quand elle se réveillera.

Elle sortit son téléphone.

— T'as toujours le même numéro ?

Florence fit non de la tête. Dès qu'elle avait été embauchée chez Forrester, elle s'était empressée d'en demander un nouveau comportant l'indicatif de New York, le 917. Elle le dicta à Whitney, qui l'enregistra.

— Hé, bébé, tu m'as bien dit que t'avais plus de portable, non ? intervint Nick.

— Ah oui, c'est vrai.

Florence se tourna vers son amie.

— Je l'ai perdu dans l'accident.

— Attends, je vais te donner mon numéro, proposa Nick à Whitney.

Aussitôt dit, aussitôt fait.

— OK, je vous appellerai quand j'en saurai plus, leur assura cette dernière. Je crois qu'Amy a déjà réservé un restaurant mais, si elle est d'accord, on vous rejoindra après.

Elle saisit de nouveau les mains de Florence en la regardant droit dans les yeux.

— Qu'est-ce que je suis contente de t'avoir revue !

— Euh, moi aussi, lâcha piteusement Florence.

Lorsque Whitney se fut éloignée, Nick demanda :

— C'est quoi le problème ? Tu ne l'aimes pas ?

— Si, c'est juste que... je ne sais pas. Je ne m'attendais pas à la croiser ici, c'est tout.

Sans insister, Nick lui prit la main pour l'entraîner vers la lumière vive du soleil de fin de matinée. Quelques instants plus tard, Florence entendit derrière elle une voix devenue malheureusement trop familière.

— Madame Weel-cock ?

Elle se retourna.

Idrissi se tenait à côté de l'entrée du souk. L'avait-il vue y pénétrer ? L'avait-il guettée ?

— Je suis heureux de constater que vous allez mieux, déclara-t-il.

— Merci, se força-t-elle à répondre.

Après sa rencontre déstabilisante avec Whitney, un face-à-face avec le gendarme était bien la dernière chose dont elle avait besoin.

Nick les regarda tous les deux tour à tour.

— Bonjour, je m'appelle Nick, dit-il à Idrissi, la main tendue.

L'officier lui jeta un bref coup d'œil dédaigneux avant de reporter son attention sur Florence.

— Alors, vous avez des nouvelles de votre amie absente ?

Florence plissa les yeux pour se protéger du soleil. Que fallait-il répondre ? Un « oui » était risqué – ce serait encore un mensonge à étayer et à défendre –, mais un « non » ne ferait que renforcer les soupçons d'Idrissi au sujet de la mystérieuse disparue.

Elle finit par acquiescer d'un signe de tête.

— Oui, elle est à Marrakech. Comme je le pensais.

Idrissi la dévisagea quelques instants.

— Tant mieux, dit-il d'un ton sec. Vous savez, c'est intéressant : j'ai du mal à trouver le taxi qui est venu la chercher au Dar Amal ce soir-là.

— C'est important ? s'enquit Florence. Je vous le répète, elle est à Marrakech. Elle va bien.

— Je tenais juste à éclaircir certains points encore obscurs. Le travail de la police, ça ne se limite pas aux poursuites en voiture et aux fusillades, ironisa-t-il avec un sourire qui n'avait rien de naturel. Vous avez son numéro de téléphone ? Ça m'aiderait si je pouvais m'entretenir avec elle.

— Son numéro ? Non, euh, je ne l'ai pas sur moi. Il était enregistré dans mon portable, que j'ai perdu.

— Vous devez l'avoir à la villa, non ? Puisque vous vous êtes parlé.

— En fait, c'est elle qui a appelé. Sur la ligne fixe.

— Dans ce cas, pas de problème. Il me suffira de jeter un coup d'œil aux relevés téléphoniques.

Florence blêmit.

— D'accord.

Elle sentit plus fortement la brûlure du soleil sur son crâne.

— En fait, je ne suis pas encore bien remise, prétendit-elle. J'allais rentrer me reposer. Au revoir.

Elle se détourna abruptement et, dans la foulée, s'engagea sur la chaussée encombrée, obligeant une mobylette à faire une embardée pour l'éviter. Le conducteur lui cria quelque chose d'inintelligible.

Nick la rattrapa une seconde plus tard et la prit par le coude pour la guider.

— C'était quoi ce bin's ? demanda-t-il quand ils atteignirent l'autre côté. C'est qui, ton amie ?

— Ce n'est pas mon ami ! se récria Florence.

— Non, l'ami*e* dont il parlait.

— Oh. J'ai voyagé avec elle un moment mais elle est repartie à Marrakech. Maintenant, cet officier qui enquête sur l'accident fait une fixation sur elle. Je ne comprends pas pourquoi. Ce n'était qu'une banale sortie de route, bon sang ! Pourtant, il me harcèle. Et je ne sais pas quoi lui dire, je ne me souviens de rien ! ajouta-t-elle, une note d'hystérie dans la voix.

Nicky lui posa une main sur le bras pour l'obliger à ralentir.

— Hé, du calme, détends-toi. Écoute, les flics ici sont tous corrompus, c'est bien connu. Si ça se trouve, il est en rogne parce que tu n'as pas encore essayé de lui graisser la patte.

Florence pila net.

— Tu crois ?

— Oui, Liam a filé quarante dollars au type qui l'a arrêté avec un sachet de dope sur lui et il n'y a pas eu de suites.

— Oh.

Elle tourna la tête vers Idrissi qui, immobile de l'autre côté de la chaussée, l'observait. S'agissait-il d'un simple malentendu ? Était-il possible de tout arranger maintenant ?

Elle fourragea dans son sac. Il lui restait près de 1 500 dirhams ayant appartenu à Helen. Elle prit deux billets qu'elle serra dans sa main, puis retraversa la rue, consciente du regard scrutateur du gendarme fixé sur elle.

— Rebonjour, fit-elle en arrivant à sa hauteur.

Il hocha la tête.

— Voilà, je tenais à vous dire que j'apprécie ce que vous avez fait après l'accident – me raccompagner à la villa, me rendre mon foulard... Sans parler de tout le travail que vous avez fourni pour l'enquête. Merci.

En lui tendant maladroitement les billets froissés, ramollis par sa sueur, elle repensa à l'histoire de l'amant d'Helen. C'est ce qu'il avait dû ressentir à l'hôtel, songea-t-elle, quand il fallait donner un pourboire au personnel devant une femme qui le jugeait.

Les yeux d'Idrissi allèrent de la main de Florence à son visage. Il ne bougea pas.

— C'est pour vous, insista-t-elle en avançant sa paume. Pour vous remercier.

— Je ne maîtrise pas l'anglais aussi bien que je le voudrais, finit-il par déclarer. Est-ce ce qu'on appelle un pot-de-vin ?

Il la gratifia d'un sourire sans joie.

— C'est ça, madame Weel-cock ? C'est le bon mot ?

— Non, ça n'a rien à voir ! C'est juste un... un cadeau.

— Et vous faites souvent ce genre de cadeau à la police, en Amérique ?

— Oui, ça arrive.

Florence sentit le rouge lui monter aux joues.

— C'est drôle, je croyais que c'était illégal là-bas. Comme ça l'est ici, bien sûr.

— Oh. Je l'ignorais, répliqua Florence, qui fourra de nouveau l'argent dans son sac. Excusez-moi, je voulais seulement...

— Me remercier ? compléta Idrissi avec un sourire suffisant.

Elle hocha la tête.

— À moins que vous ne cherchiez à me convaincre d'arrêter d'enquêter sur l'accident, ajouta-t-il.

— Non, pas du tout. Je veux dire, sur quoi pourriez-vous encore enquêter ? La situation me paraît assez claire.

Rien n'était plus faux. Les événements de cette nuit-là n'avaient aucun sens pour elle.

— C'est vraiment ce que vous pensez, madame Weelcock ? Parce que, pour moi, il y a beaucoup de choses qui ne sont pas claires, justement. Tenez, je ne m'explique pas pourquoi votre amie et vous avez quitté le restaurant séparément, ni pourquoi je ne parviens pas à trouver le taxi qui l'a ramenée à la villa. Ou encore, pourquoi elle a disparu le lendemain de l'accident, et pourquoi vous ne pouvez pas me mettre en relation avec elle, afin que je puisse avoir des réponses à toutes ces questions.

— Désolée, je n'avais pas l'intention de vous vexer, déclara Florence, avant de se détourner.

Elle se dépêcha de rejoindre Nick qui l'attendait, un sourire aux lèvres.

— C'est bon ? demanda-t-il.

Elle se força à sourire en retour.

— Oui, tout est réglé.

# 35

Quelques heures plus tard, Florence prenait un bain, son poignet plâtré appuyé sur le rebord de la baignoire. Elle glissa brièvement sous la surface, laissant ses cheveux flotter autour de son visage, puis se redressa. Elle espérait plus ou moins que s'immerger réveillerait ses souvenirs de l'accident, mais non. Et les quelques flashs qu'elle avait eus jusque-là – la main qui saisissait son bras, la sensation d'un brusque afflux d'eau froide – ne faisaient que s'estomper au lieu de se préciser.

Ce n'était cependant que l'un de ses nombreux problèmes.

Un défi de taille se présenterait dans quelques heures à peine, quand Whitney arriverait chez Nick. Elle ne lui avait pas donné son numéro de téléphone et n'avait pas non plus mentionné le nom de son hôtel, aussi Florence n'avait-elle aucun moyen de la joindre pour annuler. Elle avait bien envisagé de demander à Nick de dire qu'elle se sentait mal, mais ils auraient forcément une conversation à son sujet, chacun utilisant un prénom différent. Nick découvrirait alors qu'elle s'appelait en réalité Florence Darrow, et Whitney qu'elle se faisait appeler Helen Wilcox.

Florence avait passé l'après-midi à réfléchir aux conséquences de cette soirée. Serait-ce vraiment la fin de tout ? N'était-il pas possible de trouver une explication à peu près plausible pour justifier la situation ? Par exemple, elle pouvait avoir choisi de voyager sous un nom d'emprunt dans le but de « tout laisser derrière elle » pendant quelque temps. Même si l'argument n'était pas terrible, ni Nick ni Whitney n'avaient de raison de soupçonner une vérité plus sombre.

D'autres en revanche avaient des soupçons. Ou, du moins, commençaient à en avoir.

Idrissi, d'abord, qui semblait déterminé à la percer à jour. Et Greta, qui se montrait de plus en plus impatiente de parler à Helen. Tant qu'elle serait menacée sur ces deux fronts, se dit Florence, il n'était pas question de prendre le risque que quiconque – même des êtres aussi insignifiants que Nick ou Whitney – sache que Florence Darrow et Helen Wilcox étaient maintenant la même personne.

Elle aurait donné cher pour pouvoir accélérer le cours du temps de quelques semaines ou de quelques mois – le délai qu'il lui faudrait pour tout régler. Quand elle serait installée chez Helen, occupée à écrire, à jardiner et à cuisiner, Florence Darrow appartiendrait au passé. Mais, dans l'immédiat, elle devait réfléchir au meilleur moyen d'atteindre cet objectif.

Elle se sécha, puis s'enveloppa dans le peignoir en soie d'Helen en songeant qu'il ne lui serait jamais venu à l'idée de s'en acheter un semblable. Ni de l'emporter en voyage. Elle se campa ensuite devant la penderie et laissa courir ses doigts sur les vêtements alignés. Pour finir, elle jeta son dévolu sur une robe couleur crème, rehaussée de broderies carmin, qu'elle plaqua contre elle. La teinte des motifs était parfaitement assortie au rouge à lèvres d'Helen.

Une fois habillée, elle se maquilla devant le miroir de la salle de bains. Alors qu'elle laçait ses sandales, elle entendit le téléphone sonner en bas. Quelques instants plus tard, Amina frappa à la porte de sa chambre.

— Oui ? fit Florence avec circonspection.

La Marocaine entrebâilla le battant.

— C'est Mme Greta Frost. Elle voudrait vous parler.

— Pouvez-vous lui dire que je ne suis pas là, s'il vous plaît ?

Un problème à la fois.

— Oui, bien sûr, madame.

Amina referma doucement la porte et Florence l'entendit redescendre l'escalier.

Nick vint la chercher peu après.

Son expression changea en découvrant le vestibule de la villa. Pour la première fois, il parut se rendre compte que Florence et lui ne voyageaient pas avec le même budget.

— Tu loges toute seule là-dedans ? Waouh, c'est immense.

Elle haussa les épaules.

— En fait, ça coûtait à peine plus cher qu'une chambre d'hôtel. Et puis, regarde, il y a du salpêtre partout.

— N'empêche, c'est rudement plus chouette que notre appart.

Sur ce point, ce n'était pas elle qui allait le contredire. Il demanda à voir le reste de la maison, et Florence lui servit de guide, laissant seulement de côté la chambre qu'elle avait occupée avant l'accident. Elle n'y était retournée qu'une fois, pour aller chercher sa brosse à dents.

— Elle est d'enfer, cette baraque, affirma Nick à la fin de la visite.

Une pensée traversa l'esprit de Florence.

— Tu préfères qu'on reste ici ce soir ?

— Sérieux ? Et comment ! J'envoie un SMS aux autres ?

— Comme tu veux.

— Oh, et on devrait aussi prévenir Whitney. Elle m'a envoyé un message : sa copine et elle doivent nous rejoindre vers 10 heures.

Florence esquissa un sourire crispé.

— Ah. Dans ce cas, mieux vaut s'en tenir à ce qui était prévu. On pourra toujours passer la soirée ici demain.

Nick hocha la tête.

— OK, cool. Liam a déjà commandé des pizzas.

La pizza était desséchée et immangeable. Florence reposa distraitement sa part dans son assiette en carton. Chaque fois que l'interphone bourdonnait, elle tournait la tête vers la porte pour voir qui arrivait. Jusque-là, pas de Whitney. La bière dont elle avala une gorgée était tiède, éventée, et avait pris le goût métallique de la canette. Elle la serrait dans sa main depuis une bonne heure. Ce soir, pas question de boire ; il fallait qu'elle ait les idées claires et l'esprit vif.

Pas seulement ce soir, à la réflexion. Elle allait devoir faire preuve de vigilance jusqu'à la fin de ses jours, pour être à la hauteur d'Helen. Elle ne pourrait plus se permettre d'être faible ou indécise. Les bourdes qu'elle avait commises avec Greta et Idrissi ces derniers jours lui avaient servi d'avertissement. Elle ne devait jamais baisser sa garde. Prendre une nouvelle identité, c'était un peu comme recevoir une greffe d'organe ; elle serait obligée de suivre un traitement antirejet toute sa vie.

À 22 h 30, l'interphone bourdonna encore une fois – au moins la douzième, estima Florence. À peine entendit-elle la voix enjouée de Whitney s'annoncer dans le haut-parleur qu'elle se leva et fila à la cuisine. Là, elle versa de la vodka dans deux gobelets vides et y ajouta une bonne dose de Sprite. Puis elle sortit de sa poche un morceau de papier plié qu'elle ouvrit délicatement. Il contenait une fine poudre blanche – trois comprimés d'hydrocodone qu'elle avait écrasés en début de soirée à la villa, en se servant du bouchon de la crème de jour d'Helen comme pilon.

Droguer Whitney lui était apparu comme un bon moyen de s'assurer qu'elle partirait tôt et, dans l'intervalle, de lui faire dire n'importe quoi, si bien que toute allusion à « Florence Darrow » serait considérée comme le délire d'une fille ayant trop bu. Sans doute péchait-elle par excès de prudence, mais elle ne voulait surtout pas prendre le risque de semer le doute sur sa nouvelle identité. Elle était Helen Wilcox, point final.

Elle vida la poudre dans un des gobelets, puis se servit d'un couteau pour remuer le tout. Après avoir jeté le papier à la poubelle et expédié le couteau dans l'évier, elle sortit de la cuisine avec les boissons. Au même moment, Nick introduisit Whitney et son amie dans l'appartement.

— Tchin-tchin ! lança Florence en guise de salut.

Elle tendit les gobelets aux nouvelles venues, qui parurent légèrement surprises, mais les acceptèrent.

— D'accord, dit Whitney en riant. On passe tout de suite aux choses sérieuses, hein ?

— On est en vacances ! répliqua Florence d'une voix forte.

— Dieu merci ! s'exclama Whitney. Au fait, je vous présente Amy, déclara-t-elle en se tournant vers la brune athlétique à côté d'elle.

Puis, à l'adresse de cette dernière, elle ajouta en indiquant Florence :

— Et voici...

— Oh, ça suffit avec les formalités ! l'interrompit Florence. C'est assommant à la fin. T'as qu'à m'appeler Cléopâtre ! Ou la reine Elizabeth !

Nick et les deux filles la dévisagèrent d'un air stupéfait. Un silence s'ensuivit, que Nick fut le premier à rompre.

— Ça va, bébé ? demanda-t-il en se penchant vers elle.

— Je suis au top de ma forme, *bébé* ! répondit-elle. Hé, c'est la fête, ça s'arrose !

Florence leva sa canette et avala une autre gorgée de bière tiède. Les deux filles en face d'elle portèrent leur gobelet à leurs lèvres.

Quand Whitney grimaça, Florence espéra qu'elle réagissait à la vodka, pas au goût des comprimés.

— Je ne t'avais jamais vue comme ça, fit remarquer son amie.

— Le temps a passé, tu sais, déclara Florence. Je suis une autre femme aujourd'hui.

— On dirait bien.

Florence baissa d'un ton pour ajouter :

— Je pourrais te parler un moment ? En privé ?

— Euh, oui, bien sûr.

Whitney jeta un coup d'œil à Amy.

— Tu permets ?

— T'en fais pas, Whit, je préfère de loooin la compagnie de la vodka à la tienne.

— Merci, c'est sympa.

— Y a pas de quoi.

Sans plus tarder, Florence entraîna Whitney dans la chambre de Nick, dont elle referma la porte. Le matelas qu'elle avait partagé avec lui la nuit précédente paraissait encore plus rebutant sous la lumière du plafonnier. Elle s'y assit néanmoins et tapota la place à côté d'elle. Whitney s'accroupit gauchement.

Florence redoutait cette conversation, mais elle s'était dit qu'elle n'avait pas le choix : il lui fallait isoler son amie une bonne dizaine de minutes pour laisser le temps aux analgésiques d'agir. Elle voulait que Whitney soit dans un état second quand elle sortirait de la pièce.

— Bon, commença-t-elle. C'est vrai, ce matin je t'ai dit que je me fichais pas mal que tu fréquentes Trevor, mais je n'ai pas arrêté d'y penser tout l'après-midi et... en fait, ça me touche beaucoup plus que je ne l'aurais cru.

Whitney se cacha le visage derrière ses mains et secoua la tête.

— Oh, je le savais.

Florence dut résister à l'envie de lui rire au nez ou de la gifler. Trevor sentait la pizza. Il avait pleuré quand il l'avait déflorée – pas une larme ou deux, mais à gros sanglots. Il lui avait dit que faire des études de lettres serait « une grosse connerie ». Non, elle n'avait pas passé les huit dernières années à se languir de Trevor Gilpin.

— Tu peux me raconter comment c'est arrivé, Whitney ?

Celle-ci but une gorgée de sa boisson.

— Eh bien, il bosse aussi chez Verizon.

— Ah oui, je crois que ma mère me l'a dit.

— Il est ingénieur système, précisa Whitney, qui leva les yeux comme pour s'assurer de l'effet produit.

— OK.

Florence n'avait aucune idée de ce qu'était un ingénieur système et n'avait aucune envie de le savoir.

— C'est un domaine ultra concurrentiel, ajouta Whitney.

— Je n'en doute pas.

Whitney hocha la tête et but encore, avant de lui parler de sa relation avec Trevor : leur rencontre impromptue dans la salle de sport de l'entreprise ; la découverte de tout ce qu'ils avaient en commun ; leur projet d'adopter un chat.

Florence détestait les chats.

— Je suis tellement désolée, conclut Whitney. J'ai enfreint la règle numéro un de l'amitié.

C'était plutôt elle qui avait enfreint la règle numéro un de l'amitié, en y mettant unilatéralement un terme, se dit Florence. Elle garda cependant le silence, se frotta les yeux, plissa le front et regarda par la fenêtre.

— Oh, bon sang, je suis trop nulle, geignit Whitney. Qu'est-ce que je peux faire pour me racheter ?

Elle mordillait le bord de son gobelet en carton. Florence jeta un rapide coup d'œil à l'intérieur : il était à moitié vide.

— Vous allez vous marier ? questionna-t-elle pour relancer la conversation.

Un tressaillement agita la grande bouche de Whitney. Elle essayait de ne pas sourire, comprit Florence.

— Aucune idée, répondit-elle. Je l'espère... Oh, excuse-moi, je n'aurais pas dû dire ça.

Florence se demanda combien de temps encore elle supporterait cette comédie.

— Eh bien, tu sais quoi ? Je suis contente pour vous deux, Whitney. Sincèrement. On trinque ? À Trevor et toi.

— C'est vrai ?

— Bien sûr ! Aujourd'hui, on doit se comporter en adultes.

Florence leva sa canette et trinqua avec Whitney. Quand celle-ci porta le gobelet à ses lèvres, Florence l'encouragea d'un geste.

— Bois, bois ! Il faut fêter ça dignement !

Cette fois, Whitney avala une grande lampée du mélange, puis éclata de rire et s'essuya la bouche d'un revers de main.

— T'es la… la meilleure des amies, Florence.

Son élocution se faisait pâteuse. Ce « Florence » s'était transformé en « Florsch ».

— En parlant d'amitié, ta copine Amy doit se demander ce que je t'ai fait. On y retourne ?

Whitney tituba légèrement quand elle se leva. Florence la saisit par le bras pour l'aider à assurer son équilibre.

— Ça va ? demanda-t-elle.

— Super, suuuu… per.

Florence lui prit le gobelet.

— Donne-moi ça. Il vaut mieux que tu arrêtes, je crois.

Elle vida le reste de la boisson par la fenêtre puis, ayant aperçu des traces de poudre agglutinées au fond du gobelet, elle l'expédia aussi dehors. Elle reconduisit Whitney dans le salon en la tenant par la main. Nick et Amy n'étaient pas là. Elle les trouva dans la cuisine, en train de rire près de l'évier.

— Ah, vous voilà, les filles ! lança Amy, dont le sourire s'évanouit devant le regard vide de son amie. Hé, Whit, ça va ?

— Suuuu… per.

Amy interrogea Florence du regard.

— Elle a bu son verre cul sec, expliqua cette dernière. Désolée, j'ai peut-être mis un peu trop de vodka.

Amy s'approcha de Whitney et scruta ses traits.

— Whit ?

Celle-ci dut fournir un effort visible pour soutenir le regard de son amie. Elle voulut sourire, mais ne parvint pas à maintenir la tension de ses lèvres et se retrouva bêtement la bouche entrouverte.

— OK, dit Amy. Bon, je pense qu'on va en rester là pour ce soir. Ces dix minutes m'ont l'air d'avoir été bien alcoolisées. Tu bats des records de vitesse, Whit.

Elle se tourna vers Nick.

— Désolée, tu peux nous appeler un taxi ? Mon forfait ne me permet pas de téléphoner à l'étranger.

Nick sortit son portable.

— Pas de problème.

— On est au Riad Lotus, indiqua Amy, avant de se tourner vers Florence. Je suis désolée, elle n'est pas comme ça d'habitude.

— Oh, en vacances, on a tous le droit de se laisser aller, répliqua Florence.

— Il sera là dans cinq minutes, annonça Nick en rangeant son téléphone dans sa poche.

Tous trois aidèrent Whitney à descendre l'escalier et à monter à l'arrière de la voiture. Une fois installée, elle appuya sa tête sur les cuisses d'Amy, qui lui posa sa main sur les cheveux avant de s'excuser une nouvelle fois auprès de Florence.

— Ne t'en fais pas, ça arrive aux meilleurs d'entre nous, lui assura celle-ci.

— Vous êtes trop chou, tous les deux. Merci encore.

Quand le taxi s'éloigna, Nick passa un bras autour des épaules de Florence et l'attira à lui.

Plus tard ce soir-là, Florence nicha sa tête au creux du bras de Nick, qui lui caressa le dos.

— Je peux te demander un truc ? dit-il à voix basse.

— Mmm...

— Amy n'arrêtait pas de t'appeler Florence.

Elle ouvrit les yeux.

— Et elle a paru étonnée que je t'appelle Helen.

Il se tut, et le silence entre eux se prolongea quelques instants. Florence remarqua qu'il avait cessé de la caresser.

— Tout le monde m'appelait Florence quand j'étais plus jeune. J'ai choisi Helen quand je suis entrée à la fac. C'est mon deuxième prénom.

Nick ne reprit pas la parole tout de suite. Dans l'obscurité, elle ne distinguait pas son visage.

— Oh, OK. Mais j'aime bien Florence.

Elle poussa un petit soupir de soulagement. L'une des plus grandes qualités de Nick, du moins au regard de l'objectif qu'elle poursuivait, était son absence totale de méfiance. Il avait toujours tendance à voir le meilleur chez les autres et à croire tout ce qu'on lui disait.

— Non, c'est lourdingue.

— N'importe quoi. C'est joli.

— Merci, mais je préfère Helen. D'accord ?

— Bien sûr, si c'est ce que tu veux. De toute façon, je m'en fous, de ton prénom. C'est toi que j'apprécie.

Il la serra contre lui, et Florence sourit dans l'obscurité.

# 36

Le lendemain matin, elle se réveilla avant Nick. L'angoisse lui comprimait la poitrine. S'y mêlaient également des regrets. Pourquoi avait-elle laissé Nick seul avec Amy ? Elle aurait dû la droguer elle aussi. Avec le recul, ça lui paraissait évident. Elle n'avait pas voulu les priver toutes les deux de leurs moyens avant de les renvoyer dans la nuit, aussi vulnérables que des agneaux blessés, mais c'était idiot. Elles étaient adultes. Et des soirées trop arrosées, elles avaient dû en accumuler pas mal.

Elle s'était imposé trop de limites dans ses projets, elle s'en rendait compte à présent. Il fallait qu'elle se libère des contraintes. De l'audace, du cran, voilà ce qu'elle allait devoir trouver en elle. Fini les demi-mesures. Combien de fois devrait-elle se le répéter ?

L'envie de se blottir contre le torse de Nick, de retourner là où elle avait passé la nuit – dans un havre douillet – devenait presque irrésistible. Mais c'était un piège, elle le savait. Elle se força à s'asseoir, puis à se lever. Une fois habillée, elle se rendit dans la cuisine, où elle ouvrit le robinet, plaça sa main en coupe sous le jet et avala de grandes gorgées d'eau froide. Elle se tapota ensuite les joues. Il était temps de se ressaisir. De mettre son plan à exécution. Elle n'allait pas gâcher cette chance offerte par le destin à cause d'une rencontre inopportune avec une vieille copine.

Florence s'accorda quelques instants de réflexion. Elle avait commis la même erreur avec Greta, comprenait-elle. Là encore, elle avait fait preuve d'une prudence excessive. Cette histoire d'intoxication alimentaire était trop anecdotique, trop timorée, trop axée sur le court terme. Pas du tout dans le style d'Helen.

Elle retourna dans la chambre de Nick et le réveilla.

— Dis, murmura-t-elle, je peux t'emprunter ton ordi ?

Il s'assit et se frotta les yeux.

— Sûr, il est là-bas, répondit-il en indiquant d'un geste un tas de vêtements sales.

En farfouillant dans les habits, elle dénicha un vieux Dell fendillé.

Après l'avoir allumé, elle se connecta au compte Gmail de Maud Dixon. Puis elle cliqua sur Nouveau et commença à taper. Quand elle eut terminé, elle relut son message.

> Chère Greta,
>
> Je n'ai pas été honnête avec vous. Je ne suis pas malade, et ce n'est pas bien de ma part de demander à Florence de mentir pour moi. La vérité, c'est que j'avais besoin de m'isoler quelques jours pour réfléchir à certaines choses. Aujourd'hui, j'ai fait le point et j'ai pris une décision importante.
>
> Je vais changer d'agent. J'apprécie tout ce que vous avez fait pour moi ces dernières années, mais j'ai besoin de quelqu'un qui soutienne sans réserve mes ambitions littéraires. J'ai beau comprendre pourquoi vous me réclamez la suite de *Mississippi Foxtrot*, je souhaite écrire un type de roman différent, et pour ça il me faut du temps. Dans la mesure où vous ne pouvez pas m'en donner, je suis dans l'obligation d'aller voir ailleurs.
>
> Maud

Florence pensait avoir trouvé le ton juste : à la fois direct et posé. Elle plaça le curseur sur Envoyer, puis se força à cliquer. Elle se déconnecta, referma l'ordinateur et le lança sur le tas de vêtements.

Une bonne chose de faite.

Nick s'était rendormi. Avisant une pile de vieux livres de poche dans un coin de la chambre, elle s'en approcha. Parmi les différents titres, elle en repéra un autre de Paul Bowles, *Après toi le déluge*. Elle le récupéra. D'après la quatrième de couverture, c'était le deuxième roman de l'auteur. Il racontait l'histoire d'un employé de banque qui va s'installer à Tanger et sombre dans la dépravation. Elle le feuilleta. Un titre de chapitre attira son attention : « L'âge des monstres. » Elle fronça les sourcils. Où avait-elle entendu cette expression, récemment ? Elle parcourut quelques lignes.

> Quand elle s'entendait traiter de « femme énergique », tout en sachant que c'était vrai et dit sans intention blessante, elle avait immédiatement le sentiment d'être une bête de proie disgracieuse et cela ne lui plaisait pas[1].

Les mots « bête de proie » lui firent l'effet d'une révélation. Elle venait de reconnaître le passage qu'elle avait transcrit pour Helen à Cairo. Cette dernière l'avait copié mot pour mot sur son bloc-notes en affirmant que c'était la première mouture de son roman. Pourquoi ? Était-ce une sorte de prise de position pour dénoncer la domination masculine en littérature ? Non. Une telle idée était ridicule. Il s'agissait bel et bien de plagiat.

C'était sans doute la raison pour laquelle Helen rechignait tant à montrer le manuscrit à Greta. Mais dans quel but avait-elle fait ça ? Ça n'avait pas de sens. Elle devait bien se douter qu'elle serait démasquée, que quelqu'un s'apercevrait de la supercherie avant même la publication du livre. Avait-elle délibérément cherché à torpiller Maud Dixon ?

---

1. Toutes les citations de Paul Bowles sont tirées d'*Après toi le déluge*, traduction de Marie Viton, Gallimard, coll. « L'Imaginaire », Paris, 1988 (NdT).

— Whitney vient de m'envoyer un texto, lança soudain Nick derrière elle.

Florence le regarda sans comprendre. Durant quelques instants, perdue dans ses réflexions, elle avait complètement oublié où elle était.

— Hein ?

Il était assis en tailleur sur le matelas. Nu. Il répéta sa phrase et lui tendit son téléphone. Florence lut le message sur l'écran : « Salut, Nick, dis à Florence que je m'excuse pour hier. Je ne sais pas ce qui m'est arrivé. Je vous invite ce soir pour me rattraper ? »

Au moins, elle allait bien, songea-t-elle, soulagée.

Elle répondit : « Salut, c'est Florence. Ne t'en fais pas, il n'y a pas de problème. Mais je crois qu'on ne va pas sortir ce soir. » Après avoir envoyé le message, elle effaça la discussion et bloqua le numéro de Whitney. Puis elle rendit le portable à Nick, qui le lança sur le matelas sans même le regarder.

— On va prendre un petit déj' ? proposa-t-il.

— OK.

Elle se sentait mieux, sans doute parce qu'elle commençait enfin à maîtriser la situation.

Ils se rendirent dans un café proche, tenu par un couple de Néo-Zélandais. Attablés devant un café et des toasts à l'avocat, ils virent le ciel virer du bleu pâle au violet.

— Ça craint, dit Florence en montrant de gros nuages noirs à l'horizon.

Déjà, des serviettes en papier tombées par terre et des mégots tourbillonnaient à leurs pieds.

— T'as vu ça ? fit Nick.

Les feuilles des arbres s'agitaient violemment comme pour se libérer de leurs branches. On aurait pu croire que le vent avait rassemblé ses forces tout au long de la magnifique journée de la veille.

— Faut que j'aille chercher ma planche, déclara-t-il.

— Tu ne vas pas sortir en mer par ce temps, quand même ?

— Oh que si ! C'est pour ça que je suis là.

— Ce n'est pas dangereux ?

Nick lui sourit.

— T'es trop mignonne. Non, c'est sans risque. Promis.

Florence vit un homme de l'autre côté de la rue batailler pour accrocher un auvent de fortune au-dessus d'une table où étaient disposées de petites figurines d'animaux. Les bourrasques ne cessaient de lui arracher la toile des mains.

— T'as déjà surfé dans des conditions pareilles ? insista-t-elle.

— Sûr, des millions de fois. Tiens, la première semaine qu'on était là, c'était de la folie. Trente nœuds, vent *side-on shore*, des vagues de ouf. Y a même un putain de requin qui s'est échoué. Un vrai de vrai.

Florence se figea.

Nick éclata de rire.

— T'inquiète, je vais pas me faire bouffer par un requin !

Comme elle ne réagissait pas, il demanda :

— Hé, bébé, ça va ?

Mais Florence venait brusquement d'identifier la faille béante dans son plan : le corps d'Helen allait s'échouer. Les corps s'échouent toujours. En l'occurrence, seule la chance expliquait que celui d'Helen n'ait pas encore été découvert. Gagnée par l'affolement, elle regarda l'orage qui approchait. Comment avait-elle pu faire preuve d'une telle négligence ?

Elle se tourna vers Nick.

— Il faut que je rentre, dit-elle d'une voix de robot.

— Maintenant ? Pourquoi ?

— Je ne me sens pas bien, tout d'un coup. Mais toi, va faire du kite si tu en as envie.

— D'accord. Je vais te ramener.

Elle hocha la tête.

Sur le trajet jusqu'à la villa des Grenades, elle ne quitta pas le ciel des yeux. Il était d'un gris anthracite, sur lequel se découpaient de gros nuages menaçants. Elle n'avait plus qu'une envie : quitter Semat le plus tôt possible. Elle allait devoir faire ses bagages, louer une voiture et essayer d'avancer la date de son vol de retour. De toute façon, tôt ou tard, il lui faudrait bien se servir du passeport d'Helen…

La police ferait-elle le lien si un cadavre s'échouait sur la côte ? Idrissi comprendrait-il ce qui s'était passé ?

Oui, bien sûr. Ce serait la pièce manquante qui lui permettrait de reconstituer le puzzle. La police scientifique déterminerait combien de temps le corps avait séjourné dans l'eau et parviendrait peut-être même, en tenant compte des marées et du lieu où on l'avait retrouvé, à localiser l'endroit où il était tombé à la mer.

Ensuite, Idrissi viendrait frapper à sa porte.

Nick s'engagea dans l'allée de la villa, puis s'arrêta. Une fois descendue de la moto, Florence le considéra un moment. C'était sans doute la dernière fois qu'elle le voyait. Elle aurait voulu dire quelque chose pour rendre le moment mémorable, mais les mots ne lui venaient pas.

— On se voit ce soir ? demanda-t-il.

Elle acquiesça d'un signe de tête.

Sans plus de cérémonie, il redémarra et s'éloigna, une main levée en guise de salut.

— Fais attention ! lui cria-t-elle, alors qu'il avait déjà disparu.

Elle pivota vers la maison. Autour d'elle, les feuilles des arbres s'agitaient sous les bourrasques, révélant leur envers pâle. Les oiseaux s'étaient tus. Soudain, de grosses gouttes s'écrasèrent sur le dallage. Florence se mit à courir. L'eau assombrissait déjà le sol quand elle pénétra dans la maison.

À peine assise devant l'ordinateur portable, elle consulta les mails d'Helen. Toujours aucune réponse de Greta. Bien. Parfait. Elle chercha une agence de location de voitures à

Scmat et réserva le seul SUV disponible, un Dacia Duster, qui lui permettrait d'affronter le mauvais temps. Elle jeta un coup d'œil par la fenêtre. La pluie cinglait la vitre et le tonnerre grondait au loin. Quelques secondes plus tard, un éclair zébra le ciel. Était-il prudent de prendre le volant dans ces conditions, qui plus est avec le poignet plâtré ? Eh bien, elle ne tarderait pas à le savoir.

Elle se rendit à la cuisine pour appeler Delta Airlines et demander à changer sa réservation mais, quand elle décrocha le combiné, une voix féminine lointaine cria à l'autre bout de la ligne :

— Allô ? Il y a quelqu'un ?

Florence plaqua l'écouteur contre son oreille.

— Allô ?

— Qui est à l'appareil ? demanda la voix.

— Et vous, qui êtes-vous ? répliqua Florence en comprenant qu'elle avait décroché juste avant que le téléphone sonne.

— Je m'appelle Greta Frost, et je voudrais parler à Helen Wilcox.

— Oh, bonjour.

— Helen ?

Florence n'hésita qu'un instant avant de répondre :

— Oui.

— Helen, j'ai reçu votre mail. Est-ce qu'on peut en parler ?

— OK.

— C'est bien Helen ?

— Mmm.

— Florence, c'est vous ?

*Merde.*

— Oui.

— Pourquoi m'avez-vous dit que vous étiez Helen ?

— Quoi ? Désolée, je vous entends mal, la liaison est très mauvaise. On est en plein orage, ici.

Florence frotta la manche de son chemisier sur le micro, espérant produire des grésillements.

— Pouvez-vous demander à Helen de prendre la communication ? interrogea Greta.

— Pardon ?

— J'aimerais parler à Helen, s'il vous plaît. Tout de suite.

— Désolée, elle n'est pas là.

— Où est-elle ?

— Je l'ignore. Elle est partie ce matin.

— Pour aller où ?

— Je n'en sais rien, répondit Florence.

Puis une idée lui vint :

— Elle m'a virée, annonça-t-elle.

— Quoi ?

— Oui.

— Oh.

Greta marqua une pause.

— Elle m'a virée aussi, révéla-t-elle.

— C'est vrai ?

— Oui.

— C'est complètement dingue.

— Oui, c'est ce que j'ai pensé, déclara Greta. Elle vous a donné une explication ?

— En fait, elle m'a tenu un discours assez alambiqué. Elle répétait que j'étais de votre côté, mais je n'ai pas trop compris ce qu'elle entendait par là. Elle me soupçonnait de vous transmettre des informations.

Florence s'interrompit un instant.

— Elle a ajouté que je n'avais qu'à écrire moi-même la suite de *Mississippi Foxtrot*. Comme ça, vous et moi serions enfin contentes.

— *Quoi ?*

— Elle blaguait, évidemment.

— Je m'en doute.

Elles gardèrent le silence quelques instants.

— Elle a dit où elle allait ? demanda Greta.

— Non, juste qu'elle avait besoin de faire ce périple seule.

— Quel périple ?

— Une sorte de promenade artistique, j'imagine. C'est l'impression que j'ai eue. Une... déambulation créative, en quelque sorte.

— Ce sont les mots qu'elle a employés ? Une « déambulation créative » ? répéta Greta, manifestement sceptique.

— Mmm.

— Et a-t-elle précisé où cette déambulation la mènerait ?

— Euh, non. En même temps, c'est le propre des déambulations, non ? Elles n'ont pas de destination.

— Est-ce qu'elle paraissait dans son état normal ? Parce que, c'est bizarre, ça ne ressemble pas à la femme que je connais.

— Elle avait l'air assez sûre d'elle.

Nouveau silence.

— Où êtes-vous exactement ? questionna Greta.

— Quoi ?

— Rappelez-moi le nom de la ville où vous séjournez.

— Pourquoi ?

— Je vais venir.

— Ici ? Au Maroc ?

— Je crois que je n'ai pas le choix. Helen est l'un de mes plus gros clients et, franchement, je me fais du souci pour elle. Elle n'est plus elle-même depuis quelque temps.

— Écoutez, Greta, je ne sais même pas où elle est.

— Nous la trouverons.

Florence s'abstint de tout commentaire.

— Ne vous inquiétez pas, reprit l'agente. Tout va s'arranger. Helen est lunatique, mais elle finit toujours par revenir à la raison.

— Ah.

— Bon, je vais demander à Lauren de me réserver un vol. Vous avez pris l'avion jusqu'à Marrakech, c'est bien ça ?

— Oui.

— Et après ?

Florence hésita une fraction de seconde. Puis elle replaça lentement le combiné sur son socle.

Il se remit à sonner moins d'une minute plus tard. La main toujours posée dessus, Florence ne bougea pas. Amina, qui venait d'entrer dans la pièce, la regarda d'un air surpris.

*C'est pour ça que je déteste le téléphone, bordel !!!* faillit lui crier Florence. Une « déambulation créative » ? Mais où était-elle allée pêcher ça ? Et maintenant, Greta allait débarquer ici ? Ah non. Non.

De frustration, elle poussa un grognement sourd. Au même instant, les lumières dans la maison vacillèrent, puis s'éteignirent. Amina lui jeta un coup d'œil inquiet, comme si elle l'estimait responsable de la coupure de courant.

# 37

Alors qu'elle gravissait l'escalier, Florence se rendit compte qu'elle se mordillait une phalange et s'obligea à arrêter. Helen avait raison : la panique était un gaspillage d'énergie.

D'autant que rien n'était perdu. Elle avait un plan. Elle allait quitter Semat dans la journée et le Maroc le plus vite possible. Après, elle s'approprierait la vie d'Helen Wilcox. Et elle ne laisserait personne se dresser sur son chemin. Ni l'officier Idrissi ni Greta Frost. Personne.

Elle commença à faire ses bagages. Elle aurait préféré abandonner sur place tous ses effets personnels, sauf qu'une telle initiative risquait de soulever des questions. Il ne fallait pas donner l'impression que deux personnes étaient arrivées dans cette villa mais qu'une seule en était partie. Surtout si un corps s'échouait sur la côte… Alors elle bourra ses affaires dans un sac, celles d'Helen dans un autre, puis descendit les deux au rez-de-chaussée.

La pluie s'était arrêtée pendant qu'elle s'activait à l'étage. Elle posa son chargement près de la porte d'entrée et sortit sur la terrasse de derrière. Tout gouttait. Quelques oiseaux sautillaient ici et là, cherchant les vers de terre que l'orage avait fait apparaître. Florence prit une profonde inspiration. La chaleur s'était enfin dissipée.

Elle rentra prévenir Amina qu'elle partait et lui demanda d'appeler un taxi pour l'emmener jusqu'à l'agence de location de voitures. Elle prévoyait d'arriver à Marrakech à la tombée de la nuit. Elle ne retournerait cependant pas dans le même hôtel, parce qu'elle prendrait une chambre sous le nom d'Helen Wilcox.

Soudain, elle se figea. Du salon, elle entendait des voix dans le vestibule. Elle s'approcha.

— Ah, la voilà.

L'officier Idrissi se tenait sur le seuil. Il était accompagné d'un homme d'une trentaine d'années – américain, à en juger par son apparence – en pantalon de toile et chemisette bleu pâle.

Amina, qui leur avait ouvert, semblait mal à l'aise. Les deux hommes avancèrent vers Florence d'un pas assuré, laissant des traces de boue sur le sol que la Marocaine considéra d'un œil réprobateur.

L'inconnu tendit la main à Florence.

— Dan Massey, se présenta-t-il. Ministère des Affaires étrangères. Je travaille à l'ambassade américaine de Rabat.

Florence dévisagea les deux hommes tour à tour.

— Qu'est-ce qui se passe ? demanda-t-elle.

*Ils ont retrouvé le corps d'Helen.*

— Pourrions-nous nous asseoir ? fit Massey en indiquant le salon.

Il montra les sacs posés dans l'entrée, près de l'escalier.

— Vous allez quelque part ?

— Oui, répondit Florence, laconique.

Tous trois s'installèrent dans le salon. Massey plaça sa mallette sur la table basse devant lui et l'ouvrit.

— Bon, voilà, madame Wilcox, dit-il en levant les yeux. Vous êtes bien Helen Adelaide Wilcox, domiciliée à Cairo, New York ?

Il prononça le nom de la ville de la mauvaise manière.

Florence hocha la tête.

— Kaï-ro, oui, rectifia-t-elle.

— D'accord. Eh bien, la police de Cairo essaie de vous joindre depuis maintenant quelques jours.

— J'ai eu un accident.

Elle lui montra son plâtre.

— Et j'ai perdu mon téléphone, ajouta-t-elle.

— Vous avez une idée de ce qui nous amène ?

— Pas la moindre.

— Un corps a été découvert dans votre propriété.

Durant un bref moment étourdissant, Florence songea : *Helen* ? Mais non, ça n'avait pas de sens.

— Un corps..., répéta-t-elle, abasourdie.

— C'est ça, confirma Massey. Il était enfoui dans votre tas de compost.

Il prit un dossier dans sa mallette et consulta les documents à l'intérieur.

— Ça remonte maintenant à près d'une semaine, ajouta-t-il.

Il s'éclaircit la gorge.

— Apparemment, il était dans un état de décomposition avancé. C'est le chien de votre voisin qui l'a trouvé.

— Bentley ?

— Pardon ?

— Ce chien, il s'appelle bien Bentley ?

Massey fronça les sourcils.

— Je ne connais pas le nom du chien, madame Wilcox.

— Oh. Ça n'a sans doute pas d'importance...

Elle marqua une pause.

— Le corps de qui ? demanda-t-elle.

— Voyez-vous, c'est la première question à laquelle je m'attendais de la part de quelqu'un à qui on vient d'annoncer une telle nouvelle. Le nom du chien me paraît plutôt secondaire.

Il reporta son attention sur ses notes.

— Il s'agit d'une certaine Jeanette Byrd. Elle a été formellement identifiée.

De nouveau, il leva les yeux, guettant une réaction.

— Ce nom vous est familier, madame Wilcox ?

— Non.

— Non ?

Il haussa les sourcils. Il avait une figure étroite, osseuse, parsemée de taches de rousseur. Son front était lisse, dépourvu de rides. Ce visage-là ne devait pas facilement exprimer la clémence, pensa-t-elle.

— Non, dit-elle de nouveau.

— D'accord. Pourtant, d'après Leslie Blackford, de Jackson, dans le Mississippi, vous avez eu une conversation toutes les deux à propos de Jeanette Byrd en début d'année.

Il feuilleta ses papiers.

— Le 1er mars, pour être précis. Vous vous en souvenez ?

Florence secoua la tête. Elle n'avait jamais entendu parler de la dénommée Leslie Blackford.

— Et c'est vous qui apparaissez comme personne à contacter en cas d'urgence dans les documents qu'avaient Jeanette Byrd sur elle à sa sortie. C'est plutôt étrange de mettre le nom de quelqu'un qu'on ne connaît pas, non ?

— Elle est sortie d'où ?

— Jeanette Byrd a obtenu sa libération conditionnelle le 24 février de cette année. Elle était détenue au Central Mississippi Correctional Facility.

Amina choisit ce moment pour apporter un plateau sur lequel étaient disposées trois tasses de thé. Comme par une sorte d'accord tacite, personne ne pipa mot pendant qu'elle les plaçait sur la table basse. La dernière tinta doucement, et Amina quitta la pièce à petits pas pressés.

— Leslie Blackford est l'agent de probation de Mlle Byrd, reprit Massey après son départ. Apparemment, Mlle Byrd ne s'est pas présentée à son premier rendez-vous avec elle. Quelques jours plus tard, Mme Blackford a reçu un message vocal de Mlle Byrd, qui l'avait appelée de la ligne fixe de votre domicile.

Florence, qui s'efforçait de conserver un sourire serein depuis l'arrivée des deux hommes, le sentit soudain vaciller.

— Pourtant, quand Mme Blackford vous a téléphoné le lendemain, poursuivit Massey, vous lui avez affirmé ne pas avoir vu Mlle Byrd ni avoir eu de ses nouvelles.

» Le Mississippi a lancé un mandat d'arrêt à l'encontre de Jeanette Byrd le 27 mars, au motif qu'elle n'avait pas respecté les conditions de sa libération. Elle avait manqué trois rendez-vous avec Mme Blackford à ce stade. Il est écrit ici que l'inspecteur Michael Ledowski, de la police de Cairo, est venu vous voir chez vous pour vous interroger au sujet de Mlle Byrd. Là encore, vous avez déclaré que vous ne l'aviez pas vue.

Il regarda Florence droit dans les yeux.

— Or, vous prétendez ne pas vous rappeler cette conversation avec Leslie Blackford et ne pas connaître Jeanette Byrd, la femme dont le corps a été découvert sur votre propriété.

— Je ne sais pas quoi vous dire, répliqua Florence.

Ça, au moins, c'était vrai.

Idrissi, qui n'était pas encore intervenu jusque-là, se pencha soudain en avant.

— C'est bizarre, quand même, madame Weel-cock. Une telle malchance en si peu de temps.

Florence garda le silence.

— Veuillez excuser mon mauvais anglais. Est-ce le bon mot, madame Weel-cock ? L'accident de voiture. Ce… cette femme morte chez vous. Est-ce bien ce qui s'appelle de la malchance ?

Elle pâlit.

— Oui, chuchota-t-elle.

Le gendarme ne la quittait pas des yeux. Il la soupçonnait manifestement de quelque chose, mais elle voyait bien qu'il ne parvenait pas à assembler les différentes pièces du puzzle. Après tout, comment établir un lien entre un accident de voiture au Maroc et un cadavre retrouvé à des milliers de kilomètres ? Elle-même n'en avait aucune idée.

Elle soutint le regard du gendarme en s'efforçant de rester impassible.

Ce fut Massey qui allégea la tension ambiante.

— Bon, écoutez, dit-il en adoptant une posture moins guindée. Je ne suis pas là pour vous interroger, je ne suis pas enquêteur. En revanche, les services de police du Mississippi et de l'État de New York ont des questions à vous poser, et je suis venu vous demander de rentrer au plus vite aux États-Unis. Aujourd'hui même, si possible. Je suis en mesure de vous aider à prendre les dispositions nécessaires.

— Je ne peux pas leur parler au téléphone ?

— Non, madame Wilcox. Vous devez rentrer.

— Mais pourquoi ? Est-ce que je suis en état d'arrestation ?

— Je ne suis pas habilité à vous appréhender, madame Wilcox. Je me contente de vous donner un conseil.

— Il n'existe pas d'accord d'extradition entre les États-Unis et le Maroc, intervint Idrissi. Nous ne sommes pas tenus de vous renvoyer là-bas, madame Weel-cock.

— Il a raison, confirma Massey. Cela dit, ce ne serait pas une bonne idée de rester. Vous êtes officiellement suspecte dans une enquête pour homicide. Si vous refusez de rentrer et de coopérer, les États-Unis invalideront votre passeport. Vous ne pourrez plus quitter le Maroc. Et si vous enfreignez la loi de ce pays, et d'après ce que j'ai entendu dire par mon ami ici présent – il fit un geste vers Idrissi –, il semblerait que vous l'ayez déjà fait, les autorités marocaines seront libres de vous poursuivre en justice sans que l'ambassade américaine puisse rien pour vous. Croyez-moi, madame Wilcox, les prisons américaines sont bien plus confortables que les marocaines.

Idrissi sourit.

— Je dirais que les prisons marocaines sont plus confortables que la chaise électrique si chère à votre pays, rétorqua-t-il.

Massey leva les yeux au ciel.

— OK, attendez, c'est complètement dingue, les interrompit Florence. Je n'ai tué personne.

Elle se rendit compte en prononçant ces mots que ce n'était pas vrai. Mais ils ne parlaient pas de l'accident de voiture.

— Je n'étais même pas à Cairo en février, ou quelle que soit la date que vous avez mentionnée.

— D'après le fisc, vous avez acquis la propriété du 174 Crestbill Road il y a deux ans, précisa Massey, et vous l'avez déclarée comme résidence principale depuis.

Florence se leva et s'approcha de la fenêtre. Un fin crachin tombait.

Merde.

Merde, merde, merde.

La situation lui échappait. Bien sûr, ça devait arriver. Tout lui avait été offert sur un plateau, tout ce qu'elle avait toujours voulu, et voilà qu'on lui reprenait son cadeau. Quelle farce. La main tendue par l'univers se retirait à la dernière minute.

Elle avait pourtant toujours fait ce qu'on attendait d'elle : elle avait travaillé dur à l'école, décroché une bourse, passé son temps libre à écrire, même si elle ne recevait que peu ou pas d'encouragements, et n'avait pas ménagé ses heures à un poste ingrat. Tout ça pour rien. Alors que quelqu'un comme Amanda Lincoln réalisait son rêve – leur rêve à toutes les deux – sans avoir jamais eu à se battre. Avait-elle été folle de croire qu'elle serait enfin récompensée ? se demanda-t-elle.

Apparemment, oui.

Elle soupira.

— Il faut que je vous dise quelque chose.

Elle se retourna.

— Je ne suis pas Helen Wilcox.

Les deux hommes échangèrent un coup d'œil surpris.

— Pardon ? fit Massey.

— Je ne suis pas Helen Wilcox, répéta-t-elle en indiquant le dossier.

Massey remit en ordre les papiers sur ses genoux avant de les reposer sur la table.

— Madame Wilcox, je suis sûr que vous avez une explication tout à fait raisonnable à fournir. Donnez-la à la police, et ensuite vous serez libre de reprendre le cours de votre vie. Vous pourrez même revenir au Maroc plus tard si vous en avez envie.

— Non, je ne plaisante pas. Je m'appelle Florence Darrow. Je suis née à Daytona Beach, en Floride, en 1993. Vous pouvez vérifier. Helen était ma patronne. Mais elle a... elle a disparu et j'ai juste voulu me faire passer pour elle un moment. C'était une sorte de jeu.

— Un jeu ? s'étonna Massey.

— À l'hôpital, il y a cinq jours, vous m'avez dit que votre nom était Helen Weel-cock.

— Eh bien, non, pas exactement. Vous m'avez appelée comme ça et je ne vous ai pas corrigé.

Idrissi soupira.

— Vos cartes de crédit, votre permis de conduire et votre passeport sont à ce nom. Pareil pour le contrat de location de la voiture impliquée dans l'accident. Et la réservation de cette maison.

Il s'interrompit un instant.

— Vous vous êtes fait des amis, je crois. Comment vous appellent-ils ?

— Vous m'espionnez ? s'écria Florence.

— Répondez : comment vous appellent-ils ?

Elle écarta les bras en un geste d'impuissance.

— Helen ! OK ? Helen Wilcox ! Je sais ce que vous allez penser, mais je vous jure que je jouais la comédie.

— Considérez les choses de notre point de vue, répliqua Massey. Qu'est-ce qui est le plus plausible ? Que vous ayez menti à propos de votre identité quand vous étiez blessée sur un lit d'hôpital, à vos amis et sur des documents contractuels, ou que vous soyez en train de nous mentir maintenant, au moment où vous semblez être en mauvaise posture ?

— Je me fiche que ce soit plausible ou pas. Je suis Florence Darrow.

— Dans ce cas, pouvez-vous me montrer des papiers d'identité ? demanda Massey.

— Je n'en ai pas.

Florence partit d'un petit rire suraigu.

— Je sais que ça paraît dingue, mais c'est vrai. Ils étaient dans la voiture au moment de l'accident. Ils sont probablement au fond de l'Atlantique en ce moment même.

— Ah, fit Massey.

— Vous ne pouvez pas vérifier avec mes empreintes ?

— Vous avez déjà été arrêtée ? s'enquit-il.

— Non.

— Alors elles ne sont pas dans notre fichier.

Florence poussa un profond soupir. Tous trois gardèrent le silence quelques instants.

— Attendez ! s'exclama-t-elle soudain. Je reviens tout de suite.

Elle courut à l'étage et prit le passeport d'Helen posé sur la commode dans sa chambre. En bas, elle le tendit triomphalement à Massey.

— Regardez, ce n'est pas moi. Regardez bien.

Il ouvrit le document, jeta un coup d'œil à la photo, puis le passa à Idrissi. Les deux hommes détaillèrent le cliché en levant les yeux vers Florence de temps à autre pour comparer.

— Je ne sais pas..., dit Massey en secouant la tête.

— Ce n'est pas évident, convint Idrissi.

— Concentrez-vous sur son nez, insista Florence.

— Un nez, ça se refait, observa Massey.

Elle lui arracha le passeport des mains avant d'étudier la photo.

— On voit bien que ce n'est pas moi, affirma-t-elle d'une voix qui manquait cependant de conviction.

Massey tendit la main. Elle lui redonna le document.

— Je vous assure, ça ne me ressemble pas du tout.

— Franchement, je me demande bien pourquoi vous êtes en possession du passeport d'Helen Wilcox si vous n'êtes pas Helen Wilcox, mais de toute façon ce n'est pas à moi d'établir votre identité. Comme je vous l'ai dit tout à l'heure, c'est l'affaire de la police.

Il glissa le passeport dans la poche intérieure de sa veste.

— Hé, vous ne pouvez pas le garder ! protesta Florence. Rendez-le-moi.

— Vu que votre présence est requise en Amérique dans le cadre d'une enquête sur un homicide perpétré dans l'État de New York, je vous informe que je suis habilité à vous confisquer votre passeport. Je peux néanmoins vous délivrer des documents temporaires qui vous permettront de prendre l'avion pour les États-Unis, et les États-Unis seulement. Vous serez accueillie là-bas par un officier de police qui vous conduira au poste de Cairo où vous serez interrogée. Alors, je vous repose la question : êtes-vous intéressée par ma proposition ?

Les yeux rivés sur la table basse devant elle, Florence garda le silence.

Massey hocha la tête comme si elle avait répondu.

— Bon, n'hésitez pas à m'appeler à mon bureau si vous changez d'avis.

Il plaça une carte de visite sur la table.

— Je vous le répète, je ne peux pas vous contraindre à partir, ajouta-t-il. Mais les États-Unis ne vous délivreront pas de nouveau passeport tant que cette affaire ne sera pas résolue.

Massey se mit debout puis rangea ses papiers dans sa mallette.

— Et maintenant, que va-t-il m'arriver ? murmura Florence en levant vers lui un regard impuissant.

— Ce n'est pas de mon ressort, répondit Massey. Rentrez à New York, c'est le meilleur conseil que je puisse vous donner. J'espère que vous le suivrez.

Il indiqua les bagages près de l'escalier.

— Au cas où vous auriez l'intention de quitter Semat, je vous demande de me tenir au courant de vos déplacements. Ça vous facilitera les choses à long terme.

Florence se tourna vers Idrissi.

— Et vous, qu'en pensez-vous ?

Il semblait hésiter à la laisser seule, même si sa présence jusque-là n'avait fait que la perturber.

Le gendarme haussa les épaules.

— Je ne sais pas, madame.

Pour la première fois depuis qu'elle l'avait rencontré, il paraissait réellement dépassé par la situation.

# 38

La première chose que fit Florence après leur départ fut d'entrer le nom de Jeanette Byrd dans Google. Elle trouva un article daté de 2005 dans le *Clarion-Ledger*, un quotidien du Mississippi. Une adolescente de dix-sept ans ainsi nommée avait été condamnée pour le meurtre d'un certain Ellis Weymouth dans une chambre d'hôtel à Hindsville, Mississippi. Elle avait toujours clamé son innocence, affirmant qu'elle était restée toute la nuit avec une amie, mais son alibi s'était effondré quand l'amie en question avait changé de version. Le journal ne dévoilait pas l'identité de cette dernière, parce qu'elle était mineure au moment des faits, mais Florence n'eut aucune peine à la deviner : Helen Wilcox.

Jeanette Byrd était Jenny. Autrement dit, Ruby dans le roman.

Donc, elle avait été libérée en février. Et ensuite ? Après quinze années passées en prison, elle avait décidé de rendre visite à sa vieille copine Helen ? C'était plausible, mais ça n'expliquait pas comment elle avait fini dans le tas de compost. Helen avait beau être égoïste et narcissique, ce n'était certainement pas une meurtrière.

Cette pensée lui donna cependant à réfléchir.

Au fond, elle n'était pas sûre de pouvoir décrire Helen, dont les humeurs étaient aussi changeantes que la météo, et que même Greta avait qualifiée de « lunatique ».

À en croire Massey, le cadavre se trouvait dans le tas de compost depuis février. Par conséquent, durant tout le temps qu'elle-même avait passé là-bas, dans la maison d'Helen à Cairo, le corps se décomposait à quelques mètres seulement de l'endroit où elle dormait. Elle avait jeté des peaux de banane dessus.

Qu'avait-il dit d'autre ? Qu'Helen avait menti à la fois à l'agent de probation de Jenny dans le Mississippi et à un policier de Cairo. En un éclair, Florence revit le flic obèse qui avait remonté son pantalon dans l'allée tandis qu'Helen l'observait du perron.

Il y avait deux explications possibles, pour autant qu'elle puisse en juger : soit Helen avait couvert Jenny, soit elle l'avait tuée, auquel cas elle-même avait vécu pendant des semaines auprès d'une meurtrière.

Elle referma l'ordinateur portable mais ne bougea pas. Une profonde léthargie s'était soudain emparée d'elle. La nécessité impérieuse de quitter Semat qu'elle avait éprouvée plus tôt dans la journée avait perdu son caractère d'urgence. Par-dessus tout, elle voulait dormir. Sombrer dans l'oubli.

Quoi qu'il en soit, elle ne pouvait pas partir sans passeport. La seule pièce d'identité qu'elle avait en sa possession était le permis de conduire d'Helen, et elle ne pouvait plus se faire passer pour elle, puisqu'elle était recherchée pour meurtre. Le problème, c'était qu'elle n'avait pas non plus de documents prouvant qu'elle était Florence. Elle n'était plus personne. Plus rien.

Elle se redressa et alla chercher la bouteille de whiskey dans la salle à manger. Elle en versa une bonne rasade dans sa tasse vide et la but à petites gorgées. Dehors, les feuilles continuaient de goutter.

En fin de compte, elle le savait, elle finirait par réussir à prouver qu'elle était Florence Darrow. Il lui suffirait d'appeler certaines personnes, de mettre la main sur des documents... Pour autant, cette perspective ne lui procurait aucun soulagement. Au contraire, elle se sentait endeuillée. Si elle n'avait pas pleuré la mort de la romancière, la perte de son identité en revanche la chagrinait au plus haut point.

Et puis, comment expliquerait-elle la disparition d'Helen et tous les mensonges qu'elle avait racontés depuis l'accident de voiture ? Elle n'avait peut-être pas assassiné quelqu'un de ses propres mains avant d'abandonner le corps dans un tas de compost, mais elle avait tout de même tué une femme, même si c'était un accident. Elle aussi était une criminelle. Et il y aurait forcément quelqu'un quelque part, soit à New York, soit au Maroc, pour lui demander des comptes. C'était bien le problème avec Florence Darrow : elle payait toujours ses erreurs.

Elle se demanda brièvement si elle pouvait transférer l'argent d'Helen sur son propre compte avant de reprendre son vrai nom. Voire, sur un compte numéroté. Sauf qu'elle ne savait pas comment faire. Et qu'elle risquait d'être accusée de vol. En plus de l'usurpation d'identité.

Au bout d'un moment, Amina entra et lui demanda si elle voulait dîner. Florence fit non de la tête. Quand la Marocaine se détourna pour sortir, elle la rappela :

— Attendez. Amina, est-ce que vous connaissez mon nom ?

— Votre nom ?

— C'est ça.

— Madame Wilcox, *n'est-ce pas*[1] ? C'est écrit sur les papiers.

— Oui, bien sûr, c'est écrit sur les papiers, répéta Florence en poussant un soupir résigné. Dites, est-ce qu'il vous est déjà arrivé de... de penser que vous ne retrouverez jamais votre chemin tellement vous avez commis d'erreurs ? Et que vous n'êtes même pas sûre de le vouloir ?

— Le chemin pour rentrer aux États-Unis ?

1. En français dans le texte (NdT).

— Non. Ne faites pas attention, je raconte n'importe quoi. Désolée, Amina.

— Amira, rectifia son interlocutrice en posant une main sur sa poitrine. Je m'appelle Amira.

— Ah bon ? Je croyais que c'était Amina.

Celle-ci haussa les épaules.

— Excusez-moi, dit encore Florence tandis que la Marocaine se dirigeait vers la cuisine.

Elle soupira. Pourquoi avait-elle posé cette question à Amira ? Qu'attendait-elle de sa part ? Une solution ? La rédemption ? Si elle voulait l'une ou l'autre, il lui faudrait les trouver elle-même.

Elle se resservit du whiskey.

Florence ouvrit brusquement les yeux. Quelqu'un frappait à la porte. Elle s'assit et regarda autour d'elle. Il faisait nuit. Elle s'était endormie sur le canapé du salon, la bouteille de whiskey presque vide posée sur la table à côté d'elle. Elle jeta un coup d'œil à sa montre. Presque 22 heures.

— Amina ? appela-t-elle. Amira ?

Pas de réponse. La Marocaine avait dû rentrer chez elle.

Les jambes flageolantes, Florence s'approcha de la porte et lança à travers le battant :

— Qui est-ce ?

— Moi !

Florence fronça les sourcils.

— Qui ?

— Meg !

Tout lui revint. Ce matin-là, avant le petit déjeuner, elle avait invité la bande à la villa après le dîner. Il lui semblait que ça remontait à une éternité. Elle entrouvrit. Le visage lunaire de Meg apparut dans l'entrebâillement – d'abord un œil, puis l'autre.

— T'avais oublié ? lança-t-elle gaiement.

Florence hocha la tête en se frottant les yeux.

— Tu veux qu'on s'en aille ?

— Non, c'est bon. Entrez.

Elle écarta la porte en grand. Nick était là aussi, souriant. À peine entré, il lui passa un bras autour des épaules. Les autres pénétrèrent à sa suite dans la maison.

Florence les conduisit jusqu'à la terrasse de derrière. Les étoiles scintillaient dans le ciel parfaitement dégagé après l'orage. Meg avait apporté un pack de six bières. Elle en tendit une à Florence, qui l'accepta.

Le groupe s'installa à la table de jardin. Bientôt, pensa Florence, ces mêmes personnes entendraient sans doute parler d'une certaine Helen Wilcox, suspecte dans une affaire de meurtre, qui avait fui au Maroc. Que penseraient-elles ? Nick serait-il horrifié à l'idée d'avoir couché avec une meurtrière ? Ou aurait-il compris d'ici là qu'elle lui avait menti sur son identité ?

Surprenant le regard qu'elle posait sur lui, il sourit.

— Ça va, bébé ?

— Oui, je suis juste un peu fatiguée.

Meg insista pour jouer à un jeu baptisé « Je n'ai jamais... » Chacun devait parler de quelque chose qu'il n'avait jamais fait et boire un coup si un autre membre du groupe avait tenté l'expérience. Florence n'avait rien fait de tout ce qui suscitait les railleries et réactions d'embarras feint chez les autres : elle n'avait jamais essayé les plans à trois, ni mangé de champignons hallucinogènes, ni intégré le *mile-high club*.

Pour la première fois, elle eut une conscience aiguë de la différence d'âge entre elle et le reste de la bande. Elle n'avait que deux ans de plus que Nick, pourtant elle se sentait beaucoup plus vieille. À quoi rimaient les plans à trois et les coucheries dans un avion ? Était-ce là tout ce qui les faisait vibrer ? Tout ce dont ils se glorifiaient ?

Même si elle était obligée de redevenir Florence Darrow, elle ne se laisserait pas aller à une telle trivialité, se promit-elle. Elle refuserait la médiocrité. Elle...

— À toi, bébé, dit Nick en la poussant du coude.

— Oh, pardon. Hum. Eh bien, je n'ai jamais...

Les autres la regardaient, suspendus à ses lèvres.

— Je n'ai jamais...

Jeté des peaux de banane sur un cadavre ? Drogué une amie ? Volé l'identité de ma patronne ?

Elle se leva brusquement.

— Je passe mon tour. Je vais me rechercher à boire.

Le silence se fit autour de la table. Elle venait de plomber l'ambiance.

# 39

Au réveil, Florence avait la gueule de bois. Elle se retourna dans son lit. Nick était parti quelques heures plus tôt faire du kitesurf. Elle balaya du regard la chambre vide. Ses affaires et celles d'Helen étaient toujours dans les sacs au pied de l'escalier. Elle se leva et descendit au rez-de-chaussée chercher celui d'Helen afin de pouvoir s'habiller.

Au passage, elle jeta un coup d'œil dans le salon. Il était impeccable. Amira avait déjà débarrassé tout ce qu'ils avaient laissé traîner la veille.

Alors qu'elle traversait le vestibule, elle se figea soudain, certaine d'avoir aperçu Helen. Elle tourna la tête. Non, ce n'était que son reflet dans la glace accrochée au mur. Elle l'examina attentivement. Ses cheveux avaient blondi au soleil, et l'orage avait détendu ses boucles, qui retombaient en vagues souples. Elle aurait presque pu croire qu'elle se trouvait en face de la romancière.

Il ne lui aurait pas été difficile de se faire passer pour elle à l'aéroport, comprit-elle, si on ne l'avait pas privée du passeport d'Helen, et du même coup de sa nouvelle vie.

— Florence, dit-elle à son image d'une voix forte.

À cet instant seulement, elle sentit une autre présence dans la pièce. C'était Amira, qui l'observait du seuil de la cuisine. Elle se força à sourire.

— Bonjour, dit-elle d'un ton aussi léger que possible.

— Bonjour, madame. Café ?

— Avec plaisir. Merci.

Une fois habillée, Florence tenta de retrouver en elle un peu de cet élan qui l'avait animée la veille. La dépouille d'Helen risquait toujours d'être découverte sur la côte, se rappela-t-elle, mais cette pensée ne lui inspirait plus le même sentiment d'urgence. Au moment où elle avait décidé de renoncer à sa mascarade, elle s'était sentie absoute de tous ses péchés, comme si, sans récompense possible, il ne pouvait y avoir de méfaits. En outre, si le corps s'échouait, au moins la police saurait que ce n'était pas elle, Florence, qui avait tué Jenny.

Non, se dit-elle. Non, pas du tout. Si le corps d'Helen s'échouait, les policiers lui demanderaient comment la romancière avait fini dans l'océan et pourquoi elle-même n'avait pas signalé sa disparition. S'ils parvenaient aussi à prouver qu'elle avait bu, et ce ne serait peut-être même pas nécessaire, elle irait en prison pour homicide involontaire.

Conclusion, elle était foutue. Florence Darrow était foutue, Helen Wilcox aussi. Au moins, Helen avait la chance d'être morte.

Elle se laissa tomber sur le canapé, enfouit son visage dans une pile de coussins et hurla à pleins poumons. Elle aurait voulu n'être jamais venue au Maroc. Non, elle aurait voulu remonter encore plus loin. Elle aurait voulu n'avoir jamais rencontré Helen Wilcox.

Quand elle se redressa, les cheveux en bataille, Amira posait une tasse et une soucoupe sur la table basse devant elle.

— Merci, dit-elle, comme si tout était normal, comme si cette femme n'assistait pas à sa déconfiture.

— *Je vous en prie*[1].

Après avoir avalé quelques gorgées de café brûlant et corsé, Florence eut l'impression que ses idées s'éclaircissaient.

1. En français dans le texte (NdT).

Bon, la première étape consistait à quitter le pays. Si elle devait expliquer ce qui était arrivé à Helen, mieux valait le faire en Amérique. Après tout, l'absence de traité d'extradition fonctionnait dans les deux sens : les États-Unis ne seraient pas tenus de la renvoyer au Maroc pour y répondre d'un homicide involontaire.

Elle chercha sur Google comment remplacer un passeport perdu dans un pays étranger. Apparemment, il fallait s'adresser soit à l'ambassade à Rabat, soit au consulat à Casablanca. Elle avait également besoin d'une nouvelle photo d'identité, d'une photocopie de son ancien passeport et de son permis de conduire.

Ah. Elle n'avait rien de tout ça. Remarquant qu'elle se mordillait de nouveau une phalange, elle ôta son doigt de sa bouche. Puis elle récupéra la carte de Dan Massey toujours posée sur la table.

Enfin, elle se leva.

Il était temps d'entamer le long processus fastidieux qui lui permettrait de redevenir Florence Darrow.

Elle se rendit à la cuisine et composa le numéro.

— Allô ? Dan Massey à l'appareil.

— Bonjour, monsieur Massey. C'est Florence Darrow.

Un silence accueillit cette déclaration.

— La femme que vous avez vue hier ? Vous êtes venu chez moi, monsieur Massey.

— Je me souviens d'être allé dans la villa louée par Helen Wilcox. Que puis-je faire pour vous, madame Wilcox ?

— Mademoiselle Darrow, insista Florence. Je voudrais rentrer aux États-Unis, mais je n'ai ni passeport ni photo d'identité.

— C'est moi qui ai votre passeport.

— Non, vous avez celui d'Helen Wilcox.

Nouveau silence. Lorsque Dan Massey reprit la parole, ce fut d'un ton exagérément mesuré, comme s'il voulait lui montrer à quel point il était raisonnable.

— D'accord, nous allons faire les choses à votre façon. Rappelez-moi votre nom.

— Florence. Florence Margaret Darrow. Je suis née à Daytona Beach, en Floride, le 9 octobre 1993.

— Et vous n'avez aucun papier à votre nom ? Rien du tout ?

— Non. Mais je peux vous donner le numéro de téléphone de ma mère, si vous voulez, elle confirmera. Oh, attendez... En fait, il y a quelqu'un ici même, à Semat, une vieille amie, qui me connaît depuis que je suis toute petite. Elle vous dira qui je suis.

— Mmm... Mais vous comprendrez qu'il m'est impossible de vous délivrer un document d'identité officiel sur la seule foi des déclarations d'une *amie*.

— Je sais, mais...

— Vous n'auriez pas votre certificat de naissance sur vous, par hasard ? Ou votre carte de sécurité sociale ?

— Non.

Ces deux documents étaient rangés dans une boîte à chaussures au fond de sa penderie chez Helen, à Cairo.

— Mais je peux vous indiquer où les trouver, ajouta-t-elle.

Il soupira.

— D'accord. Bon, écoutez, je vais en parler à quelques personnes ici pour voir quelles sont les solutions possibles. Peut-être que votre amie pourrait signer une déclaration sous serment ? Je n'en suis pas trop sûr. Pour être honnête, je n'avais jamais rencontré une telle situation. À quel numéro puis-je vous joindre ?

Florence lui dicta les chiffres inscrits sur le morceau de papier jauni scotché au mur près du téléphone.

— OK, c'est noté, dit-il. Je vais vous demander de bien vouloir patienter. Je vous rappellerai dès que possible.

— Quand ?

— Avec un peu de chance, plus tard dans la journée. Au revoir, madame...

Il s'interrompit.

— Au revoir.

À peine Florence avait-elle raccroché qu'elle alla récupérer l'ordinateur portable dans le salon. Elle n'avait nullement l'intention de patienter.

Elle chercha sur Google le numéro du Riad Lotus, l'hôtel où Amy et Whitney logeaient, et demanda à parler à Whitney Carlson. À 9 h 30 du matin, elle espérait que les deux amies étaient encore dans leur chambre. Et surtout, qu'elles étaient toujours à Semat.

— Allô ?

Elle ravala un soupir de soulagement.

— Whitney ? C'est Florence.

— Ah, Florence ! Qu'est-ce que je suis contente de t'entendre ! Je m'en veux, pour l'autre soir. Je ne sais pas ce qui m'est arrivé.

— Ne t'inquiète pas, tout va bien. Mais, du coup, on n'a pas vraiment eu l'occasion de discuter. Combien de temps comptes-tu rester à Semat ?

— C'est notre dernière journée.

— Tu pars demain ?

— Oui, on prend le car pour Marrakech dans la matinée. Notre avion doit décoller vers 20 heures.

— OK. Dis, je vais te rappeler dans un moment, d'accord ? J'aurai peut-être besoin que tu me rendes un service.

— Bien sûr. Tout ce que tu veux.

— Super, merci Whitney.

— Tu n'as pas de problèmes, au moins ?

— Non, tout va bien. Ou, du moins, tout ira bien.

Florence s'interrompit un instant avant d'ajouter :

— Ça m'a vraiment fait plaisir de te revoir.

Quarante-huit heures plus tôt, jamais elle n'aurait dit une chose pareille, lui semblait-il.

— Moi aussi.

— Oh, et je suis désolée de ne pas avoir répondu à tes appels et à tes mails après mon installation à New York. J'aurais dû. Je regrette.

— Ne t'inquiète pas pour ça. Avec le temps, les gens finissent par se perdre de vue. Je comprends.

Elles raccrochèrent, mais Florence resta près du téléphone et appuya sa tête contre le mur. Elle redoutait l'appel suivant. Pour finir, elle décrocha le combiné et composa le seul numéro qu'elle connaissait par cœur.

Sa mère répondit d'une voix ensommeillée. Florence consulta sa montre. C'était le milieu de la nuit en Floride.

— Désolée de te réveiller, maman.

— Florence ? Que se passe-t-il ? Où es-tu ?

— Je voyage.

— Attends.

Florence l'entendit remuer dans son lit puis allumer la lampe de chevet. Elle visualisait parfaitement la chambre : le couvre-lit rose, les reproductions de Monet aux couleurs fanées sur le mur. Quand Vera reprit la parole, ce fut d'une voix plus ferme :

— Florence ? Tout va bien ? Tu n'es pas blessée, au moins ?

— Non, ça va.

— Alors pourquoi m'appelles-tu en pleine nuit ?

L'intonation cassante de sa mère prit Florence au dépourvu. Elle s'était plutôt attendue à des transports de gratitude pour avoir enfin daigné donner de ses nouvelles.

— Quoi ?

— D'abord, tu me dis que tu ne veux plus jamais me revoir, et maintenant tu me réveilles à 3 heures du matin. Il faudrait te décider, ma chérie.

— Je n'ai pas dit que je ne voulais plus te voir, juste que je partais à l'étranger pour quelques semaines. Tu dramatises toujours.

— C'est ce que tu m'as écrit, je t'assure. J'ai ton SMS pour le prouver.

Florence céda à un brusque accès de fureur. Elle n'avait jamais rien demandé à sa mère, et la seule fois où elle avait besoin d'aide, celle-ci n'était même pas fichue de mettre de côté ses récriminations mesquines. D'un geste rageur, elle lui raccrocha au nez.

Elle s'approcha ensuite de l'évier et plaça ses deux mains sous l'eau brûlante, qui s'insinua dans son plâtre. La gaze mouillée ne tarda pas à la démanger, la mettant au supplice. Elle griffa la peau sous le plâtre jusqu'à ce que la douleur l'oblige à s'arrêter.

Après, elle s'assit à la table de la cuisine, les yeux fixés sur le téléphone. Que pouvait-elle faire à part attendre que Massey la rappelle ? Pour l'instant, elle se retrouvait dans des limbes. Elle n'était pas Florence, elle n'était pas Helen non plus. Elle n'était personne.

En même temps, la situation lui donnait un certain sentiment de liberté. Sans identité, elle ne pouvait être tenue pour responsable de rien.

Elle se releva pour aller appeler Nick. Il répondit presque immédiatement.

— Hé, quelles nouvelles ?

— Tu es toujours à la plage ?

— Oui, mais je peux lever le camp.

— Tu me rejoins ? proposa-t-elle.

L'oubli lui tendait les bras.

# 40

Florence était allongée sur un des canapés, la tête posée sur la cuisse de Nick. Le coin de la table basse dans son champ de vision était occupé par un sachet d'herbe et une boîte de Pringles saveur pizza toute bosselée. Il était 22 heures. Amira leur avait préparé le dîner quelques heures plus tôt – agneau rôti accompagné de légumes grillés – et ils s'étaient jetés dessus voracement. Peu après, les autres membres de la bande les avaient rejoints et s'étaient répartis dans le salon. Nick fredonnait d'une voix de fausset. En face d'eux, une fille que Florence n'avait jamais rencontrée chevauchait Liam sur l'autre canapé. Meg tapotait sur son écran de téléphone.

Au bout d'un moment, Florence se força à se lever, et Nick en profita pour se rouler une cigarette. À peine sortie sur la terrasse, elle frissonna. L'air était nettement plus frais depuis l'orage. Elle alla s'étendre sur une chaise longue et contempla le ciel.

Massey ne l'avait pas rappelée cet après-midi-là, mais Greta avait essayé de la joindre plusieurs fois. Florence avait demandé à Amira de répondre qu'elle était sortie, parce qu'elle ne savait pas quoi dire à l'agente. Même si elle avait été suffisamment sobre pour s'exprimer de façon claire, elle aurait été incapable de lui expliquer la mort d'Helen, sa propre tentative avortée d'usurpation d'identité et la découverte d'un corps chez la romancière à Cairo. Elle espérait juste que Greta n'apprendrait jamais qu'elle avait voulu se faire passer pour Helen Wilcox/Maud Dixon. Ça lui paraissait soudain trop embarrassant, d'autant qu'elle comptait toujours sur son aide pour se faire publier un jour.

Elle se rendit dans la cuisine, où elle prit une bouteille d'eau dans le frigo. Elle but à longs traits et la vida de moitié. Les effets de tout ce qu'elle avait avalé et fumé commençaient à se dissiper.

Quand elle retraversa le vestibule, Meg ouvrait la porte d'entrée.

— Oh, Helen ? lança-t-elle en la voyant. Viens, je voudrais te présenter quelqu'un. Voilà, c'est Florence, elle vient d'arriver.

Elle écarta le battant, et une blonde s'avança dans la lumière. Elle portait une robe rouge cerise et arborait un large sourire. Elle tendit la main à Florence.

— Bonjour, dit-elle. Vous devez être Helen.

Florence demeura pétrifiée. Certaines émotions, comme la rage ou le désir, peuvent donner l'impression que le cours du temps s'accélère. Mais la stupeur l'arrête net, crée une bulle en dehors des secondes qui s'égrènent, un moment de latence durant lequel l'esprit doit délaisser le chemin neuronal qu'il suivait pour en configurer un nouveau. Elle se trouvait dans l'incapacité de dire quoi que ce soit. Elle ne pouvait qu'écarquiller les yeux.

La nouvelle venue n'était autre qu'Helen Wilcox, morte dans un accident de voiture une semaine plus tôt.

# 41

— Florence et moi, on s'est rencontrées cet après-midi, expliqua Meg à Florence.

Et d'ajouter à l'adresse d'Helen, en désignant d'un geste Florence :

— Helen est romancière.

— Oh, c'est vrai ? fit la nouvelle venue en haussant les sourcils. C'est fascinant !

Florence ne put que hocher bêtement la tête.

— J'ai toujours rêvé d'écrire, sauf que je n'ai pas assez d'imagination, déclara Helen. Vous inventez vos personnages comme ça, à partir de rien ? Des vies entières ? Pour moi, ça tient de l'impossible !

Elle ponctua ces mots d'un rire léger.

Florence recouvra enfin l'usage de sa voix.

— Qu'est-ce que vous faites là ?

Helen plissa le front d'un air soucieux.

— Oh, je suis désolée. Meg m'a gentiment invitée, mais je ne voudrais surtout pas m'imposer.

Meg jeta à Florence un coup d'œil perplexe.

— Bien sûr que tu peux rester, affirma-t-elle. Plus on est de fous, plus on rit.

— Venez avec moi dans la cuisine, proposa Florence. Je vais vous servir un verre.

— Non, ce n'est pas la peine, répliqua Helen. Je ne bois pas.

— Un verre d'eau, alors, insista Florence.

Elle lui posa sa main sur le bras comme pour l'entraîner d'autorité à sa suite.

Quand Helen interrogea Meg du regard, cette dernière demanda à Florence :

— Ça va ?

— Oui, pas de problème, répondit Florence en comprenant qu'Helen s'amusait.

— Si on allait plutôt rejoindre les autres au salon ? lança Meg, qui prit Helen par la main.

Florence leur emboîta le pas tel un chien en laisse.

Meg présenta solennellement Helen – sous le nom de Florence – à tout le groupe, ainsi qu'elle l'avait fait quelques jours plus tôt à peine avec Florence. Celle-ci observa Nick pour voir s'il réagissait et se rappelait avoir entendu Amy l'appeler comme ça, mais il se borna à hocher la tête en disant :

— Top.

Elle s'assit toute droite sur le canapé. Helen s'installa dans un fauteuil et alluma une cigarette. Elle paraissait très à l'aise. Son hâle s'était accentué depuis la dernière fois que Florence l'avait vue, mais sinon rien n'avait changé dans son apparence. Aucune trace sur elle d'ecchymoses, de coupures ou de fractures.

Déjà, Florence se sentait contrainte de reprendre son ancien rôle, celui de la suppliante, de la compagne prudente, toujours en train d'essayer d'arrondir les angles. Si Helen voulait jouer à ce petit jeu, eh bien, soit.

— D'où êtes-vous originaire ? demanda-t-elle à Helen.

— De Floride, répondit l'intéressée avec un sourire.

— Ah oui ? De quel coin ?

— Port Orange.

— Jamais entendu parler.

— Pas étonnant. On est dans le Sud sans y être.

— Oh, d'ici ou d'ailleurs, qu'est-ce que ça change ? Cette notion d'origine est très surfaite.

Helen lui sourit d'un air ravi. Florence crut voir quelque chose d'autre dans ses yeux. De la surprise, peut-être. Malgré elle, elle rosit de plaisir.

— Et vous voyagez depuis longtemps ? poursuivit-elle.

— Oh, à peu près une semaine.

— Où ? Ici, au Maroc ?

— Oui. D'ailleurs, j'arrive de Rabat.

— Qu'est-ce qui vous amène dans ce pays ?

— J'ai des affaires à régler.

— Dans quelle branche êtes-vous ?

— La fabrication industrielle.

— Et vous fabriquez quoi ?

— Des engrenages.

Florence ne put s'empêcher de rire. Ce fut plus fort qu'elle.

— Pour les bateaux, je suppose ?

— Oh, toutes les embarcations maritimes.

Les autres suivaient leur échange avec un intérêt grandissant, tournant la tête vers l'une puis vers l'autre comme les spectateurs d'un match de tennis.

— Vous vous connaissiez, les filles ? s'enquit Meg à un moment.

— Grands dieux non ! répondit Helen.

Toujours souriante, Florence se contenta de secouer la tête.

La soirée suivit son déroulement habituel. Helen et Florence se délectaient de l'attention du groupe. Tous continuaient à boire, mais Florence n'avala plus une goutte d'alcool et Helen se contenta de fumer des cigarettes. C'était un peu comme si elles avançaient lentement toutes les deux vers le premier plan d'un tableau, offrant une image de plus en plus nette tandis que les autres reculaient dans les ombres en arrière-fond.

Puis, vers minuit, après qu'un dernier joint eut plongé le reste de la bande dans une somnolence collective, Helen se leva et tendit la main à Florence.

— Vous venez ? demanda-t-elle avec un naturel déconcertant.

Florence opina du chef. Mais, au moment où elle lui prenait la main, un violent frisson la parcourut. Elle avait l'impression de toucher un fantôme.

# 42

Helen l'attira dans la première chambre en haut de l'escalier, celle qui avait été la sienne à leur arrivée mais que Florence s'était appropriée.

— Vous avez pris vos aises, à ce que je vois, dit-elle en balayant la pièce du regard.

Florence rougit. Elle avait l'impression qu'Helen venait de la surprendre en train d'essayer ses sous-vêtements. De fait, elle les portait.

— Je croyais que vous étiez morte, répliqua-t-elle en guise d'excuse.

Dans le silence qui suivit, un éclat de rire se fit entendre dans le salon, en bas.

— Et, de toute évidence, vous êtes dévastée, ironisa Helen.

— Mais enfin… qu'est-ce qui se passe ?

— Asseyez-vous, ordonna Helen en lui indiquant le lit.

Docilement, Florence obéit.

— J'ai dû aller à Rabat, déclara la romancière.

— Vous avez disparu si brutalement ! J'ai cru que vous vous étiez noyée. Pourquoi ne pas m'avoir prévenue ?

— Il valait mieux que je ne vous dise rien. Dans votre intérêt.

Florence poussa un soupir exaspéré. Elle n'avait aucune envie qu'Helen dispense ses informations au compte-gouttes et au rythme qui lui convenait. Elle ne voulait plus se faire manipuler.

— C'est à cause de Jeanette Byrd ? demanda-t-elle.

Helen plissa les yeux.

— Où avez-vous entendu ce nom ?

— Un représentant de l'ambassade est venu à la villa hier. Jeanette Byrd est morte. Son corps a été découvert dans votre propriété et il est clair que les autorités vous soupçonnent de l'avoir assassinée. Non, rectification : c'est moi qu'elles soupçonnent de l'avoir assassinée. Elles pensent que je suis Helen Wilcox.

— Ah oui ? On se demande bien pourquoi, déclara Helen en englobant la pièce d'un geste circulaire.

— D'accord, vous êtes déjà au courant, mais je le reconnais : je me suis fait passer pour vous. C'est ce que vous vouliez entendre ? Quoi qu'il soit, ça ne me paraît pas bien grave en comparaison de ce que vous avez vous-même manigancé.

Helen haussa un sourcil mais garda le silence.

— Avez-vous tué Jeanette Byrd ? insista Florence.

— C'est compliqué, Florence.

— C'est très simple, au contraire : ou vous êtes une meurtrière, ou vous ne l'êtes pas.

La romancière s'assit sur le lit à côté d'elle.

— Je vais tout vous raconter, OK ? Laissez-moi... accordez-moi juste un moment.

Elle prit dans sa poche un paquet de cigarettes et en alluma une. Sa main tremblait légèrement, remarqua Florence.

— Jenny est sortie de prison en début d'année, mais comme nous n'étions pas restées en relation, je l'ignorais jusqu'à ce qu'elle débarque chez moi. C'était en plein milieu d'une grosse tempête de neige, vers 7 ou 8 heures du soir. Je lisais en bas, près du feu, quand j'ai vu des phares dans l'allée. Vous connaissez la maison, vous savez que personne ne vient jamais. De plus, il n'est guère possible d'arriver jusque chez moi par erreur. Alors je suis montée chercher mon pistolet…

— Vous avez un pistolet ?

— Bien sûr ! Il faudrait qu'une femme soit incroyablement naïve ou complètement idiote pour vivre toute seule dans les bois sans avoir les moyens de se défendre. Bref, quand je suis redescendue, j'ai vu que c'était un taxi qui se garait dans l'allée et je me suis dit qu'en général les meurtriers et les violeurs ne prenaient pas un taxi pour se rendre chez leurs victimes. Alors j'ai rangé mon arme et je suis allée ouvrir.

» Jenny était là, devant moi. Mon Dieu… Sur le coup, j'ai eu du mal à la reconnaître. Elle était belle autrefois. Magnifique, même. Tous les garçons d'Hindsville faisaient une fixation sur elle. Les hommes aussi. Je me souviens même d'un prof qui la traquait comme un animal blessé. Mais il n'y avait plus la moindre trace de beauté chez cette personne-là. Elle ressemblait à une accro à la meth : ses cheveux longs et sales étaient devenus gris, il lui manquait des dents… Elle a mon âge, mais on lui aurait donné au moins soixante ans.

Elle s'interrompit un instant.

— Elle *avait* mon âge, corrigea-t-elle. Elle m'a enlacée et serrée contre elle et… Je ne peux même pas vous décrire l'odeur qu'elle dégageait. Des relents de pisse de chat, en pire. En attendant, je lui ai rendu son étreinte et je l'ai invitée à entrer. Qu'est-ce que j'aurais pu faire d'autre ? C'était ma plus vieille amie.

» Je l'ai conduite dans la cuisine, où je lui ai offert un café. Ensuite, nous sommes restées un moment assises en silence. C'était terriblement gênant. La dernière fois que je l'avais vue, nous avions dix-sept ans. Et après toutes ces années, nous n'avions plus rien en commun. Rien du tout. Et elle avait cette manie, une sorte de tic nerveux, de se mordiller le pourtour des ongles. La peau autour était tout arrachée, à vif, comme si elle l'avait frottée avec un tampon à récurer. J'ai fini par remarquer qu'elle lorgnait le bourbon au-dessus du frigo, et je lui en ai proposé. Nous en avons toutes les deux versé un peu dans notre café, et ensuite la tension entre nous s'est dissipée. Jenny a commencé à parler. Elle m'a dit que, si elle avait tenu le coup en prison, c'était uniquement grâce à moi. Qu'elle comprenait pourquoi j'avais fait ce que j'avais fait. Qu'elle me pardonnait. Qu'on était sœurs, qu'on l'avait toujours été et qu'on le serait toujours.

— Qu'est-ce qu'elle vous pardonnait ? interrogea Florence.

— Hein ?

— Jenny. Qu'est-ce qu'elle avait à vous pardonner ?

— Oh, ça... J'ai démoli son alibi. Elle m'avait demandé de prétendre qu'elle était avec moi la nuit du meurtre et j'avais accepté. Là-dessus, mon père m'a expliqué que c'était une très mauvaise idée. Dieu merci ! Voyez-vous, je ne savais pas ce qu'était le parjure à l'époque ; mentir à la police, ça ne me paraissait pas plus grave que de mentir à un prof. Alors, après cette discussion avec mon père, je suis revenue sur mes déclarations : j'ai dit que Jenny et moi avions passé un moment ensemble plus tôt ce soir-là, mais qu'elle était partie avec Ellis vers 23 heures.

Helen marqua une pause.

— C'est ce qui a eu raison de sa défense.

Elle tira sur sa cigarette avant de poursuivre :

— Pour en revenir à ce fameux soir, elle s'est resservi du bourbon, encore et encore. Et plus elle buvait, plus elle devenait fébrile. Hystérique, même. Elle s'est mise à arpenter la cuisine, à saisir des verres et des vases en me demandant combien ils coûtaient, à ouvrir et à claquer les portes des placards... Elle se laissait emporter par la colère, c'était évident. Et puis, soudain, sa version des événements a changé : c'était ma faute si elle avait fait de la prison. Et moi, pendant ce temps, je m'étais enrichie grâce à son histoire.

— Elle était au courant que vous aviez publié un roman ?

— Oui, même en prison, les gens en parlaient. Dès qu'elle avait su ce qu'il racontait, elle avait compris qu'il s'agissait de sa vie. Elle m'a accusée de la lui avoir volée.

Helen leva les yeux au ciel.

— En même temps, c'est ce que vous avez fait, non ? lança Florence.

— Et alors ? Tous les grands auteurs le font. Dostoïevski, Shakespeare… Tous. Sans compter que c'était *notre* histoire, et pas seulement la sienne. La nôtre.

— Et que s'est-il passé après ?

— Elle est devenue folle. Elle m'a réclamé l'argent que mon livre m'avait rapporté, en disant qu'il lui revenait. Ça a duré des heures : des cris, des hurlements, des larmes. Vers 4 heures du matin, j'ai fini par l'emmener se coucher dans le cottage. Le lendemain, nous avons toutes les deux dormi tard. Quand nous nous sommes retrouvées, elle s'était calmée et nous avons partagé quelques moments assez agréables, je dois bien l'admettre. Nous sommes parties nous promener, nous avons discuté et j'ai préparé un bon déjeuner. Après manger, je lui ai dit qu'elle devrait rentrer dans le Mississippi, que c'était une erreur de violer les termes de sa libération conditionnelle. J'ai même proposé de l'aider à remonter la pente. Mais elle a juste… Je ne sais pas. Elle a disjoncté. Et elle m'a agressée.

— Comment ça ?

— Elle a attrapé un couteau dans le bloc en bois sur le plan de travail à la cuisine et s'est jetée sur moi. Mon instinct de survie a pris le dessus. J'ai saisi une grosse casserole et je l'ai frappée sur le crâne de toutes mes forces. Ridicule, non ? On aurait dit une scène dans un dessin animé du samedi matin. Je croyais qu'elle allait se retrouver assise par terre, tout étourdie, avec une ribambelle d'étoiles dansant autour de la tête. Mais non. Elle ne bougeait plus. Elle était morte.

— C'est affreux.

Helen resta silencieuse.

— Et ensuite ? la pressa Florence.

— J'ai paniqué. Il faut me comprendre. Je voyais déjà ce qui allait se passer : on allait découvrir qui j'étais, que j'avais écrit ce roman... Vous imaginez le battage médiatique ? Tout ça aurait été tellement épouvantable, tellement vulgaire... Cette seule idée m'était insupportable.

— Helen...

Florence la dévisageait avec incrédulité.

— Vous avez tué Jenny pour protéger l'identité de Maud Dixon ?

— Non, rétorqua Helen, les yeux plissés. Je l'ai tuée pour défendre ma vie. Mais oui, je l'ai enterrée pour protéger l'identité de Maud Dixon, en effet. Franchement, qui se soucie de ce que devient un corps ? De toute façon, ça ne changeait rien pour elle.

Florence se souvint qu'elle avait tenu à peu près le même raisonnement quand elle avait cru Helen morte. Comme si elle lisait dans ses pensées, cette dernière demanda :

— Vous êtes-vous inquiétée de savoir ce qu'était devenu mon corps après l'accident ?

— Ce n'est pas la même chose, répliqua Florence sans réelle conviction.

— Bien sûr que si. Quoi qu'il en soit, tout s'est passé très vite, ça n'avait rien d'une décision rationnelle. J'étais dopée par l'adrénaline et je ne pensais qu'à une chose : il n'était pas question qu'on trouve un cadavre dans ma maison. Je ne voulais pas faire l'objet d'une enquête. Ni affronter les questions. Je suis très discrète sur ma vie privée, Florence, vous le savez.

Celle-ci se surprit à hocher la tête, comme si c'était une raison suffisante pour faire disparaître un mort.

— Alors vous l'avez mise dans le tas de compost...

— Eh bien, on était en février, en pleine tempête de neige. Vous imaginez à quel point le sol était dur ? De plus, le compost, c'est l'endroit idéal pour se débarrasser d'un corps. Une vache entière s'y décompose en moins de six mois – dents, os, tout. J'ai découvert plein de trucs utiles en grandissant dans une ferme.

Helen lui avait affirmé un jour qu'elle avait appris à décapiter un poulet quand elle avait huit ans, se rappela Florence. Peut-être qu'elle n'avait pas menti.

— Naturellement, le lendemain matin, j'ai compris quelle erreur colossale j'avais faite, poursuivit la romancière. Mais je ne pouvais plus appeler la police à ce stade, n'est-ce pas ? Si j'étais allée rechercher Jenny pour ensuite l'allonger sur le sol de la cuisine, les flics se seraient rendu compte que je l'avais déplacée. Et ça aurait semé le doute sur l'argument de la légitime défense, non ?

Florence tenta d'imaginer Helen en train d'ensevelir sa plus vieille amie sous des pelletées d'épluchures, de terre et de copeaux de bois. La situation lui paraissait totalement irréelle. Comme si Helen lui racontait une fiction.

— C'est à ce moment-là que j'ai pensé à m'enfuir, déclara cette dernière. Et à abandonner Helen Wilcox. À tout quitter. J'étais prête pour un changement, de toute façon. Je ne parvenais plus à écrire depuis des lustres. Vous avez lu le nouveau roman, vous savez qu'il n'est pas aussi bon que *Mississippi Foxtrot.*

Florence haussa les épaules. Elle songea à lui parler de sa découverte à propos du roman de Paul Bowles, mais elle ne voulait pas interrompre son récit.

— Au début, reprit Helen, j'ai envisagé la situation comme une sorte de défi mental, de jeu auquel je jouais avec moi-même : comment allais-je disparaître ? Où irais-je ? Comment me procurer une nouvelle identité ? Pourrais-je continuer à publier sous le pseudonyme de Maud Dixon ?

Comment serais-je payée ? Devrais-je mettre Greta dans la confidence ?

» Mon choix s'est porté sur le Maroc parce qu'il n'existe pas de traité d'extradition entre les États-Unis et ce pays. Et que ça me semblait un endroit agréable où vivre. Plus attirant que la Corée du Nord, en tout cas. Sans compter un certain nombre d'avantages : une météo clémente, une culture riche, une cuisine excellente, un grand nombre d'expatriés, mais aussi l'existence d'une certaine corruption qui me faciliterait les choses si je voulais m'y établir sous un nom d'emprunt. En attendant, ce n'étaient que des spéculations, jusqu'à ce que je reçoive ce coup de téléphone.

— Celui de l'agente de probation de Jenny ?

Helen hocha la tête.

— Elle m'a appelée début mars pour m'informer que Jenny avait manqué leur premier rendez-vous et me demander si j'avais des nouvelles. J'ai répondu que non. Alors, elle m'a dit que c'était étrange, parce qu'elle avait reçu un message de Jenny et que l'appel provenait de chez moi.

Helen secoua la tête.

— Non mais quelle idiote ! Il n'y avait vraiment que Jenny pour appeler son agente de probation d'une ligne fixe la situant dans un autre État.

— Et l'agente en question vous a envoyé un flic du coin…

— Vous êtes au courant aussi ? Ah oui, bien sûr, vous étiez là. Il s'est présenté quand un mandat d'arrêt a été lancé contre Jenny. Elle avait manqué plusieurs rendez-vous à ce stade et il semblait persuadé que je cachais une fugitive chez moi. Mais il n'avait pas l'autorisation de perquisitionner, alors je lui ai dit de partir. C'était une erreur, je m'en suis rendu compte après coup : s'il revenait avec un mandat, il pourrait fouiller la maison. Peut-être même le jardin. Et le tas de compost. J'aurais dû coopérer, lui montrer toutes les pièces, mais je ne l'ai pas fait. C'est à ce moment-là que j'ai décidé de préparer le terrain pour ma fuite. Vous vous rappelez ? Je vous ai proposé de partir au Maroc le soir même. Je voulais quitter le pays au cas où la police reviendrait. Comme ça, si le corps était découvert, je pourrais mettre mon plan à exécution : j'abandonnerais Helen Wilcox pour devenir quelqu'un d'autre.

Florence secoua la tête. Quelque chose ne collait pas.

— Mais pourquoi m'avoir demandé de vous accompagner ?

— Franchement ? Parce que j'avais la frousse. Je n'étais pas sûre d'avoir le cran d'affronter ça toute seule.

Florence scruta les traits de la romancière tandis qu'une soudaine bouffée de chaleur se propageait en elle.

— Ne me racontez pas de conneries, Helen.

Celle-ci partit d'un petit rire.

— OK, d'accord. J'avais besoin de vous pour signaler ma disparition. Il fallait qu'il y en ait une trace. Je savais que les flics me croiraient en cavale et lanceraient des recherches. Mais si je mourais dans un accident, j'échapperais à leurs soupçons. Vous deviez penser que je m'étais noyée. C'était aussi le meilleur moyen de vous protéger, notez bien. Je ne voulais pas faire de vous la complice d'un crime. Votre ignorance était votre alibi.

Florence se leva brusquement. La pièce manquante du puzzle venait de se mettre en place.

— Vous avez planifié cet accident ? Bon sang, Helen, j'ai failli mourir !

— Non, bien sûr que non ! Je ne vous aurais jamais mise en danger. Mon plan initial consistait à louer un bateau, à aller nager au large et à m'évanouir dans la nature. La sortie de route, c'était… juste un hasard, croyez-moi. Mais j'y ai vu une occasion d'agir et je l'ai saisie.

— Comment ça ? Est-ce que vous étiez seulement dans la voiture ? s'écria Florence. Où sont vos hématomes ? Vos fractures ?

Elle lui brandit son plâtre sous le nez.

— J'ai eu de la chance, répliqua Helen posément. Tout s'est passé très vite. Je me suis extraite de la voiture et j'ai nagé jusqu'à la plage au pied de la falaise. Elle n'est pas très haute à l'endroit où nous sommes tombées ; je dirais environ trois mètres. Une fois hors de l'eau, Dieu merci, j'ai vu qu'un pêcheur vous avait secourue. Je suis restée sur la plage le temps que mes vêtements sèchent, puis j'ai fait du stop jusqu'à la gare routière. J'avais dissimulé pas mal de liquide dans le riad où nous avions séjourné à Marrakech. Je suis allée le récupérer et je suis partie à Rabat. C'est là que je me suis procuré de nouveaux papiers.

Helen avait débité ses explications d'un ton neutre, comme si elle lui donnait la recette des lasagnes. Et comme si elle la mettait au défi de ne pas comprendre. Était-elle idiote ? se demanda Florence. Parce que, non, elle ne comprenait pas. Pas du tout. Les faits ne formaient pas un récit cohérent.

— Alors pourquoi êtes-vous revenue ? questionna-t-elle.

— J'étais assise dans un café à Rabat, quelques jours après l'accident, quand j'ai jeté un coup d'œil au journal de mon voisin et vu mon nom imprimé : Helen Wilcox. Je lui ai demandé de me dire de quoi parlait l'article. C'est à ce moment que j'ai compris que vous vous faisiez passer pour moi. Ou que, peut-être, vous vous étiez cogné la tête et que vous vous preniez réellement pour moi. Sans avoir la moindre idée des ennuis qui vous attendaient. Je savais que la police vous retrouverait. À cause de Jenny, de toute cette pagaille que j'avais laissée derrière moi.

Saisie d'un brusque accès de faiblesse, Florence se rassit à côté d'Helen. Elles restèrent silencieuses quelques instants.

— Écoutez, reprit enfin Helen, je suis bien consciente que ça fait beaucoup de choses à assimiler. Et je conçois que vous puissiez être en colère. Vous avez toutes les raisons de l'être. Mais, depuis le début, j'essaie de vous épargner.

D'ailleurs, je suis revenue pour vous aider. J'ai toujours été soucieuse de vos intérêts.

Il y avait une intonation nouvelle dans la voix d'Helen : geignarde, presque implorante. Et Florence se rendit soudain compte qu'elle était en position de force. Libre à elle d'appeler la police sur-le-champ et de dénoncer Helen si elle en avait envie. Quelle tête feraient Idrissi et Dan Massey si elle leur présentait la vraie Helen Wilcox...

Mais qu'arriverait-il après ? Elle serait obligée de rentrer aux États-Unis, sans travail, sans argent, sans même un endroit où habiter. En sachant qu'elle avait envoyé Maud Dixon en prison.

Elle se prit la tête entre les mains.

— Vous êtes épuisée, fit remarquer Helen. Pourquoi ne pas vous reposer un peu ? Nous reparlerons de tout ça demain matin, d'accord ?

Florence hocha la tête.

— Attendez, je vais enlever mes affaires de votre chambre, proposa-t-elle pour la forme.

— Non, ne vous en faites pas. Restez là, je dormirai dans l'autre.

— Vous êtes sûre ?

— Certaine.

À la porte, Helen se retourna et lui adressa un sourire matois.

— Vous savez quelle a été ma première pensée quand j'ai vu cet article à Rabat ?

— Je vous écoute.

— Je me suis dit, *Bien joué.* J'étais impressionnée. Oh, c'est peut-être une réaction un peu étrange pour quelqu'un qui apprend que son assistante a usurpé son identité, mais bon, vous avez pu remarquer que je n'aimais pas trop faire comme tout le monde.

Florence lui adressa un sourire las.

— Avec vous, j'ai eu la meilleure des profs.

— Je ne peux pas le nier. Sauf que, même moi, je ne suis pas à l'abri d'une négligence. Personne ici ne sait que vous êtes Florence Darrow, vous en êtes sûre ?

— En fait, je... j'ai été obligée d'en parler à ce garçon avec qui je sors.

— Oh. Helen Wilcox a un petit ami ? demanda Helen, amusée.

— Plus ou moins. C'est Nick, le grand avec les dreadlocks...

Helen grimaça.

— Il va falloir que je vous apprenne encore certaines choses. Vos goûts en matière d'hommes laissent à désirer.

Florence éclata de rire.

— Il est gentil.

— Gentil ? C'est juste une façon polie de dire qu'il n'a aucun intérêt.

D'un ton plus doux, elle ajouta :

— Blague à part, je comprends que vous vous sentiez dépassée par tout ce que je vous ai raconté. Rappelez-vous juste que nous sommes du même côté. J'ai toujours l'intention de disparaître, mais je m'arrangerai pour que vous n'en fassiez pas les frais. Et pour que vous receviez un généreux dédommagement. D'accord ?

Elle plongea son regard dans celui de Florence.

— OK, murmura cette dernière.

— Bien.

Helen sortit de la chambre et ferma la porte derrière elle d'un geste ferme.

Florence sombra dans un sommeil agité. La musique en bas n'arrêtait pas de la réveiller. Elle repensait alors à la réapparition d'Helen et les questions se bousculaient dans sa tête – des questions qu'elle aurait dû lui poser, mais elle ne l'avait pas fait.

À un certain moment, elle sentit une présence dans la chambre et se redressa. C'était Helen qui, debout à environ deux mètres du lit, l'observait. Les lueurs de la lune l'éclairaient en partie.

— Helen ? Tout va bien ?

— Je n'arrivais pas à dormir et je me suis dit que vous étiez peut-être encore réveillée. Mais je me rends compte qu'il est tard.

— Pas de problème, déclara Florence en se poussant. Venez vous asseoir.

— Non, non, rendormez-vous.

Elle sortit.

Peu après, alors qu'elle flottait dans un état de demi-somnolence, Florence en vint à se demander si elle avait rêvé.

Puis elle se réveilla de nouveau. Il faisait toujours nuit. Il lui sembla déceler une certaine tension dans l'air, comme si quelqu'un venait de jouer une note de musique stridente.

Elle posa les pieds sur le sol frais et s'engagea dans la galerie. Le plus profond silence régnait dans la maison, à peine troublé par le glougloutement de la fontaine dans la cour en bas.

Elle descendit. Le salon était sens dessus dessous mais désert. Meg et les autres avaient dû partir.

Percevant soudain un bruit sur la terrasse, elle ouvrit les portes-fenêtres et vit la silhouette d'Helen se découper sur le ciel sombre. Elle se tenait près de la piscine.

— Helen ?

Celle-ci sursauta et se retourna en posant une main sur son cœur.

— Florence, vous m'avez fichu la frousse.

— Qu'est-ce que vous faites ?

— Je ne trouvais pas le sommeil. Tout est si paisible ici, maintenant que la chaleur s'est dissipée.

— Ça va ?

— Ces quelques jours, semaines et même mois ont été particulièrement éprouvants.

— Vous voulez de la compagnie ?

— Non, retournez vous coucher. Je vais rentrer bientôt.

— Vous êtes sûre ?

— Oui. Bonne nuit.

Florence remonta à l'étage mais ne put se rendormir. Elle prit un livre. Une demi-heure plus tard, elle entendit les pas d'Helen dans l'escalier. Ils s'arrêtèrent brièvement devant sa porte avant de se diriger plus loin dans la galerie. Puis la porte de l'autre chambre se referma doucement.

# 43

Florence descendit peu après le lever du jour. Elle n'avait pas pu se rendormir après avoir trouvé Helen près de la piscine. Il devait être 4 heures du matin à ce moment-là, estimait-elle.

En entrant dans la cuisine, elle surprit Amira.

— Il est tôt, observa cette dernière.

— Je sais. Il y a du café ?

— Je vais en faire tout de suite.

Florence se demanda à quelle heure arrivait Amira le matin. La Marocaine était toujours là avant elle.

Quelques minutes plus tard, elle s'installa sur la terrasse, devant une brioche et un mug de café. Le ciel s'éclaircissait peu à peu, mais on ne voyait encore que les contours des palmiers.

Elle se posa une nouvelle fois la principale question qui l'avait tenue éveillée : devait-elle livrer Helen aux autorités ?

Après tout, la romancière avait tué quelqu'un. C'était peut-être de la légitime défense, en attendant Jenny était morte. Elle-même pouvait-elle courir le risque d'être accusée de complicité après les faits ?

D'un autre côté, elle n'aurait rien à gagner à dénoncer Helen. Celle-ci avait parlé de disparaître en lui garantissant qu'elle ne serait pas inquiétée et qu'elle recevrait un « généreux dédommagement ». Qu'entendait-elle par là au juste ? La mettait-elle en position de donner son prix ? Peut-être. Et puis, de toute façon, la pensée d'envoyer Helen en prison ne lui plaisait pas. Ce serait comme enfermer un oiseau exotique dans une cage. Du gâchis.

— Vous avez pris un coup de soleil.

Florence tressaillit en découvrant la romancière sur le seuil. Machinalement, elle porta les mains à son visage.

— Vous êtes toute rouge, poursuivit Helen. Je ne l'avais pas remarqué hier soir. Vous devriez faire plus attention à vous. Il y a de la crème solaire dans mes affaires de toilette.

Elle s'assit à table.

— Vous avez réussi à vous rendormir ?

— Non, répondit Florence. Et vous ?

— Juste quelques heures. Mais ça va. Et ça ira encore mieux après un bon café.

À point nommé, Amira sortit sur la terrasse, la cafetière à la main. Elle salua Helen le plus naturellement du monde, comme si elle s'était toujours attendue à son retour.

Quand la Marocaine fut rentrée dans la maison, Helen demanda :

— Qu'avez-vous dit à Amina ?

— Rien, en fait. Juste que vous étiez retournée à Marrakech.

À ce moment-là seulement, Florence se rendit compte qu'elle n'avait jamais expliqué à Amira d'où venaient ses blessures ni pourquoi elle avait été ramenée pieds nus par un gendarme.

— À propos, elle s'appelle *Amira*, ajouta-t-elle.

— Ah bon ? lança Helen distraitement, tout en coupant en deux un croissant pour y étaler du miel. Écoutez, Florence, il faut que j'aille en ville ce matin. À mon retour, nous discuterons de la marche à suivre.

— Qu'allez-vous faire en ville ?

— Il vaut mieux que vous ne le sachiez pas.

— On n'a plus de voiture.

— Si, j'en ai une.

Helen avala une gorgée de café.

— Comment s'appelle cet homme qui travaille à l'ambassade, déjà ? demanda-t-elle.

— Dan Massey. Sa carte de visite est sur la table basse dans le salon. Pourquoi ?

— J'ai un plan, déclara la romancière. Je dois encore régler quelques détails, et ensuite je vous dirai tout.

Elle vida sa tasse, puis se leva.

— Vous y allez maintenant ? s'étonna Florence.

Il n'était même pas encore 7 heures.

— L'avenir appartient à ceux qui blablabla.

Helen rentra se préparer.

Une demi-heure plus tard, elle était partie, et Florence se retrouva seule.

Elle était toujours assise sur la terrasse lorsqu'elle entendit le téléphone sonner dans la maison. Amira passa la tête dehors.

— C'est encore Mme Greta Frost, madame.

— Pouvez-vous répondre que je ne suis pas là, s'il vous plaît ?

Amira hocha la tête, mais reparut quelques secondes plus tard.

— Elle dit que si personne ne lui parle, elle préviendra la police.

Florence se doutait bien que si Helen revenait à la villa des Grenades et trouvait la police sur place, elle ne le lui pardonnerait jamais. De plus, elle ne se sentait pas encore prête à choisir son camp.

Pour finir, elle se leva, suivit Amira jusque dans la cuisine et saisit le combiné.

— Bonjour, Greta, dit-elle d'un ton hésitant.

— Florence ? Mais enfin, qu'est-ce qui se passe ? J'essaie de vous téléphoner depuis plus de vingt-quatre heures.

Florence consulta sa montre.

— Quelle heure est-il aux États-Unis ?

— Non, Florence, je suis au Maroc. À Marrakech.

— Quoi ?
— Je suis arrivée hier après-midi.
— Où ?
— J'ai pris une chambre à La Mamounia.

Florence avait lu le descriptif de cet hôtel de luxe quand elle avait fait ses recherches avant de partir. Il fallait compter plus de cinq cents dollars la nuit.

— Et vous, où êtes-vous ? demanda l'agente. Je ne sais même pas où vous rejoindre.
— C'est moi qui vais me déplacer, d'accord ?
— Et Helen ?
— Je vous l'ai dit, elle est partie. Elle n'est plus ici.

Dès que Florence énonça ce mensonge, elle comprit qu'elle ne dénoncerait jamais Helen. C'était à elle qu'elle accorderait sa loyauté, pas à des représentants des autorités à cheval sur le règlement comme l'officier Idrissi ou Dan Massey. Ni même à Greta Frost.

— Vous croyez qu'elle est revenue ici, à Marrakech ? questionna l'agente.
— Oui, répondit Florence d'un ton catégorique. Notre vol de retour est prévu mercredi. Je n'ai aucune raison de penser qu'elle ne le prendra pas.
— D'accord. Je vous attends, alors. Vous comptez venir aujourd'hui ?
— Oui, dès que j'aurai réglé deux ou trois petites choses.
— Parfait. On pourrait se retrouver pour boire un verre à mon hôtel ce soir. Il y a un bar très agréable derrière la réception. J'y serai à 18 heures.
— Entendu. À ce soir.
— Appelez-moi sur mon portable au cas où il y aurait un changement.

Florence raccrocha en se demandant si elle irait à ce rendez-vous. Que pourrait-elle dire à Greta ?

Eh bien, elle en parlerait à Helen, qui aurait sûrement un plan. Elle en avait toujours un.

# 44

Une demi-heure plus tard, le vrombissement d'un scooter se fit entendre près de la villa, puis s'arrêta brusquement. Florence regarda par la fenêtre. Voyant Meg descendre de l'engin, elle alla lui ouvrir.

— Nick est là ? demanda la nouvelle venue sans préambule.

— Non, pourquoi ?

— Tu l'as vu ce matin ?

— Non, répondit Florence. Qu'est-ce qui se passe ?

— Il était censé retrouver Liam et Jay il y a deux heures, pour aller surfer, mais il n'est jamais venu et personne n'arrive à le joindre.

— Il n'est pas rentré avec eux hier soir ?

— Non, ils m'ont dit qu'il était resté ici.

Meg s'interrompit un instant, l'air mal à l'aise.

— Il discutait avec Florence, ajouta-t-elle. Je veux dire, en tout bien tout honneur...

Florence sourit.

— Pas de souci. Il a tout à fait le droit de parler à d'autres filles.

— Bon, s'il te donne des nouvelles, tu nous préviens ?

— Bien sûr.

Après le départ de Meg, Florence s'installa dans le salon. Une sourde appréhension s'était emparée d'elle, qu'elle ne pouvait plus ignorer. La caféine avait fait son effet, et toutes les questions qu'elle avait été incapable de formuler pendant la nuit l'assaillaient à présent, parfaitement claires dans son esprit.

Comment était-il possible qu'Helen soit sortie indemne de l'accident ? Comment avait-elle réussi à s'extraire de la voiture en train de couler ? Avait-elle tenté de la secourir, elle ? Pourquoi elle-même ne gardait-elle aucun souvenir de cette soirée ? Et, pour commencer, pourquoi Helen l'avait-elle engagée pour taper les pages d'un roman déjà publié ?

Quelque chose la troublait dans la confession de la romancière. Peut-être parce qu'elle était passée trop facilement aux aveux. Helen était brillante, engageante, captivante. Mais franche ? Sincère ? Non, sûrement pas.

Et si cette confession n'en était pas une ?

Dans ce cas, que cachait-elle encore ? Elle avait reconnu avoir tué sa meilleure amie, mais s'était-elle rendue coupable d'autres actes innommables ?

Florence eut soudain une idée. Elle savait où chercher des réponses.

Helen avait laissé son ordinateur à la villa des Grenades au moment de simuler sa mort, parce que rien ne devait manquer dans ses affaires. À la réflexion, cependant, pourquoi l'avait-elle apporté au Maroc ? Après tout, elles en avaient déjà un – celui dont Florence se servait pour saisir les brouillons de la romancière et envoyer des mails.

En l'occurrence, elle l'alluma, puis googla : « mot de passe mac oublié ». Elle aurait dû y penser plus tôt. D'autant que la méthode pour réinitialiser un mot de passe se révéla des plus simples.

Serrant l'ordinateur contre elle, elle s'élança dans l'escalier. Arrivée dans sa chambre, elle sortit le portable d'Helen du tiroir où elle l'avait trouvé trois jours plus tôt. Il était complètement déchargé. Elle le brancha puis l'alluma tout en appuyant sur les touches Commande et R.

Elle consulta de nouveau les instructions sur son propre écran. L'ordinateur d'Helen était à présent en mode de récupération ; elle n'avait plus qu'à taper « réinitialisation du mot de passe ».

Brusquement, elle se figea. Un bruit lui parvenait du rez-de-chaussée. Elle tendit l'oreille. Non, c'était seulement Amira qui fredonnait. Rien d'inquiétant.

Elle se concentra de nouveau sur sa tâche et choisit *« zoodles »* comme nouveau mot de passe. À partir de maintenant, il n'y aurait plus de retour en arrière possible. La prochaine fois qu'Helen voudrait utiliser son ordinateur, elle saurait que quelqu'un y avait touché.

Florence regarda le bureau s'afficher. Son excitation retomba rapidement. Il n'y avait ni fichiers ni dossiers visibles sur l'écran. Elle cliqua sur Documents puis sur Corbeille. Tous deux étaient vides. Elle ouvrit ensuite le navigateur Internet. L'historique des recherches avait été effacé.

Elle réfléchit quelques instants en pianotant légèrement sur son clavier, puis tapa : « Récupérer des fichiers supprimés sur mac. » Les premiers résultats qui s'affichèrent étaient des publicités pour des logiciels censés remplir cette fonction. Elle en téléchargea un pour 1,99 dollar et attendit qu'il fouille le disque dur. Une barre d'état se colorait en vert vif à mesure de la progression de la recherche. Elle atteignit 50 %, puis 80 %, et toujours rien.

Enfin, à 87 %, l'ordinateur émit un ping aigu. Le programme avait trouvé quelque chose : un dossier nommé « Livre 2 ». Florence l'ouvrit. Il contenait plusieurs documents intitulés « Brouillon1 » jusqu'à « Brouillon4 ». Elle cliqua sur le plus récent. Ce n'était pas le roman de Paul Bowles qu'elle avait tapé pendant des semaines. Ces mots-là, elle ne les avait jamais lus.

La page de titre annonçait :

*Échange au Maroc*

*Un roman de*

*Maud Dixon*

Florence choisit un passage au hasard et le parcourut :

> Lillian jeta un coup d'œil à Iris, qui avait blêmi malgré la chaleur en voyant le pêcheur taper le poulpe par terre pour le tuer. Elle avait beau savoir que l'utilité d'Iris résidait précisément dans sa naïveté, elle la trouvait repoussante. La faiblesse lui répugnait, tout comme, imaginait-elle, la cruauté ou les mauvaises manières rebutaient les autres.

Florence s'interrompit. S'apercevant qu'elle retenait son souffle, elle le relâcha d'un coup. Elle fit défiler le document jusqu'à la fin.

> Lillian glissa six comprimés de clonazepam dans la poche de sa robe. Le médecin lui avait dit d'en avaler un demi avant de monter dans l'avion.
>
> Elle vérifia une nouvelle fois sur son téléphone le trajet jusqu'au restaurant. La rue Badr était le seul moyen d'y accéder. Et d'en revenir.
>
> Soudain, elle entendit toquer à la porte. Même la façon qu'avait Iris de frapper était hésitante.

Florence délaissa l'ordinateur. Elle s'obligea à prendre plusieurs inspirations, puis se leva et se dirigea d'un pas mal assuré vers la salle de bains. À l'intérieur, elle se pencha vers la cuvette des toilettes, mais rien ne vint. Elle s'approcha alors du lavabo, fit couler l'eau chaude et plaça ses mains sous le jet pendant plusieurs secondes. Ce fut seulement quand la sensation de brûlure se précisa que sa respiration ralentit. Elle se regarda dans la glace. Une fois calmée, elle coupa l'eau et retourna s'asseoir devant l'ordinateur. Elle ferma le document sans en lire une ligne de plus et chercha sur Google le numéro de la police de Cairo, dans l'État de New York.

En bas, dans la cuisine, elle écouta les sonneries se succéder avant que quelqu'un décroche enfin.

— Poste de police de Cairo, j'écoute ?

— Bonjour. Pourrais-je parler à l'inspecteur Ledowski, s'il vous plaît ?

Elle fut mise en attente, puis une autre voix s'éleva dans le combiné :

— Allô ?

— Inspecteur Ledowski ?

— Oui. Vous êtes... ?

— Je m'appelle Florence Darrow. Je suis l'assistante d'Helen Wilcox.

Un bref silence. Puis :

— J'espère que vous m'appelez pour me donner son numéro de vol.

— Elle voudrait d'abord savoir si elle fait partie des suspects dans l'enquête sur la mort de Jeanette Byrd.

— Quoi ?

Le policier ricana.

— Oh ça, oui, elle en fait partie. C'est même la suspecte numéro un.

— Mais vous êtes sûr que Jeanette Byrd a été assassinée ? demanda Florence. Ça ne pourrait pas être un accident ? Un cas de légitime défense ?

— Deux balles dans la nuque ? Oui, je dirais que c'est un assassinat. Une *exécution*, plus précisément.

Florence raccrocha. Elle considéra un moment la chaise la plus proche avant de la tirer vers elle pour s'y asseoir.

Les paroles d'Helen résonnaient dans sa tête. « Alors j'ai couru à l'étage chercher mon pistolet... »

Elle tenta de se rappeler tout ce qu'Helen lui avait dit la veille au soir. Sur quels autres points lui avait-elle menti ? Tous, peut-être. C'était plus que probable.

Soudain, elle se souvint de leur rencontre en pleine nuit près de la piscine. Oh non, songea-t-elle. Non... Une pensée odieuse venait de lui traverser l'esprit.

Elle se leva d'un bond et fonça dans le jardin, jusqu'au bord du bassin recouvert d'une pellicule sale. Mais elle eut beau scruter les profondeurs brun verdâtre, elle ne vit rien. Elle ramassa un caillou dans un massif et le lança dans l'eau. Il perça brièvement la surface avant de disparaître.

Après avoir jeté un coup d'œil en direction de la maison, Florence entreprit de rouler le bas de son pantalon de pyjama. Comme il n'arrêtait pas de retomber, elle finit par l'enlever.

— Vous allez nager ?

Elle se retourna. Amira s'avançait sur la terrasse, un arrosoir à la main.

— Oui, je... ça me fait envie, prétendit-elle en s'efforçant d'adopter un ton enjoué.

— Je vais vous chercher une serviette.

— Merci.

Quand elle posa le pied sur le premier barreau de l'échelle, Florence grimaça. L'eau était plus froide qu'elle ne l'aurait cru et envahie par de fines algues d'aspect visqueux. Des dizaines d'insectes à longues pattes sillonnaient la surface.

Serrant les dents, elle acheva de descendre l'échelle puis, immergée jusqu'à la taille, pataugea dans la partie la moins profonde. Rien.

Elle s'aventura plus loin en décrivant de larges arcs devant elle avec ses jambes. Lorsqu'elle eut parcouru presque toute la longueur du bassin, elle commença à se faire l'effet d'une parfaite idiote.

Et subitement, elle sentit quelque chose. Là, oui. Qu'est-ce que c'était ?

Ce n'était pas facile pour elle de rester immobile alors qu'elle avait de l'eau jusqu'aux aisselles. Elle contracta ses muscles et avança doucement son pied. Là ! De nouveau, elle sentit une résistance.

Sans hésiter, elle prit son souffle et plongea. Elle ouvrit les yeux, mais impossible de distinguer quoi que ce soit. Aucune lumière ne filtrait à travers la pellicule de saletés à la surface. Elle tendit les bras et ses mains rencontrèrent quelque chose de mou. Du tissu. Elle déplaça ses doigts. Sentit des dents. Un nez. Une épaisse masse de dreadlocks…

Elle refit surface, toussant et crachant.

— Oh, putain ! répéta-t-elle, encore et encore.

Elle sortit de la piscine et saisit la serviette qu'Amira avait laissée au bord.

— Putain !

Enveloppée dans le tissu-éponge, elle courut jusqu'au salon. Ses pieds mouillés glissèrent sur le dallage et elle n'eut que le temps de se retenir au mur le plus proche pour ne pas tomber. Où était-elle ? Où était la carte de visite de Dan Massey ? Elle n'était plus sur la table basse. Florence regarda dessous et vérifia aussi sous les fauteuils. Le bristol avait disparu.

— Putain !

Elle saisit l'ordinateur sur la table de la salle à manger et chercha le numéro de l'ambassade à Rabat. Elle l'emporta dans la cuisine, où elle surprit de nouveau Amira. Elle décrocha le téléphone, composa le numéro et cria « Dan Massey ! » à la voix guillerette qui répondait. Un instant plus tard, il prenait la communication.

— Dan Massey à l'appareil.

— Elle l'a tué, lâcha Florence d'une voix suraiguë, paniquée. Elle l'a tué.

— Quoi ? Qui est à l'appareil ?

— Florence Darrow.

— Ah. Je m'apprêtais à vous appeler.

— Helen... Helen est revenue. La vraie Helen. Elle était là. Elle a tué un de mes amis. Elle a tué Nick. Je vous en prie, vous devez m'aider.

— Hé, doucement, doucement. Reprenez tout depuis le début.

Florence inspira à fond.

— Helen est revenue hier soir, répéta-t-elle. Ma patronne, Helen Wilcox, la femme dont vous avez confisqué le passeport. Et elle a assassiné quelqu'un. Elle a assassiné Nick.

Sa voix se brisa. Elle le revoyait en caftan et turban dans le souk, souriant et rougissant. Il n'avait que vingt-quatre ans. Mon Dieu, qu'avait-elle fait ? se demanda-t-elle, sans savoir si elle se référait à elle-même ou à Helen.

— Nick comment ?

— Nick. Nick...

Elle s'interrompit. Elle ne connaissait même pas son nom de famille.

— Il est dans la piscine, ajouta-t-elle.

— Madame Wilcox, je veux que vous m'écoutiez très attentivement, d'accord ? Je vais venir chez vous, mais il me faudra quelques heures pour faire le trajet. Alors je vais appeler l'officier Idrissi pour voir s'il peut vous rejoindre plus vite. En attendant, je tiens à vous informer que j'ai parlé à Florence Darrow en début de matinée.

— Pardon ?

— Elle m'a mis au courant de ce qui se passait.

— Comment ça ?

— D'après elle, vous souffrez de bouffées délirantes. Vous avez des idées suicidaires, vous voulez échapper à la loi... Elle m'a dit que vous buviez beaucoup, que vous aviez aussi réussi à vous procurer des substances illégales et même que vous lui aviez proposé dix mille dollars pour son passeport.

— Non, c'est Helen qui vous a téléphoné. Elle a pris votre carte de visite.

— Bon, écoutez, nous sommes là pour vous aider. Nous sommes tous de votre côté. Alors essayons de réfléchir calmement. Je vais partir tout de suite, je devrais être chez vous dans cinq heures. J'appellerai Idrissi dès que j'aurai raccroché avec vous. Avec un peu de chance, il pourra être sur place dans vingt ou vingt-cinq minutes, OK ? De mon côté, je me mets en route sur-le-champ. En attendant, ne quittez pas la villa et ne faites rien d'inconsidéré.

— D'accord. Mais dépêchez-vous.

Lorsqu'elle coupa la communication, l'adrénaline qui la galvanisait reflua d'un coup. Le temps parut ralentir. Elle se vit soudain comme Amira la voyait : debout au milieu d'une flaque d'eau sale, sans pantalon, plaquant contre sa poitrine un ordinateur portable dont le cordon d'alimentation pendait jusqu'au sol.

— Désolée, lui dit-elle. Désolée.

Trempée, frissonnante, elle monta à l'étage. Il y avait des algues accrochées à ses cheveux et à ses cils.

Idrissi serait bientôt là, se répétait-elle dans sa tête. Elle n'aurait jamais cru souhaiter aussi ardemment sa présence un jour.

Elle entra dans sa propre salle de bains pour la première fois depuis l'accident et verrouilla la porte derrière elle. Elle fit couler la douche jusqu'à ce que l'eau soit brûlante, puis se plaça sous le jet sans prendre la peine d'éloigner son plâtre. De toute façon, il était déjà trempé.

Idrissi allait arriver. Massey aussi. Elle finirait par leur faire admettre la vérité. Elle demanderait à sa mère de venir et à Whitney de signer une déclaration sous serment. Elle n'était pas Helen Wilcox, elle ne serait pas envoyée en prison. Dans l'immédiat, il fallait juste se montrer patiente. Calme et patiente.

Elle sortit de la cabine et se séchait quand elle entendit frapper à la porte.

— Florence ? demanda Helen d'un ton léger.

Florence se raidit.

— Une seconde !

— Tout va bien ?

— Oui, pas de problème.

— Amina a préparé le déjeuner. Vous venez manger ?

— Oui, d'accord. J'en ai pour une minute.

Elle écouta Helen s'éloigner, frotta vigoureusement la serviette sur son visage, s'habilla et regarda par la fenêtre de la chambre, qui donnait sur l'allée. Aucun signe d'Idrissi. Quoi qu'il en soit, elle ne pouvait pas rester terrée dans la salle de bains toute la journée. Il ne fallait surtout pas qu'Helen la soupçonne de l'avoir percée à jour.

En bas, elle l'entendit s'entretenir avec Amira sur la terrasse. Le sac d'Helen était posé sur la console près de la porte d'entrée. Florence s'en approcha, jeta un coup d'œil à l'intérieur et vit un passeport américain. Elle le sortit et l'ouvrit.

C'était le sien, évidemment. Y figuraient son nom complet, Florence Margaret Darrow, et sa date de naissance. Sauf que la photo à côté était celle d'Helen.

Elle glissa le document dans sa poche arrière.

Comment Helen s'y était-elle prise ? Était-ce pour cette raison qu'elle était allée à Rabat ? Florence savait, pour avoir fait des recherches sur le sujet, qu'elle n'aurait eu besoin que du permis de conduire de Florence Darrow et d'une photocopie de son passeport. Ainsi que de nouvelles photos.

Dehors, Helen était attablée à l'ombre. Elle arracha un grain de raisin à une grappe et le croqua.

— La douche vous a fait du bien ?

— Oui, merci, répondit Florence. Vous avez trouvé ce que vous vouliez, en ville ?

— Oui. Oh, à propos, j'ai rencontré certains de vos amis. Meg et ce garçon, là... Nick, c'est ça ?

— Ah bon ? C'est sympa...

Florence s'assit et porta à ses lèvres son verre de jus de fruits avant de se rendre compte qu'il était déjà sur la table avant son arrivée. Helen était restée seule avec. Elle feignit d'en avaler une gorgée puis le reposa. Elle se sentait nauséeuse. Remarquant que sa main tremblait, elle la plaça sur sa cuisse. Que fabriquait Idrissi ?

Elle ne savait même pas si Massey avait réussi à le joindre.

— Vous êtes toute pâle, observa Helen.

— C'est sûrement la gueule de bois, répliqua Florence.

Elle la regarda beurrer et manger une tranche de pain. Helen retroussait les lèvres à chaque bouchée pour épargner son rouge. Une meurtrière, songea Florence. Elle était en train de déjeuner avec une meurtrière. Helen avait assassiné Jenny et Nick. Et aussi, selon toute vraisemblance, Ellis Weymouth, l'homme que Jenny était censée avoir tué. Au fond, quelle était l'hypothèse la plus probable ? Que deux adolescentes, amies proches, aient développé en même temps des tendances homicides, ou que l'une d'elles ait été une psychopathe, assez sadique de surcroît pour faire endosser son crime à l'autre ? Après tout, une fille qui n'avait eu aucun scrupule à ôter une vie ne s'était sans doute pas posé de problème de conscience pour envoyer l'autre en prison. Même si c'était sa meilleure amie.

Et à présent cette psychopathe voulait utiliser son passeport, songea Florence. Et pour ça, bien sûr, la vraie Florence Darrow devait disparaître. Pour de bon.

Mais que pouvait-elle faire, à part rester assise en face d'Helen et manger comme si de rien n'était ? Impossible de l'affronter directement. Comment savoir de quoi était capable cette femme qui avait caché un pistolet chez elle à Cairo ? Non, elle n'avait pas d'autre choix que d'attendre l'aide des autorités.

Amira leur apporta une salade au poulet. Après l'avoir placée sur la table, elle se tourna vers Florence.

— Alors, vous avez bien profité de la piscine ? demanda-t-elle.

Florence se figea. Elle regarda Helen qui, les yeux plissés, l'étudiait d'un air sombre. Elles ne bougèrent ni l'une ni l'autre. N'obtenant pas de réponse, Amira retourna dans la cuisine. Puis Helen serra le poing droit, et Florence se leva d'un bond, renversant sa chaise qui tomba par terre dans un grand claquement métallique. Elle se rua à l'intérieur de la villa et s'élança dans l'escalier, consciente qu'Helen courait derrière elle.

Elle s'engouffra dans son ancienne chambre, entra dans la salle de bains, puis se retourna et ferma à clé. Adossée au battant, hors d'haleine, elle se laissa glisser sur le sol.

Une seconde plus tard, Helen toquait à la porte.

— Florence, dit-elle d'une voix chantante. Florence, ça va ?

Celle-ci se redressa puis alla s'asseoir dans la baignoire. Elle plia les jambes et ramena ses genoux contre sa poitrine.

Helen secoua la poignée, doucement au début, puis plus fort. Pour finir, elle se jeta de tout son poids contre le battant. Il était vieux, mais le bois paraissait épais et solide. Il tiendrait, pensa Florence. Quant à la serrure, un gros bloc en laiton, elle semblait résistante aussi.

Au bout d'un moment, les chocs cessèrent. Florence entendait Helen haleter de l'autre côté. Le silence se prolongea quelques instants.

— Pourquoi l'avez-vous tué ? demanda enfin Florence. C'était un garçon sympa, gentil.

En questionnant Helen, elle espérait gagner du temps jusqu'à l'arrivée d'Idrissi, mais une part d'elle avait aussi besoin d'une explication.

— J'aurais tué qui ? répliqua Helen d'un ton innocent.

— Vous savez très bien qui. Nick. Pourquoi l'avoir tué ?

Le ton d'Helen changea brusquement.

— Si vous en êtes à lancer des accusations, autant vous regarder dans la glace, Florence. C'est vous qui l'avez tué. Vous l'avez condamné à l'instant même où vous lui avez dit que vous vous appeliez Florence Darrow. Vous avez tout foutu en l'air. Vous auriez dû poursuivre cette comédie. Vous aviez envie d'être Helen Wilcox ? Parfait ! Je n'aurais été que trop heureuse de vous la laisser. Mais vous ne pouviez pas avoir les deux, Helen *et* Florence. Vous en vouliez trop, c'est ce qui vous a perdue. Aujourd'hui, c'est *moi* Florence Darrow.

— Je ne lui ai jamais dit que je m'appelais Florence Darrow ! Je lui ai juste raconté que Florence était mon premier prénom mais que je préférais le deuxième, Helen. Et je n'ai jamais mentionné mon nom de famille. Je ne suis pas idiote.

— Vous m'avez confié qu'il connaissait votre vrai nom. J'ai supposé que vous parliez de votre identité complète. Je ne pouvais pas prendre de risques. Vous auriez dû être plus claire. C'est dommage pour lui mais, là encore, c'est votre faute, pas la mienne.

— C'était un gentil garçon, répéta Florence plus doucement.

— Oh, arrêtez les conneries ! cracha Helen. Ce n'était qu'un camé attardé qui se comportait comme un gamin pour attirer les filles dans son lit.

Florence ne répondit pas.

Au bout d'un moment, Helen déclara :

— Bon, attendez, je reviens.

Et d'ajouter, avec un rire perçant, dément :

— Ne vous sauvez pas, surtout !

Florence l'entendit s'éloigner rapidement. Elle laissa s'écouler quelques secondes, puis alla entrouvrir la porte. Personne. Elle se précipita vers la fenêtre pour jeter un coup d'œil dans l'allée. Toujours aucun signe d'Idrissi. Elle balaya la pièce du regard. Où pouvait-elle se réfugier ? Des bruits de pas lui parvenaient déjà de l'escalier. Elle battit en retraite dans la salle de bains, où elle s'enferma de nouveau.

— Alors, où en étions-nous ? lança Helen.

— S'il vous plaît, expliquez-moi ce qui se passe. Dites-moi la vérité, cette fois.

Le silence se prolongea un moment. Pour finir, Helen déclara :

— Tenez, lisez ça.

Un morceau de papier plié apparut sous la porte.

— Vous comprendrez mieux.

Florence regarda le papier avec méfiance. Que pourrait-il lui apprendre ? Elle venait de placer les mains sur les bords de la baignoire pour se redresser quand une détonation sourde résonna. Le battant se fissura à mi-hauteur. Impossible de s'y méprendre : Helen avait tiré et la balle s'était logée dans la porte.

— Hé ! s'écria Florence. Vous êtes folle ?

Un rire étouffé lui répondit.

— Qui ne tente rien n'a rien.

Toujours dans la baignoire, Florence saisit la ventouse placée à côté des toilettes et s'en servit pour tirer le papier vers elle. Elle le déplia. Il était vierge.

S'ensuivit un nouveau moment de silence. Helen tapait doucement contre la porte – avec son arme, supposa Florence –, comme si elle commençait à s'ennuyer. Florence attrapa une serviette sur le portant en laiton fixé au mur et la glissa sous elle dans la baignoire.

— Amira a dû entendre le bruit, déclara-t-elle. Elle est sûrement en train d'appeler la police.

— Je lui ai dit de rentrer chez elle.

Merde.

Le moment était venu de dévoiler ses cartes, pensa Florence.

— De toute façon, j'avais déjà appelé les flics, révéla-t-elle. Avant le déjeuner. Ils vont arriver d'une minute à l'autre.

— C'est du bluff, riposta Helen.

— Non, c'est vrai. Téléphonez à Dan Massey, à l'ambassade. Demandez-lui.

— Vous mentez, et je le sais. Je le sens. Je vais rester ici, Florence, et attendre. Tôt ou tard, vous serez bien obligée de sortir.

Florence ferma les yeux. Idrissi n'allait plus tarder. Tout s'expliquerait, le malentendu serait dissipé.

— Vous avez organisé l'accident, reprit-elle. Je devais mourir pour que vous puissiez me voler mon identité.

— Oh, bravo, fit Helen.

Contre toute attente, Florence se sentit blessée. Pendant des semaines, elle avait cherché à se faire apprécier par la romancière. Or celle-ci ne pensait qu'à la tuer.

— Comment vous y êtes-vous prise ?

— Bon sang, Florence, vous ne regardez jamais de films ? Je vous ai droguée, j'ai enclenché une vitesse et j'ai sauté de la voiture. Voilà, clap de fin. Ah non, justement, ça n'a pas été la fin. C'est bien le problème. Il a fallu que ce foutu pêcheur s'en mêle. Qu'est-ce qu'il fabriquait dehors à 10 heures du soir, celui-là ?

— Mais pourquoi ne pas m'avoir laissée devenir Helen Wilcox, puisque vous saviez que j'allais me faire passer pour vous ? Pourquoi êtes-vous revenue ?

— Pour l'argent, bien sûr.

— Quel argent ?

— Le mien, Florence. Je vous ai tout légué par testament. Par conséquent, Helen Wilcox doit mourir pour que Florence Darrow – c'est-à-dire moi aujourd'hui – puisse hériter.

Malgré elle, Florence admira l'ingéniosité du plan, qui permettrait à Helen de vivre sous une identité d'emprunt tout en se réappropriant ses biens par des voies légales.

— Mais pourquoi m'avoir impliquée ? questionna-t-elle. Vous ne pouviez pas vous procurer un faux passeport, un truc comme ça ?

— Ah oui, et où s'adresse-t-on pour ça, hein ? rétorqua Helen. Au magasin de faux passeports ? Est-ce qu'ils vendent aussi des numéros de sécurité sociale ? Et des historiques bancaires ? Je ne sais pas comment on obtient des faux papiers.

— Du coup, vous vouliez vous débarrasser de moi ? Sans états d'âme ?

Un soupir.

— Je croyais avoir été claire avec vous, Florence. On se bat toujours seul. On fait ce qu'on peut pour survivre.

Florence garda le silence. C'était vrai. Helen avait été claire.

— Au début, c'est vrai, je n'envisageais pas nécessairement de vous tuer, reprit la romancière d'une voix un peu radoucie. Je comptais laisser passer six mois, le temps que le corps de Jenny se décompose. Ensuite, je vous aurais virée et j'aurais continué comme avant. Mais après cette visite de l'inspecteur Ledowski, j'ai supposé que tout allait être révélé au grand jour. Alors il fallait que nous quittions le pays, vous et moi. Après, quand je les ai vus découvrir le cadavre sur ma caméra Nest, j'ai compris que je devais mettre mon plan à exécution.

— Votre caméra quoi ?

— Mon système de sécurité. Il y a des caméras partout dans la propriété. La police a trouvé Jenny le lendemain du jour où nous sommes arrivées à Semat.

— Pourquoi Semat, à propos ? Ça n'a manifestement aucun rapport avec votre nouveau roman, puisque c'est un vulgaire plagiat de Paul Bowles.

— Oh, vous vous en êtes aperçue ? Eh bien, je n'allais tout de même pas écrire un bouquin entier juste pour vous donner quelque chose à taper… Quoi qu'il en soit, nous sommes venues à Semat pour la rue Badr. Cherchez sur Google les routes les plus dangereuses du Maroc. Elle arrive en tête de liste.

Florence se souvint du manuscrit enregistré dans l'ordinateur d'Helen. Et plus précisément du passage où Lillian vérifiait sur son téléphone le trajet jusqu'au Dar Amal, par la rue Badr.

— Je suis tombée sur votre nouveau roman, au fait, dit-elle. Le vrai. *Échange au Maroc.*

— C'est bien, hein ?

La fierté transparaissait dans la voix d'Helen.

Florence ignora la question.

— C'est comme ça que j'ai compris. Vous n'écrivez pas de la fiction, vous n'en êtes probablement pas capable. Chaque mot de *Mississippi Foxtrot* était vrai, n'est-ce pas ? Vous avez tué cet homme et laissé Jenny porter le chapeau.

— Oh, elle n'était pas innocente non plus. Elle était là, avec nous. Elle était chargée de le faire boire, ce qui n'a pas été difficile. On voulait juste s'amuser avec lui, l'embrouiller, mais je n'ai pas pu m'arrêter. Impossible. Croyez-moi, je n'avais jamais ressenti une telle excitation de toute ma vie.

— Et pour écrire un autre livre, il vous fallait une nouvelle histoire, c'est ça ?

— C'est vrai, je le reconnais, j'avais besoin d'expériences inédites. Mais il se trouve aussi que vous tuer était le moyen le plus efficace de me débarrasser de tout ce foutoir que Jenny avait laissé devant ma porte. De plus, j'étais prête à abandonner cette existence-là. Je m'ennuyais.

Helen baissa d'un ton.

— Je pense que vous pouvez comprendre, Florence, ce désir de devenir quelqu'un de différent. La vie est si riche, et il y a tant de façons d'en profiter ! Quel dommage de n'en goûter qu'une, n'est-ce pas ? Surtout quand elle est aussi ennuyeuse que la mienne ou la vôtre. J'ai perçu cette insatisfaction en vous la première fois que je vous ai vue. C'est d'ailleurs une des raisons pour lesquelles je vous ai choisie. Je vous sentais capable de vous débarrasser de votre ancienne existence comme on se défait d'un costume. Et moi, justement, j'en avais besoin d'un tout neuf.

À ces mots, Florence eut une révélation : la chance n'y était pour rien si Helen l'avait engagée. Elle n'était certainement pas la candidate la plus qualifiée, et elle venait de se faire virer pour avoir harcelé la famille de son patron. Mais la romancière ne cherchait pas une assistante talentueuse, elle voulait une nouvelle identité.

Florence se rappela alors avoir vu ses propres comptes LinkedIn, Instagram et Facebook dans l'historique des recherches d'Helen. Celle-ci s'était renseignée : elle avait fini par repérer quelqu'un qui lui ressemblait physiquement et ne manquerait à personne si elle venait à disparaître. Dans cette perspective, le costume de Florence Darrow était idéal. Helen avait prévu de l'assassiner avant même de l'avoir rencontrée.

Face à une telle détermination, Florence sut qu'elle ne parviendrait pas à la dissuader d'exécuter son plan. Ses seules options consistaient à essayer de gagner du temps ou à se battre. Elle regarda autour d'elle pour voir s'il n'y avait pas un objet dont elle pourrait se servir comme d'une arme.

— Et maintenant, qu'est-ce que vous allez faire ? demanda-t-elle. Me tirer dessus ? Me jeter dans la piscine ?

— Eh bien, j'avais prévu de vous injecter une dose fatale d'héroïne – j'ai déjà dit à Massey que cette pauvre Helen se défonçait –, mais je suppose que vous n'allez pas me tendre votre bras, même si je vous le demande gentiment.

— Allez vous faire foutre.

— Vous savez, Florence, ce n'est pas une fin si absurde. Réfléchissez. Sans vouloir me montrer inutilement cruelle, qu'est-ce qui vous retient ? Votre vie est vide. Je m'en suis rendu compte rien qu'en lisant vos écrits.

— Ah oui ? Eh bien, je devrais peut-être penser à tuer quelqu'un moi aussi, histoire d'avoir quelque chose à raconter… Est-ce que le syndrome de la page blanche est un argument de défense recevable quand on est accusée de meurtre ?

Helen éclata de rire.

— Vous voyez, vous n'êtes même pas capable d'avoir des idées, il faut que vous me piquiez les miennes. Bon, voilà ce que je vous propose : si vous acceptez de coopérer, je ferai virer cent mille dollars à votre mère en contrepartie. Pensez-y.

Florence ne put s'empêcher de rire à son tour.

— Je me fiche de ma mère, Helen, et je ne vous laisserai pas me faire une piqûre.

Helen poussa un gros soupir.

— Très bien.

Aucune des deux ne reprit la parole. Soudain, un fracas métallique se répercuta dans la salle de bains. Florence s'aplatit au fond de la baignoire. Quand le silence revint, elle risqua un coup d'œil en direction de la porte. Helen avait tiré dans la serrure, laquelle était légèrement de travers mais toujours en place. Combien y avait-il de balles dans le chargeur ?

Une autre détonation déchira le silence et la serrure trembla. Helen se mit à taper dessus. Florence se redressa, tremblante. La serrure était sur le point de tomber. Encore un choc et elle céderait.

— Attendez ! s'écria-t-elle. Attendez !

Helen ouvrit la porte d'un coup de pied.

# 45

Plaquée contre le mur, Florence serrait le porte-serviettes en laiton qu'elle avait dévissé. Dès qu'Helen entra, elle la frappa à la tête avec son gourdin de fortune. Elle sentit l'os craquer sous l'impact.

Sans plus attendre, elle s'élança dans la chambre.

Elle était à mi-hauteur de l'escalier, agrippant toujours le porte-serviettes, quand elle entendit quelque chose claquer sur le carrelage de la salle de bains.

Le pistolet, sans doute.

Elle se décida en une fraction de seconde et remonta.

Helen, à genoux dans la salle de bains, se tenait la tête à deux mains. Du sang coulait entre ses doigts. Florence récupéra l'arme qui avait atterri près des toilettes et la braqua sur la blessée.

Celle-ci leva les yeux mais ne bougea pas.

Elles demeurèrent un bon moment figées ainsi. Puis Florence ramassa une serviette tombée par terre et la lança à Helen, qui l'appuya contre sa nuque avant de s'adosser à l'encadrement de la porte.

Tout en la surveillant du coin de l'œil, et en gardant l'arme pointée sur elle, Florence l'enjamba pour s'approcher de la fenêtre de la chambre. Elle regarda rapidement dehors. Toujours pas d'Idrissi.

Elle reporta son attention sur Helen.

— Je croyais que c'était du chiqué, dit-elle. Votre dureté. Tous vos beaux discours, genre Je-ne-dois-rien-à-personne.

— Je ne fais pas semblant d'être quelqu'un que je ne suis pas, riposta Helen d'une voix sourde. Contrairement à vous.

— Je ne fais pas semblant non plus, répliqua Florence, sur la défensive.

Helen ricana.

— Oh que si ! Vous avez commencé à m'imiter le jour où vous êtes arrivée. Quoi, vous imaginiez que je n'avais rien remarqué ? Votre intérêt soudain pour l'opéra, le vin et la cuisine ? Ces expressions que vous m'empruntiez ? Je veux dire, vous vous êtes vue ? Vous avez littéralement endossé mon costume.

Florence baissa les yeux vers la robe qu'elle portait.

— Et alors ? lança-t-elle. Je détestais ma vie ! Je voulais mieux. Où est le mal ?

— Dans ce cas, on se donne les moyens d'améliorer son existence, on ne la vole pas à quelqu'un d'autre.

Florence ne dit rien, mais elle sentait ses joues la brûler. Ces sermons n'étaient que du vent. Tout le monde vole tout le monde, et Helen ne s'en était pas privée. Elle avait dépouillé Jenny. Elle s'était approprié le savoir de ceux qui lui avaient fait connaître Verdi et le châteauneuf-du-pape.

Alors non, songea-t-elle. Elle n'allait certainement pas s'excuser pour la manière dont elle en était arrivée là. Elle en avait fini avec les excuses. Elle avait la possibilité de devenir qui elle voulait et elle ne reculerait devant rien pour atteindre son but. Forte de cette pensée, elle leva de nouveau son arme, qu'elle avait laissée pendre le long de son flanc, et visa Helen. Ses lèvres s'entrouvrirent en un sourire cruel.

— Attendez, dit Helen d'une voix vibrant d'une appréhension nouvelle. On n'aura qu'à partager l'argent.

Du sang dégoulinait de son lobe droit.

Toujours souriante, Florence fit non de la tête.

— D'accord, je vous laisse tout, déclara Helen. Y compris Maud Dixon. Je repartirai de zéro.

Florence secoua de nouveau la tête.

Helen parut réfléchir. Puis un de ses sourires typiques, crispés, apparut sur son visage ensanglanté, et ses yeux se mirent à briller. Elle lâcha un petit rire sans joie.

— Vous ne le ferez pas, Florence. Je vous connais. Vous n'avez pas assez de cran.

Elle se redressa laborieusement en s'appuyant contre l'encadrement de la porte.

— Arrêtez, ordonna Florence. Rasseyez-vous.

Mais déjà Helen traversait la chambre en direction de la galerie.

— Vous n'avez rien appris de mon histoire ? lança-t-elle par-dessus son épaule. On ne peut pas abattre quelqu'un d'une balle dans le dos et invoquer ensuite la légitime défense.

Impuissante, Florence la regarda s'éloigner.

— Arrêtez, répéta-t-elle.

Helen s'immobilisa juste après avoir franchi le seuil, en prenant soin de ne pas se retourner.

— Quel gâchis, ajouta-t-elle. Moi, j'aurais pu offrir une destinée extraordinaire à Florence Darrow. Mais vous ? Vous n'êtes rien. Personne.

Florence inspira à fond.

Fini les demi-mesures.

Elle traversa la pièce en trois longues enjambées. Helen se tenait à une trentaine de centimètres de la balustrade surplombant la cour. Florence lui donna une forte poussée dans le dos.

Helen vacilla, battit frénétiquement des bras pour essayer de recouvrer son équilibre puis bascula par-dessus la rambarde.

Sa chute fut ponctuée par un choc sourd. Florence jeta un coup d'œil en contrebas. Helen gisait sur le dallage, les yeux grands ouverts.

Soudain, elle poussa un faible gémissement.

Sans réfléchir, Florence se précipita en bas. Une flaque de sang s'élargissait déjà sous la tête de la blessée, formant comme un halo. Quand son regard croisa celui de Florence, cette dernière y lut une peur qui n'avait rien de feint.

— Au... secours, lâcha Helen d'une voix étranglée, en s'humectant les lèvres. Aidez-moi...

Sans répondre, Florence entra dans le salon. À son retour, elle annonça :

— Tout ira bien.

— ... appelé... docteur ?

— Non, désolée, je voulais dire que tout ira bien pour moi, rectifia Florence.

Elle attrapa à deux mains le coussin qu'elle avait pris sur le canapé et le plaqua sur le visage d'Helen. Celle-ci tenta bien de se débattre, mais elle était trop faible. Florence resta dans cette position pendant ce qui lui parut une éternité, tandis que la nervosité et l'engourdissement la gagnaient. Ce n'était vraiment pas le moment qu'Idrissi arrive. Enfin, les mouvements saccadés d'Helen cessèrent et son corps s'immobilisa.

Florence souleva le coussin. Les yeux d'Helen étaient ouverts et vitreux.

À cet instant, elle entendit le gravier crisser sous les pneus d'un véhicule.

# 46

Quand la large silhouette d'Idrissi apparut sur le seuil du salon, Florence courut se jeter dans ses bras. Cette réaction suscita chez lui un malaise évident.

— Dieu merci vous êtes là ! s'écria-t-elle.

Elle le sentit se raidir en découvrant la forme inerte par terre derrière elle. Il la repoussa doucement mais avec fermeté pour s'approcher d'Helen. Accroupi près du corps, il posa deux doigts dans son cou. Il demeura ainsi une bonne minute, en déplaçant de temps à autre sa main de quelques millimètres. Lorsque, enfin, il tourna la tête vers Florence, son regard exprimait la tristesse et l'horreur.

Il se redressa puis donna un bref coup de fil. Après avoir rangé son téléphone dans sa poche, il déclara :

— C'est votre amie, celle qui était retournée à Marrakech.

Elle n'aurait su dire s'il énonçait un fait ou s'il lui posait une question.

— Oui, c'est Helen Wilcox, murmura-t-elle.

Il jeta un coup d'œil au cadavre, puis la regarda de nouveau.

— Alors, vous êtes... ?

— Florence Darrow, répondit-elle dans un souffle, avant de répéter plus fort : Je suis Florence Darrow.

Une demi-douzaine de représentants des autorités se présentèrent à la villa des Grenades cet après-midi-là.

Dan Massey arriva de l'ambassade deux heures après Idrissi. Il avait apporté le passeport d'Helen Wilcox qu'il avait confisqué deux jours plus tôt.

Ses genoux craquèrent quand il s'accroupit pour comparer la photo au visage de la morte. À la façon dont il crispa la mâchoire avant de refermer brusquement le document, Florence comprit qu'il s'était rendu compte de son erreur : elle-même n'était pas Helen Wilcox, en fin de compte.

Pendant près d'une heure, installée dans le salon avec lui et Idrissi, elle expliqua ce qui s'était passé. Helen avait essayé de la tuer pour lui voler son identité car elle savait que la police avait découvert le corps dans sa propriété de Cairo. Elle avait d'abord mis en scène un accident de voiture, puis elle était revenue finir le travail. Et elle avait bien failli réussir.

Si les deux hommes lui firent répéter plusieurs fois son histoire, Florence ne craignait cependant pas de se contredire dans la mesure où, chose incroyable, elle relatait la vérité. À une omission et une modification près : elle s'abstint de mentionner le nom de Maud Dixon et raconta qu'Helen avait basculé par-dessus la balustrade lorsqu'elles luttaient toutes les deux pour s'emparer du pistolet.

— Donc, vous pensiez que votre patronne était morte dans cet accident, mais vous n'en avez parlé à personne ? s'étonna Idrissi.

En guise de réponse, Florence haussa les épaules.

— Et si elle avait survécu à la chute ? insista-t-il. S'il avait été possible de la sauver ?

— Mais elle n'était même pas dans la voiture, répliqua Florence en s'autorisant un petit sourire serein.

Idrissi se borna à la dévisager.

— Redites-moi ce qui s'est passé dans la galerie à l'étage.

Florence s'exécuta.

— Elle braquait son arme sur moi. Je me suis jetée sur elle. Nous nous sommes battues et Helen est tombée.

Sa voix se brisa. Elle se frotta les yeux jusqu'à les irriter.

Le gendarme la contemplait toujours.

— Elle avait déjà essayé de me tuer une fois, dans l'accident de voiture, reprit-elle d'une voix plus forte. Et elle avait assassiné sa meilleure amie. La sous-estimer aurait été une erreur fatale.

— Nous étions tous des pions qu'elle manipulait, intervint soudain Massey.

Surpris, Idrissi et Florence se tournèrent vers lui.

Il n'avait pratiquement rien dit pendant le récit de Florence, se bornant à poser quelques questions et à hocher la tête. La situation était embarrassante pour lui, elle le savait. Il ne lui avait pas accordé le moindre crédit. Il avait gobé l'histoire inventée par Helen.

À ce moment-là seulement, elle leur parla du corps dans la piscine.

Ses révélations déclenchèrent un nouveau tourbillon d'activité, tandis que les policiers présents cherchaient la dépouille, la sortaient de l'eau, la photographiaient, et, enfin, l'évacuaient. Durant tout ce temps, Florence évita de les regarder.

Concentrée sur Massey, elle lut sur son visage à quel point il était tourmenté. Il devait se dire que, s'il l'avait crue, Nick serait encore en vie. Elle comprit alors que, tout comme elle, il avait hâte de clore l'affaire.

Idrissi était le seul à manifester sa colère et son incrédulité en pestant dans sa barbe. Mais que pouvait-il faire ? Il avait beau sentir des failles dans la version qu'elle leur avait servie, il ne disposait d'aucun élément prouvant qu'elle avait commis un crime.

Pour finir, les deux hommes l'autorisèrent à rentrer à Marrakech le lendemain matin. Après tout, il ne pourrait pas y avoir de procès. La meurtrière était morte.

# 47

Vingt-quatre heures plus tard, Florence arriva devant une entrée spectaculairement ouvragée dans l'avenue Houmane el-Fetouaki à Marrakech. Le nom de l'hôtel se détachait au sommet, en lettres majestueuses : La Mamounia. Elle s'engagea sous les arches et pénétra dans une cour foisonnant d'oliviers et de palmiers. Au bout, une bâtisse à la façade délicatement sculptée émergeait de la végétation.

Le trajet depuis son hôtel, à quelques centaines de mètres de celui où elle avait séjourné avec Helen, ne lui avait pris que dix minutes. Cette fois, elle avait sillonné le dédale de rues étroites avec une aisance surprenante. Quand elle avait débouché dans l'avenue encombrée, elle s'était sentie revigorée par l'animation ambiante, contrairement aux fois précédentes.

Elle portait les lunettes noires et la capeline de paille qu'elle avait achetées au souk dans l'après-midi, même si le crépuscule assombrissait déjà le jour.

Deux hommes arborant une cape rouge et un fez blanc lui ouvrirent les battants d'une double porte en bois. Une lanterne allumée se balançait au-dessus d'eux.

La réception de l'établissement évoquait une galerie commerciale haut de gamme, constata-t-elle en voyant la boutique Yves Saint Laurent et celle d'un célèbre fabricant parisien de macarons. Encore un temple en marbre dédié au commerce de luxe. Helen avait raison, songea-t-elle : la solitude et la liberté étaient des richesses autrement plus précieuses.

Elle avait appelé Greta la veille, après qu'Idrissi et Massey avaient enfin quitté la villa des Grenades, pour remettre leur rendez-vous au lendemain. Elle ne lui avait pas donné d'explications. Elle ne tarda pas à la repérer dans un coin sombre du bar Churchill, derrière la réception. Le visage de l'agente était éclairé par les lueurs de son téléphone, qu'elle consultait derrière ses lunettes.

Elle tressaillit quand Florence la salua.

— Oh, bonjour Florence. Vous m'avez surprise.

Elle ôta ses lunettes et les replia.

— Asseyez-vous, je vous en prie.

Florence s'installa en face d'elle, dans un confortable fauteuil en velours.

— J'appelle le garçon, dit Greta, qui fit signe à un serveur en gilet bordeaux. Que voulez-vous boire ?

— La même chose que vous, répondit Florence en indiquant le verre de vin presque vide posé sur la table.

— Deux verres de pinot noir, commanda Greta.

L'homme hocha la tête et se retira aussi discrètement qu'il s'était approché.

— Mais que vous est-il arrivé ? demanda l'agente à Florence en découvrant son plâtre.

— Eh bien, c'est le premier chapitre de l'histoire que je vais vous raconter. Mais je vous préviens : elle finit mal.

Greta haussa les sourcils.

— D'accord. Vous avez toute mon attention.

Sur ces entrefaites, le serveur leur apporta leurs boissons, et toutes deux gardèrent le silence tandis qu'il disposait soigneusement les verres sur des napperons blancs. Après qu'il se fut éloigné, Florence avala une gorgée de vin puis se lança :

— Que diriez-vous si je vous annonçais que *Mississippi Foxtrot* n'est pas une œuvre de fiction ? Que le meurtre est bien réel et qu'il a été commis par Helen Wilcox ?

Florence vit l'inquiétude et l'incrédulité se succéder sur les traits de Greta, comme si elle ne savait pas vraiment s'il fallait prendre ces propos au sérieux. Mais il ne faisait aucun doute que l'agente était interloquée. Jusque-là, elle s'était toujours demandé si Greta était au courant du secret d'Helen.

— Bon, je vais tout reprendre depuis le début, déclara-t-elle.

Elle commença par lui rapporter ce qui s'était passé entre Jenny et Helen quand elles étaient adolescentes. Elle lui raconta qu'Helen avait tué un homme à l'époque et s'était arrangée pour que son amie soit envoyée en prison à sa place. Et que, quinze ans tard, lorsque Jenny lui avait rendu visite après avoir obtenu sa libération conditionnelle, elle l'avait assassinée.

Florence venait de mentionner le tas de compost lorsque Greta, qui l'avait écoutée en silence, l'interrompit :

— Ce sont des accusations extrêmement graves que vous portez, Florence. Vous êtes sûre de ce que vous avancez ?

— Jugez-en par vous-même, répliqua Florence. Allez-y, googlez « Helen Wilcox Cairo New York ».

Une partie de la presse locale avait déjà relayé la nouvelle. Et pour cause : la découverte d'un cadavre en de telles circonstances avait fait grand bruit dans la petite ville de Cairo.

Greta hésita, puis commença à taper sur son téléphone. Florence la vit blêmir.

— Mon Dieu, chuchota l'agente.

Florence poursuivit son récit. Elle expliqua qu'Helen l'avait engagée afin de pouvoir usurper son identité après avoir feint sa propre mort. Et précisa qu'elle avait même modifié son testament pour pouvoir conserver sa fortune.

— Ça m'a paru bizarre quand elle m'a parlé d'engager une assistante, admit Greta. Ça n'avait pas de sens. Elle qui avait toujours tenu à protéger son anonymat...

Florence lui relata ensuite l'accident de voiture.

— C'est ce qui m'a valu cette fracture, dit-elle en levant son plâtre.

Lorsqu'elle en arriva au retour d'Helen à la villa des Grenades, des larmes lui montèrent aux yeux.

— Elle avait une arme, Greta. Je ne savais pas quoi faire.

— Où avait-elle pu se la procurer ? demanda Greta, manifestement sidérée.

— À Rabat, je pense. Où elle s'était aussi débrouillée pour obtenir le passeport. La police enquête.

Sur ce point, Florence avait des doutes. Massey n'avait certainement aucune envie d'approfondir les investigations. Quant à Idrissi, il en avait peut-être l'intention, pour autant elle ne s'inquiétait pas trop. Tout ce que la police trouverait à Rabat ne ferait que confirmer son histoire. Helen était la criminelle. Elle-même était la victime.

— La police ? répéta Greta. Donc, Helen a été arrêtée ?

Florence secoua la tête et une larme roula sur sa joue.

— On ne m'avait jamais menacée avec une arme, murmura-t-elle.

Greta baissa d'un ton.

— Florence, que s'est-il passé ?

— Je... j'ai réagi à l'instinct. Je me suis jetée sur elle avant qu'elle puisse presser la détente. Et, dans la bagarre, Helen a fait une chute. Elle est tombée dans la cour. D'après la police, elle a été tuée sur le coup.

L'agente écarquilla les yeux.

— Helen est morte ?

— Oui.

— Mon Dieu !

Florence lui laissa le temps d'assimiler la nouvelle.

— Mon Dieu ! répéta Greta en secouant la tête.

— Je suis désolée.

Au bout d'un moment, l'agente posa sa main sur le plâtre de Florence.

— Moi aussi, je suis désolée, dit-elle. Ça a dû être horrible de la voir mourir comme ça.

— Oui, c'était affreux. Je n'arrête pas de me demander ce que j'aurais pu faire d'autre.

— Non, ne vous torturez pas. Ce n'est pas votre faute. Vous n'aviez pas le choix, puisqu'elle menaçait votre vie.

— Je ne sais pas. Peut-être que j'aurais pu m'y prendre mieux pour la raisonner.

— Raisonner Helen Wilcox ? C'était déjà une gageure en temps normal...

Florence lui adressa un sourire triste.

— Exact.

Greta secoua de nouveau la tête.

— Bon sang, je n'arrive pas à le croire.

— Je comprends. Je suis moi aussi toujours sous le choc.

Florence s'interrompit un instant.

— Et encore, pour moi les enjeux sont moindres que pour vous.

L'agente leva vivement les yeux.

— Comment ça ?

— Eh bien, Maud Dixon est morte aussi, n'est-ce pas ?

— Oh, je peux vous assurer que ce n'est pas ma principale préoccupation pour le moment, se défendit Greta d'une voix qui manquait cependant de conviction.

— Non, bien sûr. La disparition d'Helen est terrible. Je voulais juste dire que c'est également une grande perte pour le monde entier, puisqu'il n'y aura plus d'autres romans de Maud Dixon. Elle avait tellement de talent...

Greta acquiesça de la tête en faisant tourner le vin dans son verre.

— Oh oui.

Elles gardèrent le silence une bonne minute. Florence jeta un coup d'œil circulaire au bar qui se remplissait rapidement, puis avala une gorgée de vin. Elle le trouvait bon. Il était bien plus léger que le châteauneuf-du-pape qu'Helen affectionnait.

De son côté, Greta contemplait fixement la table. À quoi pensait-elle ? Son expression était indéchiffrable.

Après avoir attendu encore quelques instants, Florence s'éclaircit la gorge.

— À moins que..., commença-t-elle.

Greta leva les yeux.

— Que quoi ?

— Non, vous avez raison, ce n'est pas le moment d'aborder le sujet.

— À moins que quoi ? la pressa Greta d'un ton impatient.

— Eh bien, je me sens tenue de vous informer que j'ai en ma possession le manuscrit d'Helen. Celui de son second roman. Ce n'est pas celui que je tapais à Cairo, c'est un texte totalement différent, intitulé *Échange au Maroc*. La trame s'inspire du plan qu'elle avait échafaudé, à savoir me tuer et voler mon identité.

L'agente reposa son verre.

— Elle l'a terminé ?

— Non. Ce n'est même pas encore un livre à proprement parler. Mais je peux déjà vous affirmer qu'il est du même calibre que *Mississippi Foxtrot*.

Greta reprit des couleurs.

— Vous l'avez avec vous ?

Elle indiqua d'un geste le sac de Florence posé par terre.

— Non, ça ne me paraissait pas prudent de l'apporter. Il est dans le coffre de ma chambre d'hôtel.

— Il faut absolument que je voie ce manuscrit, Florence.

— Je vous le répète, il reste beaucoup de travail à faire dessus.

— Peu importe. On trouvera toujours quelqu'un pour le finir. Fitzgerald n'avait pas achevé *Le Dernier Nabab* quand il est mort.

L'agente laissa échapper un rire léger.

— À la réflexion, c'était également un *roman à clef*[1].

Florence sourit aussi.

— Vous savez, Greta, je pense en être capable.

Greta fronça les sourcils.

— Pardon ?

— Eh bien, de rédiger la suite du manuscrit. J'ai collaboré avec Helen plus étroitement que n'importe qui d'autre – à part vous, bien sûr. Je connais sa voix, sa manière de raisonner. De plus, vous m'avez dit que j'avais du talent. Et même que je vous faisais penser à elle.

Greta opina lentement du chef.

— C'est vrai. Je l'ai dit.

Elle s'accorda une gorgée de vin et tourna un instant la tête vers la table voisine, où deux jeunes femmes organisaient une petite mise en scène pour photographier leurs cocktails.

— Et je maintiens que vous avez du potentiel, poursuivit-elle. Mais il s'agit là d'une entreprise délicate, Florence. À mon avis, pour un projet de ce genre, et compte tenu de... tout... Bon, quoi qu'il en soit, je crois qu'il vaut mieux lire le texte avant de prendre des décisions concernant la stratégie à adopter.

Florence la considéra en silence. Quand le flash de l'appareil photo à la table voisine se déclencha, l'agente tressaillit. Pas elle.

— Écoutez, Greta, dit-elle calmement, j'ai une fracture du poignet et deux côtes fêlées. Je n'ai plus de travail ni de domicile. Et sans vouloir enfoncer trop le clou, c'est vous qui m'avez entraînée là-dedans. Vous étiez la complice d'Helen, consciemment ou pas.

1. En français dans le texte (NdT).

Greta avait de nouveau pâli, mais Florence était lancée.

— Vous aurez beau dénoncer les meurtres commis par Helen, reconnaissez que vous avez profité de la situation, asséna-t-elle. Combien vous a rapporté *Mississippi Foxtrot* ? Sans compter qu'il a dû aussi vous valoir d'autres contrats juteux... Vous êtes impliquée dans ses crimes. Moi, je suis la victime.

Comme l'agente la regardait sans rien dire, elle poursuivit :

— Je ne vous réclame pas un million de dollars. Non, je vous demande juste une chance. C'est tout. La possibilité de mettre un pied à l'étrier. Je ne trouve pas que ce soit une exigence démesurée.

Elle avala un peu de vin.

— Et vous ?

Son interlocutrice se décida enfin à répondre.

— Je comprends votre position, Florence. Vous avez raison, j'ai une part de responsabilité dans ce qui est arrivé, et je vous assure qu'il n'est pas question pour moi de la minimiser. Pour autant, je ne peux pas en mon âme et conscience vous laisser écrire le prochain roman de Maud Dixon simplement parce qu'elle a fait de vous une victime. Vous méritez sans doute une compensation pour tout ce que vous avez subi, mais dans l'immédiat je suis incapable de vous dire de quelle nature elle sera. Je regrette.

Florence s'était raidie sur sa chaise. Elle finit par sourire.

— Vous avez raison, Greta. Bien sûr. Je ne sais pas à quoi je pensais. Ces derniers jours ont été terribles.

Sous la table, ses doigts se crispèrent sur l'anse de son sac.

— Je m'en doute, répliqua Greta. Je suis moi-même accablée par ce que je viens d'apprendre. Nous devrions nous donner le temps de digérer cette histoire. Vous voulez reboire quelque chose ? Vu les circonstances, je crois que nous en avons bien besoin.

Déjà elle cherchait du regard le serveur, alors que leurs verres étaient encore à moitié pleins.

Florence hocha la tête et tendit la main vers le sien, mais elle le renversa en voulant le saisir. Le vin rouge foncé éclaboussa le chemisier en soie de Greta et coula sur sa cuisse. Les deux femmes se levèrent en même temps.

— Oh, désolée ! s'exclama Florence.

Elle tapota le buste de l'agente avec le napperon en papier, sans résultat.

— Non, laissez, ce n'est pas grave, déclara Greta en la repoussant. *Laissez,* je vous dis ! Je vais aller nettoyer ça aux toilettes. Je reviens tout de suite.

Elle s'éloigna rapidement en écartant de sa poitrine le tissu souillé.

Florence se rassit. Un homme en smoking prit place devant le piano à queue installé dans un coin et se mit à jouer. Une plaisanterie partagée à la table voisine suscita des éclats de rire.

Greta revint quelques minutes plus tard. Elle n'avait réussi qu'à étaler la tache.

— Je suis tellement confuse..., déclara Florence.

— Ne vous inquiétez pas. Ils font des miracles dans le pressing où je vais à Manhattan. Bon, où en étions-nous ? Vous avez recommandé du vin ?

L'agente vida son verre d'un trait en grimaçant légèrement

— Non, j'ai pensé que vous voudriez peut-être aller vous changer, répondit Florence. Et, pour être honnête, je ne me sens pas trop bien. Les antalgiques que je prends me donnent des vertiges, comme vous avez pu le constater. Nous pourrions peut-être poursuivre cette conversation dans votre chambre et demander au room service de nous apporter quelque chose à manger ? En général, ça m'aide d'avaler du solide.

— Ah. Hum... bon, d'accord. Attendez-moi une seconde, je vais dire au serveur de mettre ces boissons sur ma note.

# 48

— Désolée pour le désordre, dit Greta en ouvrant la porte de sa suite.

La chambre était grande, égayée par une mosaïque de petits carreaux qui courait le long des murs et occupée en grande partie par un lit monumental. Rien ne traînait dans la pièce, à part un pull sur le dossier d'une chaise, dans un coin.

Florence s'approcha de la fenêtre et regarda dehors. En contrebas s'étendait un vaste jardin planté d'orangers. La lune se levait déjà dans le ciel sombre.

Greta lui tendit le menu du room service.

— Commandez ce que vous voulez. Et prenez de l'eau dans le minibar.

Elle alla se changer dans la salle de bains pendant que Florence, assise sur une chaise, parcourait le menu. Quelques instants plus tard, l'agente reparut, alla s'asseoir sur le lit et se frotta le visage.

— Bon sang, je suis vidée, lâcha-t-elle.

Florence hocha la tête.

— Ça ne m'étonne pas.

Greta ferma les yeux, et durant un instant Florence crut qu'elle s'était endormie assise. Puis elle les rouvrit et, au prix d'un effort visible, reprit la parole.

— Qu'est-ce qu'on disait... ?

Florence vint s'asseoir à côté d'elle et la força à s'étendre sur le lit.

— Je sais ce que vous ressentez. Vous avez reçu un choc, Greta.

Celle-ci leva vers elle ses yeux bleus écarquillés par l'incompréhension.

— C'est de l'hydrocodone, expliqua Florence. L'antidouleur qu'on m'a donné à l'hôpital après l'accident. J'ai arrêté d'en prendre parce que je n'aime pas l'état dans lequel il me plonge. Vous vous sentez embrumée, n'est-ce pas ?

— Embrumée... oui... mais vous...

— Pourquoi ne pas vous reposer un peu ?

Docilement, Greta referma les yeux. Florence l'observa un moment sans bouger. Elle était surprise que les comprimés aient agi aussi rapidement. Elle en avait écrasé quatre à l'hôtel – un de plus que pour Whitney –, puis elle avait versé la poudre dans le vin de l'agente pendant que celle-ci nettoyait son chemisier aux toilettes.

Quand elle fut certaine que Greta était inconsciente, elle prit dans son sac une paire de gants en latex, qu'elle enfila avant de sortir un emballage en papier froissé. Elle l'avait découvert sur Helen quelques secondes avant l'arrivée d'Idrissi. Il contenait une seringue neuve, un sachet de poudre grisâtre et un élastique – autant d'accessoires nécessaires à l'overdose d'héroïne dont elle-même devait être victime.

Si elle avait été obligée d'improviser à Semat, elle était bien décidée à procéder avec ordre et méthode dans cette chambre. Elle consulta sa montre. Elle avait largement le temps.

Elle passa dans la salle de bains, où elle versa la poudre dans un des gobelets posés près du lavabo. Puis elle alla chercher dans son sac la boîte de mort-aux-rats qu'elle avait achetée sur le trajet jusqu'à l'hôtel. Elle en saupoudra un peu dans le gobelet. Elle avait lu sur Internet que c'était l'une des substances les plus couramment employées pour couper l'héroïne.

Fini les demi-mesures.

Elle ajouta de l'eau et agita le mélange trouble dans le gobelet.

Dans un récipient en marbre sur une tablette se trouvaient des disques de coton. Elle en plaça un sur un second gobelet afin de filtrer le liquide épais.

Dans l'après-midi, elle avait regardé une vidéo sur YouTube décrivant étape par étape le processus pour se faire une injection – un document qui avait été mis en ligne par un programme d'échange de seringues à Columbus, dans l'Ohio.

Elle plongea l'aiguille dans le mélange, remplit la seringue puis la tapota pour faire remonter les éventuelles bulles d'air.

Elle retourna dans la chambre. Greta avait la bouche ouverte et respirait difficilement, comme si elle avait des glaires dans la gorge.

Florence lui souleva avec précaution le bras droit puis le laissa retomber. Pas de réaction. Elle lui entoura le biceps de l'élastique, qu'elle serra pour faire saillir une veine. Mais sa première tentative pour planter l'aiguille échoua. Après avoir pris une profonde inspiration, elle réessaya.

Cette fois, elle atteignit sa cible. Greta gémit et ses yeux papillotèrent. Florence appuya lentement sur le piston en regardant le niveau du liquide baisser. Elle s'arrêta quand la seringue fut à moitié vide puis retira l'aiguille. Et répéta l'opération sur l'autre bras, avant de la renouveler à plusieurs reprises sur différentes parties du corps, en remplissant chaque fois la seringue, jusqu'à laisser une bonne dizaine de traces de piqûres. Elle voulait qu'on croie à une consommation régulière de drogue, même si elle doutait que l'enquête aille aussi loin. La direction de l'hôtel et les autorités n'auraient pas intérêt à ébruiter l'affaire, lui semblait-il. Le tourisme n'était-il pas une ressource de première importance pour le pays ?

Quand Florence la piqua entre deux orteils, Greta fut soudain agitée d'un violent spasme, suivi de convulsions frénétiques. Un liquide jaunâtre lui coula de la bouche. Ses yeux s'ouvrirent en grand, cherchant désespérément à se raccrocher à quelque chose. Par réflexe, Florence se baissa.

Elle n'en menait pas large lorsqu'elle se redressa, quelques secondes plus tard. Les yeux de Greta étaient toujours ouverts mais son corps était inerte.

Elle lui prit le pouls. Sans rien sentir. Par précaution, elle approcha de la bouche de Greta le petit miroir qu'elle était allée chercher dans la salle de bains. C'était une méthode un peu archaïque mais elle devait en avoir le cœur net. Pas question que Greta revienne à elle et aille tout raconter.

Une fois certaine que l'agente était morte, elle alla replacer le miroir dans la salle de bains. Elle appuya ensuite les doigts de Greta sur la seringue et sur le gobelet. Puis elle chercha le téléphone de l'agente et enregistra un numéro dans la liste des contacts.

Pour finir, elle inspecta la chambre pour s'assurer qu'elle était bien dans l'état où elle l'avait trouvée en entrant. À part le cadavre sur le lit.

Après avoir accroché la pancarte « Ne pas déranger » à la poignée de la porte, elle la referma derrière elle. Dans le couloir, elle ôta ses gants en latex et les fourra dans sa poche.

Une bonne chose de faite.

Devant l'ascenseur, elle consulta sa montre. 18 h 50. Le dealer avec qui Liam l'avait mise en relation n'allait pas tarder à arriver. Elle lui avait dit de demander Greta Frost à la réception. Il voulait connaître le numéro de la chambre, mais Florence ne le lui avait pas donné. Il avait un rôle à jouer dans l'histoire. Même si son numéro de téléphone figurait désormais dans le répertoire de Greta, il fallait qu'un employé de l'hôtel se souvienne de lui.

Florence traversa d'un pas vif la réception animée avant de sortir dans la nuit chaude. Un peu plus loin dans la rue, elle se débarrassa des gants dans une poubelle pleine à ras bord.

# 49

— Mesdames et messieurs, nous avons maintenant atteint notre altitude de croisière de trente mille pieds. C'est une belle soirée, alors installez-vous confortablement, détendez-vous et n'hésitez pas à nous solliciter si vous avez besoin de quoi que ce soit pour rendre votre vol plus agréable.

Florence avala une autre gorgée de champagne puis tendit les jambes.

— Avez-vous tout ce qu'il vous faut, mademoiselle Darrow ?

Une hôtesse au maquillage soigné lui souriait.

— J'aimerais une seconde couverture, s'il vous plaît, répondit Florence en lui rendant son sourire.

Elle appuya sur un bouton et son fauteuil s'inclina jusqu'à la position horizontale. Elle plaça le masque de sommeil sur ses yeux.

N'étaient-ce pas les conditions idéales pour voyager ? Même le fait d'être appelée « Mlle Darrow » ne la dérangeait pas. Elle avait dû reprendre son vrai nom, mais les trois millions de dollars dont elle avait hérité – en plus de la maison – compensaient largement ce désagrément.

En pratique, l'argent et les biens ne seraient transférés à son nom que d'ici deux mois, mais peu importait ; elle laissait les petits détails aux petits esprits. De plus, elle n'avait même pas eu à payer de supplément pour sa place en première classe : elle avait juste échangé les numéros de siège d'Helen Wilcox et de Florence Darrow à son arrivée à l'aéroport.

L'hôtesse revint avec une couverture qu'elle lui étala délicatement sur les jambes.

Alors qu'elle écoutait le vrombissement des moteurs, Florence explora sa conscience à la recherche d'éventuels remords. Elle n'en trouva pas.

Oui, elle aurait pu laisser Helen vivre. Elle n'aurait eu qu'à attendre cinq minutes de plus qu'Idrissi arrive. Mais elle s'était dit que la romancière préférerait la mort à l'ignominie de la prison. Et puis, il aurait été dommage de laisser sa fortune se perdre.

Elle aurait aussi pu épargner Greta si cette dernière l'avait autorisée à utiliser le nom de Maud Dixon. Elle avait sincèrement espéré que l'agente accepterait sa proposition et la laisserait terminer le manuscrit d'Helen. Son refus avait déclenché le plan B. C'était bien dommage, mais nécessaire.

Non, elle n'avait pas de regrets. On lui avait offert ce qu'elle désirait le plus au monde, même si c'était de la façon la plus bizarre, la plus inattendue qui soit. Et elle aurait été bien bête de ne pas saisir cette chance.

Au fond, seule la mort de Nick l'attristait. Mais ce n'était pas sa faute. Ce n'était pas elle qui l'avait tué. Et, après tout, elle le connaissait à peine. Si leur relation s'était terminée naturellement, comme la plupart des amourettes de vacances, elle l'aurait déjà relégué aux oubliettes.

L'homme sur le siège de l'autre côté de l'allée la tira de ses pensées en réclamant de sa voix nasillarde un autre verre de pinot noir.

Elle repoussa son masque et s'assit. Son cœur cognait à grands coups sourds. L'hôtesse approchait déjà, une bouteille de vin à la main.

Florence secoua la tête. Non, cette allusion au pinot n'était qu'une simple coïncidence.

À peine s'était-elle rallongée qu'elle revit Greta lever vers elle ses yeux d'un bleu saisissant. « Embrumée... oui... »

Cette fois, Florence redressa son siège. Se tapota les joues. Puis elle sortit de son sac un cahier et un stylo.

Elle avait décidé de laisser la première moitié du manuscrit d'Helen en l'état. Mais un changement interviendrait dans la seconde, qui serait narrée du point de vue d'Iris.

Elle commença à écrire :

Lillian se trompait : Iris n'était pas faible, elle avait au contraire été endurcie par une vie entière de déceptions. Et, en sous-estimant ce qu'il y avait de laid et de bricolé dans cette version de la résilience, elle avait commis une erreur cruciale. Elle s'était mise en position d'appât, sans se rendre compte qu'Iris était trop affamée pour se contenter de côtoyer la réussite.

# 50

La fraîcheur régnait dans la vieille maison de Crestbill Road, même si la chaleur précoce en ce début du mois de mai se faisait sentir tout autour. Florence ferma la porte derrière elle et prit une profonde inspiration. Elle s'avança lentement dans les pièces silencieuses comme si elle les voyait pour la première fois. Et pour cause : elle était chez elle désormais. Tout lui appartenait.

Elle versa de l'eau et du café dans la cafetière puis l'alluma. Pendant que la machine crachotait, elle regarda le jardin par la fenêtre. Le tas de compost avait été entièrement évacué. De la rubalise jaune qui s'était détachée d'un piquet voltigeait au vent. La police de Cairo lui avait assuré que la mort d'Helen avait mis un terme définitif à l'enquête sur le meurtre de Jeanette Byrd.

Quand le café fut prêt, elle en emporta un mug dans le salon, où elle sortit son téléphone portable pour appeler sa mère.

À cette heure-là, elle le savait, Vera serait attablée dans sa petite cuisine jaune, occupée à boire une tasse de café trop sucré avant de partir travailler.

— Allô ? dit sa mère d'une voix chantante.

Elle répondait toujours au téléphone, même s'il s'agissait d'un numéro inconnu, tant elle était certaine que le monde lui réservait de bonnes surprises.

— Maman ? C'est Florence.

Silence.

— Écoute, je sais que tu es en colère contre moi, mais j'ai besoin que tu me rendes un service. Tu peux me lire le SMS dont tu m'as parlé, celui où je disais que je ne voulais plus te voir ? Et regarde aussi à quelle date il a été envoyé.

Sa mère soupira.

— Attends, il faut que je le cherche.

Elle reprit la communication quelques secondes plus tard.

— Il a été envoyé le dimanche 21 avril, déclara-t-elle. Je me souviens du moment où je l'ai reçu, parce que je venais de sortir de l'église. J'étais si contente de voir ton numéro s'afficher ! Et puis, voilà ce que j'ai lu : « Maman, je regrette, mais c'est la dernière fois que je m'adresse à toi. »

La voix de Vera se brisa, pourtant elle parvint à poursuivre :

— « Tu n'as jamais rien fait d'autre que me rabaisser et m'empêcher d'aller de l'avant. J'en ai assez. Je ne veux plus de toi dans ma vie. Si tu essaies de me joindre, je changerai de numéro. »

Florence sentit son visage s'empourprer. Même si elle n'avait pas écrit ces mots, elle les pensait, et entendre sa mère les énoncer engendrait en elle une culpabilité bien plus grande que tout ce qu'elle avait pu faire au cours des deux semaines écoulées.

Le 21 avril. Le lendemain de l'accident de voiture. Helen avait dû vouloir faire le vide avant d'endosser le costume de Florence Darrow.

Elle avait eu beau prôner l'action et le mouvement, la romancière avait porté une attention scrupuleuse à tous les détails de son plan. Cette leçon-là, Florence l'avait retenue quand elle avait préparé le meurtre de Greta. C'était peut-être un legs aussi important pour elle que l'argent et la maison.

— Maman, reprit-elle, je suis désolée que tu aies reçu ce message, mais il faut que tu me croies : ce n'est pas moi qui te l'ai envoyé.

Vera avala bruyamment une gorgée de café.

— Il venait de ton téléphone.

— Je sais, c'est une longue histoire. Attends, je vais te raconter...

Quand elles raccrochèrent, quarante-cinq minutes plus tard, Vera connaissait toute la vérité – ou, du moins, la version que Florence avait répétée maintes fois aux autorités : la tentative d'assassinat dont elle avait été victime, l'acte désespéré qu'elle avait commis en voulant se défendre...

Comme avec Idrissi et Massey, elle n'avait pas révélé qu'Helen Wilcox était Maud Dixon. De toute façon, elle doutait que sa mère sache de qui il s'agissait. Elle n'avait fait aucune allusion non plus à Greta Frost, dont la mort commençait tout juste à provoquer des remous dans le monde de l'édition. Quoi qu'il en soit, rien ne permettait de la relier au décès de l'agente.

Vera avait tout gobé, trop heureuse d'apprendre que sa fille ne lui avait pas tourné le dos.

— J'étais sûre que ça ne te ressemblait pas, avait-elle dit. J'en ai parlé à Gloria, elle était d'accord avec moi. Tu es une bonne fille, Florence. La meilleure.

Florence avait esquissé un sourire sans joie.

— Merci.

— Qui t'aime le plus au monde ?

— Toi.

Elles s'étaient promis de se rappeler la semaine suivante. Si Florence ne voulait pas de ce rapprochement que sa mère désirait tant, elle avait néanmoins décidé de ne pas couper les ponts. Avoir frôlé la mort au Maroc lui avait appris que l'isolement total rend vulnérable, qu'il est dangereux de n'avoir personne dans sa vie, de ne pas pouvoir compter sur quelqu'un pour donner l'alerte en cas de disparition.

Elle alla se resservir du café.

Elle avait encore un coup de téléphone à passer. Ensuite, elle se mettrait au travail. Elle avait finalement obtenu ce qu'elle voulait, la vie d'Helen Wilcox et le lectorat de Maud Dixon, et elle comptait bien en profiter.

Elle avait commencé la rédaction de la seconde moitié d'*Échange au Maroc* le soir où Helen était morte. Lorsqu'elle s'était assise devant son bloc-notes jaune, elle avait vécu un moment incroyable : un torrent de mots avait afflué.

Sous le pseudonyme de Maud Dixon, elle avait trouvé la liberté et la confiance d'écrire.

Et elle avait enfin une histoire à raconter.

Elle avait lu une biographie de l'artiste René Magritte qu'Agatha avait publiée. L'auteur affirmait que, pour gagner sa vie à ses débuts, quand les critiques raillaient ses toiles étranges, non conformistes, le peintre avait copié des œuvres de Picasso et de Braque.

Peut-être était-ce une forme d'apprentissage, pensa-t-elle. Comme *Échange au Maroc* le serait pour elle. Helen l'avait dit elle-même : à force de la reproduire, n'importe quelle pratique ou attitude peut devenir naturelle. Parfaitement naturelle, même.

Et, au bout du compte, Magritte avait connu le succès en son nom propre.

Un jour, elle serait peut-être en mesure de révéler au monde entier que Maud Dixon n'était autre que Florence Darrow. Elle avait vingt-trois ans lorsque *Mississippi Foxtrot* était sorti. C'était plausible ; après tout, Mary Shelley n'en avait que dix-neuf quand elle avait écrit *Frankenstein*. Et son parcours personnel lui permettait de situer la rédaction du roman après la fin de ses études, pendant son séjour à Gainesville, à l'époque où elle travaillait à la librairie. Elle songea à quel point Anne, la propriétaire de la boutique, serait surprise de découvrir que son employée avait écrit un roman déjà considéré comme un classique. Elle imagina aussi la tête de Simon lorsqu'il l'apprendrait. Et celle d'Amanda. Ils loueraient la retenue, la dignité, même, dont elle avait fait preuve en gardant le secret durant tout ce temps.

Elle regarda sa montre. Elle avait assez attendu. Elle composa un autre numéro.

Une jeune femme répondit d'une voix de fausset enjouée :

— HMK, j'écoute ?

Harper Maston Khan était la plus grosse agence artistique de New York. Elle représentait non seulement des écrivains, mais aussi des acteurs, des athlètes et des musiciens. De vraies célébrités.

— Bonjour, dit Florence, j'aimerais parler à Denise Maston, s'il vous plaît.

— Qui dois-je annoncer ?

Florence n'hésita qu'une seconde.

— Maud Dixon.

# REMERCIEMENTS

Le premier à qui je dois toute ma gratitude est Jenn Joel, un éditeur brillant se faisant passer pour un agent brillant. Le 4 août 2019 marquera à jamais l'un des principaux tournants de ma vie. Tous mes remerciements aussi à la merveilleuse Tia Ikemoto et à toute l'équipe d'ICM.

Merci à Judy Clain pour avoir manifesté un enthousiasme précoce et sans faille envers ce livre, ainsi qu'à la formidable équipe de Little, Brown : Miya Kumangai, Heather Boaz, Lena Little, Ashley Marudas, Pam Brown, Gabrielle Leporati et bien d'autres.

Merci à mon adorable éditrice anglaise, Imogen Taylor, ainsi qu'à Felicity Blunt, Jake Smith-Bosanquet et Savanna Wicks chez Curtis Brown.

Merci à Halsey Green et à Evonne Gambrell pour m'avoir toujours gardé une place au chaud, en dépit de ma conscience professionnelle modérée et de mon attitude franchement affligeante. Je n'aurais pas été capable d'écrire ce livre sans vous.

Merci à Joan Truya à Paris et à Koloina Andriatsimamao à New York pour m'avoir ménagé la possibilité de ne plus m'occuper (et m'inquiéter) autant d'Olive, le temps d'écrire ce roman.

Merci à Liz Campbell, Martha Campbell, Kathryn Doyle, Natalie Pica Friend, Molly Lundgren, Elizabeth Rhodes, Haven Thompson, Nell Van Amerongen et Julia Vaughn pour bien plus de choses que je ne pourrais en dresser la liste ici. J'ai une chance incroyable de pouvoir vous compter parmi mes amis.

Merci à ma famille, celle qui m'a vue naître et les membres qui s'y sont ajoutés en cours de route : Henry Piper Andrews, Lindsey Andrews Schilling, Palmer Ducommun, Bob Ducommun,

Charlie Schilling, Jock Andrews, les Wescott, les Laporte, Jim et Nancy Beha, Jim et Alyson Beha, et Len & Alice Teti. Je vous aime tous.

Merci à ma mère, Lynn Ducommun, qui a certainement bien mérité son propre paragraphe après trente-sept années d'amour et de soutien inconditionnels malgré mes très très nombreux zigzags. (Quiconque verrait une ressemblance entre elle et Vera Darrow se tromperait lourdement.)

Mais surtout, ce livre – et mon cœur – appartient à Christopher Beha. Maud Dixon n'existerait pas sans ses encouragements constants et son œil avisé de relecteur. (Il semble que, sur un plan professionnel, j'ai eu une bonne intuition en épousant un romancier de renommée mondiale.) Je ne voudrais passer ma vie avec personne d'autre.

Et enfin, Olive et Henry : vous n'avez rien fait pour aider, mais je vous aime de tout mon cœur. Il me suffit de penser à vous pour me sentir plus heureuse que je n'aurais jamais imaginé l'être. Je vous adore, je vous adore, je vous adore.

## Dernières parutions

### Domaine étranger

**Jeffrey Archer**
*Ni vu ni connu*

**M. J. Arlidge**
*Loup, y es-tu ?*

**Jennifer Cody Epstein**
*Les Lueurs du lendemain*

**Anne Glenconner**
*Dame d'honneur*

**Elin Hilderbrand**
*Un été à Nantucket*

**Victoria Hislop**
*Cette nuit-là*

**Lesley Kara**
*Qui le sait ?*

**Gilly Macmillan**
*Pour tout te dire*

**Rebecca Makkai**
*Cent ans de Laurelfield*

**Lydia Millet**
*Nous vivions dans un pays d'été*

**Ariana Neumann**
*Ombres portées*

**Lisa Wingate**
*Les Chemins de la liberté*

Pour en savoir plus sur l'actualité des Escales,
vous pouvez consulter notre site Internet
**www.lesescales.fr**
et nous suivre sur les réseaux sociaux

Editions Les Escales

@LesEscales

@LesEscales

MIXTE
Papier issu de
sources responsables
FSC® C003309
FSC
www.fsc.org

L'éditeur de cet ouvrage s'engage dans une démarche
de certification FSC® qui contribue à la préservation
des forêts pour les générations futures.

Pour en savoir plus :
www.editis.com/engagement-rse/

*Achevé d'imprimer par*
*Normandie Roto Impression s.a.s.*
*N° d'impression : 2104400*
*Imprimé en France*